«Clare Mackintosh lo ha vuelto a hacer. Un *thriller* que te deja **sin aliento** y con un planteamiento **brillante**. Una carrera a contrarreloj que querrás acabar como sea.»

Daily Mail

«**Maravillosamente siniestra**. Tras leerla, ya no puedo dejar de mirar detrás de mí...»

FIONA BARTON

«**Sorprendente, original**... y terriblemente cercano a una posible realidad.»

The Times

«Clare Mackintosh sabe como aumentar la **tensión** para dar el golpe de gracia al final.»

The Irish Independent

«Con *Te estoy viendo*, Clare Mackintosh ha conseguido superarse a sí misma. **Escalofriante**.»

JENNY BLACKHURST

«**Espeluznante**. Un *thriller* profundamente **perturbador**.»

Heat

«Un *thriller* **inteligente** y único.»

Sunday Times

«**Brillante** segunda novela de una de las más prometedoras voces del género.»

JEFFREY ARCHER

«**Absorbente** y rebosante de acción.»

Sunday Mirror

«Increíblemente **taquicárdica**.»

C. L. TAYLOR

«Mackintosh se adentra en los grandes miedos de nuestro tiempo en esta novela de ritmo frenético.»

Metro

«Un punto de partida **fascinante** y una atención al detalle que **cautivará** al lector. ¡Me encantó!»

RENEE KNIGHT

«**Inteligente, adictiva, provocativa.** Ya nunca podrás ir en metro del mismo modo...»

B. A. PARIS

«Me enganchó desde la primera página. **Sobrecogedora** y **persuasiva.**»

CLAIRE DOUGLAS

«Un thriller que te mantiene **en vilo** constante... Un argumento inquietantemente plausible y un final de **infarto.**»

Good Housekeeping

«Una vez más, Mackintosh ha hecho una novela **febril, diabólicamente buena,** con un giro inesperado.»

MARK EDWARDS

«Un *thriller* psicológico que **impacta** desde el primer momento.»

Best

«*Te estoy viendo* es tanto un **emocionante** retrato de la familia moderna como un *thriller* **sublime** que te mantiene pegado hasta la última página.»

KATE HAMER

«**¡Genial!**»

TAMMY COHEN

«*Te estoy viendo* me ha tenido intrigada desde la primera hasta la última línea. **Magníficamente construida,** absolutamente **verosímil** y totalmente adictiva.»

JANET ELLIS

«Una idea **brillante** brillantemente desarrollada. Un *thriller* que parece **real.**»

ALEX LAKE

«Fantásticamente terrorífica.»

Fabulous

BESTSELLER

Clare Mackintosh trabajó doce años en la policía británica, en el departamento de investigación criminal y como comandante del orden público. Dimitió en 2011 para empezar a trabajar como periodista *freelance* y consultora de redes sociales. Asimismo es fundadora del Chipping Norton Literary Festival. Su primera novela, *Te dejé ir*, obtuvo un gran éxito de crítica y público, y los derechos de traducción fueron cedidos a una treintena de países. Con *Te estoy viendo* sigue la estela de *thriller* y suspense marcada por su debut literario. Actualmente vive en Cotswolds con su marido e hijos, y se dedica por completo a la escritura.

Biblioteca

CLARE MACKINTOSH

Te estoy viendo

Traducción de
Ana Alcaina y **Verónica Canales**

DEBOLS!LLO

Título original: *I See You*

Primera edición en Debolsillo: mayo de 2017

© 2016, Clare Mackintosh
Publicado por primera vez en inglés en Gran Bretaña en 2016 por Sphere,
un sello de Little, Brown Book Group
© 2017, Penguin Random House Grupo Editorial, S. A. U.
Travessera de Gràcia, 47-49. 08021 Barcelona
© 2017, Ana Alcaina y Verónica Canales, por la traducción

Printed in Spain – Impreso en España

ISBN: 978-84-663-4025-0 (vol. 1180/2)
Depósito legal: B-6.453-2017

Compuesto en M. I. Maquetación, S. L.
Impreso en Liberdúplex
Sant Llorenç d'Hortons
(Barcelona)

P 3 4 0 2 5 0

Penguin
Random House
Grupo Editorial

A mis padres, que me enseñaron tanto

Agradecimientos

No cabe duda de que el segundo libro puede ser una experiencia delicada, y la presente obra no habría sido posible sin el apoyo, orientación y colaboración práctica de muchas personas generosas. Mi más sincero agradecimiento a Guy Mayhew, David Shipperlee, Sam Blackburn, Gary Ferguson, Darren Woods y Joanna Harvey por su ayuda en la investigación necesaria para este libro. Todos los errores son míos, y la licencia poética se aplica de forma deliberada. Siento una especial gratitud hacia Andrew Robinson, quien invirtió tanto tiempo personal en ayudarme que lo he incluido en el libro.

Gracias a Charlotte Beresford, Merilyn Davies y Shane Kirk, por sus opiniones sobre el argumento y por haber sido mis lectores beta, y a Sally Boorman, Rachel Lovelock y Paul Powell por haber pujado de forma tan generosa en las subastas organizadas para recaudar fondos y así tener el derecho a que un personaje llevara su nombre.

La vida de una escritora es a menudo solitaria. La mía es de una riqueza maravillosa gracias a las comunidades de Twitter, Instagram y Facebook, cuyos miembros siempre están dispuestos a alentarme con sus palabras, sus copas virtuales de champán y sus sugerencias para nombres de cobayas. Tanto en mi vida virtual como en la real sigue sorprendiéndome la generosidad de los escritores y lectores de *thriller* que acabo de describir: no podrían haberme apoyado más. Los creadores son un grupo de gente asombrosa.

Tengo la suerte de contar con la representación de la mejor agente de este mundo, Sheila Crowley, y me siento profundamente orgullosa de ser autora de la agencia literaria Curtis Brown. Deseo expresar mi especial agradecimiento a Rebecca Ritchie y Abbie Greaves por su apoyo.

No sería ni la mitad de buena escritora que soy sin el talento ni la visión de mi correctora, Lucy Malagoni, con la que siempre es un placer trabajar. El equipo de Little, Brown es excepcional, y deseo expresar mi agradecimiento a Kirsteen Astor, Rachel Wilkie, Emma Williams, Thalia Proctor, Anne O'Brien, Andy Hine, Kate Hibbert y Helena Doree por su entusiasmo y dedicación.

Debería existir un premio para las familias de las escritoras, quienes soportan los cambios de humor, los plazos de entrega, las cenas quemadas y el llegar tarde al colegio. En ausencia de medallas, deseo expresar mi amor y mi agradecimiento a Rob, Josh, Evie y George, quienes iluminan mi vida y hacen posible que existan mis libros.

Por último, mi más profundo agradecimiento a los libreros, bibliotecas y lectores a los que tanto les gustó *Te dejé ir*; gracias a ellos se convirtió en un éxito. Me siento muy agradecida y espero que también disfrutéis con *Te estoy viendo*.

Haces lo mismo cada día.
Sabes exactamente adónde irás.
No estás sola.

1

El hombre que tengo detrás está tan pegado a mí que podría humedecerme la piel del cogote con su aliento. Desplazo los pies hacia delante unos centímetros y me pego más a un abrigo gris que huele a perro mojado. Tengo la sensación de que no ha parado de llover desde principios de noviembre; una fina capa de vapor emana de los cuerpos calientes apiñados unos junto a otros. Un maletín se me clava en el muslo. Cuando el tren toma una curva con brusquedad, no me tambaleo gracias al peso de las personas agolpadas a mi alrededor y porque apoyo una mano accidentalmente sobre el abrigo gris en busca de cierto equilibrio. Ya en Tower Hill, el vagón escupe una docena de viajeros llegados a la ciudad desde las afueras y se traga otra docena, todos apresurados, ansiosos por llegar a casa para pasar el fin de semana.

—¡Ocupen la totalidad del vagón! —se oye por el altavoz.

Nadie se mueve.

El abrigo gris se ha marchado, y yo avanzo como puedo para ocupar su lugar, sobre todo porque ahora logro sujetarme a la barra y ya no tengo el ADN de un desconocido en el cogote. El bolso se me ha desplazado hasta la espalda y tiro de él para colocármelo por delante. Dos turistas japoneses llevan sendas mochilas enormes apoyadas sobre el pecho, por lo que ocupan el lugar de otras dos personas. En el otro extremo del vagón, una mujer se da cuenta de que estoy mirándolos y me expresa su solidaridad con un mohín. Acepto el contacto visual fugazmente y luego agacho la cabeza para mirarme los pies. Los zapatos que me rodean son de diversos tipos: los masculinos son grandes y lustrosos, bajo dobladillos de perneras de raya diplomática; los femeninos son coloridos y de tacón, con los dedos apiñados en puntas de estrechez imposible. Entre la maraña de piernas veo un par de elegantes medias; son de nailon negro y tupidas, y contrastan enormemente con las zapatillas de deporte blancas como la nieve. No veo a la propietaria, pero imagino a una veinteañera con un par de tacones altísimos guardados en un bolso espacioso o en un cajón de su despacho.

Jamás he llevado tacones durante el día. Casi no me quitaba los botines Clarks cuando me quedé embarazada de Justin, y no tenía sentido usar tacones en la caja del Tesco ni para ir tirando de un niño pequeño por la concurrida calle principal. Con los años me he vuelto más práctica. Tengo una hora de tren hasta el trabajo y otra hora de regreso a casa. Debo subir por escaleras mecánicas estropeadas, adelantar corriendo carritos de bebé y bicicletas... ¿Y para qué? Para pasar ocho horas detrás de una mesa. Reservo los tacones para los días señalados o las vacaciones. Llevo un uniforme autoimpuesto de pantalón negro y una variedad de camisetas elásticas que no necesitan plancharse y que son lo bastante elegantes para pasar por ropa de trabajo. Lo complemento con una chaqueta de punto que tengo en el último cajón para los días de mucho ajetreo, cuando las puertas están siempre abiertas y el calor se esfuma con la entrada de cada cliente potencial.

El tren se detiene y me abro paso por el andén. Desde aquí cojo el metro que circula por la superficie, y, aunque a menudo va muy lleno, lo prefiero. Estar bajo tierra me hace sentir incómoda; me cuesta respirar aunque sepa que el malestar es psicológico. Sueño con trabajar en un lugar que se encuentre lo bastante cerca de casa para ir caminando, pero eso no va a ocurrir jamás: los únicos trabajos atractivos están en la zona uno. Las únicas hipotecas asequibles son para casas de la zona cuatro.

Debo esperar el tren y, del expositor junto a la máquina expendedora de billetes, cojo un ejemplar de *The London Gazette*. Sus titulares reflejan la cruda realidad apropiada a la fecha de hoy: viernes 13 de noviembre. La policía ha frustrado una nueva trama terrorista. Las tres primeras páginas están repletas de imágenes de explosivos que han requisado en un piso del norte de Londres. Voy pasando las hojas con fotografías de hombres barbudos, al tiempo que avanzo hacia la hendidura del suelo situada justo debajo del cartel con el número de andén. Es el punto exacto donde se abrirá la puerta del vagón. Mi estratégica posición me permitirá, antes de que el tren se llene, colocarme en mi sitio favorito: al fondo del todo, donde puedo apoyarme, semisentada, contra la mampara de cristal. El resto del vagón queda ocupado en un santiamén, y observo a los pasajeros que siguen de pie. Me siento aliviada, aunque un poco culpable, al no ver ningún anciano ni ninguna embarazada con barriga pronunciada.

A pesar del zapato plano, los pies me duelen, pues me paso casi todo el día ordenando los archivadores. Se supone que no debería encargarme de eso. Hay una chica cuya ocupación consiste en fotocopiar los detalles de las propiedades y mantener el orden de la documentación, pero está pasando quince días en Mallorca y, según he comprobado, lleva semanas sin ordenarlas. He encontrado propiedades residenciales mezcladas con locales comerciales, y alquileres perdidos entre las ventas. Y he cometido el error de comentarlo.

—Será mejor que te encargues de ordenarlo, Zoe —dijo Graham.

Así que, en lugar de programar las visitas para los clientes, tengo que pasar horas de pie en el pasillo donde se encuentra el despacho de Graham, sufriendo las corrientes y deseando no haber dicho nada. Hallow & Reed no está mal como lugar de trabajo. Antes venía una vez a la semana para llevar la contabilidad, luego la gestora de la empresa cogió la baja por maternidad y Graham me pidió que la sustituyera. Yo era contable, no agente de la propiedad, pero el sueldo estaba bien y había perdido un par de clientes, así que aproveché la oportunidad sin pensarlo. Tres años después, todavía sigo aquí.

Cuando llegamos a Canada Water, el vagón se ha vaciado bastante y los únicos pasajeros que siguen de pie lo están porque quieren. El hombre sentado junto a mí tiene las piernas tan separadas que debo apartar las mías, y, cuando miro la hilera de pasajeros de enfrente, veo a otros dos viajeros en la misma postura. ¿Será algo consciente? ¿O se debe a un instinto innato de intentar parecer más corpulento que nadie? La mujer que tengo justo delante mueve la bolsa de la compra y oigo el tintineo inconfundible de una botella de vino. Espero que Simon se haya acordado de meter una en la nevera: ha sido una semana larga, y lo único que me apetece en este momento es acurrucarme en el sofá y ver la tele.

En las páginas casi centrales de *The London Gazette*, un antiguo finalista de *X Factor* se queja por «la presión de la fama», y hay un artículo sobre las leyes de privacidad que ocupa la parte central de otra página. Leo sin asimilar las palabras: miro las fotos y echo un vistazo a los titulares para no sentirme del todo desconectada. No recuerdo la última vez que leí el periódico de cabo a rabo, o que me senté a ver las noticias de principio a fin.

Siempre veo fragmentos del telediario de Sky mientras desayuno o leo de reojo los titulares en el periódico de otra persona de camino al trabajo.

El tren se detiene entre Sydenham y Crystal Palace. Oigo un suspiro de impaciencia procedente del fondo del vagón, pero no me molesto en averiguar quién ha sido. Ya es de noche y al mirar por las ventanas solo veo mi rostro devolviéndome la mirada. Se refleja incluso más pálido de lo que realmente es y está desfigurado por la lluvia. Me quito las gafas y me froto los surcos que la montura me ha dejado a ambos lados de la nariz. Se oye el crujido de los altavoces, pero el sonido llega tan amortiguado y quien habla tiene un acento extranjero tan fuerte que resulta imposible entenderlo. Para el caso, podría tratarse de un problema con la señalización o incluso la presencia de un cadáver en las vías.

Espero que no sea un cadáver. Pienso en mi copa de vino y en Simon dándome un masaje en los pies mientras estamos en el sofá, luego me siento culpable por estar pensando en mi comodidad y no en la desesperación del hipotético suicida. Estoy segura de que no se trata de un cadáver. Los cadáveres son muy de lunes por la mañana, no de viernes por la noche, cuando el trabajo queda felizmente a tres días de distancia.

Se oye un nuevo crujido por los altavoces y se hace el silencio. Sea cual sea el motivo del retraso, va a llevarnos un rato.

—Eso no es una buena señal —dice el hombre sentado a mi lado.

—Mmm... —Es un comentario que no me compromete.

Sigo pasando las páginas del periódico, pero no me interesan los deportes y ahora solo me quedan los anuncios y las críticas de cine. Si esto sigue así, no llegaré a casa hasta las siete y pico: tendremos que cenar algo rápido, en lugar del pollo asado que había planeado. Simon cocina durante la semana, y yo me encargo de ello los viernes por la noche y los fines de semana. Él también lo haría, si yo quisiera, pero sería incapaz de pedírselo. No podría exigirle que cocinara todas las noches para nosotros, para mis hijos. Quizá compre comida para llevar.

Me salto la sección de economía y echo un vistazo al crucigrama, pero no llevo ningún boli encima. Así que leo los anuncios, porque se me ha ocurrido que podría buscar un trabajo para Katie, o para mí, ya que estoy, aunque sé que nunca dejaré Hallow & Reed. El sueldo está bien y soy buena en lo que hago. De no ser por mi jefe, sería el trabajo perfecto. La mayoría de clientes es agradable. En su mayoría son *start-ups* en busca de local o empresas prósperas que quieren ampliar sus instalaciones. No gestionamos muchas casas, sino más bien los pisos situados sobre tiendas para compradores primerizos y clientes sin mucho dinero. Conozco a muchas personas que acaban de separarse. A veces, si me apetece, les digo que sé por lo que están pasando.

—¿Al final te ha ido bien? —me preguntan siempre las mujeres.

—Es lo mejor que he hecho en mi vida —les digo en tono de confidencia. Es lo que quieren oír.

No encuentro ninguna oferta de trabajo para una aspirante a actriz de diecinueve años, pero doblo la esquina de una página donde hay un anuncio en el que buscan una jefa de recursos humanos. Mirar las ofertas no hace daño. Durante un segundo me imagino que entro en el despacho de Graham Hallow y le entrego mi carta de dimisión, diciéndole que no pienso seguir aguantando que me hable como si fuera una mierda. Luego leo el sueldo de la oferta de jefa de recursos humanos y recuerdo cuánto me ha costado ascender, con uñas y dientes, hasta el puesto que ocupo, gracias al cual puedo mantenerme. Como dice el refrán: mejor malo conocido...

Las últimas páginas del *Gazette* están dedicadas a resoluciones de sentencias sobre compensaciones económicas y otros asuntos financieros. Evito escrupulosamente los anuncios de préstamos —esos que ofrecen dinero con unas tasas de interés que solo aceptaría alguien desquiciado o muy desesperado—, y leo el final de la página, donde se anuncian las líneas de contacto.

Mujer casada busca acción discreta y sin compromiso. Para fotos envía sms a Angel al 69998.

Arrugo la nariz más por el altísimo precio de la llamada que no por el servicio en sí. ¿Quién soy yo para juzgar lo que hacen los demás? Estoy a punto de volver la página, resignada a leer algo sobre el partido de fútbol de anoche, cuando veo el anuncio de debajo del de Angel. Durante un segundo supongo que tengo la vista cansada. Luego parpadeo con fuerza, pero nada cambia.

Estoy tan absorta en la lectura que no me doy cuenta de que el tren ha retomado la marcha. Arranca de pronto, y mi cuerpo da un bandazo hacia un lado, alargo una mano de forma automática y esta acaba aterrizando en el muslo de mi vecino.

—¡Perdón!

—Tranquila, no pasa nada. —Él sonríe, y yo me obligo a devolverle el gesto.

No obstante, me palpita el corazón y tengo la mirada clavada en el anuncio. Incluye la misma advertencia que los demás sobre el precio de la llamada, y un número que empieza con el prefijo 083 en la parte superior del recuadro. Hay una dirección de internet, www.encuentrala.com, pero lo que estoy mirando es la fotografía. Es un primer plano del rostro, aunque se ve claramente el pelo rubio y se intuye una camiseta negra de tirantes. Es una mujer mayor que el resto de las que mercadean con su compañía, aunque con una foto tan granulada resulta difícil precisar la edad.

Sin embargo, yo sé cuántos años tiene. Tiene cuarenta. Porque la mujer de ese anuncio soy yo.

2

De pie en el vagón de metro de la línea de Central, Kelly Swift
trataba de mantener el equilibrio trasladando el peso de su cuerpo de un pie al otro mientras el tren tomaba una curva. En la parada de Bond Street, un par de chavales —no tendrían más de catorce o quince años— se subieron al vagón, abriéndose paso a
empujones y soltando un taco tras otro, a cual más fuerte, pala-
brotas que desentonaban con la pronunciación de clase media de
sus voces. Era demasiado tarde para actividades extraescolares y
en la calle ya había anochecido; Kelly esperaba que fuesen camino de sus casas y no a salir de fiesta por ahí. No a su edad.

—¡Como una puta cabra!

El chico levantó la vista y su actitud chulesca se transformó
en una expresión avergonzada al ver a Kelly allí mirándolo.
Kelly adoptó el gesto que recordaba haber visto en el rostro de
su madre tantas veces y los adolescentes enmudecieron de inmediato, se pusieron rojos como tomates y se volvieron para
examinar con atención el interior de las puertas automáticas al
cerrarse. Seguramente era lo bastante mayor para ser su madre,
pensó con amargura, contando hacia atrás desde treinta e imagi-
nándose con un hijo de catorce años. Varias de sus compañeras
del colegio habían tenido hijos casi a esa edad: la página de Facebook de Kelly se llenaba con regularidad de orgullosas fotos de
familia, y hasta había recibido un par de solicitudes de amistad
de los propios hijos de sus amigas.

Eso sí era hacerle a una sentirse mayor…

Kelly sorprendió a una mujer con un abrigo rojo mirándola desde el otro lado del vagón, y esta le dedicó una mueca de aprobación por el efecto que había tenido sobre los chicos.

Kelly le devolvió la mueca acompañada de una sonrisa.

—¿Un buen día?

—Mejor ahora que se ha terminado —respondió la mujer—. No hay nada como el fin de semana, ¿eh?

—Yo trabajo. No libro hasta el martes.

«Y, aun así, solo un día libre antes de seis días seguidos de trabajo luego», pensó, suspirando para sus adentros. La mujer parecía horrorizada. Kelly se encogió de hombros.

—Alguien tiene que hacerlo, ¿verdad?

—Supongo… —Cuando el tren empezó a reducir la velocidad al aproximarse a Oxford Circus, la mujer se dirigió hacia la puerta—. Pues que le sea leve.

«Seguro que no lo será», pensó Kelly. Consultó su reloj. Le quedaban nueve paradas hasta Stratford; después dejar sus cosas y luego volver. En casa a las ocho, a las ocho y media tal vez. Al día siguiente, vuelta a empezar a las siete de la mañana. Soltó un enorme bostezo, sin molestarse en disimularlo con la mano, y se preguntó si tendría algo de comida en la nevera. Compartía casa cerca de Elephant and Castle con otras tres personas, aunque solo conocía sus nombres completos gracias a los cheques del alquiler clavados en el tablón de la entrada, listos para el cobro mensual. En su afán por aumentar sus ingresos, el casero había convertido el salón en un dormitorio adicional, dejando la pequeña cocina como la única zona común. Solo había espacio para dos sillas, pero los turnos de sus compañeras de piso y sus erráticos horarios hacían que a veces Kelly pasase días enteros sin ver a nadie. La mujer del dormitorio de mayor tamaño, Dawn, era enfermera. Más joven que Kelly pero mucho más abnegada que ella, en ocasiones Dawn dejaba al lado del microondas un plato para Kelly con una nota que decía: ¡BUEN PROVECHO! Le rugió el estómago solo de pensar en comida y miró su reloj. La tarde había sido más movidita de lo que esperaba; iba a tener que trabajar unas cuantas horas extras la semana siguiente, o de lo contrario nunca acabaría todas las tareas pendientes.

Un grupo de ejecutivos se subió al metro en la parada de Holborn y Kelly los examinó con ojo experto. A primera vista, todos parecían idénticos, con el pelo corto, los trajes oscuros y los maletines iguales. «La clave está en los detalles», pensó Kelly. Inspeccionó el traje de raya fina, el ejemplar de un libro metido despreocupadamente en una bolsa, las gafas de montura metálica con una patilla torcida y el reloj de pulsera con correa de cuero marrón debajo de una camisa de algodón blanca: las peculiaridades y los detalles en el aspecto físico que distinguían a cada uno de ellos de entre una fila de hombres prácticamente idénticos. Kelly los observaba sin ningún disimulo, con mirada objetiva. Solo estaba practicando, se dijo, y no se inmutó cuando uno de ellos levantó la vista y descubrió los ojos indiferentes de ella sobre él. Kelly pensó que apartaría la mirada, pero en vez de hacer eso le guiñó un ojo, transformando sus labios en una sonrisa que rezumaba seguridad. Kelly desvió la vista hacia su mano izquierda: estaba casado. Blanco, robusto, metro ochenta de estatura, con una sombra alrededor de la mandíbula que seguramente no estaba allí unas horas antes. El destello amarillo de una etiqueta olvidada de la tintorería en el interior de su abrigo. La espalda recta, tan erguida que Kelly apostaría a que se trataba de un exmilitar. Aparentemente del montón, pero Kelly lo reconocería si volvieran a encontrarse algún día.

Satisfecha, desplazó su atención hacia la última avalancha de pasajeros que se habían subido en Bank y que estaban peinando el vagón en busca de los escasos asientos libres. Casi todos iban con el móvil en la mano, jugando a algún juego, escuchando música o simplemente sujetándolo como si fuese un injerto. Al fondo del vagón, alguien levantó el móvil en el aire y Kelly se volvió de espaldas de forma instintiva. Turistas, sacándose una foto icónica en el famoso metro de Londres para enseñarla en casa, pero a Kelly la idea de aparecer como telón de fondo en las fotos de las vacaciones de unos extraños se le antojaba demasiado grotesca.

Le dolía el hombro por el golpe que se había dado contra la pared al doblar la esquina con demasiado ímpetu mientras corría por las escaleras mecánicas y se dirigía al andén en Marble Arch. Había perdido ese metro por los pelos, y le fastidiaba que el morado incipiente del brazo hubiese sido en vano. La próxima vez sería más rápida.

El tren se detuvo en Liverpool Street; una muchedumbre de gente esperaba en el andén, impaciente por que se abriesen las puertas.

A Kelly se le aceleró el pulso.

Ahí delante, en medio de la multitud, semiescondido detrás de unos vaqueros exageradamente grandes, una sudadera con capucha y una gorra de béisbol, estaba Carl. Lo reconoció al instante y, pese a las ganas que tenía de llegar a su casa, Kelly no iba a poder alejarse de allí sin más. Estaba claro por la forma en que se confundió entre la multitud que Carl la había visto una fracción de segundo antes, y estaba tan poco entusiasmado como ella ante la perspectiva del encuentro. Kelly iba a tener que actuar con rapidez.

Kelly se bajó del tren de un salto justo cuando las puertas se cerraban tras ella. Al principio creyó que lo había perdido, pero luego advirtió una gorra de béisbol unos diez metros delante de ella; no iba corriendo, sino zigzagueando con rapidez entre la multitud de pasajeros que abandonaban el andén.

Si algo le habían enseñado a Kelly los últimos diez años en el metro de Londres era que con cortesía y buena educación no se llegaba a ninguna parte.

—¡Abran paso! —gritó, echando a correr y abriéndose paso a empujones entre dos turistas de avanzada edad que arrastraban unas maletas—. ¡Cuidado, dejen paso!

Sí, esa misma mañana se le había escapado por los pelos, y se había llevado un moretón en el hombro como consecuencia, pero no pensaba dejarlo escapar de nuevo. Pensó un instante en la cena que imaginaba aguardándola en casa y calculó que aquello iba a añadir al menos dos horas extras a su jornada laboral. Pero qué se le iba a hacer… Siempre podía comprarse un kebab por el camino de vuelta a casa.

Carl subía corriendo por las escaleras mecánicas. El clásico error de novato, pensó Kelly, subiendo por las escaleras normales en su lugar: allí había menos turistas y era más fácil para las piernas en vez del movimiento irregular y las sacudidas de una escalera automática. Aun así, a Kelly le ardían los cuádriceps para cuando llegó a la altura de Carl. Este miró rápidamente por encima del hombro izquierdo cuando llegaron arriba y luego giró a la derecha. «Joder, Carl… —pensó ella—. Debería estar ya en mi casa…»

Lanzándose en un *sprint* final, Kelly le dio alcance cuando él estaba a punto de saltar por encima del torniquete de salida y lo agarró de la chaqueta con la mano izquierda mientras le retorcía el brazo por detrás de la espalda con la derecha. Tras un torpe intento de zafarse de ella, Carl le hizo perder el equilibrio y le tiró su gorra al suelo. Con el rabillo del ojo, Kelly creyó ver a alguien recogiéndola y esperó que no fuesen a largarse corriendo con ella. Ya había tenido problemas con Stores por haber perdido su porra en una refriega la semana anterior… no tenía ningunas ganas de recibir otro rapapolvo.

—Hay un montón de órdenes de búsqueda a tu nombre por incomparecencia, colega —dijo Kelly, salpicando sus palabras con exhalaciones entrecortadas y comprimidas por el ajustado chaleco antibalas. Se palpó el cinturón y sacó las esposas para colocárselas hábilmente a Carl en las muñecas y comprobar luego su firmeza—. Estás detenido.

Te veo. Pero tú no me ves a mí. Estás absorta en la lectura de tu libro, una edición de bolsillo con una chica con un vestido rojo en la cubierta. No veo el título, pero da igual: todos los libros son iguales. Cuando no van de chico que encuentra a chica, son de chico que acosa a chica. O de chico que mata a chica.

Y soy perfectamente consciente de la ironía que encierran mis palabras.

En la siguiente parada aprovecho la avalancha de pasajeros que se suben como excusa para acercarme a ti. Sujetas la tira del centro del vagón para no perder el equilibrio, leyendo con una sola mano, pasando de página con un pulgar bien entrenado. Estamos tan cerca que nuestros abrigos se rozan, y percibo el aroma avainillado de tu perfume, un olor que se habrá desvanecido mucho antes de que salgas del trabajo. Hay mujeres que se escabullen hacia el baño a la hora del almuerzo, a retocarse el maquillaje, a echarse otro toque de perfume. Pero tú no. Cuando te vea después del trabajo, la sombra de ojos gris oscuro de tus párpados se te habrá corrido para acentuar tus ojeras de cansancio, y la marca de carmín de tus labios se habrá transferido a innumerables tazas de café.

Pero estás muy guapa, incluso al final de una larga jornada laboral. Eso cuenta mucho. No es que siempre se trate de belleza pura y dura: a veces es un aspecto exótico, o unos pechos grandes o unas piernas largas. A veces tiene que ver con la elegancia y la clase —pantalones azul marino a medida y zapatos de tacón en color nude— y otras veces, en cambio, con la estridencia y la ordinariez. Con parecer un poco puta incluso. La variedad es im-

portante. *Hasta el bistec más exquisito se vuelve soso y aburrido cuando lo comes todos los días.*

Llevas un bolso más grande que la mayoría. Sueles llevarlo cruzado por delante, pero cuando el vagón va lleno —como en esta parte del trayecto— lo dejas en el suelo, entre tus piernas. Ahora mismo está entreabierto, lo que me permite asomarme y ver lo que hay dentro. Un monedero de piel de cabritilla marrón claro con el cierre dorado. Un cepillo, con cabellos rubios prendidos de sus cerdas. Una bolsa de la compra reutilizable, enrollada hasta formar una bola. Un par de guantes de piel. Dos o tres sobres marrones, abiertos y metidos de cualquier manera en el interior del bolso con su contenido. Es el correo que has recogido del felpudo de la puerta después del desayuno, que has abierto en el andén mientras esperabas el primer tren. Alargo el cuello para ver lo que hay escrito en el sobre de arriba de todo.

Así que ahora sé cómo te llamas.

Aunque no es que importe mucho: tú y yo no vamos a mantener la clase de relación que precisa de nombres.

Saco mi móvil y deslizo el dedo para activar la cámara. Me vuelvo hacia ti y uso el pulgar y el índice para hacer zoom hasta que solo se ve tu cara en la pantalla. Si alguien se fija en lo que hago en este instante, pensará que estoy subiendo alguna foto en Instagram, o Twitter. Algún selfie.

Un clic silencioso y eres mía.

Cuando el vagón enfila una curva, sueltas la tira del techo y te agachas para sujetar tu bolso, sin apartar la vista del libro. Si no te conociera pensaría que me has pillado observándote y que estás moviendo tus cosas para esconderlas de la vista, pero no es eso. La curva en el trayecto simplemente indica que casi hemos llegado a tu estación.

Te gusta este libro. Normalmente dejas de leer mucho antes, cuando llegas al final de un capítulo, y deslizas entre las páginas la postal que utilizas como punto de libro. Hoy sigues leyendo incluso cuando el tren entra en la estación. Incluso mientras te abres paso entre la gente para alcanzar la puerta diciendo «Per-

dón» y «Disculpe» una docena de veces. Sigues leyendo incluso mientras te diriges andando a la salida, echando un rápido vistazo hacia delante para asegurarte de no chocar con nadie.

Sigues leyendo.

Y yo sigo observándote.

3

Crystal Palace es la última estación del recorrido. De no haber sido así, podría haberme quedado en mi asiento, mirando fijamente el anuncio con la esperanza de encontrarle algún sentido. La realidad es que soy la última en bajarme del tren.

La lluvia ha ido amainando hasta convertirse en chispeo, pero, apenas salgo de la estación de metro, el periódico que llevo en las manos queda empapado y me deja los dedos manchados de tinta. Ya es de noche, las farolas están encendidas, y los letreros de neón de los miles de puestos de comida para llevar y de tiendas de telefonía móvil de Anerley Road me permiten ver con claridad. Luces estridentes cuelgan de cada farola: son para el encendido de este fin de semana protagonizado por los famosos de poca monta, aunque hace un tiempo demasiado templado y es demasiado pronto para que yo empiece a pensar en Navidad.

No paro de mirar el anuncio de camino a casa, sin importarme que la lluvia esté pegándome el flequillo a la frente. A lo mejor no soy yo. Tal vez sea mi doble. No soy en absoluto el tipo de mujer ideal para anunciar una línea de contactos de las más caras: sería más razonable que usaran a alguien más joven, más atractiva. No a una señora de mediana edad, con dos hijos ya mayores y un poco de barriga. Estoy a punto de romper a reír. Ya sé que para gustos hay colores, pero... ¡Menudo nicho de mercado!

Entre el supermercado polaco y la cerrajería está la cafetería de Melissa. «Una de las cafeterías de Melissa», me recuerdo a mí misma. La otra está en una calle paralela a Covent Garden, donde sus clientes habituales del almuerzo llaman de antemano para pedir los bocadillos y así evitar hacer cola, y los turistas titubean delante de la puerta mientras deciden si valdrá la pena esperar tanto por un *panini*. La gente cree que tener una tienda en Covent Garden es como una máquina de hacer dinero, pero los alquileres comerciales son carísimos y en los cinco años que lleva abierto el negocio han tenido que luchar para obtener algún beneficio. Por otro lado, esta otra cafetería, con su pintura desconchada y la escasa competencia es una mina de oro. Lleva años en este lugar, haciendo caja sin parar, mucho antes de que Melissa se pusiera al frente y colgara su nombre sobre la puerta. Es uno de esos secretos ocultos que aparecen de vez en cuando en algunas guías de la ciudad. «El mejor desayuno de South London», afirma el artículo fotocopiado que está pegado con celo en la puerta.

Permanezco en la calle de enfrente durante un rato, para poder mirar sin ser vista. Por dentro, las vitrinas están ligeramente empañadas en los bordes, como una fotografía difuminada de los ochenta. En el centro, detrás del mostrador, un hombre está limpiando el interior del expositor de metacrilato. Lleva un delantal doblado por la mitad y atado a la cintura —como un camarero parisino—, en lugar de llevarlo puesto sobre el pecho y metido por el cuello. Con su camiseta negra y su pelo del mismo color, peinado como si acabara de levantarse, tiene demasiado estilo para estar trabajando en una cafetería. ¿Que si es guapo? Sé que no puedo ser objetiva, pero es guapo a rabiar.

Cruzo la calle atenta a los ciclistas cuando un conductor de autobús me indica con la mano que cruce por delante de él. La campanilla de la puerta de la cafetería suena y Justin levanta la vista.

—¿Qué hay, mamá?

—Hola, cielo. —Echo un vistazo en busca de Melissa—. ¿Estás solo?

—Melissa ha ido al local de Covent Garden. El jefe está de baja y ella me ha dejado al cargo. —Habla con tono de despreocupación, así que hago un esfuerzo por responder con la misma tranquilidad, aunque en realidad me siento henchida de orgullo. Siempre he sabido que Justin era un buen chico; solo necesitaba que alguien le diera una oportunidad—. Dame cinco minutos —dice mientras limpia el trapo en el fregadero de acero inoxidable que tiene detrás— y te atiendo.

—Quería comprar algo de comida para la cena. Supongo que ahora tendrás la freidora apagada.

—Acabo de apagarla. Si quieres unas patatas, no tardaré mucho en freírlas. Y también tengo unas salchichas que habrá que tirar si no se comen hoy. A Melissa no le importará que nos las llevemos a casa.

—Las pagaré —digo, porque no quiero que Justin pierda la perspectiva por su cargo pasajero de responsabilidad.

—A ella no le importará.

—Las pagaré de todas formas —insisto con firmeza y saco la cartera. Levanto la vista para consultar el precio de cuatro salchichas con patatas fritas en la pizarra. Mi hijo está en lo cierto al decir que Melissa nos las habría regalado de estar ella aquí, pero no está, y en nuestra familia siempre pagamos lo que comemos.

Las tiendas y otros negocios van disminuyendo en número a medida que nos alejamos de la estación y van dejando paso a las casas adosadas en hileras, dispuestas de doce en doce. Hay varias tapiadas con persianas metálicas de color gris, lo que significa que han sido expropiadas. El grafiti añade explosivos toques rojos y naranjas a las puertas de entrada. La hilera donde se encuentra nuestro hogar, no es distinta —a la casa que está tres puertas más allá le faltan azulejos y tiene un grueso marco de madera de contrachapado en las ventanas—; además, se sabe perfectamente cuáles son las casas de alquiler por las alcantarillas embozadas y los ladrillos manchados de la fachada. Al final de la hilera hay dos casas de propiedad: la de Melissa y Neil, en la tan codiciada esquina donde se encuentra la última de las viviendas adosadas, y la mía, justo al lado.

Justin rebusca sus llaves en la mochila, y yo me quedo esperando un rato en la acera, junto a la cancela que rodea lo que, siendo muy generoso, podría llamarse el jardín principal. Las malas hierbas asoman entre la gravilla húmeda y el único elemento decorativo es una lámpara de energía solar con forma de faro antiguo, que proyecta un apagado fulgor amarillo. El jardín de Melissa también está cubierto de grava, pero no se ven malas hierbas, y a ambos lados de la entrada hay dos bojes podados con forma de espiral. Bajo la ventana del salón hay una franja de ladrillos con un tono ligeramente más claro que los demás; es el lugar del que Neil borró el grafiti que algún vecino de South London, de esos con mentalidad cerrada todavía, pintó para criticar el matrimonio interracial.

Nadie se ha molestado en correr las cortinas de nuestro salón, y veo a Katie pintándose las uñas sobre la mesa del comedor. Antes insistía en que nos sentáramos a cenar juntos a la mesa; me encantaba tener la oportunidad de saber cómo les había ido en el colegio. Al principio, cuando acabábamos de mudarnos a esta casa, era el momento del día en que sentía que nos iba bien sin Matt. Allí estábamos, nuestra pequeña unidad familiar de tres personas, sentados a la mesa para cenar a las seis de la tarde.

A través de la ventana —cubierta por la sempiterna capa de hollín consecuencia de vivir en una calle con mucho tráfico—, veo que Katie ha hecho sitio para su kit de manicura entre las revistas, la pila de recibos y la cesta de la colada, que, por algún motivo, ha decidido que la mesa del comedor sea su hogar natural. De vez en cuando lo recojo todo para que comamos juntos los domingos, pero no pasa mucho tiempo antes de que una marea reptante de documentos y bolsas de la compra abandonadas nos eche de allí y nos obligue de nuevo a comer con las bandejas sobre el regazo, delante del televisor.

Justin abre la puerta, y recuerdo la sensación que tenía cuando mis dos hijos eran pequeños y salían corriendo a saludarme al llegar a casa, como si hubiera estado fuera durante meses y no reponiendo las estanterías del Tesco durante horas. Siendo un poco más mayores, llamaba a la puerta de la casa vecina y agradecía a Melissa que los cuidara tras salir del colegio. Los niños decían que eran demasiado mayores para eso, aunque en realidad les encantaba.

—¿Hola? —digo.

Simon sale de la cocina con una copa de vino. Me la entrega, me besa en los labios y me rodea por la cintura con un brazo para acercarme hacia su cuerpo. Le doy la bolsa de plástico de la cafetería de Melissa.

—Iros a un hotel ya. —Katie sale del salón con los dedos separados y las manos levantadas—. ¿Qué hay para cenar? —Simon me suelta y lleva la bolsa a la cocina.

—Salchichas con patatas fritas.

Arruga la nariz, y yo hablo antes de que empiece a quejarse de las calorías.

—Hay algo de lechuga en la nevera, puedes comer tu salchicha con ensalada.

—Eso no te librará de los tobillos gordos —dice Justin.

Katie le da un golpe en el brazo, pero él lo esquiva y sale corriendo escalera arriba, subiendo los peldaños de dos en dos.

—Creced ya.

Katie tiene diecinueve años y usa una talla treinta y seis; no queda ni rastro de esos michelines infantiles que todavía tenía hace unos años. Y sus tobillos son perfectos. Me acerco para darle un abrazo, pero recuerdo que tiene las uñas recién pintadas y le planto un beso en la mejilla.

—Lo siento, cielo, pero estoy hecha polvo. Un poco de comida preparada de toda la vida no te hará ningún daño. Nada es malo si se consume con moderación, ¿verdad?

—¿Cómo te ha ido el día, cariño? —me pregunta Simon.

Me sigue hasta el salón, me dejo caer en el sofá, cierro los ojos durante un breve instante y suspiro aliviada al notar que empiezo a relajarme.

—Me ha ido bien. Salvo por el hecho de que Graham me ha obligado a encargarme de los archivos.

—Ese no es tu trabajo —dice Katie.

—Ni tampoco lo es limpiar los lavabos, pero ¿adivina qué me tuvo haciendo ayer?

—Qué asco. Ese tío es un gilipollas.

—No deberías aguantarlo. —Simon se sienta a mi lado—. Deberías quejarte.

—¿A quién? Él es el dueño.

Graham Hallow pertenece a esa especie de hombres que engorda su ego denigrando a las personas que lo rodean. Tengo esa certeza y por eso no me molesta. La mayoría del tiempo.

Para cambiar de tema cojo *The London Gazette* de la mesita de centro, donde lo había dejado tirado antes. Todavía está húmedo y la tinta está corrida en algunas partes, pero lo doblo por la mitad para dejar a la vista los anuncios clasificados y el de la línea de contactos.

—¡Mamá! ¿Qué haces leyendo los anuncios de contactos? —pregunta Katie riendo.

Termina de aplicarse una última capa de esmalte en las uñas, pone la tapa al bote con cuidado y regresa hacia la mesa para colocar las manos bajo una lámpara ultravioleta y sellar el esmalte.

—A lo mejor está pensando en cambiar a Simon por un modelo más moderno —dice Justin al tiempo que entra en el salón.

Se ha quitado la camiseta negra y los vaqueros que llevaba en el trabajo, y se ha puesto unos pantalones de chándal grises y una sudadera. Va descalzo. En una mano lleva el móvil, y en la otra, un plato con su salchicha y las patatas fritas.

—Eso no tiene gracia —dice Simon. Me quita el periódico—. Bueno, ahora en serio, ¿qué haces mirando los anuncios de contactos?

Frunce el ceño y veo que su expresión se ensombrece. Me

quedo mirando a Justin. Simon es catorce años mayor que yo, aunque a veces me miro al espejo y me da la sensación de que estoy alcanzándolo. Tengo unas patas de gallo que no tenía a los treinta, y empieza a arrugárseme la piel del cuello. La diferencia de edad entre ambos jamás me ha parecido un problema, pero Simon la menciona tan a menudo que es evidente que a él sí le preocupa. Justin lo sabe, y aprovecha cualquier oportunidad para meter el dedo en la llaga. Aunque nunca sé muy bien si intenta provocarme a mí o a Simon.

—¿No crees que se me parece? —le pregunto señalando el anuncio del final de la página, justo por debajo de donde dice lo de los «servicios» prestados por Angel, la madurita.

Justin se asoma por encima del hombro de Simon, y Katie retira las mano de debajo de la lámpara ultravioleta para poder mirarlo de cerca. Durante unos segundos, todos nos quedamos contemplando el anuncio en silencio.

—No —dice Justin.

Katie responde a la vez:

—Sí que se te parece un poco.

—Tú llevas gafas, mamá.

—No siempre —señalo—. Algunas veces me pongo lentillas.

Aunque no recuerdo la última vez que lo hice. Llevar gafas nunca me ha molestado, y me gustan bastante las que tengo ahora, con su gruesa montura negra que me da un aspecto mucho más intelectual de lo que jamás tuve mientras estudiaba.

—A lo mejor es alguien que quiere gastarte una broma —dice Simon—. encuentrala.com... ¿Crees que alguien te ha dado de alta en una web de contactos para tomarte el pelo?

—¿Quién haría algo así? —Me quedo mirando a los chicos, por si capto alguna mirada de complicidad entre ellos, pero Katie parece tan confusa como yo, y Justin ha vuelto a sus patatas fritas.

—¿Has llamado al número? —pregunta Simon.

—¿A una libra y media el minuto? Debes de estar de broma.

—¿Has sido tú? —me pregunta Katie. Tiene mirada maliciosa—. Bueno, yo qué sé... a lo mejor querías el dinero para darte algún capricho... Venga ya, mamá, puedes contárnoslo.

La sensación de malestar que he tenido desde que vi el anuncio empieza a remitir, y me río.

—No estoy muy segura de si alguien pagaría una libra y media por mí, cielo. Pero sí que nos parecemos, ¿verdad? Me ha dado un buen susto.

Simon saca el móvil del bolsillo y se encoge de hombros.

—Apuesto a que ha sido alguien que lo ha hecho por tu cumpleaños.

Activa el altavoz del teléfono y marca el número. Me parece ridículo, todos nosotros reunidos en torno a *The London Gazette*, llamando a una línea de contactos.

—El número que ha marcado no corresponde a ningún cliente.

Me doy cuenta de que he estado aguantando la respiración.

—Bueno, pues ya está —dice Simon, y me pasa el periódico.

—Pero ¿qué hace ahí mi foto? —insisto.

Faltan siglos para que sea mi cumpleaños, y no se me ocurre a quién puede haberle parecido divertido darme de alta en un servicio de citas. Se me pasa por la cabeza que tal vez sea alguien al que no le guste Simon, alguien que quiera crear problemas entre nosotros. ¿Matt? Descarto la idea en cuanto se me ocurre.

De forma instintiva, aprieto el hombro de Simon, aunque no dé señal alguna de estar molesto por el anuncio.

—Mamá, no se parece para nada a ti. Es una tía vieja a la que se le notan un montón las raíces del pelo —dice Justin.

Creo percibir un cumplido oculto en alguna parte de esa frase.

—Jus tiene razón, mamá. —Katie vuelve a mirar el anuncio—. Sí que se parece a ti, pero hay muchas personas parecidas a otras. Hay una chica en el trabajo que es clavadita a Adele.

—Supongo que sí.

Echo un último vistazo al anuncio. La mujer de la foto no está mirando directamente a cámara, y la resolución de la imagen es tan mala que me sorprende que la hayan usado para un anuncio. Se la paso a Katie.

—Tíralo a la papelera de reciclaje por mí, cielo, cuando vayas a la cocina a lavar los platos de la cena.

—¡¿Y mis uñas?! —grita.

—¿Y mis pies? —contraataco.

—Ya los lavo yo —dice Justin.

Deja su plato en la mesita de centro y se levanta. Simon y yo intercambiamos una mirada de sorpresa y Justin entorna los ojos.

—¿Qué pasa? ¡Tú siempre estás diciendo que no ayudo en casa!

Simon suelta una risa breve.

—¿Qué quieres decir con eso?

—¡Oh, joder, vete a la mierda, Simon! ¡Encárgate tú de tu propio plato!

—Vosotros dos, basta ya —espeto—. ¡Dios, algunas veces es difícil saber quién es el hijo y quién es el padre!

—A eso me refiero, él no es mi... —empieza a decir Justin, pero se calla en cuanto me ve la cara.

Comemos con los platos sobre el regazo, mirando la tele y peleándonos por quién se encarga del mando a distancia, y veo que Simon está mirándome. Me guiña un ojo: es un instante de intimidad en el caos de una vida con dos hijos mayores.

Cuando los platos están vacíos, salvo por una capa de grasa, Katie se pone el abrigo.

—¿Vas a salir ahora? —pregunto—. Son casi las nueve.

Me mira con desdén.

—Es viernes por la noche, mamá.

—¿Adónde vas?

—Al centro. —Me ve la cara—. Compartiré un taxi con Sophia. Es lo mismo que si volviera a casa después de un turno de noche en el trabajo.

Quisiera decirle que no lo es. Que la falda negra y la camiseta blanca que lleva Katie como camarera son mucho menos provocativas que el vestido ajustado que se ha puesto ahora. Que llevar el pelo recogido con una cola de caballo la hace parecer fresca e inocente, mientras que el peinado de esta noche le da un aspecto desaliñado y sexy. Quisiera decirle que lleva demasiado maquillaje, que sus tacones son demasiado altos y que el esmalte de uñas es demasiado rojo.

No lo hago, por supuesto. Porque yo también tuve diecinueve años y porque soy madre desde hace ya un tiempo, el suficiente para saber cuándo callarme lo que pienso.

—Que lo pases bien. —Pero al final no puedo evitarlo—. Ten cuidado. No os separéis. Tapa tu copa con una mano.

Katie me besa en la frente y luego se vuelve hacia Simon.

—Hablad un poco, ¿vale? —dice, y hace un gesto con la cabeza para señalarme. Pero está sonriendo y me dedica un guiño antes de salir contoneando las caderas hacia la puerta—. Sed buenos, pareja —añade—. ¡Y si no podéis ser buenos, al menos tomad precauciones!

—No puedo evitarlo —digo cuando ya se ha marchado—. Me preocupo por ella.

—Ya lo sé, pero esa chica está muy loca. —Simon me da un apretón en la rodilla—. Ha salido a su madre. —Mira a Justin, quien está tirado en el sofá con el móvil a unos milímetros de la cara—. ¿Tú no vas a salir?

—Estoy sin blanca —dice Justin sin despegar los ojos de la diminuta pantalla que tiene delante.

Veo los recuadros azules y blancos de la conversación que está manteniendo por el móvil, pero son demasiado pequeños para leerlos desde donde estoy sentada. Una franja del calzoncillo rojo le asoma entre el hueco del pantalón de chándal y la sudadera, cuya capucha lleva puesta a pesar de estar dentro de casa.

—¿Melissa no te paga los viernes?

—Me dijo que me pagaría los fines de semana.

Justin ha estado trabajando en la cafetería desde principios de verano, cuando yo ya casi había perdido la esperanza de que encontrara otro trabajo. Se presentó a un par de entrevistas

—una para una tienda de discos y otra para un supermercado de la cadena Boots—, pero, en cuanto averiguaban que tenía antecedentes por hurto en tienda, no querían saber más de él.

—Es comprensible —había dicho Simon—. Ningún empleador quiere asumir el riesgo de contratar a alguien que pueda meter mano en la caja.

—¡Tenía catorce años! —No pude evitar ponerme a la defensiva—. Sus padres acababan de divorciarse y había tenido que cambiar de colegio. No es un delincuente común, precisamente.

—Aun así...

Lo dejé estar. No quería discutir con Simon. Sobre el papel, Justin no estaba hecho para conseguir un trabajo, pero cuando lo conocías de verdad... Fui directamente a ver a Melissa.

—Puede encargarse de los repartos —le sugerí—. O que reparta propaganda. Cualquier cosa.

Justin jamás ha sido un chico estudioso. Nunca le cogió el gusto a la lectura como los demás niños; no aprendió todo el alfabeto hasta los ocho años. A medida que se hacía mayor nos costaba incluso que llegara al colegio; el paso subterráneo y el centro comercial le interesaban más que el aula. Salió de la escuela con un certificado de secundaria en informática y una condena menor por hurto en tienda. A esas alturas los profesores habían supuesto que era disléxico, pero ya era demasiado tarde para que el diagnóstico cambiara nada.

Melissa me miró con gesto reflexivo. Me planteé si estaría abusando de nuestra amistad, si la habría puesto en una situación comprometida.

—Puede trabajar en la cafetería.

No tenía palabras. Limitarme a darle las gracias me parecía poco.

—Con el salario mínimo —añadió Melissa enseguida— y trabajará en período de prueba. De lunes a viernes, y será una combinación de turnos de primera hora de la mañana y última de la tarde. Además, a veces tendrá que trabajar los fines de semana.

—Te debo una —dije.

Ella restó importancia a mi gratitud con un gesto de la mano.

—¿Para qué están las amigas?

—Ahora que tienes un trabajo, podrías empezar a pagar a tu madre un alquiler —dice Simon.

Lo miro con brusquedad. Simon jamás se mete en la educación de mis hijos. Es una conversación que nunca ha hecho falta que tengamos. Los chicos tenían dieciocho y catorce cuando lo conocí. Eran casi adultos por derecho propio, aunque no se comportaran como tales. No necesitaban un nuevo padre y, por suerte, Simon jamás ha intentado serlo.

—A Katie no se lo has pedido.

Ella es más joven que tú. Tienes veintidós años, Justin, eres lo bastante mayorcito ya para matenerte por tu cuenta.

Justin gira las piernas de golpe y se levanta con un ágil movimiento.

—¡Menuda jeta tienes, joder! ¿Y si tú pagas algo de alquiler en lugar de decirme a mí lo que tengo que hacer?

Odio esta situación. Dos personas a las que quiero echándose al cuello del otro.

—Justin, no hables así a Simon. —Escoger bando no ha sido una decisión consciente, pero en cuanto lo digo veo la mirada de Justin: siente que lo he traicionado—. Solo está haciendo una sugerencia. No voy a pedirte que me pagues el alquiler.

Nunca lo haría, y me da igual que me digan que no educo a mis hijos con mano dura. No pienso cambiar de opinión. Aunque cobrara a Justin una miseria por la cama y la comida, no le quedaría nada para sus gastos. ¿Cómo iba a tener una vida ni mucho menos ahorrar algo para el futuro? Yo era más joven que Katie cuando me fui de casa: solo llevaba una maleta con algo de ropa, una barriga que no paraba de crecer y la decepción de mis padres todavía retumbándome en los oídos. Quiero algo más que eso para mis hijos.

Pero Simon sigue insistiendo.

—¿Estás buscando trabajo? Lo de la cafetería está bien, pero, si quieres comprarte un coche, o vivir solo, necesitarás ganar más de lo que Melissa puede pagarte.

No sé qué mosca le ha picado. No somos ricos, pero nos va bien. No necesitamos pedir dinero a los chicos.

—Mi padre me ha dicho que me prestará dinero para un coche cuando apruebe el examen.

Noto cómo Simon se tensa a mi lado, igual que hace siempre que se menciona el nombre de Matt. Hay momentos en que esa reacción me resulta irritante, pero normalmente hace que sienta cierta calidez interna. No creo que a Matt se le haya pasado jamás por la cabeza que otro hombre pudiera encontrarme atractiva; me gusta importarle lo bastante a Simon para que sienta celos.

—Es un bonito detalle por parte de papá —digo enseguida. Para demostrar lealtad a Justin debo decir algo, lo que sea, para que vea que lo apoyo—. Podrías plantearte hacer el examen para sacarte la licencia de taxista.

—No pienso pasarme la vida conduciendo un taxi, mamá.

Justin y yo estábamos muy unidos cuando era más pequeño, pero nunca ha llegado a perdonarme que dejara a Matt. Si conociera toda la historia, me perdonaría, pero no quiero que los chicos tengan un mal concepto de su padre. No quiero que se sientan tan heridos como yo me sentí.

La mujer con la que se acostaba Matt estaba justo entre la edad de Katie y la mía. Es curioso en los detalles en los que una se fija. Nunca llegué a verla, pero me torturaba imaginando su aspecto, imaginando las manos de mi marido sobre su cuerpo sin estrías de veintitrés años.

—A falta de pan, buenas son tortas —dice Simon—. Es un buen trabajo.

Lo miro con cara de sorpresa. Siempre había criticado la falta de ambición de Matt. Una parte de mí se siente molesta: está diciendo que lo que él mismo llamó «trabajo sin salida» es supuestamente bueno para mi hijo. Matt fue a la universidad; estudió ingeniería. Todo eso cambió cuando me di cuenta de que el período se me había retrasado tanto que solo podía significar una cosa. Matt dejó la universidad y buscó un trabajo ese mismo día. Era un puesto de peón de la construcción en una obra local, pero le pagaban bastante bien. Después de casarnos se presentó al examen para sacarse la licencia de taxista y, como regalo de bodas, sus padres nos dieron el dinero para su primer taxi.

—La cafetería está bien por ahora —digo—. Ya encontrará un trabajo mejor, estoy segura.

Justin emite un gruñido que no lo compromete a nada y sale del comedor. Sube a su cuarto y oigo el crujido de su cama mientras adopta su pose habitual: tumbado boca arriba con la cabeza levantada el ángulo justo para poder ver la pantalla del portátil.

—A este paso seguirá viviendo aquí a los treinta.

—Solo quiero que sea feliz, eso es todo.

—Ya es feliz —dice Simon—. Feliz chupando del bote.

Me muerdo la lengua. No sería justo decir lo que pienso. Yo fui la que dije que no quería que Simon pagara el alquiler. Llegamos a discutir por ello, pero no pensaba permitirlo. Repartimos los gastos de comida y las facturas de consumos, y siempre está invitándome a comer fuera y de viaje, y a los chicos también. Es muy generoso. Tenemos una cuenta corriente conjunta y jamás nos ha preocupado quién paga qué.

Pero la casa es mía.

Cuando me casé con Matt íbamos muy justos de dinero. Él trabajaba por las noches, y yo hacía el turno de ocho a cuatro en el Tesco, y seguimos haciéndolo así hasta que Justin empezó el colegio. Cuando Katie llegó, las cosas fueron más fáciles. Matt tenía más trabajo del que podía asumir, y, poco a poco, pudimos permitirnos unos cuantos caprichos. Salir a comer fuera de vez en cuando e incluso irnos de vacaciones en verano.

Luego Matt y yo nos separamos, y volví a la casilla de salida. Ninguno de los dos podía quedarse con la casa, y pasaron años hasta que logré ahorrar lo necesario para pagar el depósito por la vivienda que tengo ahora. Juré que jamás volvería a depender por completo de un hombre.

En realidad también juré no volver a enamorarme jamás, y mírame ahora.

Simon me besa, me sujeta la barbilla con una mano y luego la desplaza hasta mi nuca. Incluso ahora, al final de un largo día, Simon huele a limpio, a espuma de afeitar y a loción para después del afeitado. Siento esa familiar ola de calor por todo el cuerpo cuando me agarra un mechón de pelo y tira de él con suavidad, con lo que me levanta la barbilla y deja mi cuello expuesto a sus besos.

—¿Nos vamos pronto a la cama? —me susurra.

—Subiré enseguida.

Recojo los platos junto con *The London Gazette*, los llevo a la cocina y cargo el lavaplatos. Tiro el periódico a la papelera de reciclaje, donde la mujer del anuncio se queda mirándome. Apago la luz de la cocina y sacudo la cabeza para olvidarme de lo tonta que he sido. Por supuesto que esa mujer no soy yo. ¿Qué pinta una foto mía en el periódico?

4

Kelly se quitó la cinta de la muñeca y se la enrolló en la mano para atarse el pelo en una cola. Demasiado corto: las consecuencias de un corte de peluquería del que se había arrepentido de inmediato el mes de agosto anterior, cuando, durante una ola de calor de quince días, le había parecido una buena idea deshacerse de la pesada melena que había llevado hasta la cintura desde su época de estudiante. Dos mechones oscuros le cayeron al instante de nuevo a la cara. Al final, el papeleo para la detención de Carl Bayliss le había llevado dos horas, después de descubrir que lo buscaban por un par de acusaciones de robo, además de por incomparecencia ante el juez. Kelly bostezó. Ya casi se le había pasado hasta la sensación de hambre, aunque había dirigido una mirada esperanzada a la cocina al entrar en casa, solo por si acaso. Nada. Definitivamente, debería haberse parado a comprar ese kebab. Se hizo una tostada y se la llevó a su dormitorio en la planta baja. Era una habitación grande y cuadrada con techos altos y paredes pintadas de blanco por encima del perfil mural. Por debajo, Kelly había pintado las paredes de un gris claro y cubierto la moqueta (que había vivido tiempos mejores) con dos alfombras enormes que había comprado en una subasta. El resto de la habitación —la cama, el escritorio, el sillón rojo en el que estaba sentada— era puro Ikea, las líneas modernas en contraste con la curvatura de la ventana en voladizo contra la que tenía colocada su cama.

Hojeó el ejemplar del periódico gratuito que había cogido de camino a casa. La mayoría de los colegas de Kelly nunca leían la prensa local —«ya es suficiente tortura tener que ver a esos cabrones en el trabajo; no quiero llevármelos a casa»—, pero Kelly sentía un apetito insaciable por las noticias locales. Por la pantalla de su iPhone desfilaban constantemente los boletines de última hora y cuando visitaba a sus padres, que se habían mudado de Londres para, tras la jubilación, irse a vivir a Kent, le encantaba leer el boletín del pueblo con sus avisos para los miembros del consejo local y las quejas sobre la basura y las cacas de perro.

Encontró lo que buscaba en la página cinco, a doble página y bajo el encabezamiento: «Aumento de la delincuencia en el metro: las autoridades municipales ponen en marcha una investigación sobre los delitos cometidos en el transporte público tras el aumento récord de agresiones sexuales, ataques violentos y robos».

El artículo empezaba con un párrafo lleno de estadísticas terribles sobre delincuencia —unas cifras que bastaban para disuadir a cualquiera de utilizar el metro para siempre, pensó Kelly— antes de centrarse en una serie de casos prácticos diseñados para ilustrar los tipos de delitos más frecuentes en la ajetreada red de transporte de Londres. Kelly echó un vistazo a la sección sobre agresiones con violencia, ilustrada con una fotografía de un joven con un dibujo distintivo rapado en el costado de la cabeza. El ojo derecho del adolescente era casi invisible bajo una hinchazón negra y morada que lo hacía parecer deforme.

«La agresión a Kyle Matthews fue violenta, sin que hubiese provocación alguna por su parte», rezaba el pie de foto. Bueno, eso habría que cogerlo con pinzas, pensó Kelly. Por supuesto, no conocía a Kyle, pero sí reconocía el símbolo que llevaba afeitado en la cabeza, y el concepto «provocación alguna» no solía ir asociado con los portadores de dicho símbolo. Aun así, supuso que debería concederle el beneficio de la duda.

La foto que ilustraba la sección sobre agresiones sexuales estaba ensombrecida: era el perfil de una mujer apenas visible. «Foto de archivo», decía el pie. «Se han cambiado los nombres.»

En ese momento, otro artículo de periódico apareció en la cabeza de Kelly; una ciudad diferente, una mujer diferente, el mismo título.

Tragó saliva y pasó al último caso, sonriendo al ver la cara que ponía la mujer de la foto.

—¿No querrá que ponga una de esas caras tan tristes del *Daily Mail*? —le había dicho Cathy Tanning al fotógrafo.

—Claro que no —le había contestado él alegremente—. Le voy a pedir que ponga una de esas caras tan tristes de un ejemplar de *Metro*, con un toque de indignación. Deje el bolso sobre el regazo y haga como si acabase de llegar a casa y se hubiese encontrado a su marido en la cama con la empleada del hogar.

El jefe de prensa de la Brigada Móvil de Transporte no había podido asistir, de manera que Kelly se había ofrecido voluntaria para quedarse con Cathy para la entrevista, a lo que la mujer había accedido inmediatamente.

—Se ha portado usted muy bien —le dijo a Kelly—, es lo menos que puedo hacer.

—Guárdese los cumplidos para cuando encontremos al tipo que le ha robado las llaves —le había dicho Kelly, pensando que las posibilidades eran más bien escasas. Estaba terminando su primer mes de traslado temporal al Dip Squad, la unidad de la Brigada Móvil especializada en carteristas, cuando le había llegado el caso, y había congeniado con Cathy Tanning de inmediato.

—Es culpa mía —le había dicho la mujer nada más presentarse Kelly—. Trabajo tantas horas y el trayecto a mi casa es tan largo que es muy tentador echar una cabezadita en el metro. Nunca se me había pasado por la cabeza que alguien pudiese aprovecharse de eso.

Kelly pensaba que, en realidad, Cathy Tanning había tenido suerte: el ladrón había registrado su bolso mientras ella estaba apoyada en la pared del vagón, dormida, pero no había encontrado su cartera, que estaba en un compartimento cerrado con cremallera, ni su móvil, que iba metido en otro. En vez de eso, solo le había quitado las llaves.

—No es culpa suya —le había asegurado Kelly—. Tiene todo el derecho del mundo a echarse una siestecita en el camino de vuelta a casa. —Kelly había rellenado el informe y se había llevado las imágenes de la cámara de vigilancia, y cuando había contestado la llamada de la oficina de prensa ese mismo día, más tarde, Cathy le pareció la opción evidente como imagen para la campaña de prensa contra la delincuencia en el ferrocarril metropolitano. Kelly examinó el ejemplar para leer sus propias declaraciones y descubrió que la llamaban «subinspectora» en lugar de «agente». Eso iba a cabrear a unos cuantos en el trabajo.

Cathy solo es una de entre los centenares de usuarios y turistas que son víctimas cada año de los delincuentes y los carteristas. Rogamos a los pasajeros que extremen la vigilancia y que denuncien cualquier conducta sospechosa a las autoridades de la red de transporte.

Kelly recortó cuidadosamente el artículo para Cathy y le envió un mensaje de texto para agradecerle de nuevo su ayuda. Ella tenía su móvil apagado en la taquilla de comisaría, pero le había dado su número personal por si Cathy necesitaba ponerse en contacto con ella.

Kelly casi iba aún con el uniforme —tan solo se había puesto un forro polar encima de una camisa blanca sin la corbata ni las insignias— y se agachó para desatarse los cordones de las botas. Algunas de sus antiguas compañeras del colegio iban a salir a tomar unas copas y la habían invitado a ir con ellas, pero Kelly tenía que levantarse a las cinco de la mañana y no tenía ninguna gracia estar sobria un viernes por la noche. Unas tostadas, Netflix, un té y a la cama, pensó. *Rock and roll.*

Su teléfono sonó en ese momento y se alegró al ver el nombre de su hermana aparecer parpadeando en la pantalla.

—¡Hola! ¿Cómo estás? ¡Hace siglos que no hablamos!

—Perdona, ya sabes cómo voy de liada… Oye, he encontrado el regalo de Navidad perfecto para mamá, pero es un poco más caro de lo que solemos gastarnos... ¿Quieres compartir el regalo con nosotros?

—Vale. ¿Qué es?

Kelly se quitó una bota de un puntapié y luego la otra, escuchando a medias la descripción que hacía su hermana del jarrón que había visto en un mercadillo de artesanía. Estaban a mediados de noviembre, aún faltaban varias semanas hasta Navidad. Kelly sospechaba que había nacido sin el gen consumista, pues siempre dejaba las compras para el último momento y disfrutaba en secreto del ambiente frenético que se respiraba en los centros comerciales en Nochebuena, con las tiendas llenas de hombres agobiadísimos que, presas del pánico, compraban perfumes y piezas de lencería exageradamente caros.

—¿Cómo están los chicos? —la interrumpió cuando era evidente que Lexi estaba a punto de sugerir la lista de regalos para el resto de la familia.

—Fenomenal. Bueno, son agotadores casi todo el tiempo, pero están muy bien. A Alfie le va genial en la escuela y parece que Fergus lo pasa bien en la guardería, por las condiciones en que llega su ropa a casa al final del día...

Kelly se rió.

—Los echo de menos.

Lexi y su marido Stuart vivían cerca, en Saint Albans, pero Kelly no los veía tan a menudo como querría.

—¡Pues ven a visitaros!

—Lo haré, te lo prometo, en cuanto tenga unos días libres. Revisaré el calendario y te enviaré un mensaje con posibles fechas. ¿Qué te parece si voy a comer un domingo de estos? —El asado de Lexi era legendario—. Creo que tengo varios días libres seguidos a principios de diciembre, si no te importa que me quede a dormir en vuestro sofá...

—Genial. A los niños les encanta que te quedes a dormir. Aunque el 3 de diciembre mejor que no... tengo una reunión.

Por la pausa de vacilación, casi imperceptible, seguida por el tono deliberadamente despreocupado de Lexi, Kelly supo de inmediato de qué clase de reunión se trataba y dónde iba a tener lugar.

—¿Vas a ir a la cena de antiguos alumnos de Durham?

Se produjo un silencio al otro lado del teléfono, y Kelly imaginó a su hermana asintiendo con la cabeza y adelantando la barbilla como siempre que se preparaba para enfrentarse a una discusión.

—Promoción de 2005 —dijo Lexi alegremente—. No creo que pueda reconocer ni a la mitad, aunque, claro, aún sigo en contacto con Abby y Dan, y veo a Moshy de vez en cuando. No me puedo creer que hayan pasado ya diez años, es como si hubieran sido diez minutos. Si es que...

—¡Lexi!

Su hermana dejó de hablar y Kelly trató de dar con las palabras adecuadas.

—¿Estás segura de que es buena idea? ¿No te...? —Arrugó los ojos; habría preferido mantener aquella conversación en persona—. ¿No te hará revivirlo todo?

Se inclinó hacia delante, colocándose al borde de la silla, y esperó la respuesta de su hermana. Se acarició el colgante de la cadena de plata, la mitad de un corazón, y se preguntó si Lexi aún llevaría el suyo. Los habían comprado aquel otoño, justo antes de irse a la universidad. Kelly fue a Brighton, mientras que Lexi se fue a estudiar a Durham. Era la primera vez que iban a estar separadas más de una noche o dos desde su nacimiento.

Cuando Lexi respondió al fin, lo hizo en el mismo tono comedido que siempre había empleado con su hermana.

—No hay nada que revivir, Kelly. Lo que pasó, pasado está. No puedo cambiarlo, pero no tiene por qué condicionar mi vida.

Lexi siempre había sido la más serena de las dos, la sensata. En teoría, las dos gemelas eran idénticas, pero nadie había tenido nunca ningún problema en distinguir a una de la otra: tenían la misma mandíbula cuadrada, la misma nariz estrecha y los mismos ojos castaño oscuro, pero si la cara de Lexi era apacible y relajada, el de Kelly era un rostro estresado y malhumorado. De niñas habían intentado intercambiar su identidad muchas veces, pero no conseguían engañar a nadie que las conociese.

—¿Por qué no iba recordar los buenos ratos que pasé en la uni? —estaba diciendo Lexi—. ¿Por qué no voy a poder pasear por el campus como el resto de mis amigos, recordando las noches de juerga, las clases, las bromas tontas que nos hacíamos unos a otros?

—Pero…

—No, Kelly. Si me hubiese marchado después de lo que pasó, si hubiese cambiado de universidad como mamá y tú queríais que hiciese, habría ganado él. Y si no voy a esta reunión porque tengo miedo de los recuerdos que podría desenterrar, pues… habrá ganado él otra vez.

Kelly se dio cuenta de que estaba temblando. Apoyó los pies en el suelo e inclinó el cuerpo hacia delante, presionando las rodillas para que se quedasen quietas.

—Creo que estás loca. Yo no querría ni acercarme a ese lugar.

—Bueno, pero tú no eres yo, ¿no? —soltó Lexi bruscamente, sin esforzarse por disimular su frustración—. Cualquiera diría que fue a ti a quien le pasó y no a mí.

Kelly no dijo nada. ¿Cómo podía explicarle a Lexi que así era exactamente como lo había vivido ella sin insinuar que su trauma era comparable al propio trauma emocional de Lexi? Recordó la sesión que un especialista en riesgos laborales les había impartido en la academia de policía. Habían analizado un caso práctico de un accidente de carretera en la M25 con docenas de heridos y seis víctimas mortales. ¿Quién sufría trastorno de estrés postraumático?, les había preguntado el examinador. ¿Los agentes de tráfico, que habían sido los primeros en llegar a la escena del accidente? ¿El sargento de policía, que había tenido que consolar a la madre de dos niños muertos en el acto? ¿El conductor del camión, cuya falta de concentración había causado la tragedia?

Ninguno de ellos.

Era el policía que, estando fuera de servicio, había salido a correr como todas las mañanas y, al pasar por el puente de la autopista, lo había presenciado todo y había llamado a la centralita. Sí, era él quien había dado información vital al centro de control, y quien, en definitiva, se había sentido impotente al ver que no podía hacer nada para detener la tragedia que acaecía ante sus ojos. Era él quien había desarrollado trastorno por estrés postraumático, el que se culpaba a sí mismo por no haber hecho más, el que había acabado cogiendo una baja por depresión, el que se había convertido en un ermitaño. El testigo de los hechos.

—Lo siento —dijo entonces. Oyó suspirar a Lexi.

—No pasa nada.

Pero sí pasaba, y ambas lo sabían, pero ninguna de las dos quería enfadarse. La siguiente vez que conversasen, Lexi hablaría de los planes para Navidad, y Kelly diría lo bien que le iba el trabajo y ambas fingirían que no pasaba nada.

Igual que habían hecho los diez años anteriores.

—¿Qué tal te va el trabajo? —preguntó Lexi, como si le hubiera leído el pensamiento a su hermana.

—Bien. Lo mismo de siempre, ya sabes.

Intentó que su voz sonara despreocupada y alegre, pero era difícil engañar a Lexi.

—Oh, Kelly… necesitas un puesto más estimulante. ¿Has vuelto a pensar en solicitar la plaza para una unidad especializada? No pueden tenerte castigada para siempre…

Kelly no estaba tan segura. Su salida, cuatro años antes, de la Unidad de Agresiones Sexuales de la Brigada Móvil de Transporte había sido rápida e incómoda. Había pasado nueve meses de baja por enfermedad y luego había vuelto a lo que se le había presentado como una oportunidad de hacer borrón y cuenta nueva pero que, en realidad, era un puesto de castigo. Kelly se había acostumbrado a patrullar por turnos y enseguida se había convertido en una de las agentes más respetadas del Equipo de Policía de Proximidad, engañándose a sí misma diciéndose que era una agente de uniforme más, cuando todos los días ansiaba volver a investigar delitos graves.

—Esa última temporada en que te habían asignado al metro debe de haberte servido de algo. —Lexi era insistente—. Seguro que a estas alturas tus superiores saben que tú ya no estás…

Se interrumpió de golpe, incapaz de describir el estado de Kelly durante su período de baja, cuando no podía salir de su piso sin que le entraran sudores fríos.

—Estoy bien donde estoy —fue la lacónica respuesta de Kelly—. Tengo que dejarte… están llamando a la puerta.

—Ven a visitarnos pronto, ¿me lo prometes?

—Te lo prometo. Te quiero, hermanita.

—Yo también te quiero.

Kelly puso fin a la llamada y suspiró. Había disfrutado mucho de esos tres meses en la unidad encargada de abordar el inmenso número de carteristas que operaban en el metro de Londres. No era por el subidón de volver a vestir de paisano —aunque después de cuatro años de uniforme había agradecido el cambio—, sino por la sensación de poder contribuir a cambiar de verdad las cosas, de luchar contra una lacra delictiva que afectaba a tantos habitantes de la ciudad. Desde que Kelly se había incorporado a la unidad se habían creado más y más unidades especializadas: todos los delitos graves se remitían ahora a las brigadas, por lo que las patrullas de proximidad se encargaban de poco más que las infracciones de las ordenanzas municipales y las conductas antisociales. Kelly llevaba de nuevo con el uniforme una semana, y, aparte de Carl Bayliss, los únicos delincuentes a los que había echado el guante eran críos con las zapatillas deportivas apoyadas en los asientos y los borrachos habituales de los viernes por la noche que se colaban por los torniquetes y hacían que el aire se tiñese del azul del uniforme policial. ¿Estaba lista para regresar a una brigada especializada? Kelly creía que sí, pero, cuando le había sacado el tema a su inspector, este se había mostrado reacio y tajante.

—En este trabajo la gente tiene mucha memoria, Kelly. Se te considera un riesgo demasiado alto.

Le había asignado el período temporal de tres meses en la

unidad de carteristas como premio de consuelo, un paso por encima de los turnos de patrulla, pero sin apenas riesgo de llegar a involucrarse emocionalmente. Lo había hecho con la intención de satisfacer a Kelly, pero lo único que había conseguido era recordarle todo lo que se estaba perdiendo.

Lexi tenía razón: necesitaba dar un paso adelante.

5

Es normal no verle el pelo a Katie antes del mediodía; las propinas en el restaurante son mejores en las cenas que en las comidas, y nunca le ha gustado mucho llegar temprano en sus días libres. Sin embargo, ayer, estaba en su cuarto antes de las diez y cuando eché un vistazo de camino a la cama (es difícil dejar de hacerlo cuando es una costumbre que he tenido toda la vida) estaba profundamente dormida. Ahora, mientras estoy tumbada en la cama intentando reunir cierto entusiasmo para iniciar un lunes lluvioso, oigo el gemido de la ducha de caldera eléctrica, acompañado por el golpeteo que, durante el fin de semana, tenía la esperanza de que fueran imaginaciones mías.

—No funciona.

Simon emite un sonido que podría ser de afirmación y alarga una mano sobre la colcha para acercarme a su cuerpo. Yo me zafo contoneándome.

—Llegaremos tarde al trabajo. Tengo que encontrar a alguien que arregle la ducha, está claro que no funciona.

—Costará una fortuna. Ya sabes cómo se las gastan los fontaneros. Nos cobrarán cien libras antes de haber entrado por la puerta.

—Bueno, yo no sé arreglarla, y... —Dejo la frase sin terminar y le lanzo una mirada intencionada a Simon.

—¡Oye, no se me da tan mal! —Me da un codazo cariñoso en las costillas y yo suelto un chillido.

Simon es un manitas desastroso, tan malo que solo es comparable conmigo. La casa que Matt y yo compramos juntos había sido desahuciada por el banco —de no ser así, jamás habríamos podido pagarla—, y nuestro plan era reformarla entre ambos. Después de perforar con el taladro por segunda vez una tubería de agua accedí a alejarme de las herramientas, y las chapuzas de casa se convirtieron en una de esas cosas que solo hace el hombre, como el mantenimiento del taxi o sacar la basura. Me había acostumbrado a apañármelas por mi cuenta estando sola con los niños, pero la balda del baño se había caído tres veces, y el armario del dormitorio de Katie que monté yo sin duda está torcido. Descubrir que Simon era igual de inútil con las chapuzas caseras fue secretamente una decepción.

—¿Tiene algún sentido arreglar la ducha? —pregunta Simon—. Todo el baño necesita una reforma.

—Bueno, eso no lo haremos hasta dentro de un tiempo —digo pensando en los regalos de Navidad que pronto cargaré en la tarjeta de crédito—. Habrá que arreglar la ducha y aplazar lo demás. —Me acurruco bajo la colcha y siento el cuerpo cálido de Simon acoplándose al mío, mientras mira el reloj de soslayo.

—Es tirar el dinero.

Simon retira la colcha con brusquedad: le da una patada y yo no puedo sujetarla, y una corriente de aire frío nos sacude a ambos.

Me incorporo y me quedo mirándolo.

—¿Desde cuándo nos preocupamos por el dinero?

Yo soy la encargada de controlar los gastos. Lo llevo en la sangre. Simon, por otra parte, gasta el dinero con la despreocupación que solo tienen las personas a las que nunca les ha faltado.

—Lo siento —dice y encoge los hombros, abochornado—. Me he levantado de mal humor. Es que me parece una pena poner un parche cuando hay que hacer una reparación mayor. ¿Qué te parece si pido presupuesto para una reforma completa?

Imagino el baño de mis sueños: con baldosas en cromo y

blanco, como las del hotel al que me llevó Simon cuando estuvimos en París por nuestro primer aniversario.

—No podemos permitírnoslo, Simon, no con la Navidad aquí encima.

—Lo pagaré yo —dice. Hay algo en su mirada que me indica que se arrepiente de haber sido tan insistente, pero no lo retira—. No me dejas colaborar con la hipoteca, al menos déjame pagar la reforma del baño. —Me pregunto si los comentarios que hizo Justin anoche le habrán hecho reaccionar así. Abro la boca para oponerme, pero él levanta una mano—. Insisto. Buscaré una constructora honrada. ¡Si es que eso existe! Asunto zanjado. Vamos o llegaré tarde, y tú también.

Se levanta de un salto, yo muevo las piernas hacia un lado y meto los pies en mis zapatillas con forro de borreguito. Noto el camisón frío sobre la piel desnuda y me estremezco mientras bajo la escalera para encender el hervidor de agua eléctrico. Biscuit se me cruza insistentemente por debajo de las piernas y va haciéndome tropezar hasta que vierto una taza de pienso en su comedero.

Oigo cómo se acalla el gemido de la ducha. La puerta del baño se abre. Se oyen pisadas en el rellano y el murmullo de las voces de Katie y Simon cuando se encuentran al pasar. El gemido vuelve a oírse. Hoy Katie tiene prisa. Si está preparándose para salir de noche puede estar en el baño durante horas, y no es que Simon se haya quejado nunca. Prefiere marcharse sin haberse duchado que meterle prisa a Katie.

—Adolescentes —dice él y se encoge de hombros, cuando le llamo la atención por monopolizar el baño—. No es que yo necesite mucho tiempo para lavarme el pelo, la verdad. —Se pasa una mano por la cabeza y se toca el ralo mechón canoso con una sonrisa melancólica.

—Eres muy comprensivo —le digo.

Después de haber aguantado el carácter temperamental de Matt es un alivio vivir con alguien tan tolerante. Jamás he visto a Simon perder los nervios, ni siquiera cuando lo vecinos se presentaron por enésima vez para quejarse de la música que Justin estaba poniendo a un volumen muy por encima de lo razonable y mucho más estridente que los berridos de sus propios críos. Simon no sabe qué es enfadarse.

Melissa entrecerró los ojos cuando le conté que Simon había vivido solo durante diez años antes de conocernos.

—¿Qué problema tiene?

—¡Ninguno! Lo único es que no había encontrado a la persona adecuada. Pero las cosas de casa se le dan de maravilla. Cocina, limpia, incluso plancha.

—¿Te importaría enviarlo a mi casa cuando haya acabado con la tuya? Neil es capaz de montarte un ordenador a partir de un montón de piezas, pero es incapaz de localizar el botón de encendido de la aspiradora.

Me reí. Tenía la sensación, incluso en aquel momento tan inicial de la relación, que no enviaría a Simon a ningún sitio. Recuerdo el estremecimiento de emoción que sentí cuando lo besé por primera vez, y la excitación por el sexo tan apasionado y animal del que disfrutamos al final de aquella primera cita, tanto más excitante porque no era nada típico en mí. Eso era lo que más me gustaba de Simon: me hacía sentir distinta. No como una madre, ni como la novia o esposa de Matt. Como mi yo más auténtica. Zoe Walker. Pasé directamente de vivir con mis padres a vivir con Matt, y cuando me encontré soltera a los treinta estaba tan centrada en mantener a mis hijos que descubrir mi verdadero yo me traía sin cuidado. Conocer a Simon había cambiado eso.

Preparo el té y llevo una bandeja al piso de arriba con cuatro tazas, toco a la puerta de Justin y me abro paso como puedo entre los desperdicios desparramados por el suelo para colocar la taza humeante junto a su cama.

—Justin, una taza de té para ti.

Él no se mueve. Recojo la taza de ayer y veo que su contenido sigue intacto y está frío. Miro a mi hijo; tiene barba de tres días en su delicado rostro y en la barbilla con hoyuelo. El pelo largo le cae sobre la cara y tiene un brazo estirado en dirección a la cabecera de la cama.

—Cielo, ya son casi las siete.

Suelta un gruñido. El portátil de Justin está abierto sobre la mesita de noche. Está metido en algún foro de música. La web tiene el fondo negro y las letras blancas. Me dolería la cabeza si me quedara mirándolo durante mucho tiempo. A la izquierda veo la foto que Justin usa en internet: es su cara, pero oculta casi por completo por una mano puesta delante de la cámara. En la palma, con letras negras, está escrito su nombre de usuario: Game8oy_94.

Tiene veintidós años, pero parece de doce. Katie siempre tuvo tanta prisa por crecer… Estaba deseando dejar sus muñecas Barbie y sus Pequeño Poni, pero los hombres son niños durante mucho más tiempo.

Pienso en lo que dijo Simon la otra noche, y me pregunto si Justin de verdad seguirá viviendo aquí cuando haya cumplido los treinta. Antes creía que no desearía nunca que mis hijos se marcharan de casa. Me gustaba que viviéramos aquí los tres, que nos viéramos para la cena y que sencillamente conviviéramos. Katie y yo saldríamos juntas de vez en cuando, y Justin se quedaría en la cocina mientras yo preparase la cena, e iría robando patatas fritas antes de que llegaran al plato y compartiría conmigo las últimas novedades del videojuego *Grand Theft Auto*, que yo no entendería. Como si fuéramos compañeros de piso, me decía autoengañándome. Hasta que Simon no empezó a vivir con nosotros, no me di cuenta de lo mucho que añoraba compartir esa parte de mi vida con alguien.

Justin se echa la colcha sobre la cabeza.

—Llegarás tarde a trabajar —le digo.

«Igual que yo —pienso—, si no me doy prisa.»

—No me encuentro bien —responde él con la voz amortiguada por debajo de la colcha.

Tiro de ella con fuerza.

—Melissa está jugándosela por ti, Justin. No creas que puedes poner la excusa de que estás enfermo, ¿me has oído?

El tono de apremio en mi voz por fin lo hace reaccionar. Sabe que no tendría trabajo si no fuera por Melissa, si yo no se lo hubiera pedido, para ser más exactos.

—Está bien. No sigas.

Lo dejo sentado en el borde de la cama, en calzoncillos, rascándose la cabeza hasta que le queda el pelo de punta.

Una nube de vapor sale por la puerta abierta del baño. Llamo a la puerta de Katie y ella me dice que entre. Está sentada frente al escritorio que usa como tocador, perfilándose de marrón las cejas en su rostro maquillado de forma inmaculada, con el pelo envuelto en una toalla.

—Eres la bomba. Me lo tomaré mientras me peino. ¿Estarás lista para salir a las siete y media?

—¿Quieres una tostada?

—Me sentiría demasiado hinchada. Ya comeré algo luego.

—Me lanza un beso y coge su taza, en la que se lee KEEP CALM Y SIGUE TOWIE, su *reality* televisivo favorito. Incluso vestida con el albornoz, está guapísima. Tiene unas piernas kilométricas. Dios sabe a quién habrá salido en ese aspecto, a mí no, desde luego, y, aunque Matt es más alto que yo, es más bien fornido y rechoncho.

—He invertido mucho para conseguir este cuerpo —solía decir sonriendo y frotándose su barriga cervecera.

No podría ser más distinto a Simon. Él es alto y delgado, y tiene unas piernas tan largas que le sientan de maravilla los pantalones del traje y da risa con pantalones cortos.

—Apuesto a que no se ha manchado las manos en la vida —dijo Matt con desprecio cuando se vieron por primera vez. Fue un momento incómodo; se encontraron en la escalera de entrada cuando Matt traía a Katie a casa.

—Porque a lo mejor nunca lo ha necesitado —repliqué, pero me arrepentí en cuanto lo había dicho.

Matt es inteligente. Puede que no sea un hombre con estudios, como Simon, pero no es idiota. Habría seguido en la universidad de no haber sido por mí.

Llevo el té a Simon. Ya se ha vestido: se ha puesto una camisa azul celeste y unos pantalones de traje de un azul más oscuro; la chaqueta sigue en el armario. No se pondrá la corbata, es una concesión del relajado código de vestimenta del *Telegraph*, aunque a él no le van los pantalones tipo chinos. Miro la hora y me meto en el baño con la esperanza de que los demás me hayan dejado algo de agua caliente. Acorto la duración de la ducha cuando me doy cuenta de que casi no queda.

Estoy secándome cuando alguien llama a la puerta.

—¡Ya casi estoy!

—Soy yo. Me voy.

—¡Oh! —Abro la puerta con la toalla enrollada al cuerpo que todavía está mojado.

—Creía que nos íbamos juntos.

Simon me besa.

Había dicho que hoy llegaría un poco antes.

—Estaré lista dentro de diez minutos.

—Lo siento, de verdad que tengo que irme. Te llamaré más tarde.

Baja por la escalera y yo termino de secarme, con una rabieta porque él no ha querido ir caminando hasta la estación conmigo, como una adolescente rechazada por la estrella del fútbol del instituto que le gusta.

Antes Simon trabajaba por turnos; se encargaba de los primeros de la mañana y de los de la madrugada, en la redacción de noticias, y también estaba en el turno rotativo de fines de semana. Hace un par de meses —a principios de agosto—, las cosas cambiaron en el trabajo, le dieron un horario fijo, de lunes a viernes. Yo creí que él estaría encantado, pero, en lugar de pasar más noches juntos, siempre vuelve a casa malhumorado y tristón.

—No me gusta el cambio —me dijo.

—Pues pide que vuelvan a darte los turnos.

—No funciona así —repuso, y percibí que la frustración lo cabreaba conmigo—. Tú no lo entiendes.

Tenía razón; no lo entendía. Al igual que no entiendo ahora por qué no ha podido esperar diez minutos a que Katie y yo estuviéramos listas.

—¡Buena suerte! —grita a Katie cuando ya está al pie de la escalera—. ¡Dales caña!

—¿Estás nerviosa? —le pregunto mientras vamos caminando hacia la estación.

Ella no dice nada, lo cual ya es una respuesta. Bajo el brazo lleva su *book* fotográfico, en cuyo interior hay una docena de fotos de 13 × 18 cm, que cuestan una pequeña fortuna. En cada una de ellas, Katie viste un conjunto diferente y pone una nueva expresión. En todas ellas está preciosa. Simon le regaló la sesión de fotos como sorpresa para su décimo octavo cumpleaños, y no creo haberla visto nunca tan feliz.

—No estoy segura de poder aceptar otra negativa —dice en voz baja.

Lanzo un suspiro.

—Ese es un mundo duro, Katie. Me temo que recibirás muchas negativas.

—Gracias. Es agradable saber que mi madre confía en mí. —Se echa la melena hacia atrás, como si fuera a alejarse y no fuéramos en la misma dirección.

—No te pongas así, Katie. Ya sabes a qué me refiero.

Saludo a la guitarrista de las rastas que toca en la entrada de la estación de Crystal Palace y meto la mano en el bolsillo del abrigo para coger una moneda. La chica se llama Megan y es solo un poco más mayor que Katie. Lo sé porque se lo pregunté un día, y ella me contó que sus padres la habían echado de casa. Desde entonces, pasaba la vida durmiendo en casas de amigos, tocando en la calle y haciendo cola en los comedores de beneficencia de Norwood y Brixton.

—Hace frío, ¿no?

Tiro diez peniques en la funda de la guitarra, donde la moneda rebota sobre un puñado de calderilla, y ella interrumpe la canción para darme las gracias, antes de retomar, sin problema, la letra de la siguiente estrofa.

—Con diez céntimos llegará muy lejos, mamá.

La melodía de la canción de Megan va agonizando cuando entramos en la estación.

—Diez peniques por la mañana y otros diez cuando vuelvo a casa. Es una libra a la semana. —Me encojo de hombros—. Unas cincuenta libras al año.

—Bueno, dicho así, resulta bastante generoso. —Katie permanece en silencio un instante—. ¿Por qué no le das una libra todos los viernes? ¿O le regalas un fajo de billetes en Navidad?

Pasamos los abonos de transporte por el escáner y empujamos el torno para entrar en el metro.

—Porque si lo hiciera así me parecería que le estoy dando menos —respondo, aunque no creo que esa sea la razón. Lo que importa no es el dinero, sino la amabilidad. Y, de esta forma, le demuestro amabilidad a diario.

En Waterloo tenemos que abrirnos paso a empujones para llegar al andén y sumarnos a la multitudinaria procesión hacia la línea de Northern.

—Sinceramente, mamá, no entiendo cómo haces esto todos los días.

—Al final te acostumbras —digo, aunque en realidad no es que te acostumbres, sino que acabas aprendiendo a soportarlo. Estar de pie en un vagón abarrotado y maloliente es parte inherente de trabajar en Londres.

—Lo odio. Ya es lo bastante malo tener que hacerlo los miércoles y los sábados por la noche, pero ¿hacerlo en hora punta? Dios, yo me moriría.

Katie trabaja de camarera en un restaurante cerca de Leicester Square. Podría haber encontrado algo más próximo a casa, pero le gusta estar en lo que ella llama «el corazón» de la ciudad. Lo que quiere decir es que cree que es más probable conocer a un productor de cine o a un agente si se mueve por la zona de Covent Garden y el Soho, que no si se queda en Forest Hill. Seguramente tiene razón, aunque tras dieciocho meses de trabajo en el restaurante todavía no ha ocurrido.

Sin embargo, hoy Katie no va al restaurante. Acude a una audición, una más de una larga lista de agencias teatrales que la verán y querrán contratarla, o eso espera ella.

Me gustaría creer en mi hija tanto como a ella le gustaría, pero soy realista. Es muy guapa, tiene talento y es una actriz maravillosa, pero es una chica de diecinueve años, miembro de una compañía de teatro local, y sus posibilidades de llegar a la gran escena son las mismas de que yo gane la lotería. Y ni siquiera juego.

—Prométeme que, si esta vez no te va bien, al menos te plantearás hacer aquel curso de secretariado del que te hablé.

Katie me mira con desprecio.

—Solo como plan B, eso es todo —añado.

—Gracias por tu voto de confianza, mamá.

La estación de Leicester Square está abarrotada. Nos separamos un instante al acercarnos al torno donde hay que validar el billete y, cuando la reencuentro, le doy un apretón en la mano.

—Solo estaba siendo práctica.

Está enfadada conmigo y no la culpo. ¿Por qué tendré que haber escogido este momento para sacar lo del curso de secretariado? Miro el reloj.

—No tienes que estar allí hasta dentro de cuarenta y cinco minutos. Déjame invitarte a un café.

—Preferiría estar sola.

Creo que me lo merezco, pero entonces ella percibe el dolor en mi mirada.

—Para ensayar las frases de la prueba, nada más.

—Claro. Vale, entonces, buena suerte. Lo digo de corazón, Katie. Espero que te vaya de maravilla.

Me quedo mirándola mientras se aleja, deseando haberme sentido feliz por ella, haberla animado como ha hecho Simon antes de irse al trabajo.

—No te habría costado nada mostrar un poco más de entusiasmo.

Melissa unta margarina en las rebanadas de pan y las apila de dos en dos, con la cara untada hacia abajo, dejándolas listas para la ajetreada hora de la comida. En el expositor de cristal hay cubos de atún con mayonesa, salmón ahumado y queso rallado. La cafetería de Covent Garden se llama Melissa's Too.* Es más grande que el local de Anerley Road, tiene taburetes altos orientados hacia la vitrina que da a la calle, y unas cinco o seis mesas con sillas metálicas que se apilan en un rincón todas las noches para poder pasar la fregona por el suelo despejado.

—¿Querías que le mintiera?

Son las nueve menos diez y la cafetería está vacía, salvo por Nigel, cuyo largo abrigo gris está cubierto de mugre, y que va dejando una estela de hedor corporal al moverse. Hace durar una sola taza de té mientras permanece sentado en uno de los taburetes altos con vistas a la calle, hasta que Melissa lo echa a las diez todas las mañanas, diciéndole que no le conviene tenerlo allí a la hora de la comida. Antes, Nigel se sentaba en la acera, a la entrada de la cafetería, con un sombrero en el suelo justo delante hasta que Melissa se apiadó de él. Ella le cobra cincuenta peniques por el té, dos libras menos que el precio indicado en la pizarra, y no hay duda de que él sabe aprovechar ese dinero.

—Tú apóyala.

—¡Y estoy apoyándola! He pedido un par de horas libres en el trabajo para poder acompañarla.

—¿Ella lo sabe?

* Melissa's Too: juego de palabras en inglés entre «también de Melissa», significado literal, y *Melissa's 2*, «segundo restaurante de Melissa». (*N. de la T.*)

Me quedo callada. Había pensado ir a buscarla cuando terminara para ver cómo le había ido la prueba, aunque Katie me había dejado bastante claro que no quería verme por allí.

—Deberías darle ánimos. Cuando llegue a ser una famosa de Hollywood no querrás que salga en el *¡Hola!* diciendo que su madre decía que ella no era buena.

Me río.

—¡Tú también! ¡No! Simon está convencido de que va a conseguirlo.

—Bueno, pues ahí lo tienes —dice Melissa, como si con eso lo diera por zanjado.

La redecilla azul que lleva en el pelo está soltándosele, así que tiro de ella hacia delante para que Melissa no tenga que volver a lavarse las manos. Tiene una poblada y brillante melena negra, que lleva recogida en un moño aparentemente complejo, aunque la he visto hacérselo en cuestión de segundos. Mientras trabaja se lo sujeta con un boli, lo que le da un aspecto bohemio que en realidad no va con ella. Como la mayoría de días, lleva vaqueros y botines, con una camisa blanca planchada y las mangas enrolladas hasta el codo, dejando así a la vista su blanca piel, tan blanca como negra es la de su marido.

—Gracias.

—Pero es que él también está convencido de que va a convertirse en un escritor de best seller. —Sonrío, y aunque estoy de broma me siento profundamente desleal.

—¿Para eso no tendría que estar escribiendo algo?

—Y sí lo está haciendo —digo, en un intento de compensar lo de antes mostrando mi apoyo a Simon—. Ha dedicado muchas horas a la investigación previa, y eso que es difícil encontrar tiempo libre con el horario que tiene ahora en el trabajo.

—¿De qué va el libro?

—Creo que es una especie de *thriller* sobre espionaje. Ya me conoces, no me va mucho la literatura moderna. Soy más de novela clásica, de historias locales, como las de Maeve Binchy.

Todavía no he leído la novela de Simon. Él quiere esperar a

terminarla antes de que la lea, y a mí me parece bien, porque, la verdad, es que la idea de hacerlo me pone nerviosa. Me preocupa no saber qué decir sobre ella, no estar cualificada para saber siquiera si es buena o no. Estoy segura de que será buena. Simon escribe muy bien. Es uno de los periodistas de trayectoria más larga del *Telegraph*, y está trabajando en su libro desde que lo conocí.

La puerta se abre y entra un hombre con traje. Saluda a Melissa por su nombre y charlan un rato sobre el tiempo, mientras ella le prepara un café y le añade leche y azúcar sin necesidad de preguntárselo antes.

Hay un ejemplar del diario *Metro* del viernes en el revistero de la pared y lo saco mientras Melissa cobra al cliente. Quienquiera que haya estado leyéndolo lo ha dejado doblado por una página con el titular AUMENTO DE LOS DELITOS EN EL METRO, y aunque no tengo a nadie cerca alargo la mano de forma instintiva para sujetar el bolso, con el asa bien pegada al cuerpo, como hago desde hace años. Hay una foto de un chico más o menos de la edad de Justin, con la cara bastante magullada, y una mujer con una mochila abierta sobre el regazo con expresión de estar a punto de romper a llorar. Leo el artículo en diagonal, pero no hay nada nuevo: aconseja estar atento a tus pertenencias y viajar acompañada si es muy tarde. Es lo mismo que digo a Katie; se lo repito una y otra vez.

—Justin me contó que tu encargada tuvo que irse a casa porque se encontraba mal ayer —digo cuando volvemos a estar solas.

—Hoy también le he dado el día libre, así que... —Hace un gesto hacia la redecilla azul—. Apuesto a que Richard Branson no tenía estos problemas cuando estaba levantando su imperio.

—Apuesto a que sí. Aunque no estoy segura de que puedas llamar imperio a dos cafeterías —capto la mirada matadora de Melissa—... dos maravillosas cafeterías.

Mi amiga pone una expresión maliciosa.

—Tres.

Enarco una ceja y espero a que me lo aclare.

—Clerkenwell. No me mires con esa cara. Hay que especular para acumular.

—Pero... —Me callo antes de decir algo de lo que pueda arrepentirme.

Abrir una tercera cafetería cuando la segunda todavía está afianzándose me aterrorizaría, pero supongo que es la razón por la que este es el negocio de Melissa y no el mío. Cuando me mudé a la casa vecina de Melissa y Neil, estaba estudiando un curso de contabilidad a través del programa de educación para adultos. En el colegio se me daban de pena las matemáticas, pero Matt solo se quedaba a los niños los miércoles por la noche, lo que suponía que o bien hacía el curso de contabilidad o bien el de tapicería, y no me veía ganándome la vida gracias a la restauración de sillas. Melissa fue mi primera clienta.

—Hasta ahora me encargaba yo de la contabilidad —me dijo cuando le conté que había empezado el curso—, pero acabo de alquilar un nuevo local en Covent Garden y me vendría bien tener algo de tiempo libre. Serán solo nóminas y facturas, nada demasiado complicado.

Aproveché la oportunidad sin pensarlo. Y aunque solo pasó un año hasta que encontré otro cliente —Graham Hallow—, que me ofreció un puesto fijo de trabajo, he seguido llevando la contabilidad del Melissa's y el Melissa's Too.

—¿Habrá un Melissa's Three? —pregunto ahora.

Ella ríe.

—Y un cuarto y un quinto... ¡Soy imparable!

No tengo que estar en el trabajo hasta la hora de comer, pero, cuando llego a las once, Graham se mira de forma exagerada el reloj.

—Qué alegría que hayas decidido venir hoy, Zoe.

Como siempre, lleva un traje de tres piezas, con un reloj de bolsillo metido en el chaleco.

«La profesionalidad inspira confianza», me dijo en una ocasión, tal vez para animarme a cambiar mis pantalones baratos de grandes almacenes por algo tan clásico como lo que él se pone.

No dejo que me afecte. Mi permiso de dos horas fue autorizado y firmado por el mismísimo Graham antes de que me fuera el viernes.

—¿Te apetece que te prepare un café? —pregunto, porque aprendí hace tiempo que la mejor forma de contraatacar a Graham es siendo tremendamente amable.

—Eso estaría muy bien, gracias. ¿Has pasado un buen fin de semana?

—No ha estado mal.

No le cuento ningún detalle, él tampoco pregunta más. En la actualidad soy muy reservada con mi vida personal. Cuando Simon y yo nos conocimos, Graham se atrevió a decir que era inapropiado que saliera con alguien que había conocido en el trabajo, aunque hubieran pasado varios meses desde que Simon entrara en la agencia preguntando por las tarifas de alquileres comerciales para un artículo que estaba escribiendo.

—Pero ¿no habría sido inapropiado que saliera con mi jefe? —contesté cruzándome de brazos y mirándolo directamente a los ojos. Porque seis semanas después de haber descubierto que Matt tenía una aventura, cuando estaba hecha polvo y no sabía por dónde tirar, Graham Hallow me había pedido una cita y yo lo había rechazado.

—Lo he hecho porque me dabas pena —dijo ante mi negativa de hace años—. Creía que necesitabas animarte.

—Sí, claro. Gracias.

—A lo mejor es lo mismo que piensa ese tío nuevo.

No mordí el anzuelo. Sabía que Simon no sentía lástima por mí. Él me adoraba. Me compraba flores, me llevaba a buenos restaurantes y me besaba de una forma que me hacía temblar las piernas. Llevábamos saliendo solo un par de semanas, pero yo ya lo sabía. Lo sabía y punto. Tal vez Graham sintiera lástima por mí, pero jamás llegó a perdonarme del todo por haberlo rechazado. Ya no me permitía salir un poco antes si los niños se encontraban mal, ni hacía la vista gorda con la hora de entrada si había un retraso en los trenes. Desde ese momento se mostró muy estricto con las obligaciones laborales y yo necesitaba demasiado el trabajo para atreverme a incumplir las normas.

Graham se toma su café, luego se pone el abrigo y desaparece. No hay nada en la agenda, pero murmura algo sobre ir a ver a un hombre por algo relacionado con un perro, y, sinceramente, me alegro de quedarme a solas. La agencia está bastante tranquila para ser lunes, así que me pongo con una limpieza general, que estaba pendiente hacía tiempo: voy metiendo documentos en la trituradora de papel y desplazo las macetas con las cintas, plantadas en el mismo sitio hace siglos, para quitar el polvo acumulado detrás.

Me suena el móvil y recibo un mensaje de Matt.

«¿KT está bien?»

Abrevia todos los nombres así. Katie es KT, Justin es Jus, y yo soy siempre Zoe cuando discutimos.

Supongo que Simon sería Si, si entre ellos existiera alguna relación.

—No he sabido nada de ella —respondo—. No sé si eso es buena señal o no.

—¿Se sentía segura?

Me lo pienso un segundo.

—Optimista —escribo.

—¿Y tú, qué tal? Besos.

Leo lo de los besos y lo ignoro. Dejo la conversación inacabada, sigo quitando el polvo y, pasados unos minutos, me llama.

—Has vuelto a hacerlo, ¿verdad?

—¿Que si he hecho el qué? —pregunto, aunque sé muy bien a qué se refiere.

—La has desmoralizado antes de la prueba.

—Apenas pronuncia las consonantes y sé que es porque lleva un cigarrillo entre los labios. Lo confirmo al oír el chasquido metálico de un mechero y la inspiración de una calada profunda. Hace casi veinte años que dejé de fumar, pero siento ansiedad física cuando él inhala el humo.

—No lo he hecho —empiezo a decir, pero Matt me conoce demasiado bien—. En cualquier caso, no era esa mi intención.

—¿Qué le has dicho?

—Me he limitado a comentarle lo del curso de secretariado del que te hablé.

—Zo...

—¿Qué? Tú mismo dijiste que sería perfecto para ella. —Oigo el ruido del tráfico de fondo, y sé que Matt está aparcado en una fila de vehículos, apoyado contra el taxi.

—Tienes que ser amable con ella. Si la presionas demasiado para que vaya en una dirección, saldrá corriendo en dirección contraria.

—La interpretación no es un trabajo de verdad —digo, porque estar en desacuerdo con Matt es un hábito difícil de dejar—. Necesita algo que le dé seguridad, un plan B.

—No tardará en descubrirlo por sí misma. Y, cuando eso ocurra, nosotros estaremos ahí.

Termino de limpiar la sala principal y paso al despacho de Graham. Su mesa es el doble de grande que la mía, pero está casi igual de ordenada. Es una de las pocas cosas que ambos tenemos en común. Hay un calendario de mesa justo en el borde, la cita de motivación del día me invita a que hoy haga algo por lo que mi yo futuro me dé las gracias. En el otro extremo de la mesa hay tres bandejas para depositar documentos, colocadas una sobre otra, con las etiquetas de RECIENTE, PENDIENTE, ENVIADO. Justo delante hay una pila de periódicos. *The London Gazette* de hoy está encima de todos.

No es nada sorprendente. Sería muy difícil encontrar un

despacho en Londres donde no hubiera un ejemplar del *Gazette* dando vueltas por ahí. Cojo el primer ejemplar, me recuerdo que tengo que seguir limpiando, y veo que el periódico que está debajo también ese el *Gazette*. Y el de debajo, y el siguiente, y el siguiente. Hay doce ejemplares o más, todos perfectamente apilados. Miro en dirección a la puerta antes de sentarme en el sillón de piel de Graham y cojo el primer periódico. Echo una ojeada rápida a las primeras páginas, pero no puedo evitar ir hasta la sección de anuncios clasificados.

Entonces siento una fuerte presión en el pecho y se me humedecen las palmas de las manos. Porque en la última página del periódico que estoy leyendo —un periódico con fecha de hace varios días— hay una mujer que ya he visto antes.

Todos somos animales de costumbres.

Incluso tú.

Escoges el mismo abrigo cada día, sales de casa a la misma hora todas las mañanas. Tienes tu asiento favorito en el autobús o en el tren, sabes exactamente qué escalera mecánica avanza más deprisa, qué validador de billetes usar, qué ventanilla tiene menos cola.

Tú sabes esas cosas, y ahora yo también las sé.

Sé que compras el mismo periódico en la misma tienda, la leche a la misma hora todas las semanas. Sé que llevas a los niños al cole caminando, el atajo que tomas al volver a casa después de la clase de Zumba. Sé cuál es la calle donde te separas de tus amigas cuando salís del pub los viernes por la noche; y sé que el resto del camino lo haces sola. Conozco tu recorrido de cinco kilómetros cuando sales a correr los domingos por la mañana, y el lugar exacto donde te detienes para hacer estiramientos.

Sé todas esas cosas, porque jamás se te ha ocurrido que alguien estuviera vigilándote.

La rutina te resulta reconfortante. Es algo conocido, que te proporciona seguridad.

La rutina te hace sentir a salvo. La rutina te matará.

6

Kelly estaba saliendo del centro de operaciones cuando le sonó el móvil del trabajo. Al ver «Número oculto» en la pantalla supo casi con toda certeza que sería la centralita del centro de control y sujetó el aparato entre su oreja y el hombro derecho mientras se subía la cremallera del chaleco.

—Kelly Swift.

—¿Puede responder a una llamada de una tal señora Zoe Walker? —dijo la voz al otro lado del teléfono. Kelly oyó el murmullo de fondo de otras voces, la docena de operadores que contestaban las llamadas y las reasignaban—. Quiere hablarle de un incidente en la línea de Circle, el robo de un bolso o algo así.

—Tendrá que transferir la llamada a la brigada especializada en carteristas. Yo acabé mi asignación temporal allí hace unos días y ahora vuelvo a estar en la patrulla de proximidad.

—Ya lo he intentado, pero no contesta nadie. Su nombre todavía figura en la denuncia, así que...

La voz del operador se quedó suspendida en el aire y Kelly suspiró. El nombre de Zoe Walker no le sonaba de nada, pero en sus tres meses en aquella brigada había tratado con más víctimas de robos de carteras y monederos de las que podía recordar.

—De acuerdo, pásemela.

—Gracias.

El operador parecía aliviado, y no era la primera vez que Kelly se alegraba de estar en el lado más activo de la policía y no encerrada entre cuatro paredes, gestionando las llamadas de ciudadanos cabreados. Oyó un débil chasquido.

—¿Oiga? ¿Me oye? —Otra voz se superpuso en la línea; era una voz femenina e impaciente.

—Hola. Al habla la agente Swift. ¿En qué puedo ayudarla?

—¡Por fin! ¡Ni que estuviera telefoneando al MI5!

—No, me temo que esto no es ni mucho menos tan emocionante. Tengo entendido que quería hablarme de un robo en el metro. ¿Qué es lo que le han robado?

—No, no es por mí —dijo la mujer con fastidio, como si a Kelly le costase entender las cosas—. Es por Cathy Tanning.

Esa clase de llamadas eran habituales cuando se citaban las palabras de un agente de policía en concreto en los periódicos: los ciudadanos llamaban preguntando por el agente, a menudo sin que la llamada tuviese ninguna relación con el artículo en sí, como si por el mero hecho de saber el nombre y el número de placa del policía lo convirtiese en una presa legítima.

—Le robaron las llaves del bolso cuando se quedó dormida en el trayecto de vuelta a casa —prosiguió la señora Walker—. Nada más, solo las llaves.

Era la clase de robo que hacía el caso poco común. Inicialmente, cuando iba de camino a tomar declaración a la víctima, Kelly tenía sus dudas sobre si la denuncia debía hacerse de un robo o no, pero Cathy había insistido en que ella no había perdido las llaves.

—Las guardo en un compartimento separado en mi bolsa —le había dicho a Kelly—. Es imposible que se me hayan caído.

El bolsillo estaba en la parte externa de un bolso estilo mochila, con una cremallera y una hebilla de cuero que impedían que pudiesen caerse. Alguien había desabrochado ambas.

Las imágenes de las cámaras de seguridad mostraban a Cathy entrando en el metro en la estación de Shepherd's Bush, con la hebilla del bolsillo exterior de su mochila aparentemente bien cerrada. Para cuando salía de la estación de Epping, la correa de la hebilla estaba suelta, y el bolsillo, ligeramente entreabierto.

En comparación con otros casos, se trataba de uno más bien fácil. Cathy había sido la testigo ideal: siempre seguía el mismo trayecto de vuelta a casa desde el trabajo e incluso escogía siempre el mismo vagón de la línea de Circle y se sentaba —siempre que fuera posible— en el mismo asiento. Si todo el mundo fuese igual de predecible, recordaba haber pensado Kelly, su trabajo sería muchísimo más fácil. Había localizado a Cathy en las imágenes de las cámaras de seguridad al cabo de solo unos minutos de búsqueda; sin embargo, no era uno de los sospechosos habituales de la policía el que había ido tras ella. En esos momentos, los delincuentes más activos en el metro eran la banda de los Curtis, pero ellos querían carteras y iPhones, no llaves.

Así que no era de extrañar que cuando Kelly examinó las imágenes del vagón donde iba Cathy en el momento del robo, por poco se le escapa el culpable. Cathy iba dormida, sentada y apoyada en la pared del vagón con las piernas cruzadas y rodeando su bolso con los brazos con aire protector. Kelly estaba tan ocupada examinando el vagón en busca de chavales con sudaderas con capucha y parejas de mujeres con pañuelos en la cabeza y llevando a sus bebés en brazos que apenas reparó en el hombre que iba de pie junto a Cathy. Desde luego, no encajaba en el perfil de miembro de las bandas habituales de carteristas. Era alto e iba bien vestido, con una bufanda gris rodeándole el cuello con dos vueltas y cubriéndole las orejas y la parte inferior de la cara, como si todavía estuviera a la intemperie, protegiéndose del frío y del mal tiempo. Le daba la espalda a la cámara y tenía la cara deliberadamente vuelta hacia el suelo. En un rápido movimiento, el hombre se agachó y se inclinó hacia Cathy Tanning, luego se levantó y se metió la mano derecha en el bolsillo tan deprisa que Kelly no pudo ver lo que llevaba en ella.

¿Habría creído que la mujer llevaba un monedero en el bolsillo exterior? ¿O un móvil? ¿Una feliz oportunidad de birlarle la cartera a alguien, oportunidad que había resultado un chasco cuando vio que lo único que había era un manojo de llaves? Y luego se las debió de llevar igualmente, porque devolverlas era un riesgo innecesario; seguramente las tiraría a un contenedor de basura de camino a casa.

Kelly pasó su último día en la unidad especializada en carteristas intentando localizar una buena imagen del ladrón de Cathy en la red de metro, pero lo único que obtuvo fue una foto fija con una resolución tan baja que no tenía ningún sentido hacerla circular. Era asiático, eso era lo único de lo que podía estar segura, y rondaba el metro ochenta de estatura. Las cámaras de vigilancia eran en color, y la calidad era impresionante —casi creías estar viendo imágenes de una noticia en televisión sobre los usuarios del metro— pero eso no garantizaba una identificación positiva. Era necesario que las cámaras enfocasen en la dirección correcta, que estuviesen colocadas de forma que se pudiese obtener una captura frontal de una imagen completa.

Demasiado a menudo —como en este caso— el incidente tenía lugar en la periferia del alcance de la cámara. Al hacer zoom para ampliar la imagen, esta se pixelaba de tal forma que los detalles más esenciales se volvían borrosos y la figura se transformaba en una mancha homogénea de la que era imposible conseguir una maldita identificación.

—¿Presenció usted el robo? —preguntó Kelly, volviendo a centrar su atención en Zoe Walker. Seguro que habría dado señales de vida antes si hubiese sido testigo ocular de los hechos. Se le ocurrió entonces que tal vez la señora Walker había encontrado las llaves perdidas, que quizá podrían enviarlas al laboratorio en busca de huellas.

—Tengo información para ustedes —dijo Zoe Walker. Hablaba con formalidad, en un tono abrupto que rayaba la mala educación, aunque había también cierto dejo de inseguridad que indicaba nerviosismo.

Kelly le habló con delicadeza.

—Adelante, cuénteme lo que sabe.

Apareció el sargento, dando unos golpecitos con el dedo a su reloj de pulsera. Kelly señaló el teléfono y masculló en voz baja, pidiéndole un minuto.

—La víctima. Cathy Tanning. Su fotografía apareció en un anuncio en la sección de clasificados de *The London Gazette*, justo antes de que le robaran las llaves.

Sea lo que fuese lo que Kelly esperaba que le dijese Zoe Walker, no eran esas palabras.

Se sentó.

—¿Qué clase de anuncio?

—No estoy segura. Está en una página con otros anuncios… de contactos y cosas así. Y el viernes vi el mismo anuncio, solo que creo que salía una foto mía.

—¿Cree?

Kelly no pudo evitar que su voz dejara traslucir una nota de escepticismo. Oyó a Zoe Walker dudar un instante.

—Bueno, se parecía mucho a mí, solo que sin gafas. Aunque a veces llevo lentillas… uso esas diarias desechables, ¿sabe cuáles son? —Lanzó un suspiro—. No me cree, ¿verdad que no? Piensa que estoy mal de la cabeza.

Eso mismo había estado pensando Kelly, por lo que sintió una punzada de culpa.

—No, no, en absoluto. Solo intento establecer los hechos. ¿Puede decirme las fechas en las que vio esos anuncios? —Esperó mientras Zoe Walker consultaba el calendario y anotó las fechas que le dio: el martes 3 de noviembre para la foto de Cathy Tanning y el viernes 13 de noviembre para la de Zoe—. Lo investigaré —le prometió, aunque no sabía de dónde iba a sacar el tiempo para hacerlo—. Yo me encargo.

Paul Powell no quería dar su brazo a torcer.

—No, ni hablar. Ya disfrutaste de tus tres meses vestida de paisano mientras los demás nos encargábamos de todo; es hora de hacer trabajo policial de verdad.

Kelly se mordió la lengua, consciente de que no era muy sensato enemistarse con el sargento Powell.

—Solo quiero hablar con Cathy Tanning —dijo, odiándose

por el tono suplicante de su voz—, luego le prometo que volveré directamente aquí.

No había nada más frustrante que dejar un cabo suelto, y aunque Zoe Walker parecía más bien vacilante (y eso, siendo benevolente), Kelly tenía un mal presentimiento. ¿Y si la foto de Cathy realmente había salido en una página de anuncios clasificados? ¿Era posible que no fuese la víctima aleatoria de un robo, sino que alguien la hubiese escogido deliberadamente? ¿Que la hubiese «anunciado», incluso? Era algo difícil de creer.

—Ya no es tu trabajo. Si hay que abrir una investigación, envía la información a la brigada especial. Si andas escasa de trabajo, solo tienes que decírmelo…

Kelly levantó las manos en el aire. Sabía cuándo había llegado el momento de rendirse.

Cathy Tanning tenía su casa en Epping, no muy lejos de la estación de metro. Pareció alegrarse de que Kelly la llamara y le propuso quedar a tomar algo en una bodega de la calle Sefton cuando Kelly saliese de trabajar. La agente había accedido de inmediato, sabiendo que si quería seguir una pista en un caso que ya no tenía asignado oficialmente tendría que investigarla por su cuenta.

—¿No los han encontrado, entonces?

Cathy tenía treinta y siete años y trabajaba de médico de cabecera en una consulta cerca de Shepherd's Bush, y se mostraba muy directa, algo que Kelly sospechaba que seguramente molestaba a más de uno de sus pacientes. A Kelly, en cambio, le gustaba mucho esa forma de ser.

—Lo siento.

—No pasa nada. La verdad es que no tenía muchas esperanzas. Aunque estoy intrigada… ¿qué es todo eso de un anuncio?

La recepcionista del *Gazette* se había mostrado asombrosamente servicial y le había enviado por e-mail una copia en color de cada una de las páginas que aparecían en la sección de anuncios clasificados del periódico en las fechas mencionadas por Zoe Walker. Kelly las había examinado en el trayecto en metro y había localizado rápidamente la foto que Zoe había identificado como la cara de Cathy. Kelly había visto al fotógrafo de *Metro* sacarle un montón de fotos distintas apenas unos días antes y se había fijado en el modo en que el flequillo de Cathy le caía hacia la derecha, así como en el leve surco del entrecejo. Desde luego, la foto del *Gazette* guardaba un sorprendente parecido con la mujer.

Kelly colocó el anuncio recortado encima de la mesa, enfrente de Cathy, y miró atentamente a la mujer, observando su reacción. No había demasiada información debajo de la foto, pero el anuncio aparecía rodeado de otros de contactos, servicios de *escort* y teléfono erótico, sugiriendo que ofrecía servicios similares. ¿Desde cuándo los médicos de familia trabajaban de noche como teleoperadores de líneas eróticas? ¿Y como chicas de compañía?

Lo primero que había hecho Kelly al recibir las copias de los anuncios fue introducir la dirección de la web —www.encuentrala.com— en su buscador. La URL la había llevado a una página en blanco en cuyo centro había un recuadro vacío que sugería que el acceso a la página requería una contraseña, pero no daba ninguna indicación adicional de cuál podía ser esa contraseña ni de cómo obtenerla.

La expresión de sorpresa en el rostro de Cathy era auténtica. Hubo un momento de silencio seguido de un estallido de risa incómoda. Cogió el anuncio y lo examinó de cerca.

—Podrían haber escogido un ángulo más favorecedor al menos, ¿no le parece?

—Entonces ¿es usted?

—Y ese es mi abrigo, sí.

La foto se había recortado minuciosamente, por lo que el trasfondo estaba oscuro, sin ningún detalle reconocible. Seguro que era una foto de interior, pensó Kelly, aunque no sabía con certeza por qué estaba tan segura. Cathy miraba hacia la cámara, aunque no directamente; miraba a lo lejos, como si tuviera la cabeza en otra parte. Se veía la parte de los hombros de un abrigo marrón oscuro, con una capucha con ribete de piel colgando por detrás de la cabeza.

—¿Había visto esta foto antes?

Cathy negó con la cabeza. Pese a su actitud segura y dueña de sí misma, Kelly sabía que se había quedado perpleja.

—Y deduzco que no publicó usted este anuncio.

—Puede que la situación laboral en el Sistema Nacional de Salud no sea ideal ahora mismo, pero todavía no estoy preparada para cambiar de carrera profesional, la verdad.

—¿Y está registrada en alguna web de contactos o páginas para encontrar pareja? —Cathy la miró con aire divertido—. Siento ser tan indiscreta, pero me pregunto si alguien pudo obtener las fotos de alguna web legítima.

—No, ninguna página de contactos —respondió Cathy—. Hace poco rompí una relación seria y, francamente, no tengo ganas de volver a meterme en otra. —Dejó la foto, tomó un trago de vino y luego miró a Kelly—. Dígame la verdad: ¿debería preocuparme?

—No lo sé —le contestó Kelly con sinceridad—. Este anuncio apareció dos días antes de que le robaran las llaves, y yo solo hace unas horas que lo he descubierto. La mujer que lo vio, Zoe Walker, cree que también vio su propia foto en *The London Gazette* el viernes.

—¿A ella también le robaron?

—No, pero, lógicamente, no le hace mucha gracia ver su foto publicada en el periódico.

—Claro, ni a mí tampoco. —Cathy hizo una pausa, como sopesando si continuar o no—. El caso, Kelly, es que llevo unos días pensando en llamarla.

—¿Por qué no lo ha hecho?

Cathy miró a Kelly fijamente.

—Soy médico. Me rijo por los hechos, no por fantasías, como imagino que hará usted también. Quería llamarla, pero... No estaba segura.

—¿Segura de qué?

Siguió otra pausa.

—Creo que alguien ha entrado en mi casa mientras estaba en el trabajo.

Kelly no dijo nada, a la espera de que Cathy siguiera hablando.

—Es que no estoy segura. Es más bien... una sensación. —Cathy puso cara de exasperación—. Sí, ya lo sé; eso no se sostendría ante un tribunal, ¿verdad que no? Por eso es precisamente por lo que no lo he denunciado, pero, cuando volví a casa del trabajo el otro día, habría jurado que el pasillo olía a loción para después del afeitado, y cuando subí a mi habitación a cambiarme la tapa de la cesta de la ropa estaba abierta.

—¿Y no podría haberla dejado abierta usted?

—Es posible, pero no muy probable. Cerrarla es una de esas cosas que una hace automáticamente, ¿sabe? —Hizo una pausa—. Y creo que echo en falta alguna pieza de mi ropa interior.

—Pero cambió la cerradura de las puertas, ¿no? —dijo Kelly—. Estaba esperando al cerrajero cuando llamó a la policía, ¿verdad?

Cathy parecía avergonzada.

—Cambié la cerradura de la puerta principal, sí, pero no de la trasera. Eso me habría costado cien libras más, y, para ser sincera, no le veía la utilidad. En el llavero no había nada que delatase dónde vivo, y en aquel momento me pareció un gasto innecesario.

—¿Y ahora...? —Kelly dejó la pregunta suspendida en el silencio entre ambas.

—Ahora pienso que ojalá hubiese cambiado las dos cerraduras.

7

Son casi las tres de la tarde cuando Graham vuelve al despacho.

—Comida de trabajo —dice a modo de explicación, y yo deduzco por su ánimo relajado que la comida ha sido regada al menos con dos pintas de cerveza.

—¿Puedo ir un momento a la oficina de correos?

—Date prisa. Tengo visita a una casa dentro de una hora.

Los envíos que debo hacer están franqueados y perfectamente apilados y sujetos con gomas elásticas sobre mi mesa. Meto los sobres en una bolsa de tela y me pongo el abrigo, mientras Graham desaparece en el interior de su despacho.

En la calle hace tanto frío que sale vaho al respirar; meto las manos en los bolsillos y muevo los dedos para calentarlos. Una leve vibración me indica que he recibido un mensaje de texto, pero llevo el móvil en un bolsillo interior, así que puede esperar.

En la cola de la oficina de correos me bajo la cremallera del abrigo y busco el móvil. El mensaje es de la agente Kelly Swift.

¿Podría enviarme una foto suya lo antes posible?

¿Significa que ha hablado con Cathy Tanning? ¿Que me cree? Acabo de leer el mensaje y me entra uno nuevo.

Sin gafas.

Tengo a seis personas por delante de mí en la cola, y otras tantas por detrás. «Lo antes posible», ha dicho la agente Swift. Me quito las gafas y busco la cámara en el móvil. Tardo un rato en recordar cómo se le da la vuelta al objetivo para enfocarme la cara, luego alargo el brazo tanto como puedo sin que se note demasiado que estoy haciéndome un selfie. Con el ángulo cenital de enfoque se me ve triple papada y ojeras, pero saco la foto de todas formas, abochornada cuando la cámara me delata con su sonoro clic. Qué vergüenza. ¿Quién se hace un selfie en una oficina de correos? Lo envío a la agente Swift y de inmediato recibo la notificación que me indica que ella ya lo ha visto. La imagino comparando la foto con la del anuncio del *Gazette*, y me quedo esperando a recibir el mensaje donde me diga que lo que le he contado sobre el parecido son imaginaciones mías, pero mi móvil permanece en silencio.

Decido enviar un mensaje a Katie para saber cómo le ha ido la prueba. Habrá acabado hace ya horas, y sé que no me ha dicho nada por la forma en que le hablé esta mañana. Me meto el móvil en el bolsillo.

Cuando llego al despacho encuentro a Graham agachado sobre mi mesa, rebuscando en el primer cajón. Se levanta de golpe en cuanto abro la puerta, y el desagradable rubor de su cuello no me indica que esté avergonzado, sino enfurecido por el hecho de que lo haya pillado.

—¿Estás buscando algo?

No hay más que una variedad de sobres, bolis y gomas elásticas en el primer cajón, y me pregunto si también habrá rebuscado en los demás. En el central hay viejas libretas de notas, ordenadas por fechas, por si tengo que localizar algún dato. El último es un cajón de sastre: tengo un par de zapatillas deportivas de cuando pensé que podía intentar ir caminando hasta el río antes de subir al tren; medias, maquillaje, tampones. Me gustaría decirle que no tocara mis objetos personales, pero ya sé lo que dirá: que esta es su empresa, su mesa, sus cajones. Si Graham Hallow fuera el dueño de una vivienda de alquiler sería el típico que entraría sin avisar para realizar una inspección por sorpresa.

—Las llaves de Tenement House. No están en el armario.

Voy hacia el armarito de las llaves, una caja metálica colgada de la pared del pasillo, junto al archivador. Tenement House es un edificio de oficinas situado en un complejo más amplio llamado City Exchange. Miro en el gancho de la letra C y encuentro las llaves enseguida.

—Creía que Ronan se encargaba del Exchange.

Ronan es el último de una larga lista de aprendices de agente inmobiliario. Siempre son hombres —Graham no cree que las mujeres seamos capaces de negociar— y se parecen tanto todos que se limitan a ponerse y quitarse el mismo traje: uno aparece al día siguiente de haberse marchado el anterior. Nunca se quedan durante mucho tiempo; los buenos se van tan deprisa como los malos.

O bien Graham no oye mi pregunta o bien decide ignorarla, pero me quita las llaves y me recuerda que los nuevos ocupantes de Churchill Place vendrán más tarde para firmar el contrato de alquiler. La campanilla de la puerta suena cuando él se marcha. No confía en Ronan, ese es el problema. No confía en ninguno de nosotros, lo que significa que en lugar de quedarse en el despacho, que es donde debería estar, se pasa el día en la calle, vigilando a todo el mundo y entrometiéndose en sus asuntos.

La estación de metro de Cannon Street está llena de tipos trajeados. Me abro paso como puedo por el abarrotado andén hasta que llego casi al túnel. En el primer vagón siempre viaja menos gente y, cuando lleguemos a Whitechapel, las puertas se abrirán justo delante de la salida.

Ya en el tren, cojo el *Gazette* del día, que alguien ha dejado tirado en el sucio hueco que hay por detrás de mi asiento. Paso las páginas a toda prisa hasta llegar a los anuncios clasificados, y encuentro el que incluye el número de teléfono inservible: 083 378 6984 4445 2636. La mujer de hoy tiene el pelo negro, un imponente busto que solo se intuye en la parte baja de la foto y una amplia sonrisa de dientes blancos y muy parejos. En el cuello lleva una delicada cadena con un pequeño crucifijo de plata.

¿Sabe que su foto está en los anuncios clasificados del periódico?

No he tenido noticias de la agente Swift y me convenzo de que su silencio es preferible. Eso es mejor que angustiarme por no haber sabido nada de ella. Me habría llamado enseguida si existiera algún motivo de preocupación. Como un médico que te llama para darte los preocupantes resultados de una prueba. ¿No dicen que no recibir noticias es una buena noticia? Simon tenía razón: la del periódico no era mi foto.

Hago transbordo en Whitechapel, para coger el tren suburbano hasta Crystal Palace. Al ir caminando oigo pisadas detrás de mí. No difieren de otras; se oyen pisadas por todas partes en el metro, el sonido hace eco al rebotar contra las paredes, se amplifica y se prolonga hasta dar la sensación de que hay docenas de personas caminando, corriendo, pisando con fuerza.

Sin embargo, no logro dejar de pensar que estas pisadas son distintas.

Que son de alguien que viene a por mí.

Cuando tenía dieciocho años me siguieron cuando iba a casa tras hacer la compra, no mucho tiempo después de haberme quedado embarazada de Justin. La maternidad latente hizo que fuese muy consciente de cualquier amenaza y veía el peligro en todas las esquinas. El pavimento en mal estado por el que podía tropezar. El ciclista que, con toda seguridad, me atropellaría... Me sentía tan responsable de la vida que llevaba dentro que me parecía prácticamente imposible cruzar la calle sin ponerla en peligro.

Había salido a comprar leche, tras insistir a la madre de Matt para que me dejara ir a mí porque necesitaba hacer ejercicio. Aunque en realidad quería contribuir un poco en los gastos de la casa para agradecerle que me hubiera acogido. Era de noche y, en el camino de regreso, me di cuenta de que estaban siguiéndome. No se oía ni un ruido, ninguna prueba concreta. Solo tenía la certeza de que llevaba a alguien detrás y, lo que era peor, esa persona intentaba que no la oyera.

Siento la misma certeza ahora.

A los dieciocho años no supe cómo reaccionar. Crucé la calle; la persona que me seguía también lo hizo. Oía sus pisadas acercándose cada vez más a mí; ya no le importaba que lo oyese. Me volví y vi a un hombre —un chico—, no mucho mayor que Matt. Iba con capucha y con las manos hundidas en los bolsillos delanteros de la sudadera. Llevaba un pañuelo que le tapaba la parte inferior de la cara.

Había un atajo hasta la casa de Matt, una calle angosta que recorría la parte trasera de las casas adosadas. Era poco más que un callejón. «Por aquí iré más deprisa», decidí, pues no pensaba con claridad, solo quería llegar a casa y estar a salvo.

Cuando doblé la esquina eché a correr, y el chico que me seguía también lo hizo. Tiré la bolsa de la compra, y el tapón de la leche salió disparado, lo que empapó los adoquines con una gigantesca lluvia blanca. Transcurridos unos segundos, yo también me caí, se me doblaron las rodillas y de inmediato me llevé una mano protectora al vientre.

Todo acabó en unos segundos. Él se inclinó sobre mí, solo le vi los ojos, alargó una mano, rebuscó con brusquedad en mis bolsillos. Me sacó el monedero, salió corriendo y me dejó sentada en el suelo.

Las pisadas se acercan.

Aprieto el paso. Me contengo para no correr, pero camino tan deprisa como puedo, y el ritmo poco natural me desequilibra y hace que el bolso se balancee de un lado para otro.

Hay un grupo de chicas por delante de mí a cierta distancia, e intento alcanzarlas. Pienso que cuantas más seamos, más seguras estaremos. Están haciendo el tonto, van corriendo, saltando, riendo, aunque no parecen amenazantes. No como la persona cuyas pisadas me siguen, que se oyen muy altas y firmes y están cada vez más cerca.

—¡Eh! —oigo.

Es una voz de hombre. Ronca y grave. Me coloco el bolso por delante y lo protejo con un brazo para que no puedan abrirlo, luego me entra el pánico porque pienso que, si alguien tira de él, me arrastrará con él. Recuerdo el consejo que siempre doy a los chicos: que es preferible que les roben a que les hagan daño. «Entregad lo que os pidan sin discutir —les digo—. No hay nada por lo que valga la pena acabar mal parado.»

Las pisadas aceleran. El tipo está corriendo.

También me pongo a correr, pero el pánico me vuelve torpe: me tuerzo un tobillo y estoy a punto de caerme. Oigo la misma voz, mi perseguidor vuelve a gritar, y ahora noto el bombeo de la sangre en los oídos con tanta fuerza que no oigo lo que dice. Solo oigo el ruido que hace al correr, y el de mi propia respiración forzada, los jadeos sonoros y dolorosos. Me duele el tobillo. No puedo correr, así que dejo de intentarlo.

Me rindo. Me vuelvo para mirar.

Es un tipo joven; debe de tener diecinueve o veinte años. Es blanco, lleva vaqueros anchos y caídos, y zapatillas de deporte que rebotan sobre el pavimento.

«Le daré el móvil. Eso es lo que querrá. Y el dinero. ¿Llevo dinero encima?»

Empiezo a quitarme el asa del bolso pasándomela por encima de la cabeza, pero se me engancha con la capucha. Él ya casi me ha alcanzado y sonríe como si estuviera disfrutando con mi miedo, le divierte que esté temblando de tal modo que no puedo ni quitarme el asa de piel del bolso. Cierro los ojos con fuerza. «Hazlo ya. Haz lo que hayas pensado hacer de una vez.»

Sus zapatillas de deporte golpean con fuerza el suelo. Más deprisa, más alto, más cerca.

El chico pasa por mi lado corriendo.

Abro los ojos.

—¡Eh! —vuelve a gritar mientras corre—. ¡Cabronas!

El túnel describe una curva hacia la izquierda, y el chico desaparece, y por el eco de las zapatillas parece que todavía estuviera corriendo en mi dirección. Sigo temblando, mi cuerpo es incapaz de procesar el hecho de que aquello que estaba segura que ocurriría no ha sucedido.

Oigo gritos. Empiezo a caminar, el tobillo me duele. Al doblar la esquina, veo de nuevo al chico. Está con el grupo de chicas, tiene un brazo sobre una de ellas y las demás están sonriendo. Hablan todos a la vez, charlan con excitación creciente hasta que rompen a reír histéricamente, como una manada de hienas.

Camino con lentitud. Por el tobillo dolorido y porque —aunque ahora ya sé que no existe amenaza alguna— no quiero pasar por delante de esa panda de chavales que me ha hecho sentir tan estúpida.

«No todas las pisadas te siguen —me digo—. No todas las personas que corren están persiguiéndote.»

Cuando bajo del vagón en Crystal Palace, Megan se dirige a mí, pero yo tardo en responderle. Me siento aliviada de estar en el exterior, aunque enfadada conmigo misma por haberme puesto tan nerviosa sin motivo.

—Lo siento.

—¿Por qué? —pregunto.

—Acabo de decirte que esperaba que hubieras tenido un buen día.

Todavía quedan poco más de doce monedas en la funda abierta de su guitarra. Una vez me contó que iba retirando las monedas de una libra y las de cincuenta peniques a lo largo del día.

—La gente deja de darte si cree que te va demasiado bien —me confesó.

—Me ha ido bien, gracias —respondo a su anterior pregunta—. Nos vemos mañana por la mañana.

—¡Aquí estaré! —asegura, y eso me resulta reconfortante, porque es lo que dice siempre.

Al final de Anerley Road paso por delante de la cancela abierta de nuestra casa y me dirijo hacia las vallas pintadas de la casa de Melissa. La puerta se abre enseguida como respuesta al mensaje que he enviado mientras iba caminando desde la estación del metro: «¿Tienes un rato para un té?».

—Ya he puesto el agua a hervir —dice en cuanto me ve.

A primera vista, la casa de Melissa y de Neil es igual que la mía: el pequeño recibidor con la puerta del salón a un lado y el pie de la escalera justo enfrente de la puerta de entrada. Pero el parecido acaba ahí. En la parte trasera de la casa de Melissa, donde en la mía está mi diminuta cocina, hay una vasta extensión que lleva a un caminito lateral y sale al jardín. Dos enormes claraboyas permiten la entrada de la luz, y hay puertas de varias hojas plegables que ocupan todo el frontal de la casa.

La sigo hasta la cocina, donde Neil está sentado en la barra del desayuno, con el portátil enfrente. La mesa de Melissa se encuentra junto a la ventana y, aunque Neil tiene un despacho en la planta de arriba, si no tiene que salir de casa para trabajar, suele quedarse aquí con ella.

—Hola, Neil.

—Hola, Zoe. ¿Cómo va todo?

—No me va mal. —Dudo un instante, no estoy segura de comentarle lo que está pasando con las fotos del *Gazette*. Ni siquiera estoy segura de cómo explicarlo. Quizá hablar de ello me ayude—. Aunque ha ocurrido algo curioso. Vi una foto en *The London Gazette* de una mujer clavada a mí. —Suelto una risita, pero Melissa deja de preparar el té y me mira de pronto. Pasamos demasiado tiempo juntas y no puedo ocultarle nada.

—¿Estás bien?

—Estoy bien. No era más que una foto. En un anuncio de una agencia de contactos o algo así. Pero tenía mi foto. Al menos yo creí que era mi foto.

Ahora es Neil quien parece confuso, y no lo culpo; lo que cuento no es muy razonable. Pienso en el chaval del metro, el que corría para alcanzar a sus colegas, y me alegro de que no hubiera nadie conocido por ahí cerca que fuera testigo de mi reacción exagerada. Me pregunto si estaré pasando por la crisis de la mediana edad. A lo mejor estoy sufriendo ataques de pánico provocados por peligros inexistentes.

—¿Cuándo ocurrió eso? —pregunta Neil.

—El viernes por la tarde.

Echo un vistazo a la cocina, pero no veo ningún ejemplar del *Gazette*. En mi casa, la caja destinada al reciclaje siempre está abarrotada de periódicos y envases de cartón, pero la papelera de Melissa está oculta, como debe ser, y la vacían con regularidad.

—Estaba en la sección de anuncios clasificados. Solo había un número de teléfono, una dirección de internet y la fotografía.

—Una fotografía tuya —dice Melissa.

Dudo un instante.

—Bueno, de alguien parecido a mí. Simon dijo que debía de tener una doble.

Neil ríe.

—Pero tú te reconociste en la foto, ¿verdad?

Voy a sentarme junto a la barra del desayuno, a su lado, y él cierra el portátil y lo aleja para que no quede en medio de ambos.

—Cualquiera hubiese dicho que era yo, ¿sabes? Cuando la vi en el metro estaba convencida de que era yo. Pero, al llegar a casa y enseñarla a mi familia, ya no estaba tan segura. Bueno, al fin y al cabo, ¿qué pintaba yo en el periódico?

—¿Llamaste al número? —pregunta Melissa. Se inclina sobre la isleta que tenemos delante olvidándose del café.

—No funciona. Y la web tampoco está activa, se llama encuéntrala.com, pero solo lleva a una página en blanco con un rectángulo blanco en el centro.

—¿Quieres que le eche un vistazo?

El trabajo de Neil está relacionado con la informática. Nunca he sabido muy bien a qué se dedica exactamente, aunque me lo explicó una vez con tanto detalle que me sabe mal no recordarlo.

—No pasa nada, de verdad. Tienes trabajo que hacer.

—Y mucho —dice Melissa lamentándose—. Mañana tiene que estar en Cardiff, y luego en las Casas del Parlamento durante el resto de la semana. En la actualidad tengo suerte si lo veo una vez a la semana.

—¿El Parlamento? ¡Vaya! ¿Cómo es?

—Aburrido. —Neil hace un mohín—. Al menos la parte a la que yo me dedico. Estoy instalando un nuevo cortafuegos, así que no existen muchas probabilidades de que me codee con el primer ministro.

—¿La documentación de octubre ya está lista? —pregunto a Melissa, porque de pronto recuerdo por qué he pasado a verla.

Ella asiente con la cabeza.

—Sobre la mesa, es todo lo que hay al principio de ese archivador de anillas naranja.

La mesa de Melissa es blanca y esmaltada, como el resto de objetos de la cocina. Un gigantesco iMac domina la superficie, y sobre una balda que hay justo encima están todos los archivadores con la documentación de las cafeterías. Sobre la mesa hay un lapicero que Katie le hizo en la carpintería del colegio.

—No puedo creer que todavía lo tengas.

—¡Claro que lo tengo! Fue un detalle muy tierno que me lo hiciera.

—Le pusieron un notable —recuerdo.

Cuando nos mudamos y nos convertimos en vecinos de Melissa y Neil, estábamos prácticamente en la ruina. Podría haber hecho más turnos en el Tesco, pero, como el colegio terminaba a las tres, resultaba imposible. Hasta que Melissa me echó un cable. En esa época solo tenía una cafetería y cerraba justo después de la hora de comer. Ella se encargaba de recoger a mis hijos y llevarlos a su casa. Los niños veían la tele mientras ella se ocupaba del pedido de comida para el día siguiente. Melissa preparaba pasteles con Katie, y Neil enseñaba a Justin cómo añadir la memoria RAM a una placa madre, y yo podía pagar la hipoteca.

Encuentro el fajo de recibos en las primeras páginas del archivador naranja, debajo de un plano doblado del metro y una libreta llena de hojas sueltas, notas escritas en posit, y la perfecta caligrafía de Melissa.

—¿Más planes para la dominación del mundo? —bromeo, y señalo la libreta. Percibo que Neil y Melissa intercambian una mirada—. Vaya. Lo siento. ¿No ha tenido gracia?

—Es por la nueva cafetería. Neil no está tan emocionado como yo.

—No tengo nada en contra de la cafetería —dice Neil—. Lo que no me entusiasma es la idea de arruinarnos.

Melissa pone los ojos en blanco.

—Eres tan alérgico a los riesgos…

—Bueno, será mejor que dejemos el té para otro momento —digo, y recojo la documentación de Melissa.

—¡Oh, quédate! —dice ella—. Te prometo que no vamos a tener una discusión sobre economía doméstica.

Me río.

—No es por eso —aunque en realidad sí lo es. En parte—. Simon me ha invitado a salir esta noche.

—¿En un día entre semana? ¿Qué se celebra?

—Nada en especial. —Sonrío—. Solo es una noche romántica de lunes.

—Sois como una pareja de adolescentes.

—Todavía están en la etapa de la luna de miel —dice Neil—. Nosotros también estuvimos así una vez. —Guiña un ojo a Melissa.

—¿De verdad?

—Tú espera a que vivan la crisis de los siete años, Mel, entonces estarán viendo la tele en la cama y discutiendo sobre quién ha dejado el tubo de pasta de dientes destapado.

—Eso también nos pasa, y mucho. —Río—. Hasta pronto.

La puerta de entrada está cerrada sin llave cuando llego, y la chaqueta de Simon se encuentra tirada sobre la barandilla de la escalera. Subo al piso abuhardillado y toco a la puerta.

—¿Qué haces aquí tan temprano?

—¿Qué pasa, preciosa? No te he oído llegar. ¿Qué tal el día? No podía concentrarme en la redacción, así que me he traído el trabajo a casa.

Se levanta para besarme, con cuidado de no golpearse la cabeza con la viga baja. La reforma para convertir este espacio en buhardilla la hicieron los anteriores dueños con un presupuesto muy ajustado. Se hizo sin tocar las vigas originales; por ello, aunque es un espacio amplio, solo puedes permanecer totalmente erguido en el centro.

Miro la pila de papeles más próximos a mí y veo una lista impresa con nombres, y algo que parece una breve biografía debajo de cada uno de ellos.

—Son entrevistas para un artículo que debo escribir —me explica al ver que estoy mirando. Coge los papeles y los coloca en el otro lado de la mesa para que yo pueda sentarme en el borde—. Es una pesadilla intentar asimilarlo todo.

—No sé cómo eres capaz de encontrar nada.

Tal vez mis cajones del despacho sean un desastre, pero la superficie de mi mesa está casi vacía. Tengo una foto de los chicos y una planta junto a mi bandeja de documentos entrantes, y siempre me aseguro de dejarlo ordenado antes de irme a casa. Al final de cada jornada escribo una lista con todo lo que debo hacer el día siguiente en cuanto llegue al trabajo, aunque sean tareas que realizo de forma mecánica, como abrir el correo, escuchar los mensajes del contestador automático, o preparar el té.

—Caos organizado.

Simon se acomoda en la silla giratoria que tiene delante de la mesa y se palmea la rodilla para que me siente encima. Me río y me siento, le rodeo el cuello con un brazo para no perder el equilibrio. Lo beso y dejo que mi cuerpo se relaje sobre el suyo antes de apartarme a regañadientes.

—He reservado mesa en el Bella Donna.

—Perfecto.

No soy una mujer de gustos caros. No gasto dinero en ropa

ni en productos de belleza, y me basta con que los chicos se acuerden de la fecha de mi cumpleaños. Matt no era precisamente detallista ni romántico, ni siquiera cuando éramos jóvenes, y yo tampoco. Simon se ríe de mi naturaleza cínica. Asegura que, poco a poco, está sacando a flote mi lado más tierno. Me da todos los caprichos, y eso me encanta. Después de pasarme años luchando por poner algo de comida en la mesa, comer fuera sigue siendo un lujo para mí, aunque el auténtico regalo es el tiempo que pasamos juntos. Los dos solos.

Me ducho y me lavo el pelo, me perfumo las muñecas y las froto entre sí para que el aroma se impregne en mi piel. Me pongo un vestido que hace tiempo que no llevo y me siento aliviada al ver que todavía me cabe. Saco un par de tacones de charol negro de entre el embrollo de zapatos que hay en el suelo de mi armario. Cuando Simon vino a vivir con nosotros, apretujé mi ropa para hacer sitio a la suya, pero, aun así, él ha tenido que dejar algunas de sus pertenencias en la planta abuhardillada. La casa es de tres habitaciones, pero con todas diminutas: la de Justin es individual, y en la de Katie apenas queda espacio para moverse debido a su cama doble.

Simon me espera en el salón. Se ha puesto americana y corbata, y tiene el mismo aspecto de la primera vez que lo vi entrando en Hallow & Reed. Recuerdo que correspondió a mi sonrisa formal con un saludo mucho más cálido.

—Soy del *Telegraph* —me dijo—. Estamos preparando un artículo sobre el aumento de los alquileres de los locales comerciales, sobre los autónomos que ya no pueden pagar los precios de High Street... ese tipo de cosas. Sería maravilloso que me hablara un poco de lo que tiene en cartera en estos momentos.

Me miró a los ojos, y yo oculté mi rubor metiendo la cabeza en el archivador, tomándome más tiempo del necesario para encontrar las fichas de una docena de locales particulares.

—Quizá este le interese. —Me senté sobre la mesa del escritorio; solo nos separaba un documento—. Antes era una tienda de regalos, pero el alquiler subió y ha estado vacío durante seis meses. La Fundación Británica del Corazón se instalará en el local el mes que viene.

—¿Podría hablar con el dueño?

—No puedo ofrecerle información detallada sobre él, pero, si me da su teléfono, los pondré en contacto.

Volví a ruborizarme, aunque la sugerencia era totalmente razonable. Había cierta tensión en el ambiente, y yo sabía que no eran imaginaciones mías.

Simon anotó su número mientras entrecerraba los ojos. Recuerdo que me pregunté si llevaría gafas y si no se las pondría por vanidad, o porque se las había olvidado; en aquel momento no sabía que fruncir el ceño era un gesto que denotaba en él concentración. Tenía el pelo canoso, aunque no tan ralo como ahora, cuatro años después. Era alto, de complexión delgada, un cuerpo que encajaba a la perfección en la angosta silla que tenía junto a la mesa, con las piernas cruzadas a la altura de los tobillos, con pose desenfadada. Le asomaban unos gemelos de plata por debajo de las mangas del traje azul marino.

—Gracias por su ayuda.

No parecía tener prisa por marcharse, y yo tampoco quería que lo hiciera.

—No es nada. Ha sido un placer conocerle.

—Bueno… —dijo, y me miró con intensidad—. Ya que tú tienes mi número… ¿Podrías darme el tuyo?

Paramos un taxi en Anerley Road, aunque no vamos muy lejos, y de soslayo percibo la expresión de alivio en el rostro de Simon cuando el vehículo para y ve la cara del taxista. Una vez, cuando Simon y yo empezábamos a salir, subimos a un taxi negro, tapándonos la cabeza con el abrigo para protegernos de la lluvia. Al levantar la vista vimos la cara de Matt en el espejo retrovisor. Durante un segundo, creí que Simon iba a insistir en que bajáramos, pero se limitó a mirar por la ventanilla. Viajamos en silencio. Incluso Matt, que habla como un loro, no intentó darnos conversación.

Hemos ido un par de veces al mismo restaurante, y el dueño nos saluda por nuestro nombre cuando entramos. Nos acompaña hasta un compartimento junto a la ventana y nos entrega las cartas que ambos nos sabemos de memoria. Mullidas tiras de espumillón decoran los marcos de los cuadros y los apliques de la luz.

Pedimos lo de siempre: pizza para Simon, pasta con marisco para mí, y ambos platos llegan demasiado rápido para estar recién cocinados.

—He mirado los anuncios del *Gazette* esta mañana. Graham tenía una pila de ejemplares en su despacho.

—No te han ascendido a la página tres, ¿verdad? —Corta la pizza, y un fino hilillo de aceite rezuma desde la superficie y cae en el plato.

Me río.

—No estoy segura de contar con los atributos necesarios para salir en la página destinada a las tías buenas. La cuestión es que he reconocido a la mujer del anuncio.

—¿La has reconocido? ¿Quieres decir que es alguien a quien conoces?

Niego con la cabeza.

—La vi en una foto de otro periódico, salía en un artículo sobre delitos en el metro. Se lo conté a la policía. —Intento sonar despreocupada, pero se me quiebra la voz—. Tengo miedo, Simon. ¿Qué pasa si la foto del periódico del viernes era mía?

—No eras tú, Zoe. —Simon tiene gesto de preocupación, no porque alguien haya publicado una foto mía en el periódico, sino porque yo crea que alguien lo ha hecho.

—No son imaginaciones mías.

—¿Estás estresada por el trabajo? ¿Es por Graham?

Cree que estoy volviéndome loca. Empiezo a pensar que tiene razón.

—De verdad que se parecía mucho a mí —digo en voz baja.

—Ya lo sé.

Suelta el cuchillo y el tenedor.

—Vamos a ver, supongamos que la foto sí era tuya.

Así es como se enfrenta Simon a los problemas: atacándolos de raíz. Hace un par de años hubo un robo en nuestra calle. Katie estaba convencida de que acabarían entrando en nuestra casa, y esa idea le provocaba insomnio. Cuando por fin se dormía, tenía pesadillas, se despertaba gritando que había alguien en su habitación. Yo estaba al límite, ya no sabía qué hacer. Lo había intentado todo, incluso quedarme sentada a su lado hasta que se durmiera, como si volviera a ser un bebé. Simon enfocó el problema de forma más práctica. Se llevó a Katie a la ferretería, donde compraron cerrojos para las ventanas, una alarma antirrobos y un candado más para la cancela de la entrada. Instalaron juntos todas las medidas de seguridad para el hogar, incluso pintaron las tuberías exteriores con pintura deslizante antiescalada. Las pesadillas se acabaron de inmediato.

—Vale —digo, y el juego me anima, aunque resulte extraño—. Digamos que la foto sí que era la mía.

—¿De dónde habría salido?

—No lo sé. Eso es lo que no dejo de preguntarme.

—Te habrías dado cuenta si alguien te hubiera hecho una foto, ¿verdad?

—A lo mejor la sacó alguien con un teleobjetivo —digo, y me doy cuenta de lo ridículo que suena.

¿Qué será lo siguiente? ¿Que hay *paparazzi* frente a nuestra casa? ¿Motocicletas que pasan a toda velocidad por mi lado; un fotógrafo asomándose por una esquina, esforzándose por tomar el plano perfecto para la prensa amarilla? Simon no se ríe, pero yo soy capaz de reconocer lo absurdo de mi sugerencia con una sonrisa avergonzada, entonces él también sonríe.

—Alguien podría haberla robado —dice con más seriedad.

—¡Sí! —Eso parece más probable.

—Vale, entonces imaginemos que alguien ha usado tu foto para anunciar su negocio. —Hablar del anuncio así, desde un enfoque tan racional y desapasionado, va tranquilizándome gradualmente; esa ha sido la intención de Simon desde un principio—. Eso sería robo de identidad, ¿verdad?

Asiento con la cabeza. Darle un nombre —uno que resulta tan familiar— me hace verlo de inmediato como algo menos personal. Existen cientos de casos —seguramente miles— de suplantación de identidad todos los días. En Hallow & Reed tenemos que andarnos con mucho ojo y comprobar dos veces los documentos de identidad, por eso solo aceptamos originales o fotocopias compulsadas. Es realmente alarmante lo fácil que resulta robar la foto de alguien y hacerla pasar por tuya.

Simon sigue racionalizando lo ocurrido.

—Lo que debes pensar es lo siguiente: ¿esto podría hacerte daño de verdad? ¿No es lo mismo que si hubieran usado tu nombre para abrir una cuenta corriente o hubieran clonado tu tarjeta de crédito?

—Eso me pone los pelos de punta.

Simon posa ambos manos sobre las mías.

—¿Recuerdas cuando Katie tuvo ese problema en el colegio con aquella pandilla de chicas?

Asiento en silencio; la simple mención de lo ocurrido me llena nuevamente de rabia. Cuando tenía quince años, Katie sufrió el acoso de tres chicas de su clase. Abrieron una cuenta de Instagram con su nombre y usaron una foto de carnet de Katie que retocaron con Photoshop con distintas imágenes. Mujeres desnudas, hombres desnudos, dibujos animados… Fue algo infantil y pueril, que terminó en cuanto acabó el curso, pero Katie estaba destrozada.

—¿Qué le dijiste tú?

«Como si oyeras llover —dije a Katie—. Ignóralas. No están tocándote.»

—Tal como lo veo yo —afirma Simon—, hay dos posibilidades. O bien la foto era simplemente de alguien que se parece a ti, aunque ni mucho menos tan guapa. —Sonrío, a pesar de lo cursi del cumplido—. O es un robo de identidad, lo que resulta molesto, pero no te ha provocado ningún daño físico.

No puedo rebatir su lógica aplastante. Entonces recuerdo a Cathy Tanning. Y lo comento como si estuviera sacándome un comodín de la manga.

—La mujer que vi en el artículo del periódico... le robaron las llaves en el metro.

Simon espera una explicación con expresión confusa.

—Ocurrió después de que su foto apareciera en el periódico. Como la mía. —Rectifico—: La foto que parecía mía.

—¡Coincidencias! ¿A cuántos conocidos nuestros les han robado en el metro? A mí me ha pasado. Es algo que sucede a diario, Zoe.

—Supongo que sí.

Sé qué está pensando Simon. Quiere pruebas. Es periodista, trabaja con hechos, no con suposiciones y paranoias.

—¿Crees que el periódico lo investigaría?

—¿Qué periódico? —Intrepeta mi expresión—. ¿Mi periódico? ¿El *Telegraph*? ¡Oh, Zoe, me parece que no!

—¿Por qué no?

—En realidad no es tema para un artículo. Quiero decir, ya sé que estás preocupada por ello, y que es curioso que haya ocurrido, pero no da para una noticia; no sé si me entiendes. Para serte sincero, el robo de identidad es un tema muy manido.

—Podrías investigarlo un poco y sacarle jugo, ¿no? Averiguar quién está detrás de esto.

—No.

Su respuesta tajante marca el final de la conversación, y ahora me gustaría no haber sacado el tema. He exagerado la gravedad de la situación y me he vuelto loca en el proceso. Doy un mordisco al panecillo de ajo y me sirvo más vino; me he bebido el que tenía casi sin darme cuenta. Me pregunto si debería hacer algo para disminuir mis niveles de ansiedad, como un *mindfulness*, o yoga. Estoy volviéndome neurótica y lo último que quiero es que esto afecte a mi relación con Simon.

—¿Katie te ha dicho qué tal le ha ido la audición? —pregunta Simon, y agradezco tanto el cambio de tema como la dulzura de su voz. Eso significa que no me culpa por ser una paranoica.

—Ha ignorado todos mis mensajes de texto. Le he dicho una estupidez esta mañana.

Simon enarca una ceja, pero yo no le doy más explicaciones.

—¿Cuándo has hablado con ella? —pregunto, intentando no parecer resentida. Soy la única culpable del silencio de Katie.

—Me ha enviado un mensaje.

Ahora he conseguido que se sienta violento, por eso me apresuro a decir algo para reconfortarlo.

—Me encanta que te lo haya contado a ti. De verdad, creo que es un gesto muy cariñoso.

Lo digo de corazón. Antes de que Simon viniera a vivir con nosotros, cuando ya íbamos muy en serio, intentaba crear ocasiones en que los niños y él estuvieran juntos. De pronto recordaba que me había dejado algo en el piso de arriba o iba al baño cuando no tenía ganas, con la esperanza de regresar y encontrármelos charlando amigablemente. Me duele que Katie no me haya enviado a mí el mensaje de texto, pero me alegra que haya sentido la necesidad de contárselo a Simon.

—¿En qué consiste el trabajo?

No es mucho. La agencia no lo ha ofrecido representarla, pero ha hecho un contacto interesante y parece que existe la posibilidad de que le den un papel.

—¡Eso es genial!

Siento el impulso de sacar el móvil y enviar un mensaje a Katie para decirle lo orgullosa que me siento de ella, pero me obligo a esperar. Prefiero felicitarla en persona. Para distraerme hablo a Simon sobre la nueva cafetería de Melissa y sobre el proyecto de Neil en el Parlamento. Cuando nos traen el pudin, ya hemos pedido otra botella de vino, y yo me río compulsivamente de las anécdotas de Simon sobre su época como aprendiz de periodista.

Simon paga la cuenta y deja una generosa propina. Va a parar un taxi, pero yo lo detengo.

—Volvamos dando un paseo.

—El taxi nos costará menos de diez libras.

—Me apetece caminar.

Empezamos a andar. Camino sujeta con fuerza al brazo de

Simon. No me importa cuánto pueda costar ir a casa en taxi, solo quiero que la noche se prolongue un poco más. Al llegar al cruce, Simon me besa, y el beso nos hace ignorar el hombrecito verde del semáforo y debemos presionar de nuevo el botón para cruzar.

Me despierto con resaca a las seis de la mañana. Bajo a la cocina en busca de agua y una aspirina. Enciendo la tele para ver el telediario, lleno un vaso con agua del grifo y la bebo con avidez. Cuando he terminado, vuelvo a llenar el vaso y a beber, al tiempo que me sujeto del borde de la encimera porque me siento mareada. No suelo beber alcohol entre semana y acabo de recordar el motivo.

El bolso de Katie está sobre la mesa. Ya se había metido en la cama cuando Simon y yo llegamos anoche, ambos riéndonos con nerviosismo por lo irónico de la situación: éramos nosotros los que intentábamos no hacer ruido y no despertar a los chicos al subir la escalera como podíamos. Hay un trozo de papel junto al hervidor de agua eléctrico, doblado por la mitad y con la palabra MAMÁ escrita encima. Lo desdoblo y entrecierro los ojos por el dolor de cabeza:

¡Mi primer trabajo como actriz! Me muero de ganas de contártelo todo. Te quiero mucho.

Sonrío a pesar de la resaca. Me ha perdonado, y decido reaccionar de forma súper entusiasta cuando me cuente lo del trabajo. No pienso mencionarle lo del curso de secretariado ni ningún otro tipo de formación que le sirva como plan B. Me pregunto de qué tratará la obra; si será un papel como extra o tal vez un papel con mayor relevancia. Será una obra de teatro, supongo, aunque me permito fantasear con la idea de que Katie ha conseguido un trabajo en la tele. A lo mejor le han dado un papel en un culebrón de esos larguísimos que le permitirá hacerse un nombre en la escena local.

La presentadora del canal Sky News, Rachel Lovelock, está informando sobre un asesinato: la víctima es una mujer de Muswell Hill. A lo mejor Katie podría ser presentadora. Tiene el aspecto para serlo. No le gustaría presentar las noticias, pero sí algún programa de un canal musical, o uno de esos programas de actualidad del corazón y moda, como *Loose Women* o *The One Show*. Me sirvo otro vaso de agua y me recuesto sobre la encimera para ver la tele.

La imagen cambia a un plano del exterior. Rachel Lovelock es sustituida por una mujer con abrigo grueso que habla rápidamente, micrófono en mano. Mientras va hablando, en pantalla aparece la foto de la víctima de asesinato. Se llamaba Tania Beckett, y no parece mucho mayor que Katie, aunque según las noticias tenía veinticinco años. Su novio dio la voz de alarma cuando la chica no llegó a casa después de trabajar, y la encontraron en el parque a última hora de la noche de ayer a unos noventa metros de su casa.

A lo mejor es efecto de la resaca, o me pasa porque todavía estoy medio dormida, pero me quedo mirando largo rato la foto en pantalla hasta que de pronto caigo en la cuenta. Asimilo el pelo negro, la cara sonriente... todo el conjunto. Veo la cadena con su brillante crucifijo de plata.

Y entonces lo sé.

Es la mujer del anuncio de ayer.

¿Puedes correr a toda velocidad?

¿Y si de verdad tienes que hacerlo?

Si llevas tacones y la falda del trabajo, con el bolso colgando a un lado, ¿podrías correr a toda velocidad?

Si llegas tarde para coger el tren y debes estar pronto en casa, y corres por el andén cuando solo te quedan unos segundos. ¿Puedes correr a toda velocidad?

¿Y si no estuvieras corriendo para coger un tren, sino para salvar la vida?

Si vuelves tarde a casa y no hay nadie en la calle. Si no has cargado el móvil y nadie sabe dónde estás. Si las pisadas que te siguen se acercan y tú sabes que estás sola, porque así ocurre todos los días. Sabes que entre el andén y la salida no encontrarás a nadie más.

Si sientes la respiración de otra persona en la nuca, y un pánico creciente, y es de noche, y hace frío y todo está mojado...

Si solo estáis tú y la otra persona.

Solo tú y quienquiera que esté siguiéndote.

Quienquiera que vaya a por ti.

¿Cuánto podrías correr entonces?

Da igual lo rápido de corras.

Porque siempre hay alguien que corre más deprisa.

8

Una mano tapaba la boca de Kelly. Notaba la presión de la palma sobre su cara y percibía el sudor de los dedos deslizándose entre sus labios. Sintió el peso de un cuerpo desplazándose sobre el suyo y cómo una rodilla le separaba las piernas. Intentó chillar, pero el grito se le quedó atenazado en la garganta, inundándole el pecho de una intensa sensación de pánico. Trató de recordar lo aprendido en la academia de policía, los movimientos de defensa personal que les habían enseñado, pero tenía la mente en blanco y el cuerpo paralizado.

La mano se apartó a un lado, pero el alivio fue momentáneo: una boca la sustituyó y una lengua se abrió camino a la fuerza adentrándose en ella.

Oyó la respiración del hombre —jadeante, presa de la excitación— y unos golpes regulares.

—Kelly.

Los golpes se intensificaron.

—Kelly. ¿Estás bien?

La puerta del dormitorio se abrió y el peso se retiró de su pecho. Kelly inhaló una fuerte bocanada de aire.

—Has tenido otra pesadilla.

Kelly trató de calmar su respiración. La habitación estaba a oscuras, y la sombra de la puerta entreabierta se recortaba en el trasfondo de la luz del pasillo.

—¿Qué hora es?

—Las dos y media.

—Dios, lo siento… ¿Te he despertado?

—No, acabo de llegar del turno de noche. ¿Estás bien?

—Sí, gracias.

La puerta se cerró y Kelly permaneció a oscuras, con un hilo de sudor recorriéndole el surco entre los pechos. Habían pasado diez años desde que se sentó con Lexi, sujetándole la mano y escuchándola mientras le relataba al oficial de policía lo ocurrido; luego, más tarde, había visto a su hermana a través de la pantalla de un televisor, mientras grababan su declaración en vídeo. Vio a su hermana gemela llorar mientras narraba hasta el último detalle, hasta el más humillante y doloroso último detalle.

—No quiero que mamá y papá oigan nada de esto —había dicho Lexi.

Años después, Kelly le había preguntado si alguna vez tenía pesadillas. Lo había dicho con toda naturalidad, como si se le acabara de ocurrir, como si Kelly no se despertase con el peso de un hombre sobre su pecho, con los dedos de él en el interior de su cuerpo.

—Solo una vez —fue la respuesta de Lexi—. Unos días después de que ocurriera. Pero luego nunca he vuelto a tenerlas.

La almohada de Kelly estaba empapada en sudor. La arrojó al suelo y apoyó la cabeza en la sábana bajera. Tenía el día libre. Iría a ver a Lexi, puede que incluso se quedara a cenar con los niños, pero antes tenía algo que hacer.

Las oficinas de *The London Gazette* estaban en Shepherd's Bush, en un edificio enorme pero bastante feo que también albergaba la sede de otros periódicos. Kelly mostró su identificación a la recepcionista y luego esperó en un sillón de respaldo recto mucho menos cómodo de lo que aparentaba. Hizo caso omiso del nudo de ansiedad instalado en su estómago: sí, estaba trabajando en una investigación en su tiempo libre; no era ningún crimen trabajar horas extras sin que le pagaran por ello.

Sus palabras no sonaban convincentes ni siquiera para sí

misma. El robo a Cathy Tanning ya no era asunto suyo, y Kelly debería haber informado de las novedades en el caso al sargento de la brigada especial en cuanto tuvo conocimiento de ellas.

Y lo haría, en cuanto tuviese algo concreto que informar. Sin embargo, la brigada especializada andaba tan escasa de recursos como el resto de departamentos; sin nada concreto sobre lo que investigar, podían pasar varios días antes de que alguien examinase el caso de Cathy. Era necesario convertirlo en un asunto prioritario.

Tres meses antes de la agresión que sufrió Lexi, esta había acudido a la policía para pedir consejo: alguien había estado dejándole flores en la puerta de su habitación de la residencia de estudiantes, y había notas en su casillero que hacían referencia a la ropa que llevaba la tarde anterior.

—Parece que tienes un admirador secreto —le había dicho el agente responsable.

Lexi le había contestado que esas atenciones le hacían sentirse incómoda: le daba miedo dejar las cortinas abiertas en su dormitorio, por si alguien la estaba observando.

Cuando desaparecieron algunas de sus cosas personales del dormitorio, la policía envió a un par de agentes. Lo declararon como un robo. ¿Estaba segura Lexi de haber cerrado la puerta con llave? No había indicios de que hubiesen forzado la cerradura. ¿Qué le hacía pensar a Lexi que se trataba de la misma persona que dejaba las notas y las flores? No había pruebas materiales que sugiriesen que los hechos estaban relacionados.

Una semana después, mientras volvía a la residencia andando después de una clase, Lexi oyó unos pasos demasiado cautelosos, unos pasos que la seguían muy de cerca para que fuese una casualidad, pero no lo denunció. ¿De qué serviría?

Cuando volvió a suceder, a la semana siguiente, supo que tendría que acudir a la policía. Cuando se le erizó el vello de los brazos y se quedó sin aliento del miedo que le atenazaba el pecho, se dio cuenta de que no eran imaginaciones suyas: alguien la estaba siguiendo.

Pero era demasiado tarde: él ya la había atrapado.

Kelly pensó en todas las campañas de prevención que había visto poner en marcha a las autoridades en los nueve años que llevaba trabajando en la policía: carteles publicitarios, buzoneo, alarmas antiagresión, programas educativos... Y, sin embargo, todo era mucho más simple: solo tenían que escuchar a las víctimas. Solo tenían que creerlas.

—¿Es usted la detective Swift? —Una mujer se dirigía andando hacia ella, con la cabeza ladeada. Kelly no la sacó de su error: iba vestida de paisano y, por tanto, era lógico que la mujer dedujese que se trataba de alguien con rango superior—. Soy Tamir Barron, directora del equipo de publicidad. ¿Quiere acompañarme?

Las paredes del sexto piso estaban forradas de anuncios publicitarios de los últimos cien años, enmarcados por gruesos paneles de roble. Kelly vio anuncios del jabón Pear's, de Brylcreem y de Sunny Delight, mientras Tamir la guiaba por el pasillo enmoquetado hasta su oficina.

—Tengo las respuestas a las preguntas que envió —dijo en cuanto se sentaron—, aunque todavía no veo la relación con... ¿qué dijo que estaba investigando? ¿Un robo?

No había habido violencia, por lo que técnicamente se trataba de un hurto, no de un robo propiamente dicho, pero Kelly decidió pasar por alto ese detalle, por si la gravedad del delito era directamente proporcional al grado de cooperación de Tamir. Además, si Cathy tenía razón y el delincuente la había seguido a su casa, y desde entonces había estado usando su llave para entrar en ella, la cosa era mucho más grave. Kelly se estremeció al imaginarse a alguien paseándose por la casa de Cathy. ¿Qué había estado haciendo? ¿Tocar su maquillaje? ¿Llevarse su ropa interior? Cathy había dicho que creía que alguien había entrado en su casa mientras ella estaba trabajando, pero ¿y si esa no era la única vez? Kelly imaginó a un intruso moviéndose sigilosamente por la cocina de Cathy en plena noche, subiendo las escaleras para asomarse a la puerta de su dormitorio y observarla mientras dormía.

—La víctima estaba en la línea de Central en ese momento —le dijo Kelly a Tamir—. El ladrón se llevó las llaves de su casa y creemos que desde entonces las ha utilizado para acceder a su propiedad. La fotografía de la víctima apareció en la sección de clasificados de este periódico dos días antes del incidente.

Esperaba que Cathy cambiara la cerradura de la puerta de atrás. ¿Bastaría con eso para hacer que se sintiera segura? Kelly no lo creía.

—Entiendo. Solo hay un pequeño problema. —Tamir seguía sonriendo, pero deslizó la mirada hacia el escritorio y se movió ligeramente en su silla—. En la sección de contactos y en el caso de los teléfonos eróticos seguimos un determinado protocolo: las empresas deben tener licencia y cuando ponen el anuncio tienen que proporcionar al anunciante (en este caso, a nosotros), el número de esa licencia. Para serle sincera, no vamos detrás de esa clase de empresas. Habrá visto que la sección es bastante pequeña. Son lo que yo llamaría un mal necesario.

—¿Por qué necesario? —preguntó Kelly.

Tamir la miró con una cara como si la respuesta fuera evidente.

—Porque pagan bien. Hoy en día, la mayor parte de ese tipo de publicidad, como las líneas calientes, acompañantes, agencias para encontrar pareja, etc., se hace básicamente por internet, pero nuestros lectores en papel aún son muy numerosos y la publicidad es la que lo paga todo y nos permite seguir adelante. Como se puede imaginar, la industria del sexo es terreno abonado para toda clase de abusos, por lo que nosotros tomamos las medidas necesarias para asegurarnos de que todas las empresas de servicios eróticos operan con la licencia reglamentaria y, por tanto, están reguladas.

Volvió a mirar su escritorio.

—Pero ¿esos protocolos no se siguieron en este caso?

—Me temo que no. El cliente se puso en contacto con nosotros por primera vez a finales de septiembre para publicar anuncios diarios a lo largo del mes de octubre. Poco antes del final del mes presentaron un segundo lote de anuncios, e hicieron lo mismo para noviembre. La cuenta fue gestionada por un nuevo miembro del personal, un empleado llamado Ben Clarke, que procesó el pedido sin un número de licencia.

—¿Y eso está prohibido?

—Terminantemente.

—¿Puedo hablar con Ben?

—Pediré sus datos de contacto al departamento de Recursos Humanos. Se fue hace un par de semanas... La verdad es que aquí hay mucho movimiento en el personal.

—¿Cómo pagó el cliente? —preguntó Kelly.

Tamir consultó las notas de su libreta.

—Con tarjeta de crédito. Podemos darle esa información, y también la dirección del cliente, por supuesto, pero necesitaré que me proporcione una exención de la protección de datos.

—Por supuesto. —Maldita sea. Tamir Barron había accedido a ver a Kelly tan fácilmente que esta esperaba que la otra mujer le facilitara el expediente sin más. Una exención de la protección de datos requería la firma de un inspector, algo que Kelly no podría conseguir sin confesar a qué clase de investigaciones dedicaba sus ratos libres—. Mientras tanto, tal vez podría darme unas copias de los anuncios, tanto de los ya publicados como de los que quedan por publicar...

Sostuvo la mirada de Tamir con toda la seguridad en sí misma que era capaz de transmitirle.

—Una exención de la protección de datos... —empezó decir la mujer.

—Es necesaria para datos personales como direcciones y tarjetas de crédito, lo entiendo, pero no hay datos personales en esos anuncios, ¿verdad? Y estamos hablando de un posible caso de delitos en serie.

El corazón de Kelly le palpitaba con tanta fuerza en el pecho que le extrañaba que Tamir no lo oyera. ¿Necesitaba una exención de protección de datos para los anuncios también? No estaba segura, y cruzó los dedos mentalmente para que Tamir tampoco lo supiera.

—¿Una serie? ¿Es que ha habido otros robos?

—Lo siento, pero no puedo decirle nada más. —«Por la protección de datos», le dieron ganas de añadir a Kelly.

Hubo una pausa.

—Pediré que hagan unas fotocopias de los anuncios y haré que se las envíen abajo a recepción. Puede esperar allí a que se las den.

—Muchas gracias.

—Naturalmente, ya hemos hablado con todo nuestro personal sobre la importancia de seguir el debido procedimiento.

—Gracias. Cancelarán ustedes los anuncios restantes, supongo…

—¿Cancelarlos?

—Los anuncios que todavía no se han publicado. No pueden publicarlos. Podrían estar facilitando que se produzcan delitos contra las mujeres.

—La entiendo, detective Swift, pero, con todos los respetos, es su trabajo proteger al ciudadano, no el mío. Nuestro trabajo es imprimir periódicos.

—¿Y no podrían dejar de publicarlos aunque fuera solo unos días? No les pido que cancelen todos los anuncios, pero…

Kelly se calló, consciente de que sonaba poco profesional. Necesitaba pruebas concretas de la relación entre los anuncios y las actividades delictivas. El vínculo entre las llaves de Cathy Tanning y su anuncio estaba claro, pero Zoe Walker no había sido víctima de ningún delito. No era suficiente.

—Me temo que no. El cliente ha pagado por adelantado. Necesitaré obtener permiso de mi jefe antes de poder cancelar el contrato. A menos que tenga una orden judicial, claro…

La expresión en el rostro de Tamir era neutra, pero su mirada era firme y Kelly decidió no presionarla. Reflejó la sonrisa educada de la otra mujer.

—No, no tengo una orden judicial. Aún no.

En cuanto Kelly pulsó el timbre de la puerta, oyó los chillidos de entusiasmo de sus sobrinos, que corrían hacia la puerta a recibirla. Alfie, de cinco años, llevaba un disfraz de Spiderman, con un casco vikingo de plástico como complemento, mientras su hermano Fergus, de solo tres años, se dirigía hacia ella con sus piernas desnudas y regordetas, y con una camiseta estampada con las graciosas figuras de los Minions que tanto le gustaban.

—¿Qué es esto? —dijo Kelly fingiendo asombro mientras examinaba la mitad inferior del cuerpecillo de Fergus—. ¿Calzoncillos de niño mayor?

El pequeño sonrió y se levantó la camiseta para enseñarle la ropa interior.

—Son sus primeros días sin pañales —explicó Lexi mientras aparecía por detrás de los niños. Cogió a Fergus en brazos y besó a Kelly en un ágil movimiento—. Ten cuidado y mira dónde pisas.

Lexi y su marido, Stuart, vivían en Saint Albans, en un barrio lleno de supermamis y sus cochecitos pijos de última generación. Cuando acabó los estudios en Durham, Lexi había hecho un posgrado en Ciencias de la Educación y encontrado un trabajo como profesora de Historia en la escuela secundaria local. Había conocido a Stuart, el jefe de estudios, y llevaban juntos desde entonces.

—¿Dónde está Stu?

—Reunión de padres. Yo ya tuve la mía ayer, por suerte. Vosotros dos: hora de ponerse el pijama. Y sin rechistar.

—¡Pero es que queremos jugar con la tía Kelly! —protestó Alfie.

Kelly se arrodilló en el suelo y lo abrazó con fuerza.

—Hagamos una cosa: vosotros dos vais a poneros el pijama y a cepillaros los dientes súper rápido y entonces iré a vuestra habitación a haceros cosquillas, ¿trato hecho?

—¡Vale!

Los chicos corrieron escaleras arriba y Kelly sonrió.

—Esto de ser padre está chupado.

—No dirías eso si hubieses estado aquí hace media hora. Era un verdadero campo de batalla. Ahora los niños ya han cenado, así que he pensado que podríamos meterlos en la cama y luego cenar nosotras en paz cuando se hayan acostado; he hecho risotto de setas.

—Suena de maravilla.

En ese momento le sonó el móvil y Kelly miró la pantalla frunciendo el ceño.

—¿Pasa algo?

—Lo siento, es del trabajo. Tengo que contestar.

Escribió un mensaje de respuesta y, al levantar la vista, vio el gesto de reproche de Lexi.

—Estás casada con ese cacharro. Ese es el problema con los smartphones: es como si llevaras la oficina en el bolsillo. Nunca puedes desconectar.

Lexi se negaba a comprar un iPhone y, en cambio, se pasaba el día ensalzando las virtudes de su Nokia, un móvil del tamaño de un ladrillo pero cuya batería no era necesario recargar en tres días.

—No es un trabajo de nueve a cinco. No tiene nada que ver con lo vuestro, eso de acabar a las tres y tener dos meses de vacaciones en verano.

Lexi no respondió a la provocación. Kelly leyó el mensaje de texto entrante y escribió otra respuesta. Había sido la primera en llegar a la escena de una desagradable pelea en el vestíbulo de la estación de Liverpool y se había encargado de interrogar a los testigos cuando los guardias de seguridad lograron reducir a los camorristas. Una anciana se había visto atrapada en la trifulca y Kelly había estado en contacto con su hija, que quería mantener informada a su madre sobre la evolución del caso.

—Lo que realmente quiere que le diga es que los hemos encerrado —dijo Kelly cuando le hubo explicado la situación a Lexi—. Su hija dice que le da mucho miedo salir a la calle por si se los encuentra de nuevo.

—¿Y los habéis encerrado?

Kelly negó con la cabeza.

—Son menores y no están fichados. Les impondrán una sentencia de servicios a la comunidad o se llevarán un buen rapapolvo en el mejor de los casos. No son peligrosos para ella, pero la mujer no lo ve así.

—Pero ¿acaso no es tu trabajo aconsejarla a ella y a su hija? ¿No hay personal de apoyo a las víctimas en la policía para este tipo de cosas?

Kelly se obligó a respirar hondo.

—Yo no te digo cómo hacer tu trabajo, Lex… —empezó a decir, y su hermana levantó ambas manos.

—Vale, vale, ya me callo. Pero, por favor, ¿podrías por una vez apagar el móvil y ser mi hermana un rato, no una poli?

Miró a Kelly con ojos suplicantes y esta sintió una punzada de remordimiento.

—Por supuesto. —Estaba a punto de guardar el teléfono cuando la pantalla parpadeó con el número de Cathy Tanning. Miró a Lexi—. Lo siento, es…

—Trabajo. Lo entiendo.

Pero en realidad no lo entendía, pensó Kelly mientras se dirigía al salón para responder a la llamada de Cathy. Nunca lo entendía.

9

La comisaría de la calle Cannon está a unos minutos de mi trabajo. Debo de haber pasado caminando por delante unas mil veces o más, y jamás me había fijado en ella. Jamás había sido necesario. La jaqueca no ha remitido, a pesar de los analgésicos que he tomado esta mañana, y siento un dolor en las piernas que no tiene nada que ver con la resaca. Estoy incubando algo, y de inmediato me siento peor, no mejor, como si el ser consciente de ello diera al virus permiso para asentarse.

Me sudan las palmas de las manos cuando agarro el tirador de la puerta y me siento presa del pánico, que es tal como deben de sentirse los delincuentes fugados cuando pasa un coche patrulla por su lado. Justin no ha cometido ni una sola estupidez durante muchos años, pero recuerdo esa primera llamada telefónica de la policía con una nitidez dolorosa.

No sé cuándo Justin empezó a robar, pero sí sé que ese día que lo pillaron no era su primera vez. Lo normal habría sido empezar por cosas insignificantes, ¿no? Una bolsa de chuches, un CD... No birlas veinticinco paquetes de cuchillas de afeitar cuando eres demasiado joven para afeitarte. No llevas un abrigo con el forro cuidadosamente descosido por arriba para meter la mercancía de contrabando en el interior. Justin jamás contó nada sobre los demás hurtos. Admitió que había robado pero no dijo para quién estaba haciéndolo, ni qué había hecho con las cuchillas de afeitar. Tuvo la precaución de no contestar; se limitó a encogerse de hombros, aunque lo hizo como si estuviera presumiendo de ello en el colegio.

Matt se puso furioso.

—¡Quedarás fichado de por vida!

—Cinco años —dije, intentando recordar lo que me habían dicho en el departamento de detenciones de la comisaría—. Luego borrarán su historial y solo tendrá que contarlo si se lo pregunta algún empleador.

Melissa ya lo sabía, por supuesto, así como todo lo referente a las peleas en las que Justin se había metido, y lo mucho que me preocupaba cada vez que encontraba una bolsa de marihuana en su habitación.

—Es un crío —recuerdo que dijo ella después de servirme una copa de vino que me sentó de maravilla—. Crecerá y lo superará.

Y así fue. O mejoró a la hora de no dejarse pillar. Fuera como fuese, la policía no ha vuelto a llamar a la puerta desde que Justin cumplió los diecinueve. En este momento pienso en él, con uno de los elegantes delantales de Melissa, preparando bocadillos y charlando con los clientes, y esa imagen me hace sonreír.

El agente que está de servicio se encuentra sentado detrás de una mampara de cristal, como las que hay en la oficina de correos. Habla por una ranura por la que caben documentos o pequeños objetos perdidos.

—¿En qué puedo ayudarla? —pregunta con un tono tal que lo último que sugiere es que tenga ganas de hacerlo.

Siento la cabeza abotargada por la jaqueca y me cuesta encontrar las palabras.

—Tengo información sobre un asesinato.

El agente parece ligeramente interesado.

—Continúe.

Paso un recorte de periódico por debajo de la mampara de

cristal. Hay un resto de chicle duro pegado en la esquina, en el punto donde la mampara está unida a la pared, y alguien lo ha pintado de azul con un boli.

—Es un artículo de *The London Gazette* de hoy sobre un asesinato cometido en Muswell Hill.

Lee el párrafo inicial moviendo los labios en silencio. Una radio que está junto a él emite un crujido. Los detalles del *Gazette* son escasos. Tania Beckett era profesora suplente en la escuela de primaria de Holloway Road. Cogía el metro de la línea de Northern desde Archway hasta Highgate a eso de las tres y media de la tarde, luego tomaba el bus 43 hasta Cranley Gardens. «Iba a encontrarme con ella cuando bajara del bus —declara su novio—, pero estaba lloviendo y ella me dijo que no saliera a la calle. Daría cualquier cosa por retroceder en el tiempo.» Hay una foto del chico rodeando a Tania con un brazo, y no puedo evitar preguntarme si no estaremos contemplando el rostro de un asesino. Es lo que suele decirse, ¿no? La mayoría de víctimas de asesinato conocen a su verdugo.

Deslizo el segundo recorte de periódico por debajo de la mampara.

—Y este es un anuncio del *Gazette* de ayer.

Veo puntitos blancos y parpadeo a toda prisa para aclararme la vista. Me llevo los dedos a la frente y sigo notando su intenso calor al retirar la mano.

El agente alterna la mirada entre un recorte y el otro. Pone cara de póquer, como si estuviera de vuelta de todo, y me pregunto si va a decirme que estoy imaginándome el parecido, que la chica de pelo negro con el crucifijo en el cuello no es Tania Beckett, de veinticinco años.

Sin embargo, no me dice eso. Pero sí levanta el teléfono y marca el cero. Hace una pausa y me sostiene la mirada mientras espera a que la operadora conteste. Luego, sin dejar de mirarme, dice:

—¿Podrías ponerme con el detective inspector Rampello, por favor?

Envío un mensaje a Graham para avisarle de que me ha surgido un imprevisto y que no volveré al trabajo. Bebo agua tibia mientras espero que alguien venga a hablar conmigo, y apoyo la cabeza en la pared que está fresca.

—Lo siento —dice una hora después el agente que me ha atendido. Se presenta como Derek, pero no quiero tomarme tantas confianzas con él—. No sé por qué estará tardando tanto.

La persona a la que se refiere es el detective inspector Nick Rampello, que llegará a la calle Cannon desde la B.H., antes de disculparse por hablar en jerga policial y explicarme que se trata de la Brigada de Homicidios. Es la unidad encargada de investigar el asesinato de esa joven.

No puedo parar de temblar. Sigo mirando las dos fotos de Tania y preguntándome qué habrá ocurrido entre su aparición en el *Gazette* y el momento en que la encontraron estrangulada en el parque de Muswell Hill.

Me pregunto si yo seré la siguiente.

El viernes pasado era mi foto la publicada en el *Gazette*. Lo supe en cuanto la vi. Jamás debería haber permitido que me convencieran de lo contrario. Si hubiera acudido a la policía de inmediato, quizá todo habría sido distinto.

Tiene que existir alguna relación. A Tania Beckett la mataron veinticuatro horas después de que se publicara su anuncio; a Cathy Tanning le robaron las llaves cuarenta y ocho horas después de que saliera el suyo. Han pasado cinco días desde que vi mi propia foto. ¿Cuánto tiempo pasará hasta que me ocurra algo?

Un hombre entra para presentar el carnet de conducir.

—Menuda pérdida de tiempo —dice a voz en cuello, mientras el agente de recepción rellena con gesto metódico un formulario—. Del suyo y del mío. —El tipo me mira con la esperanza de encontrar una expresión de simpatía, pero yo no reacciono ni tampoco lo hace Derek.

El agente mira el carnet de conducir del hombre y toma nota

de sus datos con una lentitud que sospecho deliberada. Creo que me gusta bastante este tal Derek. Una vez que ha terminado, el hombre guarda el documento en la cartera.

—Muchas gracias —dice con tono sarcástico—. Me encanta pasar así la hora de la comida.

Después llega una mujer con un niño llorón preguntando por una calle, luego un anciano que ha perdido la cartera.

—En Bank todavía la tenía —dice—, al salir del metro. Pero en algún punto entre allí y el río… —Mira a su alrededor como si el objeto perdido pudiera materializarse en la comisaría—… Ha desaparecido.

Cierro los ojos con fuerza y deseo estar en la comisaría por algún motivo mundano, y poder salir a la calle con poco menos que una ligera agitación mental.

Derek toma nota de los datos del hombre, junto con una descripción de su cartera, y yo me obligo a inspirar con fuerza. Ojalá el detective inspector Rampello se dé prisa.

El anciano de la cartera se marcha y pasa otra hora. Finalmente Derek coge el teléfono.

—¿Vienes de camino? La mujer está esperando desde la hora de comer. —Se queda mirándome, su expresión es inescrutable—. Sí. Claro. Se lo diré.

—No va a venir, ¿verdad? —Me siento demasiado mal para enfadarme por la pérdida de tiempo. ¿Qué habría hecho en lugar de estar aquí? No habría hecho nada en el trabajo.

—Al parecer se ha retrasado por una línea de investigación que requería su atención urgente. Como podrás imaginar, la sala de investigaciones es un hervidero de actividad. Me ha pedido que me disculpe en su nombre y te diga que ya se pondrá en contacto contigo. Te daré su número. —Entrecierra los ojos y me mira—. No tienes buena cara, guapa.

—Me pondré bien —digo, pero no es en absoluto cierto.

Intento convencerme de que no estoy asustada, solo enferma, pero me tiemblan las manos mientras busco el móvil y voy pasando los contactos.

—¿Estás cerca de la calle Cannon? No me encuentro bien. Creo que necesito ir a casa.

—Quédate donde estés, Zo —dice Matt sin dudarlo—, iré a buscarte.

Me dice que se encuentra a la vuelta de la esquina, pero pasa media hora y resulta evidente que no era cierto. Me siento culpable por las carreras que se perderá por hacerme el favor de venir a buscarme a toda prisa. La puerta de la comisaría se abre de golpe y, avergonzada, noto cómo empiezan a brotarme las lágrimas al ver una cara conocida.

—¿Ha venido a buscar a su mujer? —pregunta Derek. No tengo la energía suficiente para corregirlo y Matt no se molesta en hacerlo—. Un antigripal extra fuerte y una gota de whisky, eso es lo que necesita. Espero que te mejores, guapa.

Matt me ayuda a sentarme en el taxi, como si fuera una clienta, y pone la calefacción al máximo. Me centro en la respiración, e intento detener el violento temblor que estremece todo mi cuerpo.

—¿Cuándo has empezado a encontrarte mal?

—Esta mañana. Ya me ha parecido raro tener resaca, no bebí tanto anoche, luego el dolor de cabeza ha empeorado y he empezado a temblar.

—Es gripe —me diagnostica sin dudarlo. Como la mayoría de taxistas, Matt es experto en todo. Me mira por el espejo retrovisor y va alternando la mirada entre mi rostro y la carretera—. ¿Qué estabas haciendo en la comisaría?

—Hubo un asesinato anoche. En un parque cerca de Cranley Gardens.

—¿En Crouch End?

—Sí. Una chica estrangulada.

Le cuento lo de los anuncios del *Gazette*, lo de mi foto y que luego vi la de Tania Beckett.

—¿Estás segura de que era la misma mujer?

Asiento en silencio, aunque él tenga la mirada fija en la carretera. Sorbe saliva entre los dientes, luego gira el volante con decisión a la izquierda para atajar por calles de sentido único tan estrechas que podría sacar la mano por la ventanilla y tocar las paredes de ladrillo al pasar.

—¿Adónde vamos?

—El tráfico es una pesadilla. ¿Qué ha dicho la policía?

Miro la calle e intento situarme, aunque no tengo muy claro por dónde vamos. Veo a niños que salen del colegio y van caminando solos a casa, otros todavía van de la mano de sus madres.

—Han llamado al detective inspector a cargo del caso, pero no se ha presentado.

—Menudo fantasma.

—Estoy asustada, Matt.

No dice nada. Nunca se le ha dado bien gestionar emociones.

—Si la foto del periódico de verdad era la mía, va a pasarme algo. Algo malo.

Me escuece la garganta; tengo un nudo enorme que no me deja tragar saliva.

—¿La policía cree que hay alguna relación entre los anuncios y ese asesinato?

Por fin salimos del laberinto de callejuelas y reconozco South Circular Road. Ya casi hemos llegado a casa. Me arden tanto los ojos que me cuesta mantenerlos abiertos. Parpadeo a toda prisa con tal de humedecerlos un poco.

—El agente que estaba en recepción me ha tomado en serio —digo. Me cuesta mucho concentrarme en lo que está diciendo—. Pero no sé si también lo hará el detective inspector. Todavía no le he contado lo de mi foto, no he tenido ocasión.

—Esta mierda es muy rara, Zo.

—Dímelo a mí. Pensé que iba a volverme loca cuando vi la foto. Seguro que Simon todavía cree que he perdido un tornillo.

Matt me mira de golpe.

—¿Simon no te cree?

Qué bocazas soy. Como si a Matt no le sobraran ya motivos para despreciar a Simon.

—Cree que existe una explicación lógica.

—¿Y qué crees tú?

No respondo. «Yo creo que van a asesinarme.»

Aparcamos enfrente de mi casa y abro el bolso.

—Deja que te pague algo.

—Así está bien.

—No deberías regalarme la carrera, Matt, no es justo...

—No quiero tu dinero, Zo —espeta—. Guárdalo. —Su tono se suaviza—. Venga, te acompañaré hasta la entrada.

—Puedo ir sola. —Pero cuando me levanto me tiemblan las rodillas, y él me sujeta antes de que me caiga.

—Claro que puedes.

Me coge las llaves y me abre la puerta, luego duda un instante.

—No pasa nada —digo—. Simon está en el trabajo. —Me encuentro demasiado enferma para sentirme desleal. Cuelgo el bolso y el abrigo de la barandilla y dejo que Matt me ayude a subir la escalera. Se detiene al llegar al final, porque no está seguro de cuál es mi dormitorio, y le señalo la puerta situada junto a la de Katie—. Ya estoy bien —le digo, pero él no me hace caso, me abre la puerta mientras sigue sujetándome del brazo, y entramos despacio en el dormitorio.

Retira la colcha del lado izquierdo de la cama. El lado en el que dormía yo cuando estábamos casados. Ahora son las cosas de Simon las que están en la mesita izquierda: su libro, un par de gafas de lectura de reserva, una bandeja de piel para su reloj y la calderilla... Si Matt se ha fijado en ello, no dice nada.

Me meto en la cama a duras penas, totalmente vestida.

Simon me despierta. Ya es de noche y enciende la lámpara de la mesita.

—Has estado durmiendo desde que he llegado a casa. ¿Estás

enferma? —Habla entre susurros y sujeta el móvil con una mano—. Ha llamado un agente de policía. ¿Qué está pasando? ¿Ha ocurrido algo? —Me siento caliente y sudorosa, y cuando despego la cabeza de la almohada me duele. Voy a coger el teléfono, pero Simon lo aparta—. ¿Por qué te ha llamado la policía?

—Ya te lo explicaré luego.

Me quedo sin voz a media frase y toso para recuperarla. Simon me pasa el móvil y se sienta en la cama. Todavía me noto febril, pero me encuentro mejor después de haber dormido.

—¿Diga? Soy Zoe Walker.

—Señora Walker, soy el detective inspector Rampello de la Brigada de Homicidios de North West. Tengo entendido que quería hablar conmigo. —Parece distraído. Aburrido o cansado. O ambas cosas a la vez.

—Sí —digo—. Ahora estoy en casa, por si quiere pasar.

Simon abre las manos y me pregunta moviendo los labios: «¿Qué ha pasado?».

Lo miro negando con la cabeza, molesta por la interrupción. La señal dentro de casa es bastante mala y no quiero perderme lo que está diciendo el detective inspector Rampello.

—... es todo cuanto necesito de momento.

—Lo siento, ¿qué ha dicho?

—Tengo entendido que usted no conocía a Tania Beckett.

—No, pero...

—Entonces, no sabe si trabajaba como *escort* o en alguna línea erótica, ¿no?

—No.

—Bien. —Habla de forma enérgica, deprisa, como si yo fuera una más de la lista de llamadas que tiene que hacer esta noche—. Así que la foto de Tania apareció en el anuncio de una línea de contactos de *The London Gazette* de ayer lunes dieciséis de noviembre. ¿Es eso correcto?

—Sí.

—¿Y contactó con nosotros en cuanto la reconoció por la foto en las noticias de esta mañana?

—Sí.

—Ha sido de mucha utilidad, gracias por su tiempo.

—Pero ¿no quiere hablar conmigo? ¿Tomarme declaración?

—Si necesitamos cualquier otra cosa, nos pondremos en contacto con usted. —Cuelga mientras yo todavía estoy hablando.

Ahora Simon parece más enfadado que confuso.

—¿Me dirás, por favor, qué ha ocurrido?

—Es por esa chica —digo—. La que han asesinado. La foto que te he enseñado esta mañana.

Esta mañana subí corriendo en cuanto terminó la noticia en la tele y desperté a Simon sacudiéndolo. Le solté todo de sopetón, atropellándome al hablar.

—¿Y si todo esto tiene relación con los anuncios, Simon? —dije con la voz quebrada—. ¿Y si alguien está publicando las fotos de las mujeres que van a asesinar, y yo soy la siguiente?

Simon me abrazó de forma un tanto extraña.

—Cariño, ¿no crees que a lo mejor estás exagerando un poco? Leí en algún sitio que en Londres asesinan a unas cien personas cada año. ¡Cada año! ¿Eso es…? ¿Qué? Unos dieciocho por semana. Ya sé que es horrible, pero esto no tiene nada que ver con un psicópata que ande suelto.

—Iré a la comisaría a la hora de comer —le dije.

Me di cuenta de que creía que todavía estaba exagerando.

—¿La policía te ha tomado en serio? —me pregunta ahora, sentado a los pies de la cama. Me apretuja los dedos y yo aparto los pies.

Me encojo de hombros.

—El agente que me ha recibido hoy ha sido amable. Pero ha llamado al detective inspector encargado del caso y este no se ha presentado, y ahora me ha dicho que ya tienen todo lo que necesitan de mí y que me llamarán si quieren volver a hablar conmigo. —Empiezan a brotarme las lágrimas por el rabillo del ojo—. Pero no saben lo de las otras fotos, ¡lo de la foto de Cathy Tanning y la mía!

Rompo a llorar, incapaz de pensar con calma debido al terrible dolor de cabeza.

—Tranquila…. —Simon me acaricia el pelo y le da la vuelta a mi almohada para encontrar la parte más fresca con tal de que apoye la mejilla sobre ella—. ¿Quieres que vuelva a llamarlos?

—Ni siquiera tengo su número. Ha dicho que era de la Brigada de Homicidios de North West.

—Lo encontraré. Te traeré un analgésico y un vaso de agua, y luego les haré una llamada. —Se dirige hacia la puerta, luego se vuelve, como si acabara de caer en la cuenta de algo—: ¿Por qué estás en mi lado de la cama?

Presiono la cara contra la almohada para no tener que mirarlo a los ojos.

—Debo de haberme movido mientras dormía —mascullo.

Es el único tema por el que hemos llegado a discutir de verdad.

—Matt es el padre de Katie y de Justin —decía yo antes—. Es lógico que lo vea de vez en cuando.

Simon lo aceptó a regañadientes.

—Pero no hay motivo para que entre en nuestra casa, ¿verdad? Para que se siente en nuestro salón y beba café en nuestras tazas, ¿verdad?

Fue una reacción infantil e irracional, pero no quería perder a Simon, y en ese momento creí que debía hacerle esa concesión.

—Está bien —accedí—. Matt no entrará en casa.

Cuando abro los ojos de nuevo hay un vaso de agua sobre mi mesilla de noche, junto a una tira de pastillas. Me tomo dos y me levanto de la cama. Tengo la camisa arrugada y los pantalones hechos un guiñapo: me desnudo y busco un pantalón de pijama de algodón muy grueso y una chaqueta de punto enorme.

Son las nueve en punto, y en la cocina encuentro los restos de algo que parece estofado de ternera. Todavía siento las piernas flojas, y dormir durante tanto tiempo me ha dejado aturdida. Entro en el salón y encuentro a Simon, Justin y Katie viendo la tele. Nadie dice nada, pero guardan un silencio reconfortante, y me quedo ahí de pie un rato, contemplando a mi familia. Katie es la primera que me ve.

—¡Mamá! ¿Te encuentras mejor?

Se aparta para hacerme sitio en el sofá entre Simon y ella, y yo tomo asiento, agotada por el esfuerzo de haber bajado la escalera.

—En realidad no. Estoy destrozada. —Hacía años que no me sentía tan mal. Me duelen los huesos y la piel si me la toco. Siento punzadas en los ojos que solo desaparecen si los cierro, y me duele tanto la garganta que debo hacer un gran esfuerzo para hablar—. Creo que tengo gripe. Una buena gripe.

—Pobrecita.

Simon me rodea con un brazo y, por primera vez, Katie no hace ningún comentario sobre lo que ella llama «demostraciones públicas de afecto». Incluso Justin parece preocupado.

—¿Quieres beber algo? —pregunta él.

Debo de tener muy mala cara.

—Un vaso de agua y ya está. Gracias.

—Marchando.

Se levanta, se mete una mano en el bolsillo y me entrega un sobre.

—¿Qué es esto? —Lo abro y encuentro un grueso fajo de billetes de veinte libras.

—El alquiler.

—¿Qué? Ya habíamos hablado de esto. No quiero que me pagues el alquiler, cielo.

—Bueno, pues es para la comida, las facturas de luz y agua… lo que sea. Es para ti.

Me vuelvo hacia Simon porque recuerdo lo mucho que ha insistido últimamente en que Justin no debería vivir de la sopa boba. Pero Simon niega con la cabeza para dejar claro que esto no tiene nada que ver con él.

—Ha sido muy buena idea, Justin. Bien hecho, colega. —El

coloquialismo suena forzado en boca de Simon, y Justin lo mira con gesto de desprecio.

—Pero ¿tú no estabas sin blanca? —pregunta Katie al tiempo que se queda mirando los billetes para ver cuánto hay en total.

Me lo meto en el bolsillo de la chaqueta intentando acallar una vocecita interna que me impele a preguntar de dónde lo ha sacado.

—Melissa me ha nombrado encargado de la cafetería para poder ocuparse de la otra —dice Justin, como si me hubiera leído el pensamiento—. Es algo temporal, pero implica un aumento de sueldo.

—¡Eso es maravilloso! —El alivio de que mi hijo no esté ni robando ni traficando con nada hace que mi reacción resulte desproporcionadamente entusiasta. Justin se encoge de hombros como si la noticia no tuviera tanta importancia, y se va a la cocina a buscar agua—. Siempre he sabido que solo necesitaba una oportunidad —susurro a Simon—. Alguien que se diera cuenta de lo buen trabajador que es. —De pronto recuerdo que Justin no es el único que tiene noticias de trabajo. Me vuelvo hacia Katie—. Siento mucho no haberte apoyado más respecto a la audición, cielo. Lo lamento muchísimo.

—Oh, Dios, no te preocupes ahora por eso, mamá. No estás bien.

—Simon me ha contado que te ha ido de maravilla.

Katie sonríe de oreja a oreja.

—Ha sido alucinante. Verás, la representante no me quiso para su agencia, porque ya tenía a otras en cartera con mi *look* y mi perfil interpretativo, sea lo que sea eso, pero empecé a hablar con un chico que estaba esperando en recepción. Es el director de una compañía de teatro que va a representar *Noche de Reyes*, y la actriz que hacía de Viola acaba de tener un accidente de esquí. Es perfecto, ¿a que sí?

Me quedo mirándola, porque no la sigo. Justin regresa con un vaso de agua. Es del grifo y no la ha dejado correr, así que está blanquecina y tibia, pero la bebo agradecida. Me sirve cualquier cosa con tal de aliviar el escozor de garganta.

—Mamá, *Noche de Reyes* fue el texto que hicimos en la clase de lengua y literatura inglesas. Me lo sé de memoria. Y ese chico me dijo que yo había nacido para interpretar a Viola. Me hizo una prueba allí mismo, fue una locura, ¡y conseguí el papel! El resto del reparto lleva semanas ensayando, pero yo tengo quince días para bordarlo.

La cabeza me da vueltas.

—Pero ¿quién es ese chico? ¿Sabes algo de él?

—Se llama Isaac. Resulta que su hermana iba al colegio con Sophia, así que no es un completo desconocido. Ha hecho cosas en Edimburgo y… esta es la parte más emocionante: ¡van a salir de gira con *Noche de Reyes*! Es súper ambicioso y tiene muchísimo talento.

Percibo algo más en la expresión de Katie, algo distinto a la simple emoción por haber conseguido un papel.

—¿Es guapo?

Se ruboriza.

—Mucho.

—¡Oh, Katie!

—¿Qué? Mamá, no es para nada lo que piensas, te lo prometo. Creo que te gustaría.

—Bien. Puedes invitarlo a casa.

Katie resopla.

—Lo conocí ayer, mamá. No pienso pedirle que venga a conocer a mis viejos.

—Bueno, pues no irás de gira hasta que lo hagas, así que…

—Nos quedamos mirándonos hasta que Simon interviene.

—¿Podemos hablar de esto cuando te encuentres mejor?

—Ya me encuentro mejor —digo, pero mi tozudez se ve socavada por una sensación de mareo que me obliga a cerrar los ojos.

—Claro que sí. Venga, a la cama.

Recuerdo lo que me ha prometido.

—¿Has llamado a la policía?

—Sí. He hablado con un jefe de la unidad de investigación.

—¿Rampello?

—Eso creo. Le he contado lo preocupada que estabas por el anuncio, por la foto de la mujer que se parecía a ti...

—Es que era yo.

—... el tío me ha dicho que entendía por qué estabas nerviosa, pero que, por el momento, no creen que exista relación entre el asesinato de Tania Beckett y cualquier otro delito.

—Tienen que estar relacionados —insisto—. No puede ser pura coincidencia.

—Ni siquiera la conocías —dice Justin—. ¿Por qué estás tan afectada?

—¡Porque la han asesinado, Justin! —Él no reacciona, y yo miro a Katie, desesperada—. Y porque mi foto...

—Cariño, no era tu foto —me interrupe Simon.

—... porque mi foto estaba exactamente en el mismo anuncio que en el suyo. Así que me parece que tengo todo el derecho a sentirme afectada, ¿no crees?

—Esa clase de anuncios no van acompañados de teléfonos carísimos a menos que sean de prostitución —dice Simon.

—¿Y eso qué tiene que ver con lo que estamos hablando?

—¿Tania era *escort*? —pregunta Katie.

—Gajes del oficio —dice Justin.

Se encoge de hombros y retoma la postura que tenía al principio en el sofá, con el móvil en la mano.

—En las noticias han dicho que era profesora suplente, no prostituta.

Pienso en la foto que han publicado en el periódico, la de Tania con su novio. Imagino el titular del artículo sobre mi propio asesinato, y me pregunto con qué foto lo ilustrarán. Si pedirán a Graham Hallow que haga alguna declaración.

—El anuncio no decía nada sobre servicios de chicas de compañía, ¿verdad, mamá? —pregunta Katie.

—Tenía una dirección de internet. —Me llevo la palma de

la mano a la frente, mientras intento recordarlo—. Encuentrala.com.

—A mí me suena más a una página de contactos. A lo mejor la asesinó alguien que había conocido por internet.

—No quiero que vuelvas a salir sola —digo a Katie.

Ella se queda mirándome, alucinada.

—¿Por una asesinato cometido en la otra punta de Londres? Mamá, no seas ridícula. Muere gente asesinada todos los días.

—Son hombres. Chicos de bandas. Drogadictos y personas idiotas que arriesgan la vida. Pero no mujeres jóvenes que vuelven a casa desde el trabajo. O vas con un grupo de amigas o no vuelves a salir. —Katie mira a Simon, pero, por una vez, él me apoya.

—Queremos que estés segura, eso es todo.

—No estáis siendo realistas. ¿Qué pasa con el trabajo? Los sábados por la noche no termino de trabajar en el restaurante hasta las diez y media de la noche y ahora que estaré actuando en *Noche de Reyes* tendré que ir a ensayar casi todas las noches. No me queda más alternativa que volver a casa sola. —Voy a hablar cuando Katie me interrumpe, con amabilidad aunque de forma insistente—. Ya no soy una niña, mamá. Iré con cuidado. No tienes que preocuparte por mí.

Pero sí estoy preocupada. Estoy preocupada por Katie, porque vuelve muy distraída a casa desde el trabajo, con la cabeza en las nubes, pensando en la alfombra roja del estrellato. Estoy preocupada por todas las Cathy Tanning y las Tania Beckett que no tienen ni idea de lo que les depara la vida. Y estoy preocupada por mí. No sé qué significan esos anuncios, ni por qué apareció mi foto en uno de ellos, pero el peligro es muy real. No puedo verlo, pero sí puedo sentirlo. Y está cada vez más cerca.

Nunca sabes dónde podrías conocer a tu alma gemela. A lo mejor siempre se sienta junto a la ventanilla del tren cuando entras en el vagón. Es posible que la veas delante de ti en la cola de la cafetería. A lo mejor cruzas la calle detrás de ella todos los días. Si te sientes seguro, podrías iniciar una conversación. Podrías empezar por hablar del tiempo, de cómo va la frecuencia de los trenes. Y, a medida que pasan los días, vais hablando de temas más personales. De tu horrible fin de semana, de su jefe, que la tiene esclavizada; de ese novio que no la entiende. Llegaréis a conoceros, y, luego, uno de los dos dará el paso siguiente. ¿Un café? ¿Salir a cenar? La relación está en marcha.

Pero ¿qué pasa si esa alma gemela se sienta en el vagón contiguo al tuyo? ¿Y si se lleva el café preparado desde casa? ¿Y si va en bici al trabajo? ¿Y si sube por la escalera en lugar de coger el ascensor? Imagina lo que estarías perdiéndote si no tropezaras con esa alma gemela.

Una primera cita. Una segunda cita. Y más.

A lo mejor no se trata de tu alma gemela, a lo mejor te apetece algo más pasajero. Más tentador. Algo que te ponga a cien y que te acelere el pulso.

Un rollo.

Un polvo de una noche.

Un ligue.

Ahí es donde empieza todo: encuentrala.com. Una forma de

contactar con tus compañeras de viaje en el tren con destino Londres. Una mano amiga que te ayuda a conocer gente. Consideradme un agente del amor, un enlace, una casamentera.

Lo más bonito de todo es que ninguna de vosotras sabe siquiera que la tengo fichada.

10

Me quedo en la cama veinticuatro horas y duermo gran parte del tiempo. El miércoles por la tarde hago el esfuerzo de ir al médico, total, para que me diga lo que ya sé: tengo gripe y no puedo hacer nada más que beber agua, tomar la medicación de rigor y esperar a que se pase. Simon es maravilloso. Se encarga de cocinar para los chicos y me trae comida que no como, y ha salido a comprar helado cuando he decidido que es lo único que puedo tragar. Ha bría sido un buen padre al cuidado de la madre embarazada... Recuerdo mi embarazo de Justin, entonces enviaba a Matthew, a pesar de que estaba nevando, a comprar nachos y gominolas, cosa que él hacía a regañadientes.

Logro llamar al trabajo y decir a Graham que estoy enferma. Él se muestra sorprendentemente comprensivo, hasta que le digo que estaré de baja el resto de la semana.

—¿No puedes venir al menos mañana? Jo está de baja y no habrá nadie respondiendo el teléfono.

—Si puedo, iré —digo.

Cuando amanece le envío un mensaje de texto: «Lo siento, sigo enferma», y apago el teléfono. Hasta la hora de la comida no puedo ni plantearme siquiera comer algo. Melissa me trae sopa de pollo de la cafetería, y en cuanto empiezo a comer me doy cuenta de que estoy muerta de hambre.

—Esto está buenísimo. —Estamos sentadas en mi cocina, a la mesa diminuta donde solo caben dos personas—. Siento el desorden.

El lavaplatos está lleno, lo que significa que alguien ha pasado de él, ha apilado los platos del desayuno dentro del fregadero y los ha dejado ahí. Hay un montón de envoltorios vacíos alrededor del cubo de la basura, lo cual indica que también está llena. La nevera está cubierta de fotos familiares, sujetas con imanes de estilo *kitsch*, que se ha convertido en el recuerdo tradicional de las vacaciones. Tenemos una especie de concurso para ver quién encuentra el imán más hortera.

En la actualidad el más llamativo es el de un burrito que mueve la cabeza, que Katie trajo de Benidorm. Su sombrero típico se agita cada vez que alguien abre la puerta de la nevera.

—Le da un toque muy hogareño —dice Melissa, y se ríe al tiempo que pone expresión de escepticismo—. En serio. Esto da a la nevera un aspecto cálido y crea una atmósfera llena de amor y recuerdos, como debe ser el hogar de una familia.

La miro a la cara para ver si está siendo irónica, pero no percibo nada por el estilo.

Melissa tenía cuarenta años cuando nos conocimos —todavía podía ser madre—, y le pregunté una vez si Neil y ella estaban pensando en tener una familia.

—Él no puede. —Pero se corrigió al instante—. Eso no ha sido justo. Lo que he querido decir es que no podemos.

—Debe de haber sido muy duro.

Hace tanto tiempo que soy madre que no puedo imaginarme sin hijos.

—En realidad no. Verás, siempre lo he sabido. Neil tuvo leucemia de pequeño y la quimio lo dejó estéril, así que nunca nos los planteamos desde que estamos juntos. Hemos hecho otras cosas, hemos tenido otras oportunidades.

Supuse que se refería al trabajo. A tener una empresa, a las vacaciones, a la bonita casa...

—Neil lo pasó peor que yo —dijo—. Se enfadaba muchísimo, empezaba a decir cosas del tipo «¿por qué yo?». Pero ahora no pensamos mucho en ello, la verdad.

—Y a mí me encantaría tener una casa como la vuestra

—digo yo ahora—, toda llena de superficies despejadas y sin ningún calcetín sucio a la vista.

Ella sonríe.

—Nunca llueve a gusto de todos, ¿verdad? Dentro de nada, Katie y Justin se irán de casa y estarás quejándote por un hogar vacío, deseando que siguieran contigo.

—A lo mejor. ¡Ah!, eso me recuerda una cosa: ¿qué diablos le has hecho a mi hijo?

Melissa pone enseguida cara de preocupación, y me siento mal por haber intentado gastarle una broma. Por eso se lo aclaro.

—El martes me dio dinero para pagar el alquiler. Sin que yo se lo pidiera. Tengo entendido que lo has ascendido.

—¡Vale, ahora lo pillo! Se lo merece. Está haciendo un trabajo maravilloso, y yo necesitaba un encargado. Era la solución perfecta.

Todavía hay algo que le preocupa. Sigo mirándola hasta que me lo cuenta, mientras mira por la ventana que da al jardín lleno de maleza. Por fin habla.

—El aumento. —Se queda mirándome—. Es dinero que le pago en mano.

Enarco una ceja. Soy su amiga, pero también soy su contable. Sospecho que no me lo habría contado de no haberle comentado que sabía lo del aumento.

—Cuando los clientes pagan en efectivo, no siempre lo anotamos en el libro de contabilidad. Tengo un fondo para los días problemáticos. Cubre los gastos inesperados de la casa sin tener que recurrir a los ingresos de la empresa.

—Entiendo.

En otras circunstancias, esto habría supuesto un problema para mi conciencia, pero, teniendo en cuenta cómo está todo, tal como yo lo veo, Melissa no perjudica a nadie. No es ninguna empresaria internacional, ni está evitando pagar las tasas arancelarias para realizar sus exportaciones. Solo es una empresaria local, intentando ganarse la vida como cualquier hijo de vecino.

—No lo hago solo por mí, ¿sabes? —Veo, por su expresión,

que se arrepiente de habérmelo contado, que le preocupa que esté juzgándola—. Eso supone que Justin tampoco tendrá que pagar a Hacienda, y así puede empezar a ahorrar algo.

Me conmueve que haya pensado en eso.

—¿Así que también tengo que darte las gracias por el hecho de que haya invertido el aumento de sueldo en pagar el alquiler?

—A lo mejor he tenido alguna conversación con él... —Pone cara de inocente y me hace reír.

—Bueno, pues gracias. Me alegra ver que por fin empieza a madurar un poco. ¿No te preocupa que alguien te denuncie a Hacienda? —añado, porque la contable que llevo dentro toma las riendas durante unos segundos. Melissa no es la única que debe preocuparse; si la pillan, yo también me veré afectada.

—Tú eres la única que lo sabe.

—¿Que sé el qué? —Sonrío—. Será mejor que me cambie, debo apestar. —Todavía llevo los pantalones de chándal y la camiseta con la que dormí anoche, y de pronto soy consciente del hedor a enfermedad—. Voy a conocer al nuevo novio, guión director, de Katie dentro de unas horas. Vendrá a recogerla para ir al ensayo.

—¿Novio?

—Bueno, ella no lo ha llamado así, pero sé cómo es mi hija. Lo conoció el lunes, pero juro que no he tenido ni una sola conversación con ella desde entonces en la que él no salga a colación. Isaac por aquí, Isaac por allá. Está coladísima por ese chico.

Oigo un crujido en la escalera y me callo de pronto, justo antes de que Katie entre en la cocina.

—¡Vaya, mírala! —dice Melissa, y se levanta de un salto para abrazarla.

Katie lleva sus vaqueros de pitillo que parecen desgastados, y una sudadera de lentejuelas doradas que se le levanta en cuanto abraza a Melissa.

—¿Es esa tu famosa sopa de pollo? ¿Queda un poco?

—Queda un montón. Bueno, me han hablado de Isaac...

—Pronuncia las vocales con énfasis, y Katie me mira con suspicacia. Yo no digo nada.

—Es un director maravilloso —dice Katie con remilgo. Nos quedamos esperando, pero no logramos tirarle de la lengua.

—¿Y puedo preguntarte cuánto ganas? —dice Melissa, la eterna empresaria—. Sé que la interpretación no es de las profesiones más lucrativas, pero ¿al menos te da para pagarte las salidas y tus gastos?

El silencio de Katie me lo dice todo.

—¡Oh, Katie, creía que era un trabajo de verdad!

—Sí que es un trabajo de verdad. Nos pagarán sobre la marcha, cuando se vendan las entradas y cubran los gastos.

—¿Es una especie de cooperativa y cobráis si hay beneficios? —aventura Melissa.

—Exacto.

—¿Y qué pasa si no hay beneficios? —pregunto.

Katie se vuelve hacia mí.

¡Ya estamos otra vez! ¿Por qué no te limitas a decirme que soy una mierda, mamá? ¿Que nadie vendrá a vernos y que todos perderemos nuestro dinero…? —Se calla, pero ya es demasiado tarde.

—¿Qué dinero? Puedo entender hasta cierto punto lo de ganar algo si sacáis beneficios, pero, por favor, dime que no has dado dinero a un tío que acabas de conocer…

Melissa se levanta.

—Creo que esa es la frase que indica que debo irme. Te felicito por haber conseguido el papel, Katie. —Me lanza una mirada severa con la que quiere decir que no sea tan dura con ella, y nos deja a solas.

—¿Qué dinero, Katie? —insisto.

Mete un cuenco de sopa en el microondas y presiona el botón para calentarla.

—Hemos repartido el coste del local de ensayo, eso es todo. Es una cooperativa.

—Es una estafa.

—¡No tienes ni idea de cómo funciona el teatro, mamá!

En este momento, ambas estamos gritando, estamos discutiendo con tanta intensidad que ninguna de las dos oye la llave en la puerta de entrada que significa que Simon ha llegado antes a casa, tal como ha hecho todos los días de esta semana, porque estoy enferma.

—Por lo que veo ya te encuentras mejor —señala, cuando lo veo apoyado en la puerta, con una mirada de simpática resignación en el rostro.

—Un poco —digo con expresión de inocencia. Katie pone el cuenco de sopa en una bandeja para ir a comerla a su habitación—. ¿A qué hora viene a buscarte?

—A las cinco. No pienso invitarlo a entrar, no si vas a empezar a hablarle sobre el dinero que he puesto.

—No lo haré, te lo prometo. Solo quiero verlo.

—Te he comprado algo —dice Simon. Le entrega una bolsa de plástico con algo pequeño y duro en su interior. Katie deja la bandeja y lo abre. Es una alarma contra asaltos. Tiras de una anilla y se oye una especie de sirena antiaérea—. Las vendían en la tienda de la esquina. No sé si sirven para algo, pero podrías llevarla cuando vuelvas a casa desde el metro.

—Gracias —digo. Sé que la ha comprado para que yo esté tranquila, en realidad, y no tanto para que Katie lo esté. Para que yo no me preocupe tanto por el hecho de que tenga que estar sola en la calle hasta tan tarde. Intento compensar un poco mi estallido de rabia—. ¿Cuándo se ponen a la venta las entradas para *Noche de Reyes*, cielo? Porque nosotros estaremos en primera fila, ¿verdad, Simon?

—Desde luego.

Lo dice muy en serio, y no solo para ver actuar a Katie. A Simon le encantan la música clásica y el teatro, y los conciertos de jazz en antros oscuros y apartados. Alucinó cuando supo que nunca había visto *La ratonera*. Me llevó a verla y no paraba de mirarme para ver si estaba disfrutando. Supongo que estuvo bien, aunque prefiero *Mamma Mia*.

—No estoy segura. Ya lo preguntaré. Gracias. —Esto último lo dice dirigiéndose a Simon, en quien creo que ve a alguien con quien compartir su pasión. Anoche él estuvo ayudándola a ensayar sus frases; ambos paraban de vez en cuando para comentar los detalles del texto.

—¿Te das cuenta cómo ella personifica el término «disfraz» y lo califica de «malvado»? —estaba diciendo Simon.

—¡Sí! Incluso al final no está clara la identidad de nadie.

Capto la mirada de Justin, y entonces se produce uno de esos pocos momentos de complicidad entre ambos.

En nuestra primera cita, Simon me contó que quería ser escritor.

—Pero si ya lo eres, ¿no? —No entendía nada. Se había presentado como periodista cuando nos conocimos.

Él negó con la cabeza para quitarle importancia.

—Eso no es escribir de verdad, es solo redacción de contenidos. Yo lo que quiero es escribir libros.

—Pues hazlo.

—Un día lo haré —me dijo—, cuando tenga tiempo.

En Navidad de ese año le compré un diario Moleskine. Un cuaderno con hojas gruesas y color vainilla, y cubierta de tersa piel marrón.

—Para tu libro —le dije con timidez.

Solo llevábamos juntos un par de semanas, y me pasé varios días pensando, desesperada, en qué podría regalarle. Él me miró como si le hubiera dado la luna.

—No fue por el diario en sí —me confesó más de un año después, cuando ya había venido a vivir con nosotros y ya tenía a medias el borrador de su libro—. Fue el hecho de que creyeras en mí.

Katie está muy nerviosa. Todavía lleva los vaqueros ajustados y la sudadera de lentejuelas —de alguna forma ha conseguido parecer desenfadada y glamurosa al mismo tiempo—, pero ha añadido un toque de pintalabios de un rojo oscuro y una gruesa raya de color negro que acaba en una curva ascendente desde el rabillo de los ojos, como dos alas.

—Quince minutos —me dice entre dientes cuando suena el timbre—, luego nos vamos.

Justin todavía está en la cafetería, y Simon y yo estamos en el salón, que yo he recogido a todo correr.

Oigo susurros en el recibidor y me pregunto si será Katie diciendo a su nuevo novio, guión director: «Lo siento por lo de mi madre». Entran en el salón, y Simon se levanta. Veo enseguida por qué Katie lo encuentra atractivo. Isaac es alto, con la piel tersa y aceitunada y el pelo negro azabache, más largo por la coronilla y corto por la nuca. Tiene los ojos de color castaño muy oscuro, y la camiseta con cuello de pico que lleva debajo de la chaqueta de cuero deja intuir unos pectorales bien definidos. En resumen: Isaac es guapísimo. Y también tiene, como mínimo, treinta años.

Me doy cuenta de que me he quedado boquiabierta y transformo el gesto de pasmada en un «hola».

—Es un placer conocerla, señora Walker. Tiene una hija con un gran talento.

—Mi madre cree que debería ser secretaria.

Me quedo mirando fijamente a Katie.

—Yo sugerí que hicieras un curso de secretariado. Para tener un plan B.

—Muy buen consejo —dice Isaac.

—¿Eso crees? —pregunta Katie con incredulidad.

—Este mundo es muy duro, y los recortes en las ayudas al arte lo empeorarán cada vez más.

—Bueno, pues quizá me lo piense mejor.

Convierto mi repentina sorpresa en una tos para disimular. Y Katie me lanza una mirada asesina.

Isaac estrecha la mano de Simon, quien le ofrece una cerveza. Él la rechaza porque dice que tiene que conducir, y yo pienso que al menos eso habla bien de él. Katie y él se sientan en el sofá, y dejan una distancia muy respetable entre ambos, y yo busco alguna señal de que, en el breve tiempo que ha pasado desde que se conocieron, se han convertido en algo más que director y actriz. Pero no hay ningún roce casual, y me pregunto si la adoración expresada por Katie es un amor platónico no correspondido. Espero que no acabe sufriendo.

—Supe que Katie era perfecta para el papel de Viola en cuanto la vi en la agencia —estaba diciendo Isaac—. Envié una foto que saqué a toda prisa al chico que hace el papel de Sebastian para ver qué opinaba.

—¿Me sacaste una foto? ¡No me lo dijiste! Qué calladito te lo tenías.

—Con el móvil. Bueno, como estaba diciendo, él me envió un mensaje enseguida y me dijo que eras perfecta. Yo ya te había oído hablar, estabas charlando con la chica que tenías al lado, ¿recuerdas? Y tenía la intuición de que eras la protagonista femenina shakesperiana que estaba buscando.

—Bien está lo que bien acaba —dice Simon con una amplia sonrisa.

—¡Muy bien! —exclama Isaac.

Todos ríen. Katie mira la hora.

—Será mejor que nos pongamos en marcha.

—La traeré a casa después del ensayo, señora Walker. Me han dicho que le preocupa que coja el metro de noche y tan tarde.

—Muy amable por tu parte.

—No me cuesta nada. Londres no es el lugar más seguro del mundo para una mujer sola.

No me gusta.

Matt se reía de lo repentino de mis decisiones sobre las personas, pero es que las primeras impresiones cuentan muchísimo. Me quedo mirando a Isaac y a Katie por la ventana del salón. Van recorriendo los cien metros hasta el punto del camino donde Isaac ha logrado encontrar un sitio para aparcar. Él le pone una mano en la cintura cuando llegan al coche y se inclina para abrirle la puerta del acompañante. No sé explicar por qué no me gusta, pero mi sexto sentido está diciéndomelo a gritos.

Hace tan solo unos días decidí demostrar a Katie más apoyo en su carrera interpretativa. Si digo algo sobre Isaac, ella lo interpretará como un nuevo ataque contra la profesión que ella desea. Tendré que conformarme. Al menos no volverá sola a casa esta noche. Esta mañana he escuchado la noticia sobre una agresión sexual en la radio, y no he podido evitar pensar si la fotografía de la víctima habría aparecido antes en la sección de anuncios clasificados. Simon suele traer el *Gazette* a casa desde el trabajo, pero esta semana ha llegado siempre con las manos vacías. Sé que lo hace porque quiere que olvide lo de los anuncios. Pero no lo haré. No puedo.

El viernes Simon me acompaña al trabajo.

—Solo por si todavía te sientes un poco débil —me dice cuando nos levantamos.

Me lleva cogida de la mano todo el camino hasta llegar al despacho. En la línea de District veo un ejemplar abandonado del *Gazette*, y lo ignoro de forma intencionada, me apoyo sobre Simon y hundo la cara contra su camisa. Suelto la correa del bolso que iba sujetando y lo rodeo por la cintura con los brazos, y dejo que él se encargue de aguantar el equilibrio de ambos mientras el tren va frenando hasta detenerse. No hablamos, pero siento el latido de su corazón sobre mi cara.

Intenso y constante.

Delante de Hallow & Reed me besa.

—Ahora llegarás tarde al trabajo por mi culpa —digo.

—Me da igual.

—¿No te echarán la bronca?

—Deja que yo me preocupe por eso. ¿Estarás bien si me voy ahora? Puedo quedarme, si quieres.

Me hace un gesto para señalar la cafetería que está en la acera de enfrente, y sonrío ante la idea de que Simon se quede esperándome todo el día, como si fuera el guardaespaldas de una famosa.

—Estaré bien. Te llamaré más tarde.

Volvemos a besarnos, y él espera hasta que me ve instalada en mi mesa, antes de despedirse con la mano y alejarse, en dirección al metro.

En cuanto Graham desaparece del plano, cierro el listado de propiedades publicadas en el portal Rightmove que estaba actualizando y abro Google. Tecleo la frase «delitos en Londres» y hago clic sobre el primer enlace que veo: una web llamada London 24, que promete la última hora sobre los delitos cometidos en la capital, actualizada al minuto.

> Adolescente tiroteado en West Dulwich.
> Encontrado en Finsbury Park hombre agonizando con misteriosas quemaduras.

Esta es la razón por la que no leo el periódico. Al menos, no por costumbre. Sé que todas estas cosas pasan, pero no quiero enterarme. No quiero pensar en que Justin y Katie están viviendo en un lugar donde un apuñalamiento apenas provoca conmoción.

> Exjugador de primera división admite haber conducido borracho hasta Islington.
> «Nauseabundo» ataque a una pensionista de ochenta y cuatro años en Enfield.

Hago un mohín al ver la foto de la anciana Margaret Price, de ochenta y cuatro años, quien salió a la calle tras cobrar su pensión y nunca regresó a su casa. Busco a Tania Beckett. Uno de los artículos de prensa comenta que hay un sitio de Facebook dedicado a su memoria, y voy al enlace. «Tania Beckett R.I.P.», dice, y la página está llena de mensajes emotivos de amigos y familiares. En algunos de los mensajes, el nombre de Tania está en otro color, y me doy cuenta de que es porque la gente la ha etiquetado en su página de Facebook. Sin pensarlo, hago clic sobre su nombre e inspiro de forma involuntaria cuando aparece su página personal, llena de actualizaciones de su estado.

«¡Quedan 135 días!», es lo que dice su última actualización, publicada la mañana de su muerte.

¿Ciento treinta y cinco días para qué?

La respuesta está unos días más abajo, en una publicación con la frase: «¿Y este qué os parece, chicas?». La foto es la imagen de un móvil; veo el dibujo del consumo de batería en la parte superior. Se trata de la imagen de un vestido de novia, captado a toda prisa de internet.

Hay tres nombres de mujer etiquetados.

Tania Beckett murió ciento treinta y cinco días antes de su boda.

Echo un vistazo a la lista de amigos de Tania: pequeñas fotos de chicas idénticas, todas rubias y con la dentadura muy blanca. Me fijo especialmente en una mujer más mayor con el mismo apellido que ella.

La página de Alison Beckett es de acceso tan abierto como la de Tania, y sé enseguida por la foto que estoy mirando a su madre. Su última publicación en Facebook es de hace dos días.

«El cielo ha ganado otro ángel. D.E.P., mi preciosa niña. Dulces sueños.»

Cierro Facebook, porque me siento como una intrusa. Pienso en Alison y en Tania Beckett. Las imagino planificando juntas la boda, saliendo a comprar vestidos, preparando las invitaciones. Veo a Alison en casa, sentada en ese sofá rojo oscuro en el que se la ve en su foto de perfil, contestando al teléfono y escuchando a un agente de policía hablar, pero sin saber qué está diciéndole. Su hija no, Tania no. Siento un fuerte dolor en el pecho y ahora estoy llorando, aunque no sé si es por una chica que no conocía o porque veo en ella a mi propia hija.

Desvío la mirada y veo la tarjeta de visita que tengo clavada en mi tablón de anuncios.

«Agente Kelly Swift, Brigada Móvil de Transporte.»

Al menos ella me escuchó.

Me sueno la nariz. Inspiro con fuerza. Levanto el teléfono.

—Agente Swift.

Oigo el ruido del tráfico de fondo y la sirena distante de una ambulancia.

—Soy Zoe Walker. ¿La de los anuncios de *The London Gazette*?

—Sí, la recuerdo. Me temo que no he averiguado mucho más, pero…

—Yo sí —la interrumpo—. Una de las mujeres de los anuncios ha sido asesinada. Y, por lo visto, a nadie le importa quién podría ser la siguiente.

Se hace un silencio y luego:

—A mí sí —dice con firmeza la agente Swift—. A mí sí que me importa. Cuénteme todo lo que sepa.

11

Ya era mediodía cuando Kelly logró volver al fin a comisaría y conseguir un número de teléfono para hablar con el detective inspector Nick Rampello, el inspector de Homicidios encargado del caso. Primero la pusieron al habla con el teléfono de denuncias, una línea telefónica de colaboración ciudadana habilitada para cualquiera con información acerca del asesinato de Tania Beckett.

—Si me da la información, me aseguraré de hacérsela llegar a la brigada de investigación —dijo una mujer cuyo tono apático sugería que la de Kelly solo era una más de la multitud de llamadas que había atendido ese día.

—La verdad es que preferiría hablar directamente con el inspector Rampello, si puede ser. Soy una agente de policía de la Brigada Móvil de Transporte y creo que uno de mis casos podría estar relacionado con su investigación.

Kelly cruzó los dedos. Técnicamente, no era mentira: Zoe Walker había acudido a ella, y en el informe de Cathy Tanning seguía constando el nombre de Kelly. Su nombre, su caso.

—Le pongo con el centro de coordinación de operaciones, entonces.

El teléfono sonó una y otra vez. Kelly estaba a punto de desistir cuando contestó una mujer que parecía haberse quedado sin aliento, como si acabase de subir corriendo las escaleras.

—Brigada de Homicidios de North West, dígame.

—¿Puedo hablar con el detective inspector Rampello, por favor?

—Voy a ver si está en su despacho. ¿De parte de quién?

La mujer hablaba con el tono de una presentadora de noticias de la BBC, y Kelly se preguntó quién sería ella dentro del departamento. Apenas tenía experiencia con las brigadas de homicidios: aunque la Brigada Móvil de Transporte contaba con su propio departamento de homicidios, era muchísimo menos activa que la de la Policía Metropolitana de Londres, y Kelly nunca había trabajado allí. Dijo su nombre y su número de placa y se quedó a la espera por segunda vez.

—Rampello al habla.

Ni rastro del acento de la BBC. La voz de Nick Rampello era Londres puro, y hablaba muy rápido: una voz que iba directamente al grano, rozando la brusquedad. Kelly se sorprendió trastabillando con sus palabras en su intento de hablar igual de rápido que él, consciente de que, en el mejor de los casos, debía de sonar muy poco profesional, y en el peor, una incompetente.

—¿En qué departamento me ha dicho que trabajaba? —preguntó el inspector Rampello, interrumpiendo a Kelly en pleno discurso.

—En la Brigada Móvil de Transporte, señor. Ahora mismo estoy asignada a la línea de Central. Hace dos semanas llevé el caso de un robo en un bolso que creo que puede estar relacionado con el asesinato de Tania Beckett y esperaba poder reunirme con usted para hablarle de ello.

—Con todos mis respetos, agente... —La entonación de la frase convertía el rango policial de Kelly en una pregunta.

—Swift. Kelly Swift.

—Con todos mis respetos, agente Swift, esto es la investigación de un homicidio, no de un robo de un bolso. Tania Beckett no estaba ni remotamente cerca de la línea de Central la noche que murió, y todo apunta a que se trata de un incidente aislado.

—Pues yo creo que están relacionados, señor —dijo Kelly, con mucha más seguridad en sí misma de la que sentía en realidad. Se preparó mentalmente para la respuesta de Rampello y sintió un alivio inmediato cuando él no la reprendió por desafiarlo de ese modo.

—¿Tiene una copia del expediente del caso?

—Sí, puedo...

—Envíenosla a través del centro de coordinación y le echaremos un vistazo.

Estaba siendo condescendiente con ella.

—Señor, tengo entendido que su víctima apareció en un anuncio de la sección de clasificados de *The London Gazette*. ¿Es correcto?

Se produjo una pausa.

—Esa información no se ha hecho pública. ¿De dónde la ha sacado?

—De una testigo que se puso en contacto conmigo. La misma testigo que vio una foto de mi víctima de robo en una edición distinta del *Gazette*. La misma testigo que cree que su propia foto también apareció en el periódico.

Esta vez el silencio se prolongó aún más.

—Será mejor que venga aquí.

La Brigada de Investigación de Homicidios de North West estaba en la calle Balfour, situada discretamente entre una agencia de colocación y un bloque de pisos con un cartel de SE VENDE en la tercera planta. Kelly apretó el timbre, en el que se leía, simplemente «B.H.», y giró el cuerpo ligeramente a la izquierda para poder mirar de frente a la cámara. Levantó la barbilla unos milímetros, con la esperanza de que su rostro no dejase traslucir lo nerviosa que estaba. El detective inspector Rampello había dicho que se reuniría con Kelly a las seis, por lo que había tenido el tiempo justo de irse a casa y cambiarse. ¿Qué era lo que solía decirse en estos casos? «La primera impresión es lo que cuenta.» Kelly quería que el inspector Rampello la viera como una agente eficiente y seria, alguien con información importante sobre su investigación de homicidio, y no como una simple policía de uniforme. Volvió a presionar el timbre, arrepintiéndose cuando una voz respondió al instante con un tono impaciente que indicaba que no era necesaria tanta insistencia.

—¿Sí?

—Soy la agente Kelly Swift, de la Brigada Móvil de Transporte. Vengo a ver al inspector Rampello.

Un sonoro chasquido accionó el pestillo de la pesada puerta y Kelly entró, dedicando una breve sonrisa de agradecimiento a la cámara, por si seguían observándola. Las puertas del ascensor estaban justo delante, pero subió por las escaleras, sin saber en qué piso estaba la brigada. Las puertas dobles en la parte superior del primer rellano no ofrecían ninguna pista de lo que podía haber tras ellas y Kelly se quedó inmóvil unos segundos, debatiéndose entre llamar con los nudillos o entrar directamente.

—¿Buscas el centro de coordinación?

Kelly reconoció el tono de la BBC de la mujer con la que había hablado por teléfono ese mismo día y al volverse vio a una mujer con el pelo rubio y largo, una melena recta con una diadema de terciopelo negro que impedía que le cayera sobre los ojos. Llevaba unos pantalones ceñidos y bailarinas, y estaba tendiéndole la mano.

—Hola, soy Lucinda, una de las analistas de Homicidios. Eres Kelly, ¿verdad?

Kelly asintió con gratitud.

—He venido a ver al inspector.

Lucinda abrió la puerta.

—La reunión es por aquí. Ven, te acompaño.

—¿La reunión?

Kelly siguió a Lucinda a través de las puertas dobles hasta una oficina de gran tamaño con casi una docena de escritorios. A un lado de la sala había una oficina separada.

—Esa es la oficina del inspector jefe, aunque no la usa nunca. Solo le quedan seis meses para jubilarse y le deben tantos días de descanso que prácticamente ahora trabaja a tiempo parcial. Pero es un buen tipo, Diggers… cuando asoma por aquí.

Kelly aguzó el oído cuando el sobrenombre le resultó familiar.

—¿No será Alan Digby, por casualidad?

Lucinda parecía sorprendida.

—¡Sí, es él! ¿De qué lo conoces?

—Era mi superior en la Brigada Móvil de Transporte. Lo trasladaron a la Policía Metropolitana poco después y oí que lo habían ascendido. Era un buen jefe.

Lucinda la guió a través de la sala y Kelly miró a su alrededor, fijándose en todo. Incluso vacío, en el espacio se respiraba la mezcla de energía y adrenalina que tan bien conocía de su época en la investigación de delitos graves. Cada escritorio tenía dos pantallas de ordenador y al menos tres teléfonos sonaban a la vez, con un timbre que se desplazaba por toda la habitación a medida que las llamadas eran transferidas automáticamente, en busca de una respuesta. En cierto modo, incluso los teléfonos sonaban allí con más insistencia, como si tuvieran la clave para esclarecer el misterio en que la Brigada de Homicidios estuviese trabajando esa semana en concreto. Para eso era para lo que Kelly se había hecho policía, y la descarga de energía que había sentido ya tantas otras veces le recorrió todo el cuerpo.

—¿Dónde están todos?

—En la reunión informativa. Al inspector le gusta que asista todo el mundo. Lo llama la teoría de la NASA.

Kelly la miró sin comprender y Lucinda sonrió.

—El presidente Kennedy visita las instalaciones de la NASA y se pone a hablar con un empleado de la limpieza. Le pregunta en qué consiste su trabajo y el otro, sin pestañear siquiera, le contesta: «Estoy contribuyendo a enviar un hombre a la Luna, señor presidente». La teoría de Nick es que si la Brigada de Investigación de Homicidios al completo asiste a las reuniones, incluidos los empleados de la limpieza, no se nos escapará nada.

—Es un enfoque muy interesante. ¿Se trabaja a gusto con él?

Siguió a Lucinda a través de la sala hacia una puerta abierta.

—Es un buen policía —respondió Lucinda. Kelly tuvo la clara sensación de que la analista había escogido sus palabras con sumo cuidado, pero no había tiempo de presionarla para obtener más información. Habían llegado a la sala de reuniones y Lucinda la invitó a pasar por la puerta abierta—. Jefe, está aquí la agente Kelly Swift, de la B.M.T.

—Pase, estábamos a punto de empezar.

Kelly sintió que le rugía el estómago, pero no estaba segura si era de nervios o de hambre. Se quedó en el fondo de la habitación con Lucinda y miró a su alrededor con disimulo. El inspector Rampello no había dicho nada de una reunión informativa; ella esperaba hablar con él en su despacho, tal vez con uno de los miembros del equipo de investigación.

—Bienvenidos. Esta es una reunión informativa para la Operación FURNISS. Ya sé que todos habéis tenido un día largo y a algunos todavía os falta mucho para que se acabe, así que intentaré ser lo más breve posible.

El inspector hablaba tan rápido en persona como lo había hecho por teléfono. Era una sala grande, y no hacía ningún esfuerzo perceptible por levantar la voz: Kelly tenía que aguzar bien el oído para captar cada palabra. Se preguntó por qué no seguía hablando, luego miró al resto del equipo, con una expresión de concentración absoluta para no perderse nada, y se dio cuenta de que era una estrategia deliberada... e inteligente.

—Para aquellos que seáis nuevos en el equipo, el cadáver de Tania Beckett fue encontrado en Cranley Gardens, Muswell Hill, hace cuatro días; concretamente, a las once de la noche del lunes 16 de noviembre, por Geoffrey Skinner, mientras paseaba a su perro.

Kelly se preguntó qué edad tendría el inspector Rampello. Debía de rondar los treinta años. Muy joven para ser un inspector. Era robusto y musculoso, con un color de piel mediterránea que encajaba con el origen de su apellido, aunque no con su acento. Una barba incipiente le oscurecía la mitad inferior de la cara, y Kelly distinguió la sombra de un tatuaje en su antebrazo, apenas visible a través de la tela de la manga de su camisa.

Mientras el inspector hablaba, se paseaba de un lado a otro de la habitación, blandiendo distraídamente en una mano las notas a las que aún no había tenido que referirse.

—Tania era auxiliar de educación en la escuela primaria de Saint Christopher, en Holloway. Debía regresar a casa a las cuatro y media de la tarde, pero cuando se hicieron las diez y aún no había llegado, su prometido David Parker informó de su desaparición. Un agente se encargó de realizar el informe y calificó su desaparición de bajo riesgo.

Kelly no estaba segura de si eran imaginaciones suyas o había detectado cierto tono de reproche en la voz del inspector; esperaba que los agentes que atendieron la llamada original no se culparan por lo que le pasó a Tania. Por lo poco que Kelly sabía del caso, era muy improbable que se hubiese podido evitar el asesinato.

—El cuerpo de Tania fue hallado en una zona boscosa del parque, un área conocida por ser escenario de encuentros sexuales esporádicos. La policía científica encargada de inspeccionar el lugar de los hechos encontró varios preservativos usados con un grado de deterioro que sugiere que datan de varias semanas antes del asesinato. Tania estaba completamente vestida salvo por las bragas, que no se hallaron en la escena ni se han encontrado todavía. Emplearon la correa de su bolso para estrangularla, y la autopsia confirmó la causa de la muerte como asfixia.

Desplazó la mirada por la habitación y la detuvo en un hombre mayor que estaba recostado en su silla, con las manos entrelazadas por detrás de la cabeza.

—Bob, ¿puedes hablarnos del prometido?

Bob separó las manos y se irguió en la silla.

—Tania Beckett estaba prometida con un vendedor de neumáticos de veintisiete años llamado David Parker, nuestro primer sospechoso, obviamente. Pero el señor Parker tiene una coartada muy sólida: pasó la velada en el Mason's Arms de la esquina de su calle, tal como corroboran las cámaras de seguridad del pub y al menos una docena de clientes habituales.

—¿Su novia desaparece y se va al pub? —comentó alguien.

—Parker afirma que no se preocupó hasta más tarde esa noche, cuando denunció su desaparición. Supuso que habría ido a casa de una amiga y se había olvidado de decírselo.

—Estamos reconstruyendo el camino de la víctima a casa desde el trabajo —intervino el inspector Rampello—. La Brigada Móvil de Transporte ha sido sorprendentemente útil con las imágenes de las cámaras del circuito de seguridad. —Miró a Kelly y esta notó que empezaba a ruborizarse. Creía que tal vez había olvidado que ella estaba allí—. Así que la vemos cogiendo la línea de Northern a Highgate. Luego hay una laguna en el material de vídeo, pero después la tenemos de nuevo, esperando el autobús. Por desgracia, el conductor del autobús no puede confirmar si se bajó en Cranley Gardens, o si iba sola. Ahora mismo estamos tratando de localizar a los otros pasajeros del autobús.

Los ojos de Nick Rampello se detuvieron en Kelly un instante.

—El martes 17 de noviembre recibimos una llamada de una mujer llamada Zoe Walker que nos informaba del enorme parecido entre Tania Beckett y una fotografía que apareció en un anuncio de la sección de clasificados de *The London Gazette*. —Cogió una hoja de papel A3 que había tenido boca abajo en la mesa y la sostuvo en el aire. Kelly vio el anuncio que ya conocía: la imagen granulada por la ampliación—. El recuadro del anuncio aparece entre otros anuncios diversos de... —El inspector hizo una pausa—. Servicios personales... —Permitió que las risas se calmaran antes de continuar—. Entre los que se incluyen líneas eróticas y servicios de *escort*. Aparentemente, este anuncio ofrece servicios similares, aunque en realidad no se especifica nada concreto; el número de teléfono que aparece no existe y la web no funciona. —Colgó la hoja A3 en la pizarra detrás de él con imanes de plástico en cada esquina para sujetarla—. El equipo de investigación ha empezado a buscar en el pasado de Tania

Beckett por si hubiera algún tipo de relación con la industria del sexo, a pesar de que sus padres y su prometido insisten en que eso es sencillamente imposible. También estamos analizando su ordenador por si hubiese alguna indicación de que estaba registrada en webs de contactos o mantenía comunicación con hombres que había conocido en internet. Hasta ahora, no hemos obtenido ningún resultado en ese sentido. Esta tarde hemos recibido una nueva información. —Volvió a mirar a Kelly—. ¿Quizá le gustaría presentarse?

Kelly asintió, esperando poder mostrar más confianza en sí misma de la que sentía en realidad.

—Hola a todos. Gracias por permitirme participar en su reunión. Mi nombre es Kelly Swift y soy agente de la B.M.T. en el equipo de la policía de proximidad de la línea de Central. —Demasiado tarde, recordó que le había dado a Nick Rampello la impresión de que era detective de la brigada especializada en robos y carteristas. Percibió la expresión de sorpresa en su cara y apartó la mirada, concentrándose en la pizarra al otro lado de la habitación—. Esta mañana he hablado con Zoe Walker, la testigo a la que el inspector Rampello acaba de mencionar, que me llamó por primera vez el lunes. Había visto uno de esos anuncios y había reconocido a la mujer, una víctima de una investigación en curso en la Brigada Móvil.

—¿Otro asesinato?

La pregunta la había hecho un hombre de pelo gris, ligeramente erguido, sentado junto a la ventana. Kelly negó con la cabeza.

—Un robo. Cathy Tanning se quedó dormida en la línea de Central y le sustrajeron las llaves de casa del bolso, que llevaba en el regazo.

—¿Solo las llaves?

—En su momento la sospecha era que el ladrón buscaba otra cosa, un móvil o una cartera. La víctima tuvo que llamar a un cerrajero para entrar en su casa, lo que implicó que tuviera que cambiar la cerradura de la puerta principal, aunque no lo hizo en la puerta trasera. Su dirección no constaba en el juego de llaves y no había razones para suponer que el ladrón supiese dónde vivía. —Kelly hizo una pausa, notando cómo se le aceleraba el corazón; ni siquiera el inspector Rampello conocía la información que estaba a punto de divulgar—. Hablé con Cathy Tanning el lunes pasado y está convencida de que alguien ha estado en su casa.

El ambiente en la sala cambió en ese momento.

—¿Un robo con allanamiento? —preguntó el hombre del pelo gris.

—No se llevaron nada de valor, pero Cathy insiste en que alguien ha utilizado las llaves y que le han revuelto el cesto de la ropa sucia. Ha cambiado las cerraduras y yo he pasado los datos a la policía científica por si se pueden obtener pruebas periciales en el laboratorio forense. Zoe Walker también cree que su propia foto apareció en un anuncio similar, hace exactamente una semana.

—¿Y Zoe Walker ha sido víctima de algún delito? —peguntó Lucinda.

—Todavía no.

—Gracias.

El inspector no dio ninguna indicación de que los nuevos datos aportados por Kelly fuesen relevantes y acaparó de nuevo la atención de los presentes. De pronto, Kelly se desinfló.

—Volveremos a reunirnos mañana por la mañana a las ocho, pero, antes, abramos un turno de preguntas. ¿Alguien tiene dudas o sugerencias?

Miró a su izquierda y se desplazó rápidamente por la sala anotando propuestas y preguntas. Tal como Lucinda había indicado, no se dejó ni a una sola persona. Cuando todos hubieron tenido oportunidad de intervenir, hizo un brusco gesto de asentimiento con la cabeza y recogió sus notas. La reunión informativa había concluido.

—Espero que no tengas planes para esta noche, Lucinda —dijo al pasar junto a la analista. Ella rió y lanzó una mirada cómplice a Kelly.

—Menos mal que estoy casada con mi trabajo, ¿no?

Siguió al inspector.

Sin saber si debía quedarse o marcharse, Kelly decidió acompañar a Lucinda. Había dado por sentado que el inspector tendría su propio despacho, pero la mesa de Nick Rampello no estaba separada de las demás, sino que era como la del resto de los componentes de la Brigada. Por lo visto, solo el despacho del inspector jefe era individual, con la puerta cerrada y las luces apagadas detrás de las persianas venecianas.

Nick indicó a Kelly que tomara asiento.

—Necesito establecer la relación entre los dos casos —dijo a Lucinda, quien ya estaba tomando notas en una libreta—. ¿Se conocen ambas mujeres? ¿Son teleoperadoras de alguna línea erótica? ¿*Escorts*? ¿A qué se dedica Walker? Comprueba dónde trabaja Tanning: ¿es maestra como Beckett? ¿Van sus hijos a la escuela de Beckett?

Kelly escuchaba con una clara sensación de que, a pesar de que conocía las respuestas a algunas de las preguntas del inspector, una interrupción por su parte no iba a ser bien recibida.

Más tarde hablaría con Lucinda y le daría toda la información de la que disponía.

Nick siguió hablando.

—Hay que comprobar si alguna de ellas estaba suscrita a una web de contactos. Recibí una llamada del compañero sentimental de Zoe Walker; es posible que descubriera que ella estaba utilizando la web y ahora la mujer asegura no saber nada al respecto.

—Señor, no estaba suscrita a ninguna web de contactos —dijo Kelly—. Zoe Walker estaba muy alterada cuando se puso en contacto conmigo.

—Y sería lo lógico si, por ejemplo, un compañero agresivo descubriera que estaba saliendo con otros hombres —replicó Nick. Se dirigió a Lucinda—. Dile a Bob que solicite el expediente original de la B.M.T. y que lo examine, que se asegure de que se siguieron debidamente todos los pasos y que lo haga todo de nuevo si no fue así.

Kelly entrecerró los ojos. No era ninguna sorpresa que un policía de la Metropolitana menospreciase el trabajo realizado por otro cuerpo policial, pero al menos podría tener la decencia de no hacerlo delante de ella.

—Las imágenes de las cámaras del circuito de vigilancia se obtuvieron de inmediato —explicó la agente, mirando deliberadamente a Lucinda, y no al inspector—. Puedo conseguirles copias mañana mismo, así como de las imágenes fijas del delincuente. En su momento no consideré necesario solicitar el ADN, pues habría supuesto un gasto desproporcionado dado el delito original, pero doy por hecho que el presupuesto ahora no será un problema: el bolso ha quedado correctamente registrado como prueba y retenido por la B.M.T., y puedo conseguir acceso para su equipo. Cathy Tanning no tiene hijos, no es maestra y nunca ha trabajado como *escort* o acompañante. Lo mismo en el caso de Zoe Walker, cuya fotografía también aparece en *The London Gazette*, y quien, lógicamente, está muy preocupada por su seguridad.

Kelly respiró hondo.

—¿Ha terminado? —dijo Nick Rampello. Sin aguardar respuesta, se dirigió de nuevo a Lucinda—: Vuelve dentro de una hora y dime qué has averiguado.

Lucinda asintió, se puso de pie y sonrió a Kelly.

—Encantada de conocerte.

El inspector esperó hasta que Lucinda hubo regresado a su mesa antes de cruzarse de brazos y mirar a Kelly fijamente.

—¿Tiene por costumbre socavar la autoridad de sus superiores?

—No, señor. —«¿Y usted tiene por costumbre despreciar el trabajo de otro agente?», le dieron ganas de añadir.

Por un momento, parecía que el inspector iba a continuar hablando, pero tal vez recordando que no tenía autoridad sobre Kelly para reprenderla, descruzó los brazos y se puso de pie.

—Gracias por informarnos sobre el vínculo entre los dos casos. Llamaré a mi colega más tarde y asumiremos también el hurto de las llaves. Más vale investigarlo todo junto, aunque técnicamente no sea una serie.

—¿Señor? —Kelly endureció el tono de voz. Ya sabía la respuesta antes incluso de formular la pregunta, pero no podía irse de la Brigada de Homicidios sin intentarlo.

—¿Sí?

El tono de Rampello era impaciente, pues ya tenía la cabeza en el siguiente asunto pendiente de su lista.

—Me gustaría seguir trabajando en el caso de Cathy Tanning.

—Lo siento, pero eso no tiene ningún sentido. —Se le escapó un suspiro, tal vez al ver la decepción en la cara de Kelly—. Oiga, identificó usted la relación entre los dos casos. Hizo lo correcto al ponerse en contacto con nosotros y le agradezco sinceramente que haya venido a la reunión informativa. Ahora mismo está fuera de servicio, ¿verdad? —Kelly asintió con la cabeza—. Pero este caso nos pertenece. Todas las series de delitos siempre son investigadas por el equipo que dirige la investigación del delito principal, en este caso, el asesinato de Tania Beckett, por lo que los distintos delitos están bajo la jurisdicción de la Policía Metropolitana, y no de la Brigada Móvil de Transporte. Como ya he dicho, aún estoy valorando si existe o no una relación entre ellos, pero, si así fuera, su víctima del hurto en el metro podría haber escapado por los pelos de ser una víctima de asesinato. Y eso es un asunto para la Brigada de Homicidios, no para la unidad de carteristas.

El argumento era irrefutable.

—¿Y no podría trabajar con ustedes? —Las palabras se le escaparon de los labios antes de darse cuenta siquiera—. Me refiero a una permuta o una comisión de servicio. Investigué el caso de Cathy Tanning desde el principio y puedo ayudarles con la investigación en el metro sobre su caso de asesinato. Conozco cada centímetro de las líneas de metro y va a necesitar muchas horas de metraje de las cámaras de vigilancia, ¿verdad?

Nick Rampello se mostró cortés pero directo a la vez.

—Ya tenemos suficientes recursos. —Le dedicó una sonrisa que dulcificó lo que vino después—. Además, tengo el presentimiento de que trabajar con usted puede ser bastante agotador.

—No soy inexperta, señor. Pasé cuatro años en la Unidad de Delitos Sexuales de la B.M.T. Soy una buen investigadora.

—¿Pasó cuatro años como detective? —Kelly asintió con la cabeza—. ¿Y por qué vuelve a ir de uniforme?

Por un segundo, Kelly pensó en disfrazar un poco la verdad, en explicarle que quería ganar más experiencia sobre el terreno, o que estaba practicando para las oposiciones a sargento, pero algo le decía que a Nick Rampello le bastaba con mirarla para adivinar la verdad.

—Es complicado.

Nick la observó un momento y ella contuvo la respiración, preguntándose si estaría a punto de cambiar de opinión. Sin embargo, el hombre bajó la mirada y abrió su agenda, deshaciéndose de ella con aquel gesto antes incluso de articular las siguientes palabras.

—Me temo que no me van las cosas complicadas.

12

Me echo la manta gris sobre los hombros. Es de lana, y al verla doblada sobre el sofá parecía muy agradable, pero ahora que me la pongo la noto áspera en el cuello y me pica. La luz emite un zumbido que se oye desde arriba —otra reparación pendiente—, y, aunque sé que Simon y los niños están profundamente dormidos, la he dejado apagada, y el fulgor de mi iPad hace que el resto del salón parezca incluso más oscuro de lo que realmente es. El viento ulula y una cancela golpea en algún lugar. He intentado dormir, pero cualquier ruido me sobresalta. Al final he desistido y he bajado al salón.

«Alguien usó mi foto para publicarla en los anuncios clasificados.»

Es la única prueba real con la que cuento, y me tiene obsesionada.

«Alguien usó mi foto.»

La agente Swift también cree que se trata de mi foto. Ha dicho que la ha estado mirando, y que ya sabe que suena a excusa, pero que de verdad está trabajando en ello. Me gustaría poder confiar en ella; sin embargo, no comparto la visión romántica de Simon sobre las chicas y chicos de uniforme azul. Tuve una infancia muy dura, y, en mi barrio, un coche patrulla era algo de lo que huir, aunque ninguno de nosotros supiera de qué huía.

Doy un toquecito a la pantalla que tengo delante. La página de Facebook de Tania Beckett tiene un enlace a un blog: un diario escrito de forma conjunta por Tania y por su madre durante la preparación de la boda. Las publicaciones de Tania eran frecuentes y prácticas: «¿Deberíamos regalar minibotellitas de ginebra de recuerdo o corazones personalizados con los nombres de los invitados? ¿Rosas blancas o amarillas?». Solo hay un par de publicaciones de Alison, y todas son en forma de carta.

A mi querida hija:

¡Quedan diez meses para el gran día! Casi no puedo creerlo. Hoy he subido al desván para buscar mi velo de novia. No espero que te lo pongas —las modas cambian mucho—, pero se me ha ocurrido que a lo mejor te gustaría coser un retal de su tela en la falda del vestido. Será algo prestado. He encontrado la caja con todos tus libros del colegio, las felicitaciones de cumpleaños y las manualidades. Antes te reías de mí porque lo guardaba todo, pero ya lo entenderás cuando tengas tus propios hijos. Tú también guardarás su primer par de zapatos, para que un día puedas subir al desván en busca del velo de tu boda y te maravilles al ver qué pies tan diminutos tiene ahora tu hija que se ha hecho tan mayor.

Se me nubla la visión y pestañeo para diluir las lágrimas. Me siento mal leyéndolo. No puedo dejar de pensar en Tania y en su madre. Me asomo con sigilo a la habitación de Katie antes de bajar, para volver a comprobar que sigue ahí, que sigue viva. Anoche no hubo ensayo. Hizo su turno del sábado por la noche como siempre, aunque Isaac la trajo a casa de todos modos. Pasaron caminando por delante de la ventana del salón, y luego se detuvieron un buen rato para besarse antes de que oyera la llave de casa en la entrada.

—Te gusta mucho, ¿verdad? —le pregunté. Esperaba que ella disimulara, pero me miró con la mirada encendida.

—Muchísimo.

Hice una pausa, porque no quería estropear el momento, aunque era incapaz de seguir callada.

—Es bastante más mayor que tú.

Enseguida se le endureció la expresión. La rapidez de sus respuestas me hizo ser consciente de que ya había imaginado mi preocupación.

—Tiene treinta y un años, es decir que me lleva doce años. Simon tiene cincuenta y cuatro, eso implica que es catorce años mayor que tú.

—No es lo mismo.

—¿Por qué? ¿Por qué eres adulta? —Sentí un alivio momentáneo al ver que lo entendía, antes de fijarme en cómo le brillaban los ojos de rabia, y el tono edulcorado con el que había hablado hasta entonces cambió con brusquedad—: Pues yo también lo soy, mamá.

Ya había tenido novios antes, pero con este todo parece distinto. Empiezo a notar cómo Katie está alejándose de mí. Un día, Isaac, o cualquier otro hombre, será la primera persona a la que ella acuda, la persona en la que buscará refugio cuando la vida la sobrepase. ¿Se sentiría así Alison Beckett?

«La gente no para de decirme que no voy a perder una hija», escribió en la última entrada del diario.

Pero sí que la perdió.

Inspiro con profundidad. No perderé a mi hija y no dejaré que ella pierda a su madre. No puedo quedarme aquí sentada a esperar que la policía se tome todo esto en serio. Tengo que hacer algo.

En el sofá, junto a mí, tengo los anuncios. Los he recortado de las últimas páginas de *The London Gazette*, y he tenido la precaución de resaltar la fecha de cada uno de ellos. Tengo veintiocho en total, desplegados sobre el asiento del sofá como una instalación artística.

Colcha fotográfica, de Zoe Walker. Se parece a una de esas piezas que Simon iría a ver la Tate Modern.

Yo misma he reunido los números más actuales —iba guardando el periódico a diario—, pero los números más antiguos los conseguí en la sede del *Gazette* el viernes. Cualquiera pensaría que es tan sencillo como entrar y pedir los ejemplares antiguos, pero no es así de fácil. Te cobran 6,99 libras por ejemplar; menudo robo. Debería haber fotocopiado los ejemplares que encontré en el despacho de Graham, pero cuando se me ocurrió ya era demasiado tarde, ya no estaban. Graham debió de recogerlos para tirarlos a la papelera de reciclaje.

Oigo un crujido arriba y me quedo paralizada, pero no oigo nada más y retomo mi búsqueda. «Mujeres asesinadas en Londres», gracias a Dios, no me da grandes resultados, y ninguno con las fotos que se correspondan a las que tengo junto a mí. Me doy cuenta enseguida de que los titulares no son de gran ayuda. El buscador de imágenes de Google es mucho más útil y bastante más rápido. Paso una hora mirando fotos de agentes de policía, escenarios del crimen, padres llorosos y fotos policiales de mujeres inocentes, cuyas vidas han sido sesgadas. Ninguna de ellas es como las mías.

«Mías.»

Todas estas mujeres ahora son «mías», estas mujeres que tengo a mi lado. Me pregunto si alguna habrá llegado a ver su propia foto, si ellas, como yo, están asustadas, pensando que alguien las vigila, que alguien las sigue.

Una mujer rubia llama mi atención. Lleva toga y birrete, y sonríe a cámara, entonces tengo la sensación de que la conozco. Miro en dirección a los anuncios. A estas alturas ya me resultan familiares, y sé exactamente cuál estoy intentado localizar.

Este.

¿Es la misma mujer? Doy un golpecito a la pantalla y la imagen se transforma en una página de periódico de la web de *The London Gazette*, irónicamente.

La policía confirma que la mujer fallecida en Turnham Green fue asesinada.

«West London. La línea de District», pienso, e intento recordar las paradas. Es la otra punta de Londres con respecto al lugar donde asesinaron a Tania Beckett. ¿Podrían estar conectados ambos casos? La mujer se llamaba Laura Keen y hay tres fotos de ella al final del artículo. Otra foto con la toga de graduación, de pie, entre una pareja que deben de ser sus padres. La segunda es más natural: está riendo y levantando una copa en dirección a la cámara. Pienso que debe de ser un piso de estudiantes, por las botellas de vino vacías en el fondo y la manta estampada usada como cortina improvisada. La última parece una foto de trabajo; lleva una camisa de cuello planchado y una americana, y el pelo peinado hacia atrás. Amplío la foto, luego levanto el anuncio y lo sostengo a la altura de la pantalla.

Es ella.

No me dejo llevar por el significado de lo que acabo de averiguar. Marco la página y me envío el enlace al e-mail del trabajo para poder imprimir el artículo. Cambio la frase de búsqueda a «agresiones sexuales a mujeres en Londres», pero me doy cuenta de que es una búsqueda infructuosa. Las imágenes que llenan mi pantalla son de hombres, no de mujeres, y, cuando toco la pantalla para acceder a los artículos, encuentro a víctimas anónimas; sin rostro. Me siento frustrada precisamente por el anonimato ideado para protegerlas.

Me llama la atención un titular escrito sobre una imagen de la cámara de vigilancia CCTV:

La policía busca a un pervertido que ha agredido sexualmente a una mujer a primera hora de la mañana en el metro de Londres.

El artículo no da muchos detalles.

Una mujer de veintiséis años viajaba en la línea de District desde Fulham Broadway cuando un hombre la sometió a tocamientos. La Brigada Móvil de Transporte ha entregado la imagen grabada por las cámaras de seguridad de un hombre que intentan localizar en relación con el incidente.

Miro los anuncios.

—¿Esto os ha pasado a alguna de vosotras? —pregunto en voz alta.

La foto de la cámara de seguridad es malísima: tan borrosa y movida que es imposible saber ni de qué color tiene el pelo ese hombre. A su propia madre le costaría reconocerlo.

Marco el artículo como favorito, por si acaso, y me quedo mirando la pantalla. Esto no tiene sentido. Como si intentara jugar a formar parejas con las cartas y me faltara la mitad de la baraja. Apago el iPad al oír el sonido inconfundible de unas pisadas bajando por la escalera. Empiezo a recoger todas las fotos, pero el movimiento provoca que varias caigan al suelo, y cuando Simon entra al salón, frotándose los ojos, todavía estoy recogiéndolas.

—Me he despertado y he visto que no estabas. ¿Qué estás haciendo?

—No podía dormir.

Simon mira los anuncios que tengo en la mano.

—De *The London Gazette*. —Empiezo a ponerlos sobre el cojín que tengo a mi lado—. Sale uno cada día.

—Pero ¿qué estás haciendo?

—Intentando averiguar qué les ha ocurrido a las mujeres de los anuncios.

No le cuento la verdadera razón de por qué he comprado tantos ejemplares anteriores del *Gazette*, porque decirlo en voz alta supondría reconocer que realmente podría ocurrir, que un día compraré el *Gazette* y encontraré el rostro de Katie mirándome.

—Pero ya has ido a la comisaría, creía que estaban investigándolo. Tienen sistemas de investigación, historiales delictivos... Si se trata de asesinatos en serie, ellos lo descubrirán.

—Ya sabemos cuál es la conexión —digo—, son estos anuncios. —Hablo con brusquedad, pero, en mi fuero interno, sé que Simon tiene razón.

Mi comportamiento al estilo Agatha Christie de pacotilla resulta patético y sin sentido, y me está costando el sueño por las noches y dándome muy poco resultado.

Salvo en el caso de Laura Keen, recuerdo.

Encuentro el anuncio.

—A esta chica —digo, y se lo entrego a Simon— la han asesinado. —Abro el vínculo marcado como favorito en el iPad y se lo enseño—. Es ella, ¿verdad?

Permanece en silencio durante un rato, hace unas cuantas muecas extrañas mientras se lo piensa.

—¿Tú crees? Supongo que es posible. Y tienes ese mismo *look*, ¿verdad? El mismo que tienen todas hasta el momento.

Sé a qué se refiere. Laura tiene el pelo largo y rubio, cuidadosamente peinado hacia atrás y con volumen en la melena. Lleva las cejas negras y muy bien perfiladas, y su piel no tiene ni una sola imperfección. Podría ser cualquiera de las miles de chicas que hay en Londres. Podría ser Tania Beckett. Podría ser Katie. Pero estoy segura de que es la mía. Estoy segura de que es la chica del anuncio. Simon me entrega el iPad.

—Si estás preocupada, acude de nuevo a la policía —dice—. Pero ahora ven a la cama. Son las tres de la madrugada y necesitas descansar. Todavía estás convaleciente de la gripe.

A regañadientes, guardo el iPad en su caja y vuelvo a recoger los anuncios, que también meto en la caja. Estoy cansada, pero la cabeza me va a mil por hora.

Está empezando a amanecer cuando por fin me duermo, y cuando me despierto a las diez tengo la cabeza abotargada. Me pitan los oídos como si hubiera estado en algún lugar ruidoso. La falta de sueño hace que me tambalee en la ducha.

Nuestros asados mensuales con Melissa y Neil se han convertido en una tradición desde que Katie, Justin y yo llegamos a vivir a este lugar, cuando Melissa nos invitó a comer un domingo. Nuestra casa estaba abarrotada de cajas —algunas eran de la casa que había alquilado desde que había dejado a Matt, y otras estaban en un almacén y hacía dos años que no las veía— y la casa limpia y ordenada de Melissa, tan blanca, parecía enorme en comparación con la nuestra.

Desde entonces hemos alternado entre la alargada mesa esmaltada de Melissa y Neil y mi mesa de madera de caoba, comprada en el popular mercado de antigüedades de Bermondsey Market por cuatro perras, porque una de las patas estaba suelta. Solía poner a los niños allí para hacer los deberes, y todavía se ven las marcas de boli que hizo Justin a modo de protesta.

Hoy me toca a mí encargarme de la comida de los domingos, y he mandado a Simon a comprar vino, mientras yo voy encargándome de las verduras. Katie roba un trozo de zanahoria cruda y le doy una palmadita en la mano.

—¿Puedes despejar la mesa?

—Le toca a Justin.

—Menudo par, siempre chinchando al otro. Podéis hacerlo juntos. —Llamo a Justin a gritos, y oigo que me responde desde su habitación, pero no entiendo qué dice—. Pon la mesa —grito. Baja y todavía lleva los pantalones de pijama y va sin camiseta—. Ya son más de las doce, Justin, ¿no me digas que has estado durmiendo hasta ahora?

—Dame un respiro, mamá, llevo toda la semana trabajando.

Me tranquilizo. Melissa lo ha hecho trabajar horas extras en la cafetería, pero él está esforzándose para hacerlo bien. Es el resultado de tener que asumir algo más de responsabilidad, aunque sospecho que el dinero en efectivo y en mano también favorece el buen funcionamiento del acuerdo.

Mi comedor en realidad no es siquiera una habitación, sino una zona separada del salón por un arco. Muchos vecinos han tirado la pared que lo distinguía de la cocina, o han añadido una ampliación como Melissa y Neil, pero nosotros todavía tenemos que llevar la comida desde la cocina, pasar por el vestíbulo y entrar en el salón; trayecto que queda reflejado en las marcas de la moqueta. La gran comida mensual de los domingos es la única ocasión en la que vale la pena usar ese espacio y, en la actualidad, es la única ocasión en la que la mesa está despejada.

—Ten cuidado con esos archivadores —digo a Justin, mientras echo un vistazo a un montón de cubertería y veo que deja una pila de papeles sobre un aparador que hay junto a la mesa. Aunque la mesa del comedor está hecha un desastre, siempre lo dejo todo ordenado en montones separados. Son las dos cuentas de Melissa, cada una con su pila de recibos y facturas; y los libros de contabilidad de Hallow & Reed, con la infinidad de vales de Graham de sus comidas y carreras en taxi—. Tendrás que bajar una silla de la habitación de Simon —le recuerdo.

Deja de hacer lo que está haciendo y me mira.

—Así que ahora es «la habitación de Simon», ¿verdad?

Antes de que Simon se mudara habíamos dicho que la habitación del ático podía ser una sala de ocio para Justin; un lugar donde pudiera jugar con la PlayStation, o poner un sofá cama. Estaba haciéndose demasiado mayor para que sus amigos se sentaran en su cama individual cuando venían a verlo. Necesitaba un espacio más de adultos.

—Bueno, pues entonces cógela del ático. Ya sabes qué quiero decir.

No había planeado ceder el ático a Simon. Justin no había dicho gran cosa cuando les conté a ambos que Simon vendría a vivir con nosotros, y yo fui tan ingenua de interpretar su silencio como aprobación. En cuanto Simon llegó a casa, empezaron las discusiones. No trajo muchos muebles, pero los que aportó eran de muy buena calidad, y me parecía injusto decirle que no había espacio para colocarlos. Lo pusimos todo en el ático mientras pensábamos qué hacer con ello. Se me ocurrió que dar un espacio propio a Simon sería algo positivo. Pondría algo de distancia entre Justin y él, y nos permitiría a los niños y a mí ver la tele a solas de vez en cuando.

—Tú trae la silla de más y ya está —le digo.

Anoche, después de haber entrado a casa a duras penas cargada con comida suficiente para alimentar a un ejército, Katie me dijo que no estaría en casa para comer.

—Pero ¡si es el día del asado!

Jamás se ha perdido una comida de domingo. Ni tampoco

Justin, ni siquiera cuando la PlayStation y sus amigos podrían haberle resultado más interesantes que su familia.

—Voy a ver a Isaac.

«Ya está pasando —pienso—. Se aleja de nosotros.»

—Pues invítalo a venir.

—¿A una comida familiar? —pregunta Katie con tono sarcástico—. No, gracias, mamá.

—No será una comida familiar. No con Melissa y Neil presentes. Será agradable. —No parece convencida—. No lo someteré a un interrogatorio, te lo prometo.

—Está bien —asiente al tiempo que coge el móvil—. Pero no querrá venir.

—Esta ternera está deliciosa, señora Walker.

—Llámame Zoe, por favor —digo por tercera vez. «Te llevas menos años conmigo que con mi hija», quisiera añadir. Isaac está sentado entre Katie y Melissa.

—Un cardo entre dos rosas —ha dicho al sentarse, y a mí me han entrado ganas de meterme los dedos en la boca y hacer ruidos de vómito, como una adolescente de catorce años.

No creo que Katie se deje cautivar por una zalamería tan empalagosa. Pero la verdad es que se ha quedado mirándolo como si el chico acabara de bajar de una pasarela de moda.

—¿Cómo van los ensayos? —pregunta Melissa.

La miro con expresión de agradecimiento. La presencia de alguien nuevo ha hecho que la atmósfera sea poco natural y artificial, y no paro de preguntar si a todo el mundo le gusta la salsa para la carne.

—Muy bien. Me asombra lo bien que se ha adaptado Katie, y lo rápido que se ha puesto al nivel de todos nosotros, teniendo en cuenta lo tarde que ha llegado. Tenemos un ensayo de vestuario el próximo sábado, deberíais venir. —Hace un movimiento con el tenedor para señalarnos a todos los sentados a la mesa—. Resulta muy útil tener público de verdad.

—Nos encantaría —dice Simon.

—¿Mi padre también? —pregunta Katie a Isaac.

Percibo, aunque no veo, que Simon se tensa de pies a cabeza.

—Cuantos más seamos, mejor. Aunque tenéis que prometer que no interrumpiréis con preguntas.

Él sonríe y todos reímos por educación. Me muero por que termine la comida y que así Isaac y Katie se vayan y yo pueda preguntar a Melissa qué piensa del chico. Está mirándolo con gesto de estar pasándolo bien, pero no logro interpretar qué estará sintiendo.

—¿Cómo va la investigación, Zoe? —Neil está fascinado por las fotografías del *Gazette*. Cada vez que lo veo me pregunta si tengo alguna novedad, si la policía ha descubierto algo sobre los anuncios.

—¿La investigación?

No quiero contárselo a Isaac, pero, antes de que pueda cambiar de tema, Katie está explicándoselo todo. Le cuenta lo de los anuncios, y lo de mi foto, y lo del asesinato de Tania Beckett. Me siento incómoda por lo interesado que se muestra, como si ella estuviera hablándole del estreno de una película o de la publicación de un libro, en lugar de la vida real de alguien. Mi vida.

—Y ha encontrado a otra. ¿Cómo se llama la nueva, mamá?

—Laura Keen —digo en voz baja.

Recuerdo la foto de graduación de Laura y me pregunto cómo será la original. Si estará sobre la mesa del periodista que haya escrito el artículo, o si volverá a estar sobre la repisa de la chimenea de la casa de sus padres. A lo mejor la han colocado con el cristal boca abajo, por el momento, porque son incapaces de mirarla cada vez que pasan junto a ella.

—¿De dónde crees que sacaron tu foto? —me pregunta Isaac, quien no ha captado mi falta de ganas de hablar sobre el tema.

Me sorprende que Katie lo anime, y lo achaco a sus ganas de impresionarlo. Neil y Simon siguen comiendo en silencio. Melissa va lanzándome miradas de soslayo cada poco tiempo, para comprobar si estoy bien.

—¿Quién sabe? —Intento quitar hierro al asunto, pero tengo las manos sudorosas y temblorosas y mi cuchillo golpetea contra el plato.

Simon empuja su plato vacío, se recuesta sobre el respaldo y alarga un brazo para apoyarlo en mi silla. A ojos de cualquiera no hace más que relajarse, satisfecho tras una copiosa comida, pero noto cómo me acaricia en círculo con el pulgar sobre el hombro, para transmitirme seguridad.

—Facebook —interviene Neil, con una seguridad que me sorprende—. Siempre lo hacen a través de Facebook. La mayoría de robos de identidad que se dan en la actualidad son con nombres y fotos que se suben a las redes sociales.

—El azote de la sociedad moderna —dice Simon—. ¿Cómo se llamaba esa empresa para la que trabajaste hace unos meses? ¿Los corredores de bolsa?

Neil pone cara de circunstancias y luego suelta una risotada.

—Heatherton Alliance. —Mira a Isaac, que es el único que todavía no ha escuchado la historia—. Me contrataron para recabar pruebas sobre el uso de información privilegiada, pero mientras estaba allí celebraron una de esas ceremonias de iniciación para una banquera recién llegada. Algo muy al estilo de la peli *El lobo de Wall Street*. Tenían un grupo de Facebook; era un foro privado donde decidían qué hacerle a la chica a continuación.

—Qué horror —dice Isaac, aunque su mirada no concuerda con su tono de voz. Tiene los ojos vidriosos, está realmente interesado. Me pilla mirándolo y me lee el pensamiento—. Piensas que estoy siendo morboso. Lo siento. Es la maldición del director, me temo. Siempre estoy imaginando cómo podría representar esa escena, y, en este caso, bueno, sería realmente extraordinario.

La conversación me ha dejado sin hambre. Dejo el cuchillo y el tenedor.

—Yo casi no uso Facebook. Solo me hice una cuenta para estar en contacto con la familia.

Mi hermana Sarah vive en Nueva Zelanda, con su marido

bronceado y atlético y sus dos hijos perfectos que solo he visto una vez. Uno es abogado y el otro trabaja con niños discapacitados. No me sorprende que los chicos de Sarah hayan salido tan bien; ella siempre fue la niña perfecta durante nuestra infancia. Mis padres jamás lo dijeron, pero era su favorita: «¿Por qué no puedes parecerte más a tu hermana?».

Sarah era estudiosa y siempre ayudaba en casa. Nunca ponía la música demasiado alta ni se quedaba durmiendo hasta tarde el fin de semana. Sarah completó toda su educación, sacó buenas notas y estudió gestión administrativa en la universidad. No dejó los estudios porque estaba embarazada. Algunas veces me pregunto qué habría pasado si lo hubiera hecho ella, si mis padres habrían sido tan duros como lo fueron conmigo.

«Haz las maletas», me dijo mi padre cuando se enteró. Mi madre empezó a llorar, pero nunca supe si era por el bebé o porque yo me iba.

—Te sorprendería toda la información que puedes obtener gracias a Facebook —dice Isaac.

Se saca el móvil —un elegante iPhone 6— del bolsillo y va pasando el dedo por la pantalla. Todo el mundo se queda mirándolo como si estuviera a punto de realizar algún truco de magia. Vuelve la pantalla hacia mí y veo los colores azules y blancos de Facebook. Mi nombre está escrito en el recuadro de búsqueda, y por debajo hay una lista interminable de Zoe Walker, cada una con su foto en miniatura correspondiente.

—¿Cuál eres tú? —pregunta mientras va pasándolas con el dedo. Toca la pantalla para pasar a la segunda página.

—Esta. —Estiro una mano para señalar con el dedo—. Esa, la tercera empezando por abajo. La del gato. —Es una foto de Biscuit tomando el sol en la gravilla de la parte delantera de casa—. ¿Ves? —digo con tono triunfal—, ni siquiera uso mi foto en el perfil. En realidad soy una persona bastante reservada.

No como mis hijos, pienso, que se pasan la vida compartiendo todo lo que hacen en Instagram, o en Snapchat, o en la red que sea que esté de moda ahora mismo. Katie no para de hacerse selfies, haciendo morritos así o asá, y poniéndoles miles de filtros hasta encontrar el que más le favorezca.

Isaac abre mi página. No sé qué era exactamente lo que yo misma esperaba ver, pero desde luego que no era mi perfil completo de Facebook.

¿50.000 libras al año y creen que tienen derecho a declararse en huelga? ¡Me cambiaría el trabajo con un conductor de tren cuando quieran!

Atrapada en el tren... otra vez. ¡Dios bendiga el wifi!

¡¡¿¿¿Un 6???!! ¡Venga, ya, Len, esa actuación era, como mínimo, de 8!

—Es por el programa *Strictly*, al que van a bailar los famosos —explico al ver que mi vida queda reducida a unas cuantas frases cortas sobre programas de televisión y medios de transporte de ser canías que funcionan fatal. Me asusta la facilidad con la que Isacc ha accedido a mi cuenta—. ¿Cómo has iniciado sesión en mi nombre?

Isaac ríe.

—No lo he hecho. Esto es lo que puede ver cualquiera que consulte tu perfil. —Se da cuenta de mi expresión de horror—. Tiene el perfil totalmente abierto según los detalles de tus ajustes de privacidad.

Para demostrarlo, hace clic en «Detalles sobre ti», donde aparece mi dirección de e-mail, al alcance de cualquiera. «Estudió en la escuela Peckham», dice, como si fuera algo de lo que sentirse orgullosa. «Ha trabajado en Tesco.» Casi estoy esperando que diga en algún sitio: «La dejaron preñada a los diecisiete».

—¡Oh, Dios mío! No tenía ni idea.

Apenas recuerdo haber rellenado todos esos detalles: los trabajos que he tenido, las películas que me gustan y los libros que he leído, pero yo creía que era información solo para mí, una especie de diario en internet.

—Lo que intento decir —comenta Isaac haciendo clic una vez más en una pestaña que dice «Fotos de Zoe»— es que si alguien quiere usar una foto tuya, hay muchísimas donde elegir. —Va pasando docenas de imágenes, la mayoría de las cuales no he visto en mi vida.

—Pero ¡si yo no he subido esto! —digo.

Veo una foto mía de espaldas, que me sacaron durante una barbacoa en casa de Melissa y Neil el verano pasado, y pienso si tengo el culo de verdad tan grande, o si simplemente se trata de un ángulo poco favorecedor.

—Pero tus amigos sí lo han hecho. Han subido todas estas fotos —deben de ser docenas—. Son las fotos que han colgado otras personas, en las que te han etiquetado. Puedes desetiquetarte si quieres, pero lo que debes hacer cuanto antes es cambiar los ajustes de seguridad de tu cuenta. Puedo ayudarte, ¿quieres?

—No pasa nada. Ya averiguaré cómo se hace. —La vergüenza que siento me hace hablar con brusquedad, y tengo que obligarme a dar las gracias—. ¿Ya habéis terminado todos? Katie, cielo, ¿me ayudas a recoger la mesa?

Todo el mundo empieza a apilar bandejas y a llevar los platos a la cocina, y Simon me da un apretón en la mano antes de cambiar de tema de forma muy evidente.

Cuando todo el mundo se ha ido ya, me siento en la cocina con una taza de té.

Simon y Katie están viendo alguna película en blanco y negro, y Justin ha salido a ver a un colega. La casa está en silencio, y yo abro mi perfil de Facebook en el móvil, y tengo la sensación de estar haciendo algo malo. Miro las fotos, y reconozco el álbum que me ha enseñado Isacc en su móvil. Voy pasando las fotos poco a poco. Algunas ni siquiera son mías, y al final entiendo que me han etiquetado en fotos de Katie, o en fotos de antiguos compañeros de colegio. Melissa me ha etiquetado además de a otras personas en una foto de sus piernas, que alguien le sacó junto a la piscina durante las vacaciones del año pasado.

«¿¿Celosas, chicas???», dice el pie de foto.

Tardo un buen rato, pero al final la encuentro. La foto del anuncio. Lanzo un suspiro. Sabía que no estaba volviéndome loca, sabía que era yo. Facebook me indica que fue Matt quien publicó la foto, y cuando consulto la fecha veo que hace tres años de ello. Sigo el enlace y encuentro veinte o treinta fotos, subidas en masa después de la boda de mi primo. Por eso no llevaba las gafas puestas en el retrato.

En realidad se trataba de una foto de Katie. Se sentaba a mi lado en la mesa y sonreía a cámara con la cabeza ladeada. Yo estaba mirándola y no mirando a cámara. La foto del anuncio ha sido cuidadosamente retocada: han borrado casi todo el vestido que yo habría reconocido como una de mis pocas prendas de fiesta.

Me imagino a alguien —un desconocido— mirando mis fotos, mirándome con mi elegante vestido, mirando a mi hija, a mi familia. Me estremezco. Los ajustes de privacidad que ha mencionado Isaac no son fáciles de localizar, pero al final los encuentro. Voy bloqueando todas las partes de mi cuenta: fotos, publicaciones, etiquetas. En cuanto termino, veo una notificación en color rojo en la parte superior de la pantalla. La toco para ver qué es: «Isaac Gunn quiere ser tu amigo. Tenéis un amigo en común».

Me quedo mirándolo durante un segundo, y luego presiono la tecla de borrar.

Ya sé qué estás pensando.

Te preguntas cómo puedo vivir con la conciencia tranquila. Cómo puedo mirarme en el espejo sabiendo lo que les ha pasado a esas mujeres.

Pero ¿echas la culpa a Tinder cuando una cita sale rana? ¿Vas al bar donde conociste a un tío y discutes con el dueño porque las cosas no salieron como habías pensando? ¿Le gritas a tu mejor amiga porque al hombre que te presentó le gusta el sexo a lo bestia?

Por supuesto que no.

Entonces ¿cómo puedes culparme a mí? Yo solo soy el casamentero.

Mi trabajo consiste en provocar las coincidencias.

Creéis que os habéis conocido por casualidad. Crees que él te sujetó esa puerta por casualidad, que cogió tu bufanda por error, que él no tenía ni idea de que irías por ese camino...

Puede que sí y puede que no.

Ahora que ya sabes que hay personas como yo, jamás lo sabrás con seguridad.

13

Los anuncios están consumiéndome, me obsesionan y empiezo a estar paranoica. Anoche soñé que veía el rostro de Katie en la sección de clasificados. Y que salía la cara de Katie en *The Times* unos días más tarde; había sido víctima de una agresión, la habían violado y luego la habían dejado morir. Me levanté empapada en sudor, incapaz siquiera de soportar el hecho de estar rodeada por el abrazo de Simon hasta que cruce el descansillo para verla con mis propios ojos, profundamente dormida.

Tiro los diez céntimos de siempre en la funda de la guitarra de Megan.

—¡Que tengas un lunes maravilloso! —me desea en voz alta.

Me obligo a sonreírle. El viento me sacude al doblar la esquina y me sorprende que la chica sea capaz de tocar con los dedos cianóticos por el frío. Me pregunto qué diría Simon si la llevara a casa a tomar el té un día de estos, si Melissa podría apartar una ración de sopa para ella de tanto en tanto. Sostengo una conversación mental con ellos mientras paso por el torno de entrada del metro, imaginando que le ofrezco una comida caliente al día sin que suene a caridad, preocupada ante la posibilidad de ofender a Megan.

Voy tan absorta en mis pensamientos que tardo un rato en fijarme en el hombre del abrigo: ni siquiera estoy segura de que estuviera mirándome antes de haberlo visto. Pero ahora sí que me está mirando. Avanzo por el andén cuando llega el tren, pero cuando subo al vagón y me siento, vuelvo a verlo. Es alto y corpulento, con espeso pelo canoso, al igual que la barba. La lleva muy bien recortada, pero tiene una mancha de sangre en el cuello por un corte que se habrá hecho afeitándose.

El hombre sigue mirándome, y yo finjo leer con atención el plano del metro que queda justo encima de su cabeza, y noto cómo está echándome un buen repaso al cuerpo con la mirada. Me hace sentir incómoda, y me quedo cabizbaja, la vista fija en el al regazo, sintiendo cómo me mira y sin saber qué hacer con las manos. Calculo que debe de tener unos cincuenta años. Lleva un traje elegante y un abrigo para protegerse del frío, que anuncia la llegada de la nieve. Su sonrisa resulta demasiado cercana, como de suficiencia.

Hoy no debe de haber colegio: los vagones están más vacíos de lo habitual. En Canada Water se baja tanta gente que dejan libres los tres asientos que tengo enfrente. El hombre del traje ocupa uno de ellos. Por lo general, la gente sí que se mira en el metro, yo misma lo hago, pero, cuando pillas a alguien mirándote, entonces aparta la mirada, avergonzando. Este hombre no lo hace. Cuando lo miro a la cara —y no pienso volver a hacerlo—, él me sostiene la mirada de forma desafiante, como si yo debiera sentirme halagada por la atención que me presta. Por un segundo me pregunto si será así, pero el cosquilleo que siento en el estómago es de ansiedad, no de emoción.

Transportes de Londres ha puesto en marcha una campaña de videovigilancia. Tiene como lema «Denuncia y pon freno» y es contra el acoso sexual en el metro. «Puedes informar sobre cualquier situación que te incomode», dice la campaña. Me imagino llamando a un agente de policía, ahora mismo. ¿Qué le diría? «Es que ese hombre no deja de mirarme…»

Mirar a alguien no es un delito. De pronto pienso en el grupo de chavales de Whitechapel, en ese chico con zapatillas de deporte que estaba convencida de que me perseguía. Me imagino si hubiera llamado a la policía en ese momento, si hubiera gritado pidiendo ayuda. A pesar de la lógica de este razonamiento no logro dejar de sentirme incómoda.

No es solo por él, por este hombre arrogante que está apoderándose de mí con su mirada. Hace falta más que un hombre para ponerme nerviosa. Es por todo en general. Es porque estoy pensando en Cathy Tanning, dormida en el metro mientras alguien le quita el bolso de un tirón. En Tania Beckett, abandonada y estrangulada en un parque. En Isaac Gunn, y la seguridad con la que ha irrumpido en la vida de Katie y en mi casa. Consulté su perfil de Facebook anoche, cuando todo el mundo se había marchado ya, y me decepcionó descubrir que estaba tan bloqueado que solo puede verse su foto de perfil. Me quedé mirándola: su sonrisa de seguridad, con una dentadura blanca y perfecta, y el pelo negro y ondulando cayéndole con aire despreocupado sobre un ojo. Sin duda tiene pinta de estrella de cine, pero hace que me estremezca, no me cautiva; como si ya hubiera sido encasillado en el papel del malo.

El hombre del traje se levanta para ceder el asiento a una mujer embarazada. Es alto y alcanza sin problema el agarradero que cuelga del techo, la tira le rodea la muñeca cuando él la lleva más arriba, hasta el punto donde toca el techo del vagón. Ya no está mirándome, pero se encuentra a apenas quince centímetros de mí, y recojo el bolso que llevo entre los pies para pegármelo al cuerpo, y vuelvo a pensar en Cathy Tanning y en el tirón del que fue víctima. El hombre se mira el reloj, y luego mira sin gran interés hacia otro lado en dirección a algo que se encuentra más al fondo del vagón. Otra persona se mueve, y el hombre se desplaza ligeramente. Su pierna choca con la mía, con fuerza, y yo doy un respingo como si me hubieran escaldado. Me aparto y me remuevo con incomodidad en el asiento.

—Perdón —dice mirándome directamente a los ojos.

—No pasa nada —me oigo decir.

Pero tengo el corazón desbocado. El bombeo de la sangre me retumba en los oídos como si hubiera estado corriendo a toda velocidad.

Me levanto en Whitechapel. Resulta evidente que voy a bajar, pero el hombre no se mueve y tengo que pasar como puedo junto a él. Durante un segundo mi cuerpo queda presionado contra el suyo y siento un roce en el muslo tan leve que ni siquiera puedo asegurar que haya sido real. Me digo que no estoy sola, que me encuentro rodeada de personas. Nada puede ocurrir. Sin embargo, estoy a punto de tropezar debido a las prisas con las que salgo del vagón. Me vuelvo para mirar justo cuando se cierran las puertas, más segura ahora que hay algo de distancia entre el hombre que estaba mirándome y yo.

No está en el tren.

Se me ocurre que a lo mejor se ha sentado, porque algún pasajero que ha bajado ha dejado libre un asiento. Pero en el vagón no hay nadie con barba. No hay nadie con abrigo gris oscuro.

El andén está vaciándose. Los viajeros de cercanías corren a coger el siguiente tren, hay turistas buscando la salida y tropezándose entre ellos porque prestan más atención a su plano que a su alrededor. Me quedo quieta, paralizada en el sitio, mientras todos los demás me pasan a empujones.

Y entonces lo veo.

Igual de quieto que yo, en el andén, a unos nueve metros más allá, entre la salida y donde me encuentro. No está mirándome, está mirando el móvil. Tengo que hacer un esfuerzo para seguir respirando con normalidad. Debo tomar una decisión. Si paso caminando por delante de él y continúo con mi viaje, él podría seguirme. Pero si me quedo esperando y dejo que él sea quien dé el primer paso, podría quedarse donde está. El andén está prácticamente vacío. Dentro de un rato estaremos solos él y yo. Debo decidirme ya.

Empiezo a caminar. Con la vista al frente. Camino deprisa, sin correr. «No corras. No dejes que vea que te da miedo.» Está justo en el centro del andén, y tiene un banco detrás, lo cual quiere decir que tendré que pasar por delante de él. A medida que voy acercándome noto cómo tiene la mirada puesta en mí.

Estoy a un metro de él.

A medio metro.

A treinta centímetros.

No puedo contenerme y echo a correr. Me dirijo hacia la salida, el bolso va golpeándome el costado, y me da igual la impresión que cause. Prácticamente espero que me siga, pero, cuando llego a la parte del túnel que me conducirá a la línea de District, me vuelvo y lo veo todavía de pie en el andén, mirándome.

Trato de concentrarme en el trabajo, pero la cabeza no me responde. Me descubro mirando fijamente la pantalla, intentando recordar la contraseña para acceder a nuestro paquete de cuentas. Un hombre entra para preguntar detalles sobre locales de oficinas para alquilar y acabo dándole un folleto con información sobre propiedades a la venta en lugar de lo que él quería. Cuando regresa para quejarse, rompo a llorar. Él reacciona con comprensiva amabilidad.

—No es el fin del mundo —dice, cuando por fin obtiene lo que quiere.

Hace un amago de encontrar un pañuelo de papel, pero se muestra aliviado cuando le digo que ya me encuentro bien y que preferiría quedarme a solas.

Me sobresalto cuando se abre la puerta y suena la campanilla que hay sobre el marco.

Graham me mira extrañado.

—¿Estás bien?

—Sí, estoy bien. ¿Dónde has estado? No hay nada en la agenda.

—No hay nada en la agenda del despacho —me corrige, luego se quita el abrigo y lo cuelga del perchero del rincón—, siempre hay algo en mi agenda. —Se alisa la chaqueta del traje a la altura de la barriga. Hoy lleva chaleco y chaqueta de tweed verde, combinados con pantalones rojos. El conjunto le da aspecto de modelo echado a perder de la revista *Country Living*—. Un café estaría bien, Zoe. ¿Has visto el periódico?

Aprieto los dientes y me dirijo a la cocina. A mi regreso lo encuentro en su despacho con los pies sobre la mesa, leyendo el *Telegraph*. No sé si será la adrenalina por lo ocurrido esta mañana, o el hecho de sentirme molesta por ser la única que parece que trabaja de verdad en Hallow & Reed, pero empiezo a hablar antes de sopesar mis palabras.

—*The London Gazette*. Tenías una pila de ejemplares, unos veinte como mínimo, en tu despacho. ¿Para qué eran?

Graham me ignora, sus cejas enarcadas son la única señal de que me ha oído.

—¿Dónde están ahora? —pregunto con tono exigente.

Baja los pies de la mesa con un movimiento ágil y se sienta erguido, luego lanza un suspiro que sugiere que mi arrebato le resulta tedioso más que ofensivo.

—Convertidos en pasta de papel, supongo. ¿No es así como acaban todos los periódicos? Acaban en la estantería de papel de váter de algún supermercado barato.

—Pero ¿qué pensabas hacer con ellos?

Esa pregunta me ha obsesionado desde que los vi. La vocecita de mi interior no ha parado de recordarme la visión de esos periódicos apilados sobre su mesa. Recuerdo el momento en que vi la foto de Cathy Tanning, el momento en que la reconocí al poner nombre a su rostro.

Graham suspira.

—Somos una agencia inmobiliaria, Zoe. Vendemos y alquilamos propiedades. Despachos, centros comerciales, naves industriales. ¿Cómo crees que se entera la gente de las propiedades que tenemos ofertadas?

Supongo que se trata de una pregunta retórica, pero él queda a la expectativa. No le basta con tratarme de forma paternalista; además, tiene que hacerme quedar como una tonta.

—Gracias al periódico —digo, y pronuncio las palabras de forma cortante, dejando largos espacios entre ellas.

—¿A qué periódico?

Aprieto los puños situados a ambos lados del cuerpo.

—Al *Gazette*.

—¿Y dónde crees que se anuncia nuestra competencia?

—Vale, ya lo has dejado claro.

—¿Te parece que sí, Zoe? Me preocupa un poco que no sepas cómo funciona este negocio. Porque si te cuesta entenderlo, estoy seguro de que puedo encontrar a otro gerente del despacho con conocimientos de contabilidad.

Jaque mate.

—Sí que lo entiendo, Graham.

Aprieta los labios y sonríe. No puedo permitirme perder el trabajo y él lo sabe.

Compro una revista al salir del trabajo de camino a casa, decidida a no coger un ejemplar del *Gazette*. La estación está abarrotada. Los abrigos de invierno hacen que todo el mundo parezca el doble de grande de lo que realmente es. Me abro paso por el andén hasta llegar al lugar de siempre; el esfuerzo adicional vale la pena por el tiempo que ganaré cuando haga el transbordo al tren suburbano. Por debajo de los pies noto la superficie llena de bultos instalada para ayudar a los invidentes. Mis zapatos sobresalen justo por encima de la línea amarilla y retrocedo como puedo, tanto como me permite la marea creciente de viajeros de cercanías. Miro la cubierta de la revista, llena de titulares cada vez más surrealistas.

Conozca a la abuela que burló la muerte ¡tres veces!

¡Me casé con la esposa de mi hijo!

¡Mi bebé de diez meses ha intentado matarme!

Siento la ráfaga de aire caliente en la cara que indica que el tren está a unos segundos de distancia. Se oye un grave rugido procedente del interior del túnel y la corriente me pone el pelo por delante de la cara. Levanto una mano y me lo aparto, y tengo que disculparme porque toco con el brazo a una mujer que tengo al lado. Una nueva oleada de viajeros se abre paso por el andén, y los cuerpos que me rodean se apiñan. Me limito a dar un paso al frente, más por necesidad que por voluntad propia.

El morro del tren asoma por el túnel y yo enrollo la revista con la mano. Estoy intentando meterla en el bolso cuando pierdo el equilibrio. Me precipito a toda prisa hacia el borde del andén. Noto una forma sólida entre los omóplatos: un codo, un maletín, una mano. Siento los bultos por debajo de los pies cuando tropiezo hacia delante, y el movimiento del suelo provocado por el estremecimiento de las vías sobre las que circula el tren entrante. Me sobreviene la sensación de ingravidez, como si mi centro de gravedad se desplazara hacia delante, y ya no siento los pies anclados firmemente al suelo. Veo en primer plano al conductor del tren y percibo su expresión de horror. No cabe duda de que ambos pensamos lo mismo.

No hay forma de que él logre detenerse a tiempo.

Alguien chilla. Un hombre grita. Cierro los ojos con fuerza. Se oye el chirrido del metal contra el metal y un rugido me ensordece. Siento un dolor agudo cuando alguien tira de mi hombro hacia atrás y mi cuerpo se vuelve de golpe.

—¿Estás bien?

Abro los ojos. Se forma un tumulto de personas preocupadas a mi alrededor, pero las puertas del tren se abren y los viajeros tienen prisa. Van desapareciendo y el tren completa su intercambio de pasajeros y reanuda la marcha.

Alguien repite, aunque con más impaciencia esta vez:

—¿Estás bien?

El hombre que tengo delante tiene una poblada cabellera canosa y una barba muy bien recortada. Es lo bastante alto para que vea la gota de sangre coagulada que tiene a la izquierda de la nuez, en el cuello. Retrocedo un paso de forma instintiva y él me sujeta por el brazo.

—Cuidado, no estoy seguro de poder realizar dos rescates en un mismo día.

—¿Rescates?

Estoy intentando procesar lo que acaba de ocurrir.

—Tienes razón, llamarlo rescate es algo exagerado.

Esboza una sonrisa de disculpa.

—Eres tú —digo de forma un tanto estúpida. Él me mira con cara de no entenderme—. El de la línea de District, esta mañana.

—Ah —sonríe con amabilidad—, claro. Lo siento, es que no...

Me quedo sin saber qué decir. Estaba tan segura de que estaba siguiéndome esta mañana... Pero no estaba vigilándome. Ni siquiera me recuerda.

—No, bueno, ¿por qué ibas a recordarme? —Ahora me siento idiota—. Por mi culpa has perdido el tren. Lo siento.

—Pasará otro dentro de un minuto.

Desde que hemos empezado a hablar, el andén ha vuelto a llenarse de personas atropellándose entre sí para situarse en primera línea; van formándose grupitos a intervalos regulares a lo largo de la vía, por detrás de los viajeros que saben perfectamente dónde se abrirán las puertas del vagón.

—Siempre que de verdad estés bien, claro.... —Duda un instante—. Si necesitas ayuda, hay personas que podrían escucharte... Los samaritanos, tal vez.

No entiendo muy bien qué quiere decir y luego caigo en la cuenta.

—No intentaba suicidarme.

No se le ve muy convencido.

—Vale. Aunque esas personas están para ayudar. Bueno, ya sabes, por si lo necesitas.

Siento una nueva ráfaga de aire caliente y el murmullo del tren que se aproxima.

—Será mejor que... —Hace un gesto vago hacia las vías.

—Por supuesto. Siento haberte retrasado. Y gracias de nuevo. Creo que iré caminando, así tomaré un poco de aire.

—Ha sido un placer conocerte... —Deja la frase inacabada con entonación de pregunta.

—Zoe. Zoe Walker.

—Luke Friedland.

Tiende una mano. Dudo un instante y luego se la estrecho. Él entra en el tren y sonríe con amabilidad cuando las puertas se cierran y el vehículo se aleja. Veo el destello de una sonrisa antes de que el vagón desaparezca en el interior del túnel.

No voy caminando. Espero al siguiente tren, y tengo la precaución de mantenerme bien alejada del borde del andén. La idea que no deja de obsesionarme por fin toma forma.

¿He tropezado?

¿O me han empujado?

14

El inspector jefe Digby apenas había cambiado en los cuatro años que hacía que Kelly no lo veía. Unas cuantas canas más alrededor de las sienes, tal vez, pero con un aspecto todavía juvenil para su edad, con la mirada aguda y perspicaz que Kelly recordaba tan bien. Llevaba un traje de corte elegante con raya diplomática gris claro y unos zapatos que brillaban con un lustre que recordaba a viejas costumbres militares, demasiado arraigadas para caer en el olvido.

—Es gracias al golf —dijo en respuesta al cumplido de Kelly—. Siempre juré que nunca pasaría mis años como jubilado en el campo de golf, pero Barbara me dijo que tenía que elegir: o eso o trabajar en otra cosa a tiempo parcial; no quería tenerme encima todo el día. Y ahora resulta que le he cogido afición al golf.

—¿Cuánto tiempo te queda entonces para la jubilación?

—Me retiraré en abril del año que viene. Había pensado quedarme un tiempo más, pero de la manera en que nos están jodiendo últimamente, me alegro de irme, la verdad. —Se quitó las gafas y apoyó los antebrazos en la mesa, entre ambos—. Pero tú no me has llamado así, de sopetón, para preguntarme por mis planes para cuando me jubile. ¿Qué pasa?

—Quiero una comisión de servicio en la Operación FURNISS —dijo Kelly.

El inspector jefe no dijo nada. Miró con aire reflexivo a Kelly, que no se estremeció bajo su mirada. Diggers había sido el supervisor de Kelly cuando esta había entrado a trabajar en la sección como detective de la Unidad de Delitos Sexuales, donde él era el detective inspector.

«Una candidata excelente —decía sobre ella el informe de la junta de evaluación de la policía—. Una investigadora tenaz y perspicaz, con un nivel extraordinario de atención a las víctimas y una claro potencial para ascender al rango superior.»

—Señor, sé que cometí un error —empezó a decir Kelly.

—Agrediste a un detenido, Kelly. Eso es algo más que un simple error. Eso son seis meses de cárcel, en el ala D de la prisión, junto a los soplones y los pederastas.

Kelly sintió que se le hacía un nudo en el estómago, la misma mezcla de ansiedad y vergüenza con la que llevaba conviviendo los tres años anteriores.

—He cambiado, señor.

Había ido a terapia: seis meses de sesiones para controlar la ira y la agresividad que solo le habían servido para sentir más ira y más agresividad. Había superado todas las pruebas con éxito, naturalmente: era fácil dar las respuestas correctas cuando conocías las reglas del juego de antemano. Las respuestas auténticas habrían sido más difíciles de digerir para el psicólogo de la policía, que aseguraba no estar allí para juzgar a nadie, pero que había dado un visible respingo cuando Kelly había respondido a la pregunta de «¿Cómo se sintió al golpear al detenido?» con un «Maravillosamente bien».

A partir de ese momento se había guardado la verdad para sí misma. ¿Se arrepiente de sus actos? «Ni lo más mínimo.» ¿Podría haber reaccionado de otro modo? «De ninguno capaz de darme la misma satisfacción.» ¿Volvería a hacerlo?

¿Lo volvería a hacer?

Aún estaba deliberando la respuesta a esa pregunta.

—Hace dos años que vuelvo a estar en activo, jefe —le dijo a Diggers. Trató de esbozar un sonrisa—. Ya he cumplido mi condena. —O bien Diggers no pilló la broma o no le había gustado—. Acabo de terminar mi período de tres meses asignada en la brigada especializada en carteristas, y me gustaría adquirir un poco de experiencia en una brigada de investigación de homicidios.

—¿Y por qué no lo haces en tu propio departamento de policía?

—Creo que aprendería mucho más trabajando en el entorno de la Policía Metropolitana —dijo Kelly, con los argumentos para sustentar su solicitud preparados ya de antemano, por lo que no le costó nada articularlos en voz alta—. Me consta que aquí tienen uno de los equipos de investigación más potentes.

Diggers contrajo las comisuras de los labios y Kelly supo que a él no podía engañarle. Levantó las manos en el aire con aire resignado.

—Ya lo he solicitado en la Brigada de Investigación de Homicidios de la Brigada Móvil de Transporte —explicó despacio—. Pero no quieren saber nada de mí.

Se obligó a sí misma a sostenerle la mirada para que el inspector no viera lo avergonzada que estaba, lo difícil que le resultaba que ni siquiera sus propios colegas confiaran en ella.

—Entiendo. —Hubo una pausa—. No es nada personal, lo sabes, ¿verdad?

Kelly asintió. Ella en cambio sí lo vivía como algo personal. A otros compañeros de uniforme sí les asignaban comisiones de servicio en el Departamento de Investigación Criminal o en la Brigada de Investigación de Homicidios cuando necesitaban más recursos. A Kelly nunca, jamás.

—No quieren correr ningún riesgo innecesario. Les preocupan sus propios trabajos, su propia reputación. —Hizo una pausa, como si estuviera decidiendo si añadir algo más o no—. Y tal vez simplemente se sienten culpables por identificarse contigo. —Inclinó el cuerpo hacia delante, bajando la voz de forma que Kelly apenas podía oírlo—. Porque no hay un hombre o una mujer en este trabajo que no haya querido hacer lo que hiciste tú, aunque solo sea una vez.

Pasaron varios segundos hasta que Diggers enderezó la espalda de nuevo, cambiando de posición y devolviendo su voz a un volumen normal.

—¿Por qué este caso? ¿Por qué Tania Beckett?

Aquí, Kelly pisaba un terreno más firme.

—El caso está relacionado con un robo en el metro que investigué mientras trabajaba con la brigada especial. Ya he establecido una relación con la víctima y me gustaría hacer el seguimiento del caso. Si no hubiera sido por mí, nadie sabría que se trata de delitos relacionados entre sí.

—¿Qué quieres decir con eso?

Kelly vaciló. No sabía cuál era la relación del inspector jefe con Nick Rampello. Aquel tipo no le había caído bien, pero no era su intención criticar a un colega.

Diggers cogió su taza de café, tomó un ruidoso y prolongado sorbo y, acto seguido, la dejó sobre la mesa.

—Kelly, si tienes algo que decir, suéltalo. Si en este asunto estuviese todo claro como el agua, estarías hablando conmigo en mi despacho, y no me habrías llamado al móvil por primera vez en cuatro años para proponerme que nos tomáramos un café en este... —Miró a su alrededor en la cafetería, examinando el destartalado mostrador y los carteles pelados de la pared—. En este establecimiento tan «glamuroso».

Una leve curva ascendente en la comisura de sus labios atenuó la dureza de sus palabras y Kelly respiró hondo.

—Una mujer llamada Zoe Walker se puso en contacto conmigo para decirme que una foto de Cathy Tanning apareció en la sección de anuncios clasificados del *Gazette*, y que su propia foto había aparecido allí también solo unos días antes.

—Eso ya lo sabía. ¿Adónde quieres ir a parar, Kelly?

—No era la primera vez que hablaba con la policía acerca de las dos fotos. Zoe Walker llamó a la B.H. el día en que se hizo público el asesinato de Tania Beckett. —Kelly evitó cuidadosamente nombrar al inspector Rampello—. El equipo respondió a la información investigando a Tania en busca de posibles conexiones con la industria del sexo, pero no pudo extraer ninguna conclusión del hecho de que la propia foto de la señora Walker hubiese sido utilizada en un anuncio similar sin su permiso, sin ningún tipo de relación con líneas eróticas o agencias de contactos. Ellos no aceptaron que teníamos una posible serie de delitos relacionados, no hasta que yo les insistí al respecto.

Diggers no dijo nada y Kelly esperó no haberse pasado de la raya.

—¿Ellos? —dijo al fin.

—No sé con quién habló Zoe Walker —respondió ella, tomando un sorbo de café para no tener que mirarlo a los ojos.

Diggers se quedó pensativo un instante.

—¿Cuánto tiempo quieres?

Kelly intentó disimular su alegría.

—Todo el tiempo que haga falta.

—Eso podrían ser meses, Kelly. Años, incluso. Sé realista.

—Tres meses, entonces. Yo podría aportar valor, jefe, no sería ningún incordio. Puedo encargarme de las relaciones con la B.M.T., de todo el trabajo en el metro…

—¿Y la B.M.T. querrá prescindir de ti tanto tiempo?

Kelly se imaginó cómo iba a reaccionar el sargento Powell ante su petición.

—No lo sé, no he preguntado. Esperaba que con el enfoque adecuado, si la solicitud se realiza en una instancia superior…

Se interrumpió al toparse con la mirada de Diggers.

—¿No solo esperas que autorice una comisión de servicio para ti, sino que te allane el camino con tu propio superior? Joder, Kelly, tú nunca haces las cosas a medias, ¿no?

—Quiero esto de veras, jefe.

El inspector jefe la miró tan fijamente que Kelly no tuvo más remedio que desviar sus ojos.

—¿Podrás aguantar la presión?

—Sé que puedo.

—Tengo un buen equipo en la calle Balfour. Son un grupo muy cerrado, pero todos son detectives con mucha experiencia.

Saben trabajar por su cuenta y todos ellos pueden soportar la presión de una investigación intensa.

—Soy una buena profesional, jefe.

—Todos saben gestionar casos emocionalmente difíciles —continuó diciendo, y esta vez era imposible seguir ignorando dónde estaba poniendo el acento.

—No volverá a suceder. Le doy mi palabra.

Diggers apuró su café.

—Oye, no puedo prometerte nada, pero ahora haré algunas llamadas, y si B.M.T. te da permiso, te asignaré una comisión de servicio de tres meses.

—Gracias. No le decepcionaré, jefe. Le…

—Con dos condiciones.

—Lo que usted diga.

—Una: que no trabajes sola. —Kelly abrió la boca para contestar que no necesitaba ninguna niñera, pero Diggers la interrumpió de nuevo—. No es negociable, Kelly. Sí, eres una policía con experiencia y una buena detective, pero, si te incorporas a mi equipo, estarás en período de prueba. ¿Entendido?

Asintió con la cabeza.

—¿Cuál es la otra condición?

—En cuanto sientas que estás perdiendo el control, en cuanto eso suceda, te quiero fuera. Te salvé el pescuezo una vez, Kelly. No volveré a hacerlo.

15

—¿Qué te pareció Isaac?

Es martes a la hora de comer y he quedado con Melissa para tomar un bocadillo, a medio camino entre la calle Cannon y su nueva cafetería en Clerkenwell, que está siendo reformada para el día de la inauguración. Ella lleva pantalones de pana negra ajustados y camiseta ceñida del mismo color, e incluso con una fina capa de polvo que le cubre los hombros logra tener un aspecto estiloso. Lleva el pelo recogido con una enorme pinza de carey.

—Me gustó. Supongo que a ti no te cayó muy bien, ¿no?

Tuerzo el gesto.

—Hay algo en él que me saca de quicio. —Miro de reojo mi bocadillo de beicon, lechuga y tomate.

—Habías dicho que te daba igual con quién estuviera saliendo Katie. —Abre el bocadillo y echa un vistazo al contenido—. ¿Cómo pueden cobrar tres libras y media por esto? No lo entiendo. No puede haber más de doce gambas.

—Y me da igual. —¿No es así? Tal vez. Intento recordar el último novio que Katie trajo a casa, pero no ha salido con nadie en serio, solo con un par de adolescentes raritos de manos sudorosas—. No es solo por él, es por toda la situación. La idea de que Katie, y los demás miembros del reparto, trabajen gratis durante semanas a cambio de la vaga promesa de algún tipo de participación en cuanto empiecen a recaudar dinero con las entradas. Para mí eso es explotación.

—O una inteligente estrategia comercial.

—¿De parte de quién estás?

—De nadie. Solamente estoy diciendo que, desde su punto de vista, desde el punto de vista de Isaac, se trata de una buena estrategia. Un gasto limitado, un riesgo mínimo... Si me presento ante el gestor de mi banco con ese tipo de estrategia, él estaría encantado. —Sonríe, pero en el fondo de lo que dice subyace cierto disgusto, y creo saber por qué.

—¿Debo asumir que ese gestor de tu banco no está muy de acuerdo con tus planes de expansión?

—No tengo ni idea.

—¿Qué quieres decir? ¿No has pedido un préstamo por ampliación de negocio?

Ella niega con la cabeza y da otro mordisco a su bocadillo. Cuando habla me da la sensación de que estoy sacándole las palabras con sacacorchos.

—He rehipotecado la casa.

—Apuesto a que le ha parecido bien a Neil.

El marido de Melissa es tan reacio al gasto que ni siquiera propone hacer un bote común cuando salimos de copas alguna noche. Melissa no dice nada.

—Se lo has contado, ¿verdad?

Se hace una pausa, y Melissa cambia de expresión. La mirada confiada y entretenida se desvanece, y, durante un instante, parece nerviosa y expuesta. La confesión resulta ligeramente halagadora, como si me hubiera permitido el acceso a una sociedad secreta. En todos nuestros años de amistad no ha habido muchas ocasiones en que nos hayamos intercambiado los papeles, en las que sea yo la que pueda consolarla. Me pregunto cómo habrá conseguido una hipoteca para la casa sin que Neil se entere, porque supongo que tienen una hipoteca conjunta. Al final decido que, cuanto menos sepa yo, mejor. No hay nadie más espabilado que Melissa, y si ha pedido dinero para financiar una nueva empresa, lo hace porque es algo seguro.

—Las cosas no nos van muy bien ahora mismo —dice—.

Neil perdió un cliente muy importante a principios de año, y le preocupa el dinero. Con la nueva cafetería compensaré lo de la pérdida del contrato, pero tendrán que pasar seis meses o algo así antes de que empiece a dar beneficio.

—¿Y tienes claro que él lo ha entendido así?

—En este momento es imposible hablar con él. Está distante. De mal humor.

—En la comida del domingo me pareció que estaba bien.

Melissa ríe sin alegría.

—Entonces, a lo mejor, solo está así conmigo.

—No digas tonterías… ¡Neil te adora!

Ella enarca las cejas.

—No de la forma en que Simon te adora a ti. —Me sonrojo—. Es verdad. Te hace masajes en los pies, te prepara la cena, te acompaña al trabajo en plan guardaespaldas… Ese hombre besa el suelo que pisas. —Sonrío de oreja a oreja. No puedo evitarlo—. Tienes mucha suerte.

—Ambos la tenemos —digo y entonces me doy cuenta de lo pretencioso que suena—. Me refiero a que ambos tenemos suerte de haber encontrado esta segunda oportunidad. Matt y yo llevábamos tanto tiempo juntos que incluso habíamos dejado de vernos. —Estoy pensando en voz alta, expresando con palabras lo que jamás había logrado procesar antes—. Se acostaba con esa chica porque estaba tan acostumbrado a que yo estuviera siempre ahí que parecía inconcebible que nada pudiera cambiarlo.

—Fue muy valiente por tu parte dejarlo. Siendo los niños tan pequeños, quiero decir.

Niego con la cabeza.

—Una estupidez. Una decisión instintiva, alimentada por la rabia. Matt no quería a la chica con la que se acostaba. Dudo incluso que le gustara demasiado. Era un síntoma de que ambos dábamos el matrimonio por sentado.

—¿Crees que deberías haber seguido con él? —Melissa pide la cuenta y hace un gesto con la mano para evitar mis intentos de sacar el monedero—. Invito yo.

Me lo pienso antes de responder; no quiero que se haga una idea equivocada.

—Ahora no lo creo. Quiero a Simon, y él me quiere. Doy gracias a Dios por ello todos los días. Pero desperdicié algo bueno el día que dejé a Matt y lo sé, y los chicos piensan lo mismo.

—Katie y Simon se llevan bien. En la comida del domingo eran uña y carne hablando de *Noche de Reyes*.

—Con Katie, sí, pero, en el caso de Justin... —Me callo en cuanto me doy cuenta de que estoy monopolizando la conversación—. Lo siento, he hecho que todo gire en torno a mí. ¿Has intentado hablar con Neil sobre cómo te sientes?

Sin embargo, la vulnerabilidad que había captado en el rostro de Melissa ha desaparecido.

—Oh, no es nada. Ya lo superará. Seguramente es la crisis de la mediana edad. —Hace una mueca—. No te preocupes por Justin. Es lo más natural; yo odiaba a mi padrastro por el simple hecho de que no era mi padre.

—Supongo que sí.

—Y tampoco te preocupes por Katie, por lo de ese tal Isaac. Tu hija tiene la cabeza bien amueblada. Tiene cerebro y belleza, todo en uno.

—Sí, tiene cerebro. Entonces ¿por qué no entiende que debería conseguir un trabajo de verdad? No estoy pidiéndole que renuncie a su sueño, solo quiero que cuente con algo seguro.

—Porque tiene diecinueve años, Zoe.

Reconozco que tiene razón con una sonrisa desganada.

—Le sugerí a Simon que le propusiera una práctica en el periódico para que adquiriese alguna experiencia, para que se encargara de las críticas teatrales, pero él ni siquiera consideró la idea. Por lo visto, solo aceptan a licenciados.

Eso me había dolido: que el certificado general de educación secundaria que tanto le había costado sacarse a Katie ni siquiera le sirviera para trabajar gratis. «¿No puedes mover algunos hilos?», había preguntado a Simon, pero él se mostró inamovible.

—Ya es adulta, Zoe —dice Melissa—. Deja que tome sus

propias decisiones, pronto sabrá cuáles son las adecuadas. —Me sujeta la puerta abierta y nos dirigimos hacia el metro—. Tal vez no haya criado a una adolescente, pero sí que he tenido trabajando a unas cuantas y sé que si quieres que hagan algo, tienes que conseguir que crean que ha sido idea suya. En ese sentido se parecen un poco a los hombres.

Me río.

—Hablando de eso, ¿cómo lo está llevando Justin?

—Es el mejor gerente que he tenido jamás. —Percibe la duda en mi rostro y se engancha a mi brazo con el suyo—. Y no te lo digo solo porque seas mi amiga. Llega siempre puntual, no ha metido la mano en la caja y gusta a todos los clientes. Con eso me basta.

Me da un abrazo antes de dirigirse a la línea de Metropolitan para regresar a la cafetería, y yo me siento tan animada por nuestra comida que la tarde se me pasa volando, y ni siquiera la pomposidad de Graham Hallow acaba con mi sensación de positividad.

—Hola de nuevo.

Son las seis menos veinte. El metro está abarrotado de gente que preferiría estar en cualquier otro lugar. Huele a sudor, a ajo, a lluvia.

Y conozco esa voz.

Reconozco el tono de seguridad, el marcado timbre de alguien que está acostumbrado a ser el centro de atención.

Luke Friedland.

El hombre que me salvó de caer a las vías.

De caer.

¿Me caí?

Tengo un recuerdo vago, fragmentado, y la sensación de presión entre los omóplatos. Todo me parece borroso, como si hubiera ocurrido hace mucho, hace mucho más de veinticuatro horas.

Luke Friedland.

Ayer prácticamente lo acusé de estar acosándome. Hoy soy

yo la que sube al vagón en el que él ya se encontraba. «¿Lo ves? —me digo—. No puede haber estado siguiéndote.»

A pesar de la vergüenza que siento, noto los pelillos de la nuca tan erizados que tengo la sensación de que todo el mundo está viéndolos. Me paso la mano por la base del cuello.

—¿Has tenido un mal día? —me pregunta, tal vez porque ha confundido mi gesto con estrés.

—No, en realidad ha sido un buen día.

—¡Eso es genial! Me alegro de que te encuentres mejor.

Tiene ese tono exageradamente alegre de algunas personas que trabajan con niños o en un hospital, y recuerdo su sugerencia de ayer de que hablara con los samaritanos. Cree que soy una suicida. Cree que me incliné en dirección a ese tren a propósito, como un grito de socorro, tal vez, o como un auténtico intento de acabar con mi vida.

—No salté —digo.

Hablo en voz baja, no quiero que me oiga todo el vagón; por eso, él pasa frente a la mujer que tiene delante y se sitúa a mi lado. Se me acelera el pulso. Levanta la mano para sujetarse a la barra que tiene encima de la cabeza y siento el leve roce de los vellos, como si se produjera una carga de electricidad estática entre ambos.

—No pasa nada —dice, y el descreimiento de su tono de voz me hace dudar de mi propia versión.

¿Y si en realidad sí salté? ¿Y si mi subconsciente me lanzó a la vía, aunque mi cerebro estuviera enviando el mensaje contrario a mi cuerpo? Me estremezco.

—Bueno, esta es mi parada.

—Oh. —Hemos llegado a Crystal Palace—. Yo también me bajo aquí.

Hoy no se ha cortado al afeitarse, y la corbata azul a rayas ha sido sustituida por una de color rosa pálido, que destaca en contraste con la camisa y el traje grises.

—No estarás siguiéndome, ¿verdad? —pregunta y luego se disculpa cuando ve mi rostro horrorizado—. Era una broma.

Empezamos a caminar a la vez y nos dirigimos hacia la escalera mecánica. Es difícil alejarse de alguien que camina en tu misma dirección. Frente al torno de validación del billete se aparta a un lado para dejarme que pase mi tarjeta primero. Se lo agradezco, me despido, pero ambos salimos por el mismo lado de la estación. Se ríe.

—Es como en el supermercado —dice—, cuando saludas a alguien en la sección de las verduras y luego vuelves a topártelo en todos los pasillos.

—Entonces ¿vives por aquí?

Nunca lo he visto por la zona, aunque es ridículo pensar que miente. Solo en mi calle hay docenas de personas que jamás he visto. Echo una moneda de diez céntimos en la funda de guitarra de Megan y la saludo con una sonrisa cuando pasamos por delante de ella.

—He venido a visitar a un amigo. —Se detiene y automáticamente yo hago lo mismo—. Estoy incomodándote, ¿verdad? Adelántate.

—No, de verdad que no me incomodas —digo, aunque siento una fuerte presión en el pecho.

—Cruzaré la calle, así no te sentirás obligada a hablarme. —Sonríe. Tiene una cara agradable, con una expresión cálida y sincera. No sé por qué me siento tan incómoda.

—No hace falta, en serio.

—De todas formas, tengo que ir a comprar tabaco.

Nos quedamos quietos mientras no dejan de pasar personas por nuestro lado.

—Bueno, adiós, entonces.

—Adiós. —Abre la boca para decir algo, pero se arrepiente. Yo me vuelvo para irme—. Mmm… ¿Sería muy descarado por mi parte invitarte a cenar una noche?

Me hace la pregunta de sopetón, a toda prisa, como si le diera vergüenza hacerla, aunque conserva su expresión de seguridad. Se me ocurre que su forma de decirlo atropelladamente ha sido intencionada. Incluso ensayada.

—No puedo, lo siento. —No sé por qué he pedido perdón.

—¿Y una copa? Bueno, no es que quiera jugar a la carta de «Te he salvado la vida», pero… —Levanta las manos fingiendo rendición, y luego las deja caer y adopta una expresión más seria—. Ha sido una forma rara de conocerse, ya lo sé, pero de verdad que me gustaría volver a verte.

—Salgo con alguien —le suelto, como una adolescente—. Vivimos juntos.

—¡Oh! —De pronto le asalta la confusión, pero luego se recompone—. Por supuesto que estás con alguien. Qué tonto he sido, debería haberlo imaginado. —Retrocede un paso para alejarse de mí.

—Lo siento —repito.

Nos despedimos y, cuando me vuelvo para mirarlo, él está cruzando la calle hacia el estanco. Para comprarse el tabaco, supongo.

Llamo a Simon al móvil, porque no quiero ir por Anerley Road sola, y me conformo con la compañía de alguien al otro lado del teléfono. El móvil suena, pero salta el buzón de voz. Esta mañana me ha recordado que esta noche iba a cenar con su hermana. Yo había planeado ver una película, y a lo mejor convenzo a Justin y a Katie para que la vean conmigo. Los tres solos, como en los viejos tiempos. Pero mi encuentro con Luke Friedland me ha dejado inquieta, y me pregunto si Simon estará dispuesto a posponer el viaje para ir a ver a su hermana y se vendrá a casa conmigo.

Si lo llamo ahora podría encontrarlo antes de que salga del trabajo. Antes tenía una línea de conexión directa con él, pero la redacción pasó al sistema de puestos de trabajo rotatorios hace unos meses y ahora nunca sabe en qué lugar estará de un día para otro.

Busco en Google el teléfono de la centralita.

—¿Podría ponerme con Simon Thornton, por favor?

—La pondré en espera.

Escucho la música clásica hasta que la línea vuelve a conectarse. Me quedo mirando las luces de Navidad de las farolas que flanquean Anerley Road, y veo que ya están cubiertas de mugre. La música cesa. Espero oír la voz de Simon, pero la que habla es la chica de la centralita.

—¿Podría repetirme el nombre, por favor?

—Simon Thornton. Es editor. Redacta artículos, sobre todo, pero a veces está en noticias. —Repito las palabras que he oído usar a Simon sin saber si esos cargos se encuentran uno junto a otro, o a varios kilómetros de distancia. Sin saber siquiera si están en el mismo edificio.

—Lo siento, aquí no tengo a nadie con ese nombre. ¿Es autónomo? Si lo fuera, no lo tendría en el listado.

—No, está en plantilla. Trabaja allí desde hace años. ¿Podría volver a comprobarlo? Simon Thornton.

—No lo tengo en el sistema —repite la chica—. Aquí no trabaja ningún Simon Thornton.

16

Kelly se sacó el chicle de la boca y lo tiró a una papelera. Pese a que había salido temprano de casa, si remoloneaba un poco más en la calle corría el peligro de llegar tarde, y eso no le iba a gustar un pelo a Nick Rampello. Respiró hondo, levantó la barbilla y caminó con paso firme hacia la puerta a la que había llamado el viernes anterior, con un paraguas incapaz de protegerla de la lluvia que parecía abalanzarse sobre ella horizontalmente.

Deseosa de causar una buena impresión en su primer día, esa mañana Kelly había escogido instintivamente su traje para vestirse, antes de sentir la fría punzada de un recuerdo inoportuno: había llevado ese mismo traje en su vista disciplinaria. Aún sentía el tacto de los puños de lana rascándole las muñecas mientras esperaba en la puerta del despacho del jefe, antes de que la llamaran para entrar.

El recuerdo le había hecho sentir náuseas. Había sacado el traje de la percha y lo había metido en una bolsa de basura para llevarlo a la asociación benéfica, y se había puesto en su lugar una camisa a rayas y unos amplios pantalones grises que ahora estaban empapados de agua de lluvia a la altura del dobladillo. Pasado ya el impulso de vestirse con el traje, Kelly se vio asaltada de todos modos por los recuerdos, que aparecían en orden inverso, como una película en rebobinado. Su regreso a la patrulla de calle; el momento de entrar en la primera reunión informativa de la patrulla con las mejillas encendidas; el eco de los chismes que reverberaban en el aire. Sus meses alejada de la comisaría, días interminables en su habitación, sin asearse y sin vestirse siquiera, esperando una vista disciplinaria que podría haber dado al traste con su carrera. El ruido de la alarma, dando aviso de una situación de crisis en la celda de detención; la necesidad urgente de que acudieran los refuerzos. El ruido de unos pies corriendo por el pasillo, pies que no acudían para ayudarla a ella sino todo lo contrario, para reducirla.

No conservaba ninguna imagen de la agresión en sí en sus recuerdos. Nunca la había habido. Durante sus sesiones para controlar la ira y la agresividad, el psicólogo había animado a Kelly a que hablase del incidente, a que le explicase paso a paso todo lo sucedido, cuál había sido el detonante.

—No me acuerdo —había explicado ella. Estaba interrogando al detenido cuando, de repente, al cabo de un segundo… sonó la alarma. No sabía qué era lo que la había llevado a perder el control de esa forma tan horrible; no lo recordaban en absoluto.

—Pero eso es bueno, ¿no? —había dicho Lexi cuando fue a ver a Kelly después de una sesión especialmente difícil—. Así te será más fácil superarlo. Podrás olvidar y pasar página, como si nunca hubiese sucedido.

Kelly había enterrado la cabeza en la almohada. No era más fácil olvidar y pasar página, sino más difícil. Porque si no sabía qué era lo que había provocado que perdiese el control, ¿cómo podía estar segura de que no volvería a pasar nunca más?

Pulsó el timbre de la B.H. y esperó, acurrucada en el estrecho hueco de la puerta para guarecerse de la lluvia. Una voz resonó en la calle.

—¿Sí?

—Soy Kelly Swift. Estoy aquí en comisión de servicio para la Operación FURNISS.

—¡Hola, Kelly!

Kelly reconoció la voz de Lucinda y sus nervios se calmaron

un poco. Aquello era una oportunidad para empezar de cero, se recordó, una ocasión de hacer borrón y cuenta nueva, de ponerse a sí misma a prueba sin que la juzgasen por su pasado. Cogió el ascensor y entró en la B.H. sin rastro de la actitud vacilante de su visita anterior. Un gesto de reconocimiento por parte de uno de los miembros del equipo —se llamaba Bob, aunque lo recordó demasiado tarde para saludarle por su nombre— le infundió ánimo, y, cuando Lucinda se levantó detrás de su escritorio, Kelly se tranquilizó aún más.

—Bienvenida al manicomio.

—Gracias… creo. ¿Está el inspector?

—Ha salido a correr.

—¿Con este tiempo?

—Así es el inspector. Pero te está esperando; Diggers envió un e-mail ayer para informarnos.

Kelly trató de descifrar la expresión de Lucinda.

—¿Cómo ha sentado eso por aquí?

—¿Te refieres a Nick? —Se rió—. Bueno, ya conoces a Nick. Ah, no, claro, tú no lo conoces. Escucha, el inspector es un tipo genial, pero no lleva muy bien lo de la autoridad. Si hubiese sido idea suya lo de aceptar a un agente de la B.M.T. en comisión de servicio, estaría encantado de la vida, pero, en este caso, Diggers y él nunca han hecho buenas migas, así que… —Lucinda se calló—. Pero irá bien, no te preocupes. Y ahora deja que te enseñe dónde vas a trabajar.

En ese momento se abrió la puerta y entró el inspector Rampello. Llevaba unos pantalones cortos y una camiseta Gore-Tex, además de una chaqueta fluorescente ligera cerrada con cremallera hasta la parte superior del pecho. Se quitó los auriculares y los enrolló para guardarlos en guantes de lycra.

El agua goteaba en el suelo.

—¡Qué tiempecito hace ahí fuera! —dijo Lucinda como si tal cosa.

—Una maravilla —respondió Nick—. Casi tropical.

Se dirigió a los vestuarios sin saludar a Kelly, quien sintió una punzada de envidia hacia Lucinda por la cordialidad de su relación con el detective.

Había encendido el ordenador y estaba buscando el papel con la contraseña y usuario temporales para iniciar sesión que le había dado Lucinda cuando reapareció Nick, con una camiseta blanca pegada a su aún sudorosa espalda y una corbata enrollada en una mano. Dejó la chaqueta en el respaldo de la silla junto a Kelly.

—No sé si cabrearme contigo por haber acudido al inspector jefe cuando yo ya te había dicho que no te quería en este caso o admirar tus dotes como negociadora. Por el bien de nuestra relación laboral, me decantaré por esto último. —Sonrió mientras le tendía la mano que le quedaba libre—. Bienvenida a bordo.

—Gracias.

Kelly sintió que se relajaba.

—Así que eres una vieja amiga del inspector jefe, ¿no?

—No, no somos amigos. Fue mi inspector en la Unidad de Delitos Sexuales.

—Habla muy bien de ti. Tengo entendido que recibiste una condecoración de las altas instancias.

Nick Rampello había hecho los deberes. La condecoración de la jefatura de policía había sido a raíz de varios meses de laborioso trabajo de búsqueda de un exhibicionista que enseñaba sus partes a niños en edad escolar. Kelly había tomado declaración a decenas de testigos, trabajando en estrecha colaboración con la unidad de los servicios de inteligencia para descartar a los delincuentes sexuales conocidos y a otros indeseables en el radar de la policía. Al final, Kelly había conseguido el presupuesto para usar señuelos (un equipo de agentes de vigilancia encubiertos desplegados en áreas de alto riesgo para las víctimas potenciales) y sorprendió al delincuente in fraganti. Se sentía halagada de que Diggers se hubiera acordado y conmovida por que le hubiese allanado el camino con Nick alabando su trabajo. Pero la alegría duró poco.

—El inspector quiere que trabajes con un compañero a todas horas. —No había nada en sus palabras que indicase que Nick conocía la razón que había tras la condición impuesta por Diggers para asignar a Kelly a la brigada, pero no era lo bastante ingenua para creer que los dos hombres no habían hablado de ello. Sintió que se le encendían las mejillas y rezó para que no se lo notasen Nick ni Lucinda, que escuchaba con sumo interés—. Así que puedes trabajar conmigo.

—¿Con usted?

Kelly había dado por sentado que la emparejarían con otro agente de su mismo rango. ¿Era Diggers quien había decidido que el inspector tendría que vigilarla, o el propio Nick? ¿Tan grande era el riesgo que corría el departamento teniéndola allí?

—Ya puestos, más te vale aprender de los mejores, ¿no?

Nick le guiñó un ojo.

—Menudo engreído… —soltó Lucinda.

Nick se encogió de hombros como diciendo: «Qué le voy a hacer si soy un tipo brillante», y Kelly no pudo contener una sonrisa. Lucinda tenía razón, era un engreído, pero al menos sabía reírse de sí mismo.

—¿Ya me has dado tu contribución como patrocinadora, Luce? —dijo Nick, y Kelly se dio cuenta, no sin cierto alivio, de que su conversación había terminado.

—¡Te la di hace dos semanas!

—Eso era para la maratón del Great North Run. Esto es para el Great South Run. —Miró a Lucinda, que lo observaba con los brazos cruzados—. Piensa en los niños, Lucinda. Esos pobres niños huérfanos…

—Vaaale, está bien… Apúntame un billete de cinco.

—¿Por kilómetro? —Nick sonrió. Lucinda lo miró con severidad—. Era broma. Bueno, necesito que me pongas al día. En principio, no parece haber nada que relacione a Tania Beckett con Cathy Tanning aparte de los anuncios, pero quiero saber si hemos pasado algo por alto.

—Pon la tetera a hervir y saca el alijo secreto de galletas y te informaré de todo en la sala de reuniones.

—¿Qué alijo secreto? —dijo Nick, pero Lucinda le lanzó una mirada elocuente.

—Soy analista de datos, inspector. —Arqueó una ceja para subrayar su rango dentro de la policía—. No puedes ocultarme nada.

Regresó a su mesa y Kelly se arriesgó con un sonrisa.

—Si me indica dónde está la cocina, yo me encargo del té.

Nick Rampello la miró con admiración.

—Llegarás lejos. Cuando salgas al vestíbulo, la segunda puerta a la derecha.

Hacia el final del primer día Kelly ya estaba más que familiarizada con la tetera. Entre una ronda de café y té y otra había leído toda la documentación del caso y a las cinco de la tarde se dirigió al centro de coordinación con Nick y Lucinda y con un puñado de personas que estos le habían presentado y cuyos nombres había olvidado de inmediato. Había varias sillas vacías distribuidas por la sala de reuniones, pero la mayoría de la gente estaba de pie, transmitiendo, con sus muestras de impaciencia, el mensaje nada sutil de que tenían cosas más importantes que hacer. A Nick Rampello eso le traía sin cuidado.

—Tomad asiento y poneos cómodos —dijo—. No os robaré mucho tiempo, pero estamos trabajando en una investigación compleja y quiero que todos estemos informados. —Miró alrededor de la habitación, esperando hasta que todas las miradas estuvieran centradas en él antes de continuar—. Hoy es martes 24 de noviembre y esta es una reunión informativa de la Operación FURNISS, una investigación sobre el asesinato de Tania Beckett y otros delitos contra las mujeres, como el robo de unas llaves y el presunto robo con allanamiento a una mujer llamada Cathy Tanning. Estos delitos parecen estar relacionados con los anuncios publicados en *The London Gazette* con las fotografías de las mujeres. —Nick buscó a Lucinda con la mirada—. Te cedo la palabra.

Lucinda se desplazó al frente de la sala.

—Se me asignó la tarea de investigar los asesinatos cometidos en las últimas cuatro semanas, pero he estado indagando sobre agresiones sexuales, hostigamientos y robos en los que las víctimas eran mujeres solas. Para el objetivo de esta investigación he descartado los episodios de violencia doméstica, pero, aun así, hay bastantes. —Mientras hablaba, insertó una unidad USB en el portátil de la sala, conectado a un proyector encendido. La primera diapositiva mostraba unas imágenes en miniatura en las que Kelly reconoció a las mujeres de los anuncios de *The London Gazette*; eran los resultados obtenidos del archivo que Tamir Barron había dado a regañadientes a Kelly en su visita a la sede del periódico. Lucinda hizo clic en las cuatro diapositivas siguientes, otro mosaico vertiginoso de miniaturas—. Estas mujeres han sido víctimas de delitos de distinta gravedad durante el último mes. Como veréis, las he agrupado según sus características físicas: color de la piel, color del pelo, y luego subcategorías de acuerdo a su edad aproximada. Obviamente, no es una ciencia exacta, pero eso me facilitó bastante las cosas para poder realizar el siguiente paso.

—¿Emparejarlas con los anuncios?

La suposición la hizo alguien que estaba detrás de Kelly.

—Exactamente. He encontrado cuatro coincidencias, buscando más a fondo en los expedientes de los casos para cotejar la imagen del anuncio con otras fotos de la víctima. —Lucinda fue avanzando por el PowerPoint, resumiendo rápidamente cada diapositiva—. Charlotte Harris, una secretaria judicial de veintiséis años de Luton que trabaja en Moorgate. Intento de agresión sexual por un hombre asiático no identificado.

A la izquierda de la diapositiva había una foto con el nombre de la víctima, y a la derecha, el correspondiente anuncio de *The London Gazette*.

—Siguiente foto —dijo Nick en tono sombrío.

—Emma Davies. Mujer de treinta y cuatro años, víctima de agresión sexual en West Kensington.

Kelly emitió un resoplido.

—Laura Keen. Veintiún años. Asesinada en Turnham Green la semana pasada.

—Esta víctima ya estaba en nuestro radar —interrumpió Nick—. La Brigada de Homicidios de West ya la señaló como posible vínculo con Tania Beckett por su edad.

—No solo posible —dijo Lucinda—. Yo diría que el vínculo está muy claro. Bien, ahora la última. —Pasó a la siguiente diapositiva, en la que aparecía una mujer de pelo castaño de unos cuarenta años. Como las otras mujeres, su foto aparecía junto a una copia de su anuncio en el *Gazette*—. Este caso es un poco extraño. Ha habido repetidas denuncias de una mujer llamada Alexandra Chatham, de Hampstead Heath, afirmando que alguien entra en su casa mientras duerme y le revuelve las cosas. La denuncia está en manos de la Patrulla de Proximidad del vecindario en estos momentos, pero ha habido ciertos interrogantes en torno a este caso desde el principio. Al parecer, el agente que tramitó las denuncias no estaba convencido de que hubiese ocurrido nada raro, a pesar de que la señora Chatham insiste en que alguien está entrando en su casa.

Lucinda examinó sus notas.

—Y luego, por supuesto, tenemos a Cathy Tanning, otra víctima de un posible merodeador nocturno, y a Tania Beckett, nuestra víctima de asesinato. Seis. Hasta el momento. Todavía sigo indagando.

Se hizo un silencio en la sala de reuniones mientras Nick dejaba que la trascendencia de las palabras de Lucinda hiciera mella en los presentes y luego señaló la última dispositiva de Lucinda, en la que los seis casos confirmados aparecían junto a su correspondiente anuncio en el periódico.

—Se han publicado un total de ochenta y cuatro anuncios hasta ahora, lo que significa que hay setenta y ocho mujeres aún no identificadas que pueden o no haber sido víctimas de algún tipo de delito. Tenemos las copias de esos anuncios restantes aquí —dijo Nick mientras señalaba a una segunda pizarra—, así como sus datos en vuestros dosieres informativos.

Se oyó el ruido del roce de papeles cuando todos los presentes empezaron a hojear inmediatamente el documento grapado que les habían entregado en la puerta, mientras Lucinda seguía hablando.

—Sigo trabajando en el cotejo de los anuncios publicados con los delitos contra las mujeres ocurridos en nuestra zona de influencia, y también estoy en contacto con Surrey, Thames Valley, Herts, Essex y Kent, en el caso de que haya algo en esas zonas que pueda encajar. He encontrado un par de posibilidades, pero me gustaría esperar hasta estar segura antes de revolver las aguas en esas jurisdicciones, si le parece bien, jefe.

—Me parece bien.

—También me pidió que analizara las similitudes entre las víctimas y los delitos cometidos, pero me temo que no he conseguido mucho. A primera vista, los delitos son muy diferentes, pero cuando los despojamos de lo más obvio, como el delito en sí o el modus operandi, el factor que todos tienen en común es el transporte público: todas estas mujeres se desplazaban hacia o desde su trabajo.

Nick asintió.

—Quiero un mapa de todos sus trayectos. Veamos si hay alguna coincidencia.

—Ya estoy en ello, jefe.

—¿Qué sabemos sobre el autor de la agresión?

—Los autores —lo corrigió Lucinda, haciendo énfasis en plural—. Charlotte Harris describe a un hombre alto, de rasgos asiáticos y con un olor a loción para después del afeitado muy peculiar. No le vio la cara, pero iba bien vestido, con un traje a rayas y abrigo gris. Emma Davies, agredida sexualmente en West Ken, describió a su agresor como un hombre blanco y con bastante sobrepeso. Tenemos muy poca información sobre el caso de Turnham Green, pero una de las imágenes de las cámaras de vigilancia del metro muestra a un hombre blanco y alto en las inmediaciones justo antes del asesinato de Laura Keen.

—El autor del robo de las llaves de Cathy Tanning era un

hombre asiático —señaló Kelly—. En las imágenes de las cámaras no se le ve la cara, pero sus manos sí son muy visibles.

—Seis delitos —dijo Nick— y seis autores potenciales distintos. No hace falta ser un genio para deducir que los anuncios son una parte clave de esta investigación, y, por lo tanto, nos concentraremos en identificar al responsable de su publicación.

Se desplazó para situarse al frente de la sala y Lucinda hizo clic en la siguiente diapositiva, en la que aparecía una imagen ampliada del anuncio de Zoe Walker.

—Los anuncios llevan publicándose desde principios de octubre. Aparecen en la sección de clasificados, de la segunda a la última página, y todos en la esquina inferior derecha. Ninguna de las fotos es obra de un profesional.

—Zoe Walker me llamó ayer —intervino Kelly—. Resulta que sacaron su foto de Facebook; me envió la original sin recortar. Es una foto en la que aparecen ella y su hija Katie, tomada en una boda hace unos años.

—Volví a revisar las páginas de Facebook de Tanning y Beckett de nuevo —dijo Lucinda, anticipándose a Nick—. Hay rasgos comunes entre todas las fotos, como, por ejemplo, que ninguna de las mujeres está mirando directamente a la cámara.

«Como si no supieran que les están sacando una foto», pensó Kelly.

Nick tomó la palabra entonces:

—En todos los anuncios aparece la siguiente dirección web.

Señaló a la parte superior de la pantalla, donde aparecía la web www.encuentrala.com.

—¿Una web de contactos?

La mujer al lado de Kelly había estado tomando abundantes notas en un cuaderno en espiral. Miró a Nick, con el bolígrafo a punto. Al otro lado de la sala, un detective estaba mirando su teléfono, examinando la pantalla del proyector para comprobar que se trataba de la misma URL.

—Posiblemente. Ninguna de las víctimas reconoce ese nombre. Cathy Tanning fue miembro de Elite durante un tiempo, y estamos en contacto con ellos para ver si alguien ha entrado en su sistema con fines ilegítimos. Como es lógico, el prometido de Tania Beckett insiste en que nunca había recurrido a esa clase de webs, y Zoe Walker dice lo mismo. Como algunos de vosotros sin duda ya habréis descubierto, la dirección web lleva a una página que está completamente en blanco salvo por un recuadro que solicita introducir una contraseña. La Unidad de Delitos Informáticos ha asumido esta parte de la investigación y os mantendré informados sobre sus hallazgos. Bueno, creo que ya hemos hablado lo suficiente. Ahora, a trabajar.

—El teléfono —dijo Lucinda mientras se volvía hacia la pizarra blanca que había detrás de ella y subrayaba un número muy largo, escrito en grandes letras rojas: 083 378 6984 4445 2636—. No consta en ninguna de nuestras bases de datos, y, además, es un número que no existe, lo que hace su inclusión en el anuncio, a menos que se trate de un error, bastante inútil.

Ningún dato era inútil. Ese número estaba ahí por alguna razón. Kelly miró fijamente el anuncio de *The London Gazette* ampliado en la pantalla detrás de Lucinda. Había una línea de texto debajo de la foto:

> Visite la web para más información. Sujeto a disponibilidad. Se aplican condiciones.

La web, sí, pero ¿luego qué? ¿Cuál era la contraseña?

Nick se había situado junto a Lucinda y estaba dando instrucciones e insistiéndole al equipo sobre la importancia de mantenerlo informado sobre cualquier avance. Kelly examinaba los anuncios con atención, preguntándose qué era lo que les faltaba.

—En esta etapa de la investigación disponemos de mucha información sin que entendamos todavía de forma clara cómo están relacionados todos esos datos —dijo Nick—. Quienquiera que publicara esos anuncios en el *Gazette* o bien está anunciando su intención de cometer un delito o facilitando la comisión de delitos a otros delincuentes.

Kelly solo escuchaba a medias, con el cerebro trabajándole a toda velocidad. ¿Qué sentido tenía un anuncio donde no se indicaban los pasos a seguir? ¿Por qué enviar a los clientes potenciales a un sitio web sin darles los medios para acceder a ese mismo sitio?

083 378 6984 4445 2636

Se irguió en el asiento de golpe, sacudida por una idea repentina. ¿Y si no se trataba de un número de teléfono, sino de una contraseña?

Se aseguró de poner su móvil en silencio, abrió el buscador de Safari y escribió el nombre del dominio.

www.encuentrala.com.

El cursor parpadeó.

Escribió el número 083 378 6984 4445 2636 en el recuadro blanco y pulsó ENTRAR.

«La contraseña no es válida.»

Kelly contuvo un suspiro. Estaba tan segura de que el número de teléfono era la clave… Justo cuando cerraba el buscador, le entró un mensaje de texto en la pantalla.

K ganas tnms to2 d verte esta noche! Llama pq no sabemos a q hora kedamos. Las 8 t va bien? Bss.

Por las palabras abreviadas y las combinaciones de letras con números, ya sabía que el mensaje era de Lexi, aun sin ver el nombre de su hermana. Kelly no conocía a nadie que todavía escribiese SMS como en los años noventa, solo a ella. Se imaginó a su hermana arrugando la frente ante la pantalla minúscula de su móvil, manteniendo presionada pacientemente cada una de las teclas de su Nokia antediluviano para que fueran apareciendo los números y las letras correspondientes.

083 378 6984 4445 2636

Otra idea empezó a tomar forma en su mente y abrió el teclado numérico de su móvil. Miró el número ocho, y luego las letras que había debajo: T. U. V.

Alargó una mano para buscar su libreta, la abrió por una página cualquiera, quitó el capuchón a su bolígrafo y empezó a anotar las letras sin apartar los ojos del teléfono.

Había tres letras más debajo del número tres: D, E, F.

Kelly las anotó todas.

A continuación, otro tres seguido de un siete, al que le correspondían cuatro letras: P, Q, R, S.

Kelly siguió anotándolas frenéticamente, olvidándose de la reunión mientras llegaba al último número. Cogió la libreta y fue examinando los números uno por uno, buscando un patrón, una palabra.

T.

E.

Un espacio.

E.S.T.O.Y...

TE ESTOY VIGILANDO.

Kelly dio un respingo. Levantó la vista y vio que el inspector Rampello estaba mirándola, con los brazos cruzados.

—¿Tiene algún avance en la investigación que desee compartir con nosotros?

—Sí, señor —contestó Kelly—. Creo que lo tengo...

La primera candidata que encontré no podía tener ningún interés para la policía.

Había una chica en la línea de Bakerloo. Todos los viernes bajaba en Piccadilly Circus y compraba un billete de lotería para el sorteo de los Euromillones.

—Este es el número ganador —le dijo al hombre de detrás del mostrador, mientras le pagaba el boleto.

Él rió.

—Eso mismo dijiste la semana pasada.

—Pero esta vez estoy segura.

—También dijiste eso la semana pasada.

Entonces ambos se rieron y supe que era una conversación que tenían todos los viernes, a esa misma hora exactamente.

El viernes siguiente la vi bajar del metro en Piccadilly Circus y dirigirse a los quioscos.

Él la estaba esperando.

Estaba de pie, a unos cinco metros del quiosco, con los puños cerrados en el costado del cuerpo, como si se estuviera preparando para una entrevista de trabajo. Traje caro; zapatos bonitos. Un hombre con más dinero que tiempo. Se paró en seco cuando la vio; se limpió las palmas húmedas en la pernera del pantalón. Yo esperaba que él hablara con ella, pero, en vez de eso, se puso a andar a su lado, caminando hacia el quiosco y lo alcanzó una fracción de segundo antes que ella. «Se ha echado atrás», pensé.

—Un boleto de la suerte para los Euromillones de esta noche, por favor —dijo. Pagó y cogió el billete—. Este es el número ganador, ¿sabe?

La chica de detrás de él sonrió para sí.

Él empezó a guardarse la cartera con toda la parsimonia del mundo, apartándose a un lado para poder interrumpirla cuando la chica pidió su propio boleto de la suerte.

—Creo que me he colado delante de ti en la cola. Lo siento mucho.

—No pasa nada, tranquilo.

—Pero ¿y si resulta que este boleto estaba destinado para ti?

—Se lo dio—. Ten. Cógelo. Insisto.

Ella protestó, pero no mucho rato. Se sonrieron el uno al otro.

—Puedes invitarme a cenar si te toca —bromeó.

—¿Y si no me toca?

—Entonces te invitaré yo.

No puedes negar que has disfrutado con el encuentro. Tal vez te hayas sonrojado ante su atrevimiento, o te haya parecido demasiado descarado incluso. Pero te habrás sentido halagada, agradecido por las atenciones de un hombre guapo. Un hombre rico. Con éxito. Alguien a quien no habrías podido conocer de otro modo.

Ahora que sabes lo que hago, sientes intriga, ¿verdad? Te preguntarás qué información he recopilado sobre ti, qué es lo que aparece en mi sitio web, cada vez con más usuarios. Te estás preguntando si, como en el caso de esta chica, te abordará un atractivo desconocido. Te estás preguntando si te invitará a cenar.

Tal vez lo haga, o tal vez no. Tal vez ya te haya encontrado, tal vez ya te estaba vigilando. Tal vez lleva semanas siguiéndote.

La vida es una lotería.

Podría tener preparado algo totalmente diferente para ti.

17

Fecha de incorporación en la lista: viernes 13 de noviembre.
Blanca.
Mayor de treinta y cinco.
Pelo rubio, normalmente recogido.
Gafas (puede usar lentes de contacto).
Zapatos planos, pantalón negro con jersey ajustado. Impermeable rojo tres cuartos.
Talla 40-42
Las 8.10: Entra en la estación de Crystal Palace. Habla brevemente con un músico ambulante y lanza una moneda en la funda de guitarra. Coge el suburbano en dirección norte hacia Whitechapel. Cambia a la línea de District (en dirección oeste), se sube al vagón número 5 y se baja en Cannon Street. Gira a la derecha al salir de la estación y camina por la calzada para evitar la aglomeración de gente en la acera. Lleva el móvil en la mano derecha y un bolso cruzado sobre el pecho. Trabaja en la inmobiliaria Hallow & Reed, en la calle Walbrook.
Disponibilidad: de lunes a viernes.
Duración: 50 minutos.
Grado de dificultad: moderado.

—Tenemos que decírselo. —Kelly miraba horrorizada la pantalla, donde aparecía, con todo lujo de detalles, lo que solo podía ser el trayecto que seguía Zoe Walker para ir al trabajo.

—¿Seguro que es ella? —preguntó Lucinda.

Kelly y Nick estaban apoyados en el escritorio del inspector, con el portátil abierto delante de ellos. Las demás luces del amplio espacio de la sala estaban apagadas, y la lámpara de luces amarillas sobre la mesa de Nick parpadeaba ligeramente, como si la bombilla estuviera a punto de fundirse. Lucinda trabajaba en una mesa vecina, cotejando pacientemente cada imagen de la web con los anuncios de *The London Gazette*.

—La descripción concuerda con ella, la fecha de incorporación en la lista también encaja, y Hallow & Reed es la inmobiliaria donde trabaja —dijo Kelly—. No hay duda de que se trata de ella. ¿Se lo decimos por teléfono o vamos a verla?

—Espera.

Nick no había hecho prácticamente ningún comentario cuando Kelly explicó cómo había averiguado la contraseña. Le había echado un vistazo al móvil de ella, en cuya minúscula pantalla el texto de encima del recuadro blanco había cambiado: INICIE SESIÓN O CREE UNA CUENTA.

Había enviado al resto del equipo a casa con instrucciones estrictas de volver a las ocho de la mañana del día siguiente para otra reunión.

—Mañana será sin duda un día largo —había dicho con aire sombrío.

Apenas habían tardado unos segundos en encender el ordenador de Nick y acceder a la página web. Sin embargo, tardaron mucho más tiempo en intentar contactar con el departamento de recursos financieros, un proceso que, fuera del horario habitual, era tan frustrante que al final Nick colgó el teléfono estrepitosamente y sacó su propia tarjeta de crédito de la cartera.

—No podemos dejar que la prensa se entere de esto —estaba diciendo en ese momento—, eso causaría mucho revuelo. Lo que significa que debemos ocultarle esta información a Zoe Walker por el momento.

Kelly se paró un segundo a componer una respuesta más apropiada que la que amenazaba con estallar de los labios.

—Señor, Zoe Walker está en peligro. Sin duda nuestro deber es advertirla, ¿no cree?

—En este momento tenemos la situación bajo control. La persona o personas responsables de esa página web no saben que la policía está involucrada, lo que significa que tenemos la oportunidad de identificarlos. Si enseñamos esto a Zoe Walker, se lo contará a su familia y a sus amigos.

—Pues le pedimos que no lo haga.

—Forma parte de la naturaleza humana, Kelly. Querrá asegurarse de que otras mujeres que conoce están seguras. Antes de darnos cuenta, la prensa se hará eco de todo y cundirá el pánico. El responsable se esconderá y nunca lo encontraremos.

Kelly no sabía si debía o no responder a aquello; no confiaba en su propia sensatez. Zoe Walker no podía ser carne de cañón.

—La veremos mañana y le sugeriremos que cambie el camino que sigue para ir al trabajo —dijo Nick—. Podemos darle el consejo estándar para cualquier persona preocupada por su seguridad: que vaya variando la ruta, que no sea predecible. No necesita tener más información. —Cerró el portátil, enviando así un claro mensaje a Kelly de que la conversación había terminado—. Ahora podéis marcharos las dos si queréis. Os veré mañana por la mañana temprano.

Justo cuando acabó de hablar, sonó el timbre de la puerta de la calle. Kelly acudió a responder.

—Debe de ser el técnico de Delitos Informáticos —dijo Nick—. Ábrele y dile que suba.

Andrew Robinson llevaba gafas de montura negra y una perilla afeitada casi por completo. Vestía una camiseta gris y pantalones vaqueros bajo una parka de color caqui que se quitó y dejó caer en el suelo, junto a su silla.

—Te agradezco mucho que hayas venido —dijo Nick.

—No es ninguna molestia. Estamos enterrados en nieve en este momento, así que no pensaba irme a casa pronto, la verdad.

He echado un vistazo a vuestra página web. Quienquiera que haya comprado el nombre de dominio ha pagado para no figurar en el directorio de WHOIS, que es como una guía telefónica para sitios web, por lo que he presentado una exención de protección de datos para obtener su nombre y dirección. Mientras tanto, estoy tratando de identificar al administrador del sitio web a través de su dirección IP, aunque supongo que usarán un proxy, así que no va a ser nada sencillo.

Pese a que no entendía casi nada de lo que decía Andrew, a Kelly le habría gustado quedarse a escuchar, pero Lucinda ya estaba poniéndose el abrigo. A regañadientes, Kelly hizo lo mismo. Se preguntó hasta qué hora se quedaría Nick trabajando en el caso, y si alguien lo esperaba en casa.

Bajaron a la planta baja por las escaleras. Lucinda lucía una melena tan elegante y brillante como a primera hora de la mañana, y a Kelly de repente le entró vergüenza al pensar en el pelo despeinado que se le levantaba cada vez que se pasaba los dedos por la cabeza. Tal vez debería desempolvar su estuche de maquillaje. Lucinda no parecía ir muy maquillada, pero un toque de brillo de labios y las cejas definidas le conferían un aspecto arreglado y profesional del que, definitivamente, Kelly carecía.

—¿En qué dirección vas? —peguntó Lucinda mientras caminaban hacia la boca del metro. Le sacaba un palmo de estatura a Kelly, y daba unas amplias zancadas que hacían que esta se moviera más rápido que de costumbre.

—Hacia Elephant and Castle. Comparto piso con otras dos polis de la Brigada Móvil y una enfermera. ¿Y tú?

—Hacia Kilburn.

—Una zona preciosa.

—Es la casa de mis padres. Es un poco patético, lo sé, a mis veintiocho años, pero es el único modo de que pueda llegar a ahorrar lo suficiente para la entrada de un piso. Nick se cachondea de mí que no veas. —Se deslizó detrás de Kelly cuando una mujer con unos *leggings* de color fluorescente corrió hacia ellas, con un gorro con pompón tapándole las orejas, y levantó la voz para continuar con la conversación—. ¿Qué te ha parecido tu primer día?

—Tengo la cabeza a punto de explotar, pero me ha encantado. Hacía años que no estaba en un centro de coordinación de operaciones; se me había olvidado el subidón de adrenalina que produce.

—Es verdad, sí, ¿y cómo es eso? ¿Qué pasó? Estabas en la Unidad de Delitos Sexuales, ¿verdad?

A pesar de que esperaba esa pregunta tarde o temprano, a Kelly todavía se le cortaba el aliento. ¿Estaba Lucinda realmente interesada o ya sabía perfectamente lo que había ocurrido? ¿Y si solo lo hacía con ánimo de chismorrear un poco? Kelly la miró de reojo, pero la cara de la otra mujer no dejaba traslucir nada.

—Me suspendieron de empleo y sueldo —contestó, y la verdad la pilló por sorpresa. Normalmente decía: «Me fui», preparando el terreno para una rocambolesca historia en la que se suponía que quería más experiencia de primera línea. O «Me puse enferma», lo cual no se alejaba tanto de la realidad. Mantuvo la mirada fija en la acera de delante—. Le di una paliza a alguien.

—¿A un compañero? —Más que juzgarla, Lucinda parecía sentir curiosidad.

Kelly respiró hondo.

—A un detenido.

«Llámalo por su nombre —le había recordado el psicólogo en más de una ocasión—. Es importante que lo veas como una persona, Kelly, un ser humano como tú o como yo.» Kelly así lo había hecho, pero las sílabas de su nombre le ensuciaban la lengua cada vez.

—Violó a una niña.

—Mierda.

—Eso no justifica lo que hice —repuso Kelly rápidamente. No había necesitado la terapia para entender eso.

—No —convino Lucinda. Hizo una pausa, escogiendo sus palabras con cuidado—, pero tal vez lo explique. —Caminaron en silencio durante un rato y Kelly se preguntó si Lucinda estaba pensando en lo que acababa de decir, si la juzgaba. Se preparó para responder a más preguntas, pero no fue necesario—. Has hecho un gran trabajo con esa contraseña —dijo Lucinda cuando se acercaban a la estación—. Nick estaba muy impresionado.

—¿Ah, sí? Pues no lo ha demostrado.

Kelly había intentado quitarle hierro a la reacción indiferente del inspector ante su descubrimiento. No es que esperara un aplauso, pero algo más que un «buen trabajo» murmurado por lo bajo no habría estado mal.

—Ya te acostumbrarás a él. A mí me gusta su estilo. No reparte alabanzas a menudo, así que, cuando lo hace, sabes que lo has hecho realmente bien.

Kelly sospechaba que iba tener que esperar mucho tiempo para eso.

A la entrada de la estación del metro, un hombre con barba estaba tocando una guitarra, con un sombrero en el suelo frente a él, completamente vacío salvo por unas pocas monedas. Su perro estaba echado sobre un saco de dormir doblado con cuidado, delante de un fardo con sus pertenencias. Kelly pensó en Zoe Walker y en su guitarrista ambulante de Crystal Palace.

—Si fueras Zoe Walker —le dijo a Lucinda—, ¿no querrías saberlo?

Pasaron por delante del músico y entraron en la estación, ambas buscando automáticamente sus tarjetas Oyster.

—Sí.

—Así que…

—Hay muchas cosas que me gustaría saber —señaló Lucinda con voz firme—. Secretos de Estado, el PIN de Bill Gates, el número de móvil de George Clooney… Lo cual no significa que deba saberlos ni que eso sea bueno para mí.

—¿Aunque supusiera la diferencia entre seguir viva o ser asesinada? ¿O violada?

La policía había llegado a la conclusión de que el agresor de Lexi había estado siguiendo sus movimientos durante semanas, posiblemente desde el comienzo del semestre. Casi con toda seguridad, era el mismo hombre que le había dejado flores en la puerta de la habitación de la residencia y notas en su casillero. Sus amigas le habían quitado importancia; se habían reído de su admirador secreto. Cuando la policía le preguntó si pensaba que alguien la seguía, ella les habló de aquellos jueves por la noche, cuando volvía a la residencia de sus clases a última hora de la tarde. Siempre el mismo chico apoyado en la pared de la biblioteca, escuchando música; la sensación de ser observada mientras se alejaba andando; el chasquido de una rama a su espalda mientras tomaba un atajo a través del bosque. No era la única mujer que había denunciado esa clase de cosas, admitió la policía. Habían recibido varios informes sobre circunstancias sospechosas en el campus. Nada concreto, dijeron.

Lucinda se paró y miró a Kelly.

—Ya has oído lo que ha dicho Nick: no divulgar esa información es nuestra única oportunidad de encontrar al creador de la página web. Cuando lo hayamos capturado, el resto será fácil.

Kelly se sentía decepcionada. Esperaba que tal vez Lucinda se pusiera de su parte, que utilizara la influencia que claramente tenía sobre Nick para persuadirlo de que cambiara de opinión. Lucinda vio la expresión de su rostro.

—Puede que no estés de acuerdo con su decisión, pero él es el jefe. Si quieres seguir estando a buenas con él, tendrás que seguir sus reglas.

Tomaron juntas la línea de Northern y la conversación derivó a un terreno más seguro, pero, cuando se separaron en Euston, Kelly ya había tomado su decisión.

Las reglas estaban para romperlas.

18

Todavía estoy caminando desde la estación hacia casa cuando Simon me llama desde casa de su hermana. Debía de estar en el metro cuando lo he llamado al móvil, según me dice. Acaba de escuchar mi mensaje en el buzón de voz.

—No volveré muy tarde. Ange tiene que empezar temprano mañana, así que iré para casa en cuanto cene.

—¿Has tenido un buen día en el trabajo?

La pregunta es la misma que le hago todas las tardes, pero tengo un tono de voz que provoca que él haga una pausa, y me pregunto si basta para que confiese las verdades que haya estado ocultándome hasta ahora. No lo es.

—No ha estado mal.

Escucho cómo me miente Simon, los detalles que me da sobre el tío que trabaja en la mesa de al lado, que come con la boca abierta y se pasa la mitad del día hablando por teléfono con su novia. Me entran ganas de confrontarme a él, pero no encuentro las palabras adecuadas; y, sobre todo, no puedo creer que sea cierto.

Por supuesto que Simon trabaja en el *Telegraph*. He visto su mesa. Al menos, he visto fotos de ella. Poco después de empezar a salir me envió un mensaje: «Te echo de menos. ¿Qué estás haciendo? Quiero visualizarlo».

«Estoy en Sainsbury's», respondí. Le envié una foto del pasillo de productos congelados, mientras me reía sola en el supermercado.

Se convirtió en un juego entre ambos, el «¿qué estás haciendo?», abreviado con las consonantes «QSHND?», al que respondíamos con la foto de lo que tuviéramos delante en ese preciso instante. Un vagón abarrotado del metro, el bocadillo de la comida, la parte interior de mi paraguas mientras me dirigía caminando al trabajo bajo la lluvia. Era una ventana abierta a nuestras vidas, a los días y noches entre las tardes que pasábamos juntos.

«Yo he visto su mesa», me repito a mí misma. He visto el amplio espacio abierto con las pantallas de ordenador y la proyección constante de las noticias del canal Sky News. He visto las pilas de periódicos.

«Has visto una mesa —dice una voz en mi cabeza—, podría ser la de cualquiera.»

Dejo de pensar en ello. ¿Qué estoy insinuando? ¿Que Simon me enviaba fotos de un lugar donde ni siquiera trabajaba? ¿Que usaba las fotos de una redacción de periódico que encontraba en internet? Eso es ridículo. Tiene que haber una explicación inocente. Un error en las extensiones de la centralita, una recepcionista incompetente, una broma… Simon no me mentiría.

¿O sí lo haría?

Cruzo la calle para poder pasar por la cafetería de Melissa. Sé que el turno de Justin termina dentro de poco, y los veo a ambos sentados a una mesa, revisando unos papeles. Melissa está tan inclinada hacia delante que su cabeza casi toca la de Justin. Se distancian en cuanto entro por la puerta, y Melissa se levanta de un salto para besarme.

—¡Justo la persona que necesitaba! Estábamos discutiendo sobre el menú de Navidad. ¿Bocadillos de pavo con salsa de arándanos o con salvia y cebolla? Guarda esas cartas, Justin, ya terminaremos mañana.

—Salsa de arándanos y salvia con cebolla. Hola, cielo.

Justin recoge los papeles y los ordena hasta hacer un montón.

—Yo también he dicho las dos salsas.

—Eso es porque no sois vosotros quienes ponéis el dinero —manifiesta Melissa—. Salvia y cebolla o salsa de arándanos. No ambas.

—Había pensado en que podíamos volver juntos a casa —le comento a Justin—, pero estás ocupado.

—Vosotros podéis iros —dice Melissa—. Yo cerraré.

Me quedo mirando cómo mi hijo se quita el delantal y lo cuelga detrás del mostrador, listo para mañana.

Voy cogida del brazo de Justin mientras caminamos hacia casa. Siento un agujero en el estómago cuando recuerdo la seguridad con la que la teleoperadora de la centralita del *Telegraph* me ha dicho esas palabras.

«Aquí no trabaja ningún Simon Thornton.»

—¿Simon te ha hablado alguna vez sobre su trabajo?

Intento hablar con despreocupación, pero Justin se queda mirándome como si estuviera preguntando si ha estado hablando con Biscuit. El enfrentamiento entre Simon y Justin es esa situación incómoda de la que nadie quiere hablar, pero que está ahí, ignorada con la esperanza de que algún día se mitigue de forma espontánea.

—Solo para dejar claro que nunca conseguiré un trabajo como el suyo sin formación. Que fue algo muy agradable.

—Estoy segura de que solo intentaba motivarte.

—Bueno, pues que se meta su motivación por el…

—¡Justin!

—No tiene ningún derecho a darme lecciones. No es mi padre.

—No pretende serlo. —Meto la llave en la cerradura—. ¿No podéis intentar llevaros bien? ¿Por mí?

Se queda mirándome, y su expresión transmite cierto remordimiento subyacente bajo la capa de amargura.

—No. Crees que lo conoces, mamá, pero no lo conoces. De verdad que no lo conoces.

Estoy pelando patatas cuando me suena el móvil. Estoy a punto de ignorar la llamada cuando veo el nombre de la pantalla: «Agente Kelly Swift». Me seco las manos con un paño de cocina y cojo el móvil antes de que salte el buzón de voz.

—¿Diga?

—¿Tiene un minuto? —La agente Swift parece titubeante—. Hay algo que tengo que contarle. Es algo extraoficial.

Todavía estoy en el centro de la cocina, con el móvil en la mano, mucho tiempo después de que ella haya colgado. Katie entra como si nada, abre la nevera y vuelve a cerrarla, sin dejar de mirar su propio móvil todo el tiempo, moviendo las imágenes de la pantalla con el pulgar de la mano derecha. Siempre ha sido adicta al móvil, pero desde que conoció a Isaac casi no lo suelta, y se le ilumina la mirada cuando le llega algún mensaje.

Oigo el crujido de la escalera; veo que Justin está bajando y cambio de opinión. Esto es algo que debo comprobar yo sola, sin que mi familia esté husmeando. Sin que Katie se muera de miedo y Justin amenace con dar un puñetazo a quien quiera que sea el responsable.

—Se ha acabado la leche —digo de pronto, agarro el bolso y me pongo el abrigo—. Salgo a comprar.

—Queda un poco en la nevera —señala Katie, pero yo ya estoy cerrando de un portazo.

Camino deprisa y me cierro el abrigo con fuerza sobre el pecho. Hay una cafetería por aquí; no la de Melissa, es un lugar pequeño y cutre que jamás he sentido interés por visitar. Pero sé que está abierto hasta tarde y necesito algún sitio donde nadie me conozca, un lugar donde pasar inadvertida.

Pido un café. Está amargo y le añado una buena cucharada de azúcar; dejo que se disuelva en la cuchara hasta que desaparece. Pongo el iPad sobre la mesa delante de mí e inspiro con fuerza, armándome de valor... ¿Para qué?

La contraseña —TE ESTOY VIGILANDO— me hace estremecer. Oculta a plena vista entre los propios anuncios, totalmente expuesta entre las ofertas de trabajo y artículos varios a la venta. La página tarda muchísimo en cargarse, y cuando por fin está cargada no cambia gran cosa. El fondo sigue siendo negro, pero el recuadro blanco en el que te piden el código de acceso sí ha cambiado.

Iniciar sesión o crear una cuenta.

—No cree una cuenta —me había dicho la agente Swift cuando me contó lo que habían descubierto—. Solo se lo cuento porque creo que tiene usted derecho a saberlo. —Hizo una pausa—. Porque si esto estuviera pasándome a mí, o a alguien de mi familia, querría saberlo. Por favor, confíe en nosotros.

Hago clic sobre CREAR UNA CUENTA y tecleo mi nombre antes de darme cuenta de lo que he hecho y dar a la tecla de borrar para hacerlo desaparecer. Levanto la vista y veo de pronto al dueño de la cafetería, con su barrigota ceñida bajo un sucio delantal blanco con la palabra LENNY bordada sobre el pecho izquierdo.

«Lenny Smith», tecleo. Creo una contraseña.

Seleccione tipo de cuenta.
Cuenta bronce, 250 £: acceso a imágenes. Descarga de perfiles desde 100£.
Cuenta plata, 500 £: acceso a imágenes. Una descarga gratuita al mes.
Cuenta oro, 1.000 £: acceso a imágenes. Descargas gratuitas ilimitadas.

Siento cómo me sube por la garganta un hilillo de bilis. Tomo un sorbo de café tibio e intento diluir esa amargura. ¿Eso es lo que valgo? ¿Eso es lo que valía Tania Beckett? ¿Y Laura Keen? ¿Y Cathy Tanning? Me quedo mirando la pantalla. He cargado muchos gastos a la tarjeta de crédito y ya estamos a final de mes; no puedo gastar lo suficiente siquiera para una cuenta bronce. Hace un par de días habría pedido ayuda a Simon, pero ahora mismo es la última persona en la que quiero confiar. ¿Cómo iba a hacerlo cuando me ha mentido sobre su trabajo?

Solo se me ocurre una persona a la que recurrir. Levanto el teléfono.

—¿Puedo pedirte dinero? —pregunto en cuanto Matt responde.

—El chico de ciudad por fin te ha chupado la sangre, ¿verdad? Las redacciones de periódico no pagan mucho en la actualidad, ¿verdad?

Si él supiera... Cierro los ojos.

—Matt, por favor. No te lo pediría si no fuera importante.

—¿Cuánto?

—Mil libras.

Emite un silbido grave.

—Zo, no llevo tanto efectivo encima. ¿Para qué lo necesitas?

—¿Podrías dejarme tu tarjeta de crédito? Te lo devolveré, Matt, hasta el último penique. Con intereses, además.

—¿Estás metida en algún lío?

—Por favor, Matt.

—Te enviaré el número en un mensaje.

—Gracias. —Me siento tan aliviada que casi lo digo entre sollozos.

—No hay problema. —Hace una pausa—. Ya sabes que haría cualquier cosa por ti, Zo.

Estoy a punto de agradecérselo de nuevo cuando me doy cuenta de que ha colgado. Su mensaje me llega pasado un segundo. Introduzco los números de su tarjeta de crédito en el perfil falso que he creado para Lenny Smith.

Y ya está hecho. La tarjeta de crédito de Matt tiene mil libras en números rojos, y yo ya soy miembro de encuentrala.com, «la web de contactos con diferencia».

Aunque la agente Swift me lo haya advertido, es difícil asimilar lo que estoy viendo. Hilera tras hilera de fotos y más fotos, con una palabra al pie que las clasifica.

Central line
Piccadilly
Jubilee / Bakerloo

Siento un escalofrío que me recorre el cuello.
Echo un vistazo a todas las fotos, en busca de la mía. Toco
la etiqueta «Más fotos» para cargar la segunda página y luego la
tercera. Y ahí estoy yo. Es la misma foto del *Gazette*: la foto de
mi página de Facebook, la de la boda de mi primo.

Haga clic para descargar.

No lo dudo.

Incluida: viernes 13 de noviembre.
Blanca.
Treinta y muchos.
Pelo rubio, normalmente recogido.

Lo leo dos veces: el orden preciso de los trenes que cojo, el
abrigo que llevo puesto ahora mismo, el resumen en tono colo-
quial de mi aspecto. Soy consciente de lo estúpido que es sentirme
ofendida porque diga que mi talla está entre la cuarenta y la cuarenta y dos, cuando solo llevo la cuarenta y dos para los vaqueros.
A mi alrededor, tengo a Lenny limpiando las mesas, apilando las sillas ruidosamente para indicarme que llevo aquí más
tiempo de la cuenta. Intento levantarme, pero no me responden
las piernas. Ahora me doy cuenta de que toparme con Luke
Friedland esta mañana no ha sido una coincidencia, al igual que
no lo ha sido que él estuviera a mi lado cuando me he precipita-
do hacia las vías.
Luke Friedland descargó mi horario de trenes para seguirme.
¿Quién más lo habrá hecho?

Simon llega a casa justo cuando estoy acostándome. Está tan contento de verme que me siento confusa y traicionada. ¿Cómo puede un hombre que me quiere tanto haberme mentido así?

—¿Cómo estaba Ange?

Se me ocurre de pronto que a lo mejor ni siquiera ha ido a ver a su hermana. Si ha estado mintiéndome sobre el trabajo, ¿en qué más me habrá mentido? Las palabras de Justin me retumban en los oídos, y miro a Simon con actitud vigilante.

—Muy bien. Te envía un beso.

—¿Te ha ido bien en el trabajo? —pregunto.

Se quita los pantalones y los deja hechos un guiñapo en el suelo junto con la camisa antes de meterse en la cama. «Dímelo —pienso—. Dímelo ahora, y no pasará nada. Dime que nunca has trabajado en el *Telegraph*, que eres un periodista de poca monta en algún periodicucho local, o que ni siquiera eres periodista. Que te lo inventaste todo para impresionarme, y que en realidad te encargas de la freidora repleta de grasa del McDonald's. Pero cuéntame la verdad.»

Sin embargo no lo hace. Me acaricia el vientre y describe círculos con los pulgares sobre los huesos de mis caderas.

—Bastante bien. Ese artículo sobre los gastos no justificados del diputado ha salido en portada, así que hemos estado bastante ocupados.

Ahora estoy perdida. He visto la noticia a la hora de comer, cuando me he escapado para comprar el bocadillo a Graham. Me retumba la cabeza. Tengo que saber la verdad.

—He llamado al *Telegraph*.

Simon se queda lívido.

—No contestabas al móvil. Me ha pasado algo cuando volvía a casa del trabajo. Estaba disgustada y quería hablar contigo.

—¿Qué ha pasado? ¿Estás bien?

Ignoro su preocupación.

—La teleoperadora de la centralita no tenía ni idea de quién eras. —Le quito las manos de mi cintura.

Se hace un silencio, y oigo el clic de la calefacción central apagándose.

—Iba a contártelo.

—¿Contarme el qué? ¿Que me habías mentido? ¿Que te habías inventado un trabajo para impresionarme?

—¡No! No me lo inventé. Dios, Zoe, ¿qué idea tienes de mí?

—¿De verdad quieres que te responda a eso?

No me extraña que haya sido tan tajante cuando le sugerí que ayudara a Katie a adquirir experiencia laboral en la redacción, pienso ahora; ni cómo reaccionó de forma brusca cuando le propuse que escogiera el tema de los anuncios para escribir un artículo.

—Sí que he trabajado en el *Telegraph*. Luego ellos... —Deja la frase inacabada, se vuelve para alejarse de mí y se queda mirando el techo—. Me despidieron.

No logro decidir si la vergüenza que percibo en su voz es por haber perdido el trabajo o por haber estado mintiéndonos.

—¿Por qué? ¿Llevabas allí cuánto...? Más de veinte años.

Simon ríe con tristeza.

—Exacto. Hay que sacar a los viejos y contratar a los jóvenes. Mano de obra más joven. Más barata. Chavales que no saben lo que es el subjuntivo, pero que pueden mantener un blog y publicar tuits y subir contenido a la web en un abrir y cerrar de ojos.

—Habla con amargura y no se percibe ni un ápice de lucha en su voz, como si la batalla estuviera perdida hace mucho tiempo.

—¿Cuándo ocurrió?

—A principios de agosto.

Durante un segundo me peleo con las palabras.

—¿Te despidieron hace cuatro meses y no has dicho nada? ¿Qué narices has estado haciendo todo este tiempo?

Salgo de la cama y me dirijo hacia la puerta, luego me detengo y me vuelvo, no quiero quedarme aquí, pero necesito saber algo más.

—Me paseo, me siento en cafeterías, escribo, leo. —La amargura aflora de nuevo en su voz—. Busco trabajo, acudo a entrevistas, me dicen que soy demasiado viejo, y me preocupo por no saber cómo contártelo.

No me mirará. Tiene los ojos clavados en el techo. Profundos surcos en la frente. Está destrozado.

Me quedo plantada mirándolo y, poco a poco, la rabia empieza a disiparse.

—¿Y de dónde salía el dinero?

—Me pagaron una indemnización por despido. Esperaba encontrar algo bastante rápido, y luego pensaba contártelo cuando lo tuviera todo solucionado. Pero se ha alargado demasiado, y cuando se me acabó el dinero tuve que empezar a usar las tarjetas de crédito. —Cuando por fin me mira, me impresiona ver que tiene los ojos vidriosos como si estuviera a punto de llorar—. Lo siento mucho, Zoe, no quería mentirte. Esperaba tenerlo solucionado en poco tiempo, y poder sorprenderte con un nuevo trabajo; para seguir cuidándote como tú te mereces.

Me acerco para sentarme a su lado.

—Tranquilo... No pasa nada —digo, como si fuera uno de mis hijos—. Todo saldrá bien.

Simon me hace prometer que no se lo contaré a los chicos.

—Justin ya cree que no aporto dinero suficiente. No necesita más motivos para odiarme.

—Ya hemos pasado por esto —digo—. Justin está enfadado conmigo, no contigo. Me culpa del divorcio, de que nos hayamos ido de Peckham, de que él haya tenido que dejar a sus amigos.

—Pues cuéntale la verdad. ¿Por qué tienes que culparte de algo que no ha sido culpa tuya? Han pasado diez años, Zoe, ¿por qué sigues protegiendo a Matt?

—No estoy protegiendo a Matt, estoy protegiendo a los chicos. Ellos quieren a su padre, y no hace falta que sepan que me engañaba.

—No es justo para ti.

—Es lo que acordamos.

Era un acuerdo que nos convertía a ambos en mentirosos. Yo accedí a no contar jamás a los chicos que Matt me había engañado, y él accedió a aparentar que ya no me quería, que la decisión de separarnos había sido mutua. A veces me pregunto a cuál de los dos nos cuesta más cumplir con el acuerdo.

Simon lo deja estar. Es una batalla que sabe que no ganará.

—Quiero volver a sentirme yo antes de que se lo contemos a los chicos. Por favor.

Acordamos contar a Justin y a Katie que Simon ha accedido a trabajar desde casa a jornada completa, para no tener que salir de casa a diario; estar fuera hasta las cinco, beber tazas de café que no quiere en cafeterías que ya no puede pagarse. Cuando me ha contado que está viviendo de las tarjetas de crédito me he puesto enferma.

—¿Por qué has seguido comprándome regalos? ¿Invitándome a cenar? Jamás te habría dejado hacerlo de saber que no podías pagarlo.

—Si hubiera dejado de hacerlo, te habrías preguntado qué pasaba; lo habrías averiguado. Habría empeorado tu opinión sobre mí.

—Podría habérmelo pagado yo, si hubiéramos salido.

—¿Cómo crees que me habría hecho sentir eso? ¿Qué clase de hombre deja que una mujer lo invite a cenar?

—Oh, ¡no seas ridículo! No estamos en los años cincuenta. —Me río, pero luego me doy cuenta de lo serio que está él—. Todo saldrá bien, te lo prometo.

Solo espero no equivocarme.

19

—¿Estás segura de que has hecho lo correcto? —preguntó Lexi. Sacó a Fergus de la bañera y lo envolvió en una toalla antes de pasárselo a Kelly («sécale bien el espacio entre los dedos de los pies») y hacer lo propio con Alfie.

—Sí —contestó Kelly con firmeza—. Zoe Walker tenía derecho a saberlo.

Sentó a su sobrino en su regazo y le frotó el pelo vigorosamente con la toalla, haciéndole reír.

—¿No te vas a meter en un lío?

Kelly no dijo nada. Había estado dándole vueltas desde que cogió el teléfono para llamar a Zoe Walker. Incapaz de quitárselo de la cabeza, había ido a ver a Lexi para distraerse un poco y acabó contándole toda la historia.

—Ya está, limpio y seco.

Inclinó la cabeza hacia Fergus e inhaló el dulce olor a piel calentita y polvos de talco. Zoe le había dado las gracias a Kelly por la información, y esta se había dicho que eso, por sí solo, ya justificaba su decisión.

—¿Quieres quedarte a dormir esta noche? Puedo prepararte el sofá cama.

A Kelly le encantaba la casa de Lexi. Era una típica vivienda adosada de ladrillo en una urbanización llena de coches y contenedores de basura, pero por dentro era cálida y acogedora: un verdadero contraste con el dormitorio que la esperaba en Elephant

& Castle. Kelly se sintió muy tentada de quedarse allí a pasar la noche.

—No puedo. He quedado con Zoe Walker mañana a las ocho de la mañana en Covent Garden. Tendré que coger el último tren.

Tenía la esperanza de que Nick le dejara reunirse con Zoe a solas y evitar así el riesgo de que el inspector se enterara de la llamada de Kelly para poner sobre aviso a la mujer, pero él insistía en acompañarla. Kelly confiaba en que Zoe fuese discreta.

—Pero ¿eso no es como... no sé, desobedecer una orden directa o algo así? —preguntó Lexi, negándose a dejar el tema.

—Técnicamente, sí, supongo.

—¿Técnicamente? ¡Kelly!

Alfie volvió la cabeza de golpe, sorprendido por el arranque de brusquedad de su madre, y Lexi le dio un beso tranquilizador. Bajando un poco la voz, miró a Kelly.

—¿Qué te pasa? ¿Es que sientes una especie de deseo de muerte o algo así? Cualquiera diría que estás haciendo todo lo posible para que te echen de una vez por todas.

—Hice lo correcto.

—No, hiciste lo que creías que era lo correcto. No siempre es lo mismo, Kelly.

Zoe había quedado con Kelly y Nick en una cafetería llamada Melissa's Too, en una bocacalle cerca de Covent Garden. A pesar de lo temprano de la hora, la cafetería ya estaba abarrotada de gente, y, con aquel olor a sándwich de beicon, a Kelly se le hacía la boca agua. Detrás del mostrador, una chica preparaba cafés para llevar con una eficiencia impresionante. Zoe estaba sentada a una mesa junto a la ventana; parecía cansada, con el pelo sin lavar recogido en una precipitada cola de caballo que contrastaba con la elegante trenza francesa de la mujer sentada a su lado.

—Seguro que sale algo —estaba diciendo la mujer cuando llegaron Kelly y Nick. Se levantó para dejar su silla libre—. Intenta no preocuparte.

—Estábamos hablando de mi pareja —explicó Zoe, a pesar de que ni Kelly ni Nick habían preguntado nada—. Lo han despedido del trabajo.

—Lo siento —dijo Kelly. Tal vez eso explicaba su aspecto cansado.

—Les presento a mi amiga Melissa. Es la dueña de la cafetería.

Kelly extendió la mano.

—Soy la agente Kelly Swift.

—Inspector Nick Rampello.

Un destello asomó al rostro de Melissa al reconocer el apellido.

—¿Rampello? ¿Dónde he oído yo ese nombre hace poco?

Nick esbozó una sonrisa cortés.

—Pues no sé. Mis padres regentan el negocio familiar, un restaurante italiano en Clerkenwell... Tal vez le suena de eso.

—Ahí es donde está tu nueva cafetería, ¿verdad? —dijo Zoe.

—Sí, eso debe de ser. Bueno, ¿y qué quieren tomar?

Melissa sacó un pequeño bloc de notas del bolsillo de su chaqueta azul marino y anotó su pedido, insistiendo en servirles a los tres personalmente, a pesar de la cola de gente que se extendía desde el mostrador hasta la puerta.

—Ha pasado algo —dijo Zoe cuando Melissa les hubo despachado sus cafés.

—¿Qué quiere decir?

Nick tomó un sorbo de café, haciendo una mueca cuando le quemó la lengua.

—Un hombre ha estado siguiéndome, el lunes por la mañana, de camino al trabajo. Pensaba que estaba paranoica, pero volví a ver al mismo hombre luego, por la tarde: me tropecé y él me agarró antes de que me cayera de cabeza a la vía del metro justo antes de que llegase el tren. —Kelly y Nick se miraron—. Yo lo atribuí a una coincidencia, pero, al día siguiente, ahí estaba él otra vez.

—¿Y habló con usted? —dijo Kelly.

Zoe asintió.

—Me invitó a tomar algo. Le dije que no, por supuesto. Seguí pensando que era una coincidencia, pero, no lo era, ¿verdad que no? Sabía exactamente cuál era mi ruta habitual; estaba esperándome. Debió de sacar la información de la web.

Miró a Kelly y se sonrojó, y la agente rezó para que no dijera nada más. Miró a Nick de reojo, pero nada en su rostro sugería que sospechase algo.

—Esa persona… ¿le dio algún nombre? —preguntó Kelly.

—Luke Friedland. Podría describirlo, si eso les sirve de ayuda.

Kelly abrió su maletín y sacó la documentación necesaria.

—Me gustaría tomarle declaración, si le parece bien. Quiero que me diga todo lo que recuerde de ese hombre, incluido el trayecto que estaba realizando en ese momento, y las horas de las que pueda estar segura.

—Voy a pedir que le suministren una alarma personal contra posibles agresiones —anunció Nick—. La llevará consigo a todas horas, y, si le pasa cualquier cosa, puede pulsar el botón. Nuestro centro de control se encargará de monitorizarla las veinticuatro horas del día y podrán localizar su ubicación.

—¿Creen que estoy en peligro?

Kelly miró a Nick, que no dudó un instante:

—Creo que podría estarlo, sí.

—Se lo dijiste.

No era una pregunta.

Se dirigían hacia Old Gloucester Road, a la dirección que les había facilitado *The London Gazette*: la dirección de la persona responsable de la publicación de los anuncios en la sección de clasificados. Conducía Nick, manejando el volante para cambiar de carril con la pericia que dan los años de práctica. Kelly se lo imaginaba de uniforme, al volante de un coche patrulla a toda pastilla por Oxford Street.

—Sí.

Kelly se sobresaltó cuando Nick dio un golpe con la palma de la mano en el claxon en el momento en que un ciclista se le cruzaba por delante, saltándose un semáforo en rojo.

—Te dejé muy claro que no debías informar a Zoe Walker sobre las novedades acerca del caso. ¿Qué parte de todo eso no entendiste?

—No me sentía cómoda con esa decisión.

—Me importa una mierda con qué te sientes cómoda o no, Kelly, no dependía de ti. —Doblaron a la derecha en la avenida Shaftesbury, donde una ambulancia circulaba aullando en la dirección contraria—. Tenemos entre manos una investigación muy compleja, de mucho alcance, con múltiples agresores, múltiples víctimas y Dios sabe cuántos testigos. Hay asuntos más importantes que cómo se sienta Zoe Walker.

—Para ella no —repuso Kelly en voz baja.

Condujeron en silencio. Poco a poco Nick dejó de aferrarse al volante como si estuviera a punto de salir disparado, y el latido que Kelly había visto palpitándole en la vena de la sien empezó a ceder. Se preguntó si con sus palabras habría hecho recapacitar a Nick y si este estaría reconsiderando su decisión de no contarle nada a Zoe o, por el contrario, se estaba planteando las posibles opciones para apartarla de la investigación y devolverla a la B.M.T.

Pero, en vez de eso, simplemente se limitó a cambiar de tema.

—¿Y cómo es que te incorporaste a la B.M.T. y no a la Metropolitana? —dijo cuando llegaron a la A40.

—No buscaban a gente, y yo quería quedarme en Londres. Tengo familia aquí.

—Una hermana, ¿verdad?

—Sí, gemela.

—¿O sea que encima sois dos? ¡Válgame Dios!

Nick la miró y Kelly sonrió, no tanto por la broma en sí como la rama de olivo que representaba.

—¿Y tú? ¿Eres de Londres?

—Nacido y criado aquí, sí. Aunque soy italiano de segunda generación. Mis padres son sicilianos; llegaron cuando mi madre estaba embarazada de mi hermano mayor y abrieron un restaurante en Clerkenwell.

—Rampello's —dijo Kelly, recordando la conversación con Melissa.

—*De preciso.*

—¿Hablas italiano?

—No más que cualquier turista, para vergüenza de mi pobre madre. —Con el semáforo en verde, Nick tuvo que esperar a que el conductor de delante decidiera en qué dirección girar, así que le dedicó dos bocinazos breves con el claxon—. Mis hermanos y yo teníamos que trabajar en el restaurante los fines de semana y, después de clase, y ella nos daba órdenes a gritos en italiano. Yo me negaba rotundamente a responder.

—¿Por qué?

—Por cabezonería, supongo. Además, yo ya sabía entonces que uno de nosotros tendría que hacerse cargo del restaurante cuando mis padres se jubilasen, y no deseaba alentar sus esperanzas. Lo único que quería era ser policía.

—¿Y tus padres no querían que lo fueras?

—Lloraron en mi ceremonia de graduación, pero no de alegría.

Se incorporaron a Old Gloucester Road, y Kelly activó la aplicación de Google Maps de su teléfono para ver en qué extremo de la carretera se encontraba el número 27.

—No hay muchas casas residenciales por aquí; deben de ser pisos reconvertidos de alquiler o algo así.

—O va a ser una búsqueda inútil —dijo Nick con aire sombrío, al tiempo que aparcaba en la zona de carga y descarga delante de un restaurante chino. El número 27 estaba embutido entre una lavandería y la oficina tapiada de un corredor de apuestas—. Me parece que nuestras posibilidades de dar con el señor James Stanford son más bien escasas.

Nick sacó el permiso especial de la guantera del coche y lo dejó de forma claramente visible sobre el salpicadero, con el escudo de la policía ejerciendo de elemento disuasorio para los guardias de tráfico.

La puerta del número 27 estaba sucia y ennegrecida por los

gases de combustión de los coches. Daba a un vestíbulo vacío, con el suelo de baldosas lleno de grietas y mugriento. No había ningún mostrador de recepción ni puerta o ascensor interior, tan solo varias hileras de buzones cerrados que ocupaban tres de las paredes.

—¿Estás seguro de que este es el sitio? —preguntó Kelly.

—Sí, es la dirección que buscamos —dijo Nick con tono lúgubre—, solo que aquí no vamos a encontrar a James Stanford.

Señaló un cartel colgado en la puerta, con los bordes pelados por la pintura mugrienta:

¿HARTO DE TENER QUE RECOGER SU CORRESPONDENCIA?
¡AMPLÍE SU CUENTA Y SE LO REENVIAREMOS HASTA SU PUERTA!

—Es una oficina postal. Un apartado de correos un poco sofisticado, nada más.

Sacó el móvil e hizo una foto del cartel antes de examinar las hileras de buzones, que no parecían seguir ningún orden preestablecido.

—Aquí está. —Kelly había empezado por el lado opuesto de la entrada—. «James Stanford.» —Accionó del tirador con gesto esperanzado—. Cerrado.

—La tarjeta de crédito utilizada para pagar los anuncios también está registrada en esta dirección —señaló Nick—. Consigue una exención de la protección de datos para las dos cosas en cuanto volvamos y averigua quién activó el servicio de reenvío de correo. Nos están mareando aposta, y no me gusta un pelo.

La empresa que había detrás de la dirección postal de Old Gloucester Road se mostró sorprendentemente servicial. Más que dispuesta a evitar cualquier acusación relacionada con una posible actividad delictiva y —eso sospechaba Kelly— consciente de que habían sido como mínimo negligentes con sus propias medidas de control, les entregaron todo cuanto tenían sobre James Stanford sin que tuvieran que enseñar ningún documento de exención de datos personales.

Stanford había facilitado copias de un extracto de su tarjeta de crédito y una factura de servicios de suministros básicos, además de su carnet de conducir, donde figuraba como un varón blanco nacido en 1959. En los tres documentos constaba una dirección de Amersham, una localidad de Buckinghamshire al final de la línea metropolitana de transporte.

—Seguro que el precio de la vivienda por aquí está por las nubes —comentó Nick mientras pasaban con el coche por delante de una serie de casas unifamiliares enormes, cada una de ellas detrás de unas puertas metálicas de aspecto imponente.

—¿Quieres que avise al Departamento de Homicidios local? —se ofreció Kelly, cogiendo el móvil para buscar el número.

Nick negó con la cabeza.

—Será solo un momento. Llamemos al timbre y preguntemos discretamente a los vecinos si resulta que no hay nadie en casa.

La Casa Tudor, en Candlin Street, no era de estilo Tudor en absoluto, a pesar de las vigas pintadas de negro que, cruzadas, recubrían el exterior. Se trataba de una construcción grande y moderna. La casa estaba en una finca que, según los cálculos de Kelly, tenía más de cuatro mil metros cuadrados de jardín. Nick se detuvo frente a la verja y buscó un timbre, pero se abrió automáticamente.

—¿Para qué sirve la verja entonces? —preguntó Kelly.

—Solo para aparentar, ¿no? —respondió Nick—. Más dinero que sensatez.

La gravilla de la entrada crujió bajo las ruedas del coche, y Nick miró buscando indicios de que había alguien en casa.

Aparcaron en paralelo junto a un Range Rover gris metalizado y Nick lanzó un silbido.

—Muy bonito, sí señor.

El timbre de la puerta tenía un mecanismo más bien antiguo, en contraste con el año de construcción de la casa, pero Kelly estaba segura de que sus dueños lo habían colocado allí para acentuar aún más el aire a vieja mansión que pretendían conseguir con la fachada de falso estilo Tudor. «Para no ser menos que los demás», pensó. Mucho antes de que el sonido del timbre se apagara, oyeron pasos detrás de la enorme puerta principal. Nick y Kelly dieron un paso atrás para poner distancia entre ellos y la persona que estaba a punto de abrirles: nunca se podía confiar en cómo iba a reaccionar la gente, ni siquiera en una casa como aquella.

La puerta se abrió y una atractiva mujer de unos cincuenta años les sonrió con actitud expectante. Llevaba un chándal de terciopelo negro con unas zapatillas de deporte. Kelly le mostró su identificación y la sonrisa se esfumó de la cara de la mujer.

—¿Le ha pasado algo a alguien de mi familia?

La mujer se llevó las manos al cuello; una reacción instintiva que Kelly había visto cientos de veces. Para algunas personas, la mera visión de un uniforme les provocaba temor a ser descubiertas o detenidas; no era el caso de esa mujer. Para ella, que la policía estuviera allí significaba que había habido un accidente, o algo peor.

—No tiene nada de qué preocuparse —dijo Kelly—. Solo hemos venido a hacer unas preguntas. Estamos buscando a un tal señor James Stanford.

—Es mi marido. Está trabajando. ¿Hay algún problema?

—¿Podemos pasar? —preguntó Kelly.

La mujer vaciló, pero luego se apartó para dejarles entrar en un salón amplio y luminoso. Había unas cartas apiladas en una estrecha consola en el vestíbulo, y Kelly echó un vistazo al sobre de lo alto de la pila cuando la señora Stanford los condujo a la cocina.

Señor J. T. Stanford.

El rostro de Nick permanecía impasible, sin mostrar el menor atisbo de la excitación que Kelly estaba segura que dejaba traslucir el suyo. ¿Estaba Stanford dirigiendo la web desde aquella casa?

—James es consultor de administración de empresas en Kettering Kline —les explicó la señora Stanford—. Hoy está en Londres para una reunión con un nuevo cliente y me temo que no volverá a casa hasta tarde. ¿Puedo ayudarles yo en algo? ¿De qué se trata?

—Estamos investigando una serie de delitos —dijo Nick.

Kelly observó con atención la expresión de la mujer. Si James Stanford era su hombre, ¿sabría su esposa algo al respecto? ¿Estaría al tanto de los anuncios o la página web? Kelly tomó nota mentalmente de las fotografías expuestas en el aparador, todas con quien parecía ser el mismo chico, a distintas edades.

—Es nuestro hijo —aclaró la señora Stanford al seguir la mirada de Kelly—. ¿Qué clase de delitos? ¿No creerán que James pueda tener algo que ver...?

—Necesitamos eliminarlo de nuestra lista de personas de interés para la investigación. Sería de gran ayuda si pudiera contestar a algunas preguntas.

La señora Stanford hizo una pausa, sin saber qué hacer. Al final, los buenos modales ganaron la partida.

—Será mejor que se sienten. ¿Les apetece una taza de té?

—No, gracias. No tardaremos mucho tiempo.

Se sentaron en torno a una mesa de roble de gran tamaño.

—Señora Stanford —dijo Nick—, ha dicho usted que su marido es asesor de administración de empresas. ¿Tiene algún otro negocio?

—También es director de un par de fundaciones benéficas, pero no hay otras empresas, no.

—¿Alguna vez ha estado involucrado en la gestión de una agencia de contactos?

La señora Stanford parecía confundida.

—¿Qué quiere decir?

—Números de tarificación especial... —empezó a explicar Kelly—. Esa clase de cosas.

Deslizó un papel sobre la mesa y enseñó a la señora Stanford uno de los anuncios clasificados de *The London Gazette*. Una vez más, la mujer se llevó la mano al cuello.

—¡No! Quiero decir... ¡Dios santo, no...! ¿Por qué iba a hacer eso? Quiero decir, ¿qué les hace pensar que haría una cosa...?

Alternaba la mirada frenéticamente entre Nick y Kelly. O era una excelente actriz o no tenía ni idea de lo que su marido había estado haciendo. ¿Por eso Stanford había usado una dirección de un apartado de correos? ¿Acaso estaba ocultándose de su esposa y no de la policía?

Kelly entregó a la señora Stanford el resto del expediente.

—Estos documentos se utilizaron para abrir un apartado de correos en Old Gloucester Road hace tres meses, pagado con la tarjeta de crédito de su marido. Los mismos documentos y la misma tarjeta de crédito pagaron la publicación de una serie de anuncios en un periódico londinense.

—Esos anuncios... —dijo Nick, mirando atentamente a la señora Stanford—. Creemos que esos anuncios son la clave de una serie de delitos de violencia contra unas mujeres.

La señora Stanford miró el documento con evidente ansiedad, tocándose el cuello con la mano. Nick vio cómo movía los ojos de izquierda a derecha, mientras la confusión y el miedo daban paso poco a poco a una nítida expresión de alivio.

—Esto no tiene nada que ver con mi marido —dijo ella, y el hecho de liberarse de la tensión la hizo reír.

—James Stanford..., ¿es su marido? —preguntó Kelly.

—Sí —contestó la señora Stanford—. Pero esa foto... —Señaló la fotocopia del permiso de conducir—. Ese no es mi marido.

20

Cuando la policía se ha marchado, Melissa me trae otra tetera en silencio. Recoge el billete de diez libras que ha dejado el detective inspector Rampello sobre la mesa.

—¿Estás bien?

—Sí. No. —Me paso los dedos por el pelo y me quito la cinta que de repente me parece demasiado ceñida—. Creen que estoy en peligro.

Esto no tendría por qué haberme sorprendido. Sentí el peligro cuando me descargué los detalles de mis horarios de viaje en metro y tren ayer; lo sentí cuando Luke Friedland me sujetó por el brazo y me salvó de caer a las vías; lo he sentido desde que vi mi foto en el *Gazette* y mi familia me convenció de que no era la mía. Sin embargo, cuando pregunté al detective Rampello si corría algún riesgo, esperaba una respuesta diferente. Quería sentirme más segura. Quería que me dijeran que estaba exagerando, que estaba loca, alucinando. Quería oír falsas promesas y una visión más optimista de la situación. Hace unos días me preocupaba que la policía no me tomara en serio; ahora me preocupa que sí me tomen en serio.

Melissa está sentada en la silla que antes ocupaba el detective Rampello, e ignora las tazas sucias de la mesa de al lado, y la cola frente al mostrador que no para de aumentar.

—¿Qué van a hacer al respecto?

—Van a proporcionarme un dispositivo de alarma. Estará

conectada directamente con su sala de control, por si me atacan.

—Pues menudo favor te hacen. —Percibe el pánico en mi mirada y tuerce el gesto; entonces se inclina hacia delante y me abraza—. Lo siento. Pero cuando entraron en este local pasaron quince minutos antes de que se presentase la pasma; los ladrones ya se habían largado hacía tiempo. Su actuación es de chiste.

—¿Y qué hago yo? —Hablo con cierto tono histérico e inspiro con fuerza. Lo intento de nuevo—: ¿Qué hago yo, Melissa?

—¿Te han dicho qué están haciendo para echar el guante a la gente que está detrás de la web? Eso es lo que hará que te sientas segura y no una alarma cutre.

—Me han dicho que están trabajando en ello.

—¿Que «están trabajando en ello»? Por el amor de Dios. ¿Y creen que con eso te sentirás más segura? Han asesinado a una mujer y…

—A dos. Por lo menos.

—¿Y se supone que debes quedarte ahí sentada y dejar que «trabajen en ello»? Tienes que averiguar qué están haciendo exactamente. Con quién están hablando, cómo están intentado localizar a los creadores de esa web.

—No me lo dirán, Melissa. Se supone que ni siquiera debía averiguar cómo acceder a esa web. La agente Swift ha supuesto que se meterá en un buen lío si alguien descubre que me lo ha contado.

—Tienes derecho a saber cuánto les falta para resolver todo esto. Tú les pagas el sueldo, no lo olvides.

—Supongo que sí.

Me imagino entrando a toda prisa en la comisaría y exigiendo que me enseñen la documentación sobre la investigación.

—Puedo acompañarte a hablar con ellos si quieres.

Hinco los codos sobre la mesa y me presiono la cara con las palmas de las manos durante un segundo.

—Esto me supera —digo, cuando por fin emerjo de entre las

manos. Siento cómo crece la ansiedad en mi interior, lo cual me acelera el pulso—. No sé qué hacer, Melissa.

—Exige saber qué está haciendo la policía. Todas las pistas que tienen. Todo lo que han averiguado.

No sé si eso me tranquilizaría o me aterrorizaría.

—Tengo la sensación de que no puedo controlar nada. Los anuncios, Katie, ni siquiera nuestra economía. Me sentía tan bien con todo, y ahora…

—¿Cuánto debe Simon?

—No quiere decírmelo. Pero ha estado pagando con tarjetas de crédito desde agosto. Cada vez que ha comprado comida, o ha pagado alguna factura de luz o agua. Cuando hemos salido a comer, los regalos… Deben de ser miles de libras, Melissa. Dice que él nos ha metido en este lío y que él nos sacará.

—Bueno, si no deja que lo ayudes parece que deberías confiar en él.

Recoge la taza de café vacía del detective Rampello. No le digo que ahora mismo me cuesta confiar en nadie, sea quien sea.

Ya son las nueve de la mañana cuando salgo de la cafetería, pero decido ir caminando hacia Embankment para ir al trabajo. La idea de coger el metro —incluso una ruta que no tiene ninguna relación con mi recorrido habitual, el que está en la web— me desboca de tal forma el corazón que llego a marearme. Cruzo el Strand y me dirijo a Savoy Place, luego bajo para ir caminando junto al río. Voy mirando a todo el mundo. ¿Ese hombre que camina hacia mí con las manos en los bolsillos conoce la web? ¿Está inscrito en ella? El hombre de negocios que habla por teléfono, con la bufanda al cuello para protegerse del frío, ¿sigue a mujeres? ¿Las viola? ¿Las mata?

Respiro con agitación y dificultad, y me detengo durante un instante para contemplar el río, en un intento de no perder la calma. Una docena de siluetas con trajes de neopreno reciben instrucciones de remo en su piragua, dirigidas por un ágil rubio ataviado con mono color fucsia. Están riendo, a pesar del frío. Por detrás de ellos, en el centro del río, un crucero de placer divide el caudal del gris Támesis con una estela espumosa; un puñado de turistas madrugadores se congelan y van temblando en cubierta.

Alguien me toca el brazo.

—¿Estás bien?

Doy un respingo, como si me hubieran quemado. El hombre es joven, debe de tener la edad de Justin, pero lleva traje y corbata, y se expresa con la seguridad de alguien que tiene una buena educación o un buen trabajo. O ambas cosas.

—Parecías estar a punto de desmayarte.

Me late con tanta fuerza el corazón que me duele la caja torácica, y no logro dar con las palabras para decirle que estoy bien. Que no me toque. En lugar de hablar, me alejo de él. Y sacudo la cabeza. Separa las manos y exagera el gesto de rehuirme antes de alejarse.

—Menuda pirada, joder.

Cuando está a unos diez pasos o más de mí se vuelve y se da dos golpecitos en la sien con el dedo índice. «Loca», dice moviendo los labios, y es así como me siento.

Son casi las diez cuando llego al despacho. El paseo me ha sentado bien, y, aunque me duelen los pies, me noto más fuerte, revitalizada. Graham está hablando con una mujer que lleva zapatos de tacón rojos y traje de pantalón negro. Sujeta un montón de documentos sobre propiedades particulares y Graham está hablándole de la agencia en Eastern Avenue con los baños para clientes y la nueva zona de cocina reformada, perfecta para los descansos del personal. Desconecto de la cantinela publicitaria que ya me sé de memoria cuando me siento a mi mesa y sé, por la forma enérgica en que Graham habla, que está furioso conmigo.

Estalla en cuanto la mujer se marcha; el rechazo de ella a fijar una visita inmediata al local no hace más que sumarse al enfado de Graham.

—Es un detalle que te hayas presentado, Zoe.

—Lo siento. No volverá a ocurrir.

—Pero sí que ha vuelto a ocurrir, ¿verdad? Últimamente has llegado tarde todas las mañanas.

—He tenido que cambiar mi recorrido hasta el trabajo. Es difícil calcular cuánto tardaré en llegar.

Graham no pregunta por qué. No le interesa.

—Entonces sal antes de casa. No puedes presentarte aquí casi a las diez de la mañana sin disculparte…

Sí que me he disculpado, pero no pienso repetirlo.

—Estaba con la policía.

Casi espero que Graham siga hablando como si no hubiera dicho nada, pero frena en seco.

—¿Por qué? ¿Qué ha pasado?

Dudo un instante; no estoy segura de querer que este hombre lo sepa. Pienso en la página web, con su menú de mujeres, y se me ocurre que Graham Hallow es exactamente el tipo de hombre que se sentiría atraído por la idea de ser miembro exclusivo de la web en cuestión. No me cabe la menor duda de que, si se lo cuento, no resistirá la tentación de echar un vistazo, y siento la obligación de proteger a esas mujeres. No quiero que nadie vea sus fotos; que compre sus trayectos de tren y metro como si no fueran más que objetos. Y luego… ¿Qué? Me está constando aceptar que lo que yo sé está ocurriendo, que hay mujeres que están siendo atacadas, asesinadas, porque alguien ha vendido sus horarios de viaje. Es algo grotesco; suena a ciencia ficción.

—Alguien está siguiéndome —digo. No es del todo incierto. Creo percibir preocupación en su cara de jefe, pero estoy tan poco acostumbrada que no estoy segura—. La policía va a facilitarme una alarma personal.

—¿Saben quién es? —La pregunta es formulada en tono acusatorio, pronunciada bruscamente por alguien que no entiende cómo puede ser posible.

—No. —Y entonces, por haber estado aguantándome durante tantos días, rompo a llorar. «Y tengo que ponerme a llorar precisamente delante de él», pienso mientras Graham está ahí, plantado en el sitio. Rebusco un pañuelo en mis bolsillos, y al final encuentro uno que llevaba metido en la manga, y me sueno con fuerza, pero no logro contener las lágrimas. El alivio hace que se me hinche el pecho, y voy tomando bocanadas de aire que son exhaladas en forma de hipidos emitidos entre convulsiones—. Lo… Lo siento —consigo decir, tras varios intentos fallidos—. Es… es un poco abrumador.

Graham todavía se encuentra de pie junto a mi mesa, mirándome. De pronto camina dando grandes zancadas hacia la puerta y creo, durante un segundo, que va a salir y a dejarme gimoteando en mi mesa. Pero echa el cerrojo y da la vuelta al cartel que dice CERRADO, luego se dirige hacia el lugar donde tenemos las cosas para el té y enciende el calentador eléctrico de agua. Me siento tan sorprendida por esta demostración de compasión que dejo de llorar, que mis gimoteos se transforman en hipidos ocasionales. Vuelvo a sonarme.

—Lo siento mucho.

—Está claro que estás sometida a mucha tensión. ¿Desde cuando está ocurriendo?

Le cuento cuanto puedo sin mencionar el nombre de la web, ni la forma en que esta funciona. Le cuento que hace un tiempo que me siguen, y que la policía ha relacionado mi caso con el asesinato de dos mujeres, y con ataques a muchas otras.

—¿Qué va a hacer la policía al respecto?

—Están preparándome ese dispositivo de alarma. He tenido que prestar declaración esta mañana, por eso he llegado tarde.

Graham sacude la cabeza, y se le ve la papada por debajo de la mejilla.

—No pasa nada, no te preocupes por eso. ¿Saben quién está detrás de esos ataques?

Me siento conmovida, y sorprendida, por el interés de Graham.

—No lo creo. No han detenido a nadie por el asesinato de

Tania Beckett, todavía, y, por lo visto, es imposible averiguar quién lleva la web.

Graham está pensando.

—Estaré fuera reunido todo el día. Pensaba irme a casa directamente después de la reunión de las cinco, pero, si no te importa quedarte hasta un poco más tarde de lo habitual, me pasaré por aquí y te llevaré en coche.

Graham viene a la agencia desde Essex todos los días. Casi siempre coge el tren, pero a veces usa el coche y lo deja en un aparcamiento carísimo que está a la vuelta de la esquina de nuestro lugar de trabajo.

—¡Tendrías que desviarte muchos kilómetros! De verdad, estoy bien. Volveré a casa por otro camino, y puedo pedir a Justin que nos encontremos en Crystal Palace…

—Voy a llevarte a casa —insiste Graham con firmeza—. Puedo ir a Sevenoaks a visitar a mi hermano y mi cuñada. Para ser sincero, me sorprende que ese novio tuyo no venga a buscarte.

—No quiero preocuparlo.

Graham me mira con curiosidad.

—¿No se lo has contado?

—Sabe lo de la web, pero no… No le he contado que estoy en peligro. La situación entre nosotros es algo complicada en este momento. —Veo la expresión de Graham y se lo explico antes de que saque la conclusión equivocada—. Simon se ha quedado sin trabajo. Lo han despedido. Así que no es el mejor momento. No quiero darle más motivos de preocupación.

—Bien, vale, esta noche te llevaré a casa, y no se hable más.

Graham parece satisfecho. Si fuera un cavernícola estaría golpeándose el pecho.

—Está bien —digo—. Gracias.

Media hora después, Graham se marcha a su reunión.

—Mantén la puerta cerrada con llave —me dice— hasta que no veas quién llama.

La puerta de la agencia es de cristal, como el resto de la fachada frontal del local, aunque no sé cómo se supone que voy a averiguar si un hombre que esté fuera ha venido a violarme y a matarme, o a preguntar por la tienda de telefonía móvil que van a cerrar en la calle Lombard.

—De todas formas, hay cámaras de seguridad por todo el local —añade.

Me sorprende tanto esa frase de despedida que no le digo que tener mi ataque grabado me confortará poco si me matan.

—¿Desde cuándo tenemos cámaras de seguridad? —Echo un vistazo a la agencia.

Graham parece incómodo, aunque no mucho. Se mira el reloj.

—Desde hace un par de años. Están en los aspersores antiincendios. Es por una cuestión del seguro. De todas formas, lo importante es que no debes preocuparte por nada mientras estés aquí. Nos veremos antes de las seis.

La campanilla que hay sobre la puerta tintinea cuando él abre la puerta, y una vez más cuando se cierra. Echo el cerrojo pero dejo el cartel en la posición de ABIERTO, y luego voy a sentarme a mi mesa. No tenía ni idea de que Graham había instalado cámaras. ¿No tienen los empleadores la obligación de informar a sus empleados —y a los clientes, ya que estamos— de que están bajo videovigilancia? Levanto la vista para mirar al techo.

Hace un par de años.

Hace un par de años que pensaba que estaba sola en el despacho; Graham tenía la puerta cerrada. Estaba comiendo un bocadillo, haciendo una llamada, recolocándome una tira del sujetador que me incomodaba. ¿Él estaba mirándome? La idea es inquietante, y cuando suena el teléfono del despacho doy un respingo.

A las cinco y media vuelvo el cartel de la entrada y lo pongo en CERRADO. No ha sido un día movido: ha venido un nuevo propietario para firmar un contrato de alquiler y han entrado un par de solicitudes sobre un nuevo bloque de oficinas. Nadie sospechoso; nadie con aspecto de depredador, y he empezado a pensar que estoy exagerando. Pero ahora que está oscuro en la calle y las luces se han encendido en la agencia, mi imagen queda expuesta a cualquiera que pase por delante, y vuelvo a experimentar ansiedad.

Me siento agradecida cuando Graham regresa, agitando las llaves de su coche y preguntando por mi código postal para poder programar su navegador GPS. Me siento aliviada de no tener que coger el metro esta noche. No tengo que preocuparme por quién está detrás de mí, ni correr el riesgo de acabar muerta en un parque, como la pobre Tania Beckett.

Al menos esta noche estaré segura.

Siempre sentiré gratitud hacia esa primera chica muerta.
Ella lo cambió todo.

Ella me ayudó a ver que encuentrala.com podría ser mucho más que un nuevo tipo de web de contactos. Me abrió un mundo de posibilidades.

Claro, siempre estarán los clientes que no querrán jugar sucio, que querrán usar la web con la intención inicial que tenía: chatear contigo e invitarte a cenar.

Pero Tania Beckett me mostró que había otros hombres, hombres que pagarían por jugar al gato y al ratón en el metro, por pasear por los parques a la misma hora y lugar que tú. Hombres con algo mucho más importante en mente que una simple cena.

Qué gran potencial.

Poner precios más altos. Un mercado más especializado.

Podría convertirme en algo más que un simple casamentero. Haría posibles deseos tan ocultos que ni siquiera habían sido reconocidos. ¿Quién de entre nosotros puede decir con sinceridad que no ha imaginado lo que sentiría haciendo daño a alguien? ¿Yendo más allá de lo que la sociedad considera aceptable; experimentando la inyección de adrenalina que provoca el forzar a otra persona?

¿Quién de entre nosotros no aprovecharía esa oportunidad si se la ofrecieran?

La oportunidad de matar a alguien.

21

—Jefe, tenemos un problema.

Nick levantó la vista de su escritorio al oír acercarse a Kelly. La reunión de la mañana acababa de terminar, pero Nick ya se había aflojado la corbata y se había desabotonado la parte superior de la camisa. Kelly sabía que para la hora del almuerzo ya se habría deshecho del todo de la corbata, guardada por si acaso dentro del bolsillo de la pechera de su chaqueta, por si a algún alto mando policial se le ocurría asomarse por allí.

—Alguien ha cancelado la cuenta que abriste en la web. Acabo de intentar acceder para ver si han agregado nuevos perfiles y no me ha dejado entrar.

Kelly no podía evitar conectarse a la web casi cada hora, llegando incluso a hacerlo con su propio móvil nada más despertarse a primera hora de esa mañana. Lo hacía con una creciente sensación de miedo en la boca del estómago, sabiendo que el aviso ¡NUEVOS PERFILES AGREGADOS! que parpadeaba en la pantalla significaba que cada vez corrían peligro más mujeres, que había más víctimas potenciales. La web se actualizaba más rápido de lo que avanzaba la investigación, y la infructuosa búsqueda del día anterior en Amersham no había ayudado en nada. La tarjeta de crédito de James Stanford había sido clonada un año antes: el hombre había perdido su cartera —o se la habían robado— y, como consecuencia, había sufrido varios incidentes relacionados con el robo de identidad. El episodio del apartado de correos de Old Gloucester Road era simplemente el más reciente de una serie de delitos relacionados con datos de tarjetas de crédito que sin duda habían sido vendidos en numerosas ocasiones, por lo que la Brigada de Homicidios no había averiguado nada más sobre el responsable de señalar como objetivo a las mujeres que usaban el transporte público de Londres.

Las paredes del centro de coordinación estaban recubiertas con las fotos de dichas mujeres —algunas ya identificadas, pero la mayoría no— y se habían añadido más a la web desde que accedieron la primera vez. Kelly había iniciado sesión automáticamente esa mañana después de la reunión informativa, tecleando con los dedos como si estos actuaran por propia iniciativa.

«No se reconoce la clave de acceso.»

Kelly se había quedado mirando la pantalla, pestañeando varias veces. Lo intentó de nuevo, suponiendo que se trataba de algún error al teclear.

«No se reconoce la clave de acceso.»

Había comprobado una y otra vez los datos de la cuenta creada por Nick, quien había utilizado su propia tarjeta de crédito y una dirección de Gmail, pero el error no era de ella: la cuenta había desaparecido.

—¿Crees que nos han descubierto?

Nick dio unos golpecitos con el bolígrafo en el lateral del portátil.

—Puede ser. ¿Cuántos perfiles nos descargamos?

—Todos. Tal vez pareciera un comportamiento sospechoso.

—O todo esto es una estafa solo para conseguir dinero. ¿Quién va a llamar a la poli para denunciar que alguien les había prometido posibilidades ilimitadas de seguir o acosar a una mujer?

—Los de contabilidad han conseguido una tarjeta de crédito de prepago —dijo Kelly. Había recibido el correo electrónico mientras intentaba entrar en la cuenta de Nick.

—Estupendo. Abre una cuenta nueva y veamos cuánto tiempo pasa antes de que cierren esa también. Quiero que busques todos los perfiles relacionados con Kent.

—Hasta ahora todos estaban en Londres, jefe.

—Ayer hubo un secuestro en Maidstone. Un testigo declaró haber visto a un hombre llevar a rastras a una mujer hacia un Lexus negro y marcharse. Una hora más tarde, la policía de Kent recibió una llamada de una mujer muy alterada que había sido víctima de un secuestro y de una agresión sexual antes de ser arrojada de un coche en un polígono industrial en las afueras de la ciudad.

Entregó varias hojas a Kelly, quien examinó la información de la parte superior de la declaración.

«Kathryn Whitworth, 36.»

—¿Usuaria regular de la red de metro o ferrocarril?

—Realiza el mismo trayecto todos los días desde Pimlico hasta una agencia de contratación en Maidstone.

—¿Vio la mujer el número de matrícula del Lexus?

—No, pero el coche hizo que se activara una cámara de control de velocidad a pocos kilómetros del incidente. La policía local nos va a traer al conductor ahora mismo.

Kelly no tardó mucho tiempo en crear una nueva cuenta y encontrar a Kathryn Whitworth, quien aparecía anunciada como NUEVA EN LA LISTA en la primera página de la web. Cotejó los datos de Kathryn en la declaración de la víctima con los del perfil que tenía en la pantalla, delante de ella.

Blanca.

Rubia.

Treinta y tantos.

Zapato plano, viste con chaquetas ajustadas. Echarpe de lana a cuadros. Paraguas negro con empuñadura de carey. Bolsa gris para portátil de la marca Mulberry.

Talla 38-40.

07.15: entra en la estación de Pimlico. Sube por la escalera mecánica y gira a la izquierda hacia el andén en dirección norte.

Se para junto al cartel de anuncios a la izquierda del mapa del metro. Una parada hasta Victoria. Sale del andén, gira a la derecha y sube por la escalera mecánica. Gira a la izquierda hacia los andenes 1-8.

Se dirige al Starbucks junto al andén número 2, donde el camarero le preparara un latte descafeinado tamaño Venti sin que tenga que decírselo. Coge el tren Ashford International en el andén número 3. Abre el portátil y trabaja durante todo el trayecto. Se baja en Maidstone East. Camina por Week Street, gira a la izquierda en Union Street. Trabaja en Maidstone Recruitment.

Disponibilidad: de lunes a viernes.
Duración: 80 minutos.
Grado de dificultad: moderado.

No había duda de que se trataba de la misma mujer. Sin pensar, Kelly buscó en internet la empresa Maidstone Recruitment. Un primer plano profesional de la cara acompañaba la breve biografía bajo el nombre de Kathryn y su categoría laboral: «Consultora sénior de contratación». En la fotografía de la web, Kathryn llevaba el pelo por detrás de las orejas; si no estresada exactamente, parecía como si tuviera la cabeza en otra parte. En la foto del trabajo, en cambio, estaba sentada con el hombro izquierdo ligeramente adelantado sobre un fondo blanco, y el pelo rubio brillante le caía sobre los hombros en una media melena recta. Miraba a la cámara con una sonrisa radiante: profesional, digna de confianza, segura de sí.

¿Qué aspecto tendría Kathryn Whitworth en ese momento?, se preguntó Kelly. ¿Qué cara tendría cuando hizo aquella declaración de diez páginas ante un inspector de Maidstone, cuando se sentó en la sala de reconocimiento para casos de violación con una bata prestada, esperando a que el médico de la policía violara su intimidad otra vez?

Las imágenes desfilaron por su mente con demasiada facilidad.

Cogió el perfil de la impresora y se inclinó sobre su escritorio para pasarle las páginas a Lucinda.

—Coincide con el perfil de la web.

En ese momento sonó el móvil de Kelly, con las palabras «número oculto» parpadeando en la pantalla. Respondió a la llamada.

—Hola, ¿la agente Thompson?

Kelly estaba a punto de decirle a su interlocutor que se había equivocado de número cuando se acordó.

—Sí, soy yo. —Miró a Lucinda de reojo, pero estaba absorta en su ordenador.

—Soy el agente Angus Green, de la comisaría de Durham. He localizado el expediente que solicitó sobre una violación.

—Espere un segundo; salgo un momento fuera.

Kelly esperaba que no fuera evidente para nadie más que su corazón que le latía a toda velocidad. Se obligó a alejarse de su mesa con toda naturalidad, como si la llamada no tuviera ninguna importancia.

—Gracias por devolverme la llamada —dijo ella cuando llegó al pasillo.

Se detuvo en lo alto de la escalera, donde podía ver quién subía y vigilar la puerta de la brigada al mismo tiempo.

—De nada. ¿Han detenido a alguien relacionado con el caso?

—No, solo estamos investigando otros casos similares en todo el país, y apareció este. Llamaba para ver si había habido algún avance en los últimos años.

El corazón le latía tan fuerte que ahora le dolía el pecho. Aplastó la palma de la mano sobre el esternón. Si alguien se enteraba de aquello, con toda seguridad perdería su trabajo: esta vez ya no habría ninguna segunda oportunidad.

—Pues me temo que no hay nada. Tenemos el ADN en el sistema, así que si alguna vez detienen al culpable por otra cosa, obtendremos una coincidencia, aunque nuestras posibilidades de procesarlo serían muy escasas aun entonces.

—¿Y eso por qué?

Una detención era lo que Kelly había esperado, desde que se reincorporó al trabajo, cuando se dio cuenta de cuántos crímenes históricos se resolvían no por el tenaz trabajo de investigación, sino por pura casualidad: un hisopo con una muestra biológica después de un robo en la oficina; un indicio obtenido en una prueba de alcoholemia en la carretera... El enorme alivio que uno siente cuando un simple dato desvela mucha más información y un crimen cometido veinte años atrás se resuelve por fin. A Kelly le había ocurrido un par de veces, y ahora era eso lo que quería, más que nada en el mundo. Kelly nunca había visto al hombre que había violado a Lexi, pero casi visualizaba la arrogancia de su rostro transformándose en miedo, una acusación relativamente inocua que palidecía por su insignificancia al lado del positivo para ADN que demostraría de manera irrefutable que él había acosado a su hermana, que la había seguido, que la había agredido sexualmente.

—En el expediente consta una carta de la víctima —dijo el agente Green—. Una mujer llamada Alexis Swift. La carta dice que a pesar de que sigue reafirmándose en los hechos relatados en su declaración escrita, no apoya un procesamiento ni desea ser informada de ningún avance o novedad en el caso.

—¡Pero eso es imposible! —Se le había escapado de la boca antes de darse cuenta, y su voz retumbó en el pasillo vacío. Percibió la confusión del agente Green en el silencio subsiguiente—. Quiero decir, ¿por qué iba una víctima a querer que se suspendiera la investigación? No tiene sentido.

—No hay ninguna explicación adicional, solo la declaración firmada. Tal vez resulta que no estaba todo tan claro como en su declaración inicial... Tal vez al final se trataba de alguien a quien ella conocía, tal vez ella consintió al principio y luego cambió de opinión...

Kelly luchó por dominarse y no perder el control. Evocó una imagen de Lexi: acurrucada en un sillón de la sala especial de la comisaría, demasiado deshecha para levantarse siquiera cuando llegó Kelly, que se había saltado todos los límites de velocidad desde Brighton hasta Durham. Lexi vestida con una ropa que no era de su talla, la suya en el interior de unas bolsas de papel, cuidadosamente etiquetadas y selladas para el laboratorio forense. Lexi en la camilla de reconocimiento del médico, las lágrimas que se le escapaban por entre los párpados cerrados… apretando con su mano la de Kelly con tanta fuerza que le dejó una marca. No había nada de consentido en lo que le pasó a Lexi.

—Sí, tal vez —dijo apresuradamente—. Bueno, gracias por llamar. No creo que forme parte de la serie que estamos investigando, pero nunca se sabe.

Puso fin a la llamada y se volvió, apoyando la frente contra el yeso frío de la pared.

—Si quieres meditar, Kelly, quizá deberías hacerlo en tu tiempo libre.

Se dio la vuelta y vio a Nick con la ropa de salir a correr: había aparecido en la escalera tras ella con sus silenciosas zapatillas de deporte. Unas manchas oscuras le rodeaban las axilas y salpicaban la parte delantera de su camiseta.

—Lo siento, jefe, solo estaba descansando cinco minutos.

—El cerebro de Kelly trabajaba a toda velocidad. ¿Qué había hecho Lexi? ¿Y por qué?

—Pues ya los has tenido. Me voy a la ducha. Te veré en la sala de reuniones dentro de diez minutos.

Kelly se obligó a concentrarse en el caso.

—Tenías razón sobre la violación de Maidstone; le he pasado la información a Lucinda.

—Bueno. Informa a la policía de Kent de que el caso ya no lo llevan ellos; nos encargaremos nosotros desde aquí. Pero lo primero es lo primero: he pedido a la unidad de Delitos Informáticos que venga a ilustrarnos sobre qué coño han estado haciendo durante los últimos dos días. Actualmente nadie puede dar un paso sin dejar su huella digital, así que ¿tan difícil puede ser identificar a la persona que hay detrás de este sitio web?

—Es muy difícil —dijo Andrew Robinson—. Ha cubierto sus huellas demasiado bien. La web está registrada en las Islas Caimán.

—¿Las Islas Caimán? ¿Desde ahí es desde donde está dirigiendo la web? —preguntó Kelly.

Nick la miró.

—No te emociones; no te vas a ir a las playas del Caribe.

—No significa que el responsable esté allí —explicó Andrew—, solo que tiene registrados allí sus datos de contacto. Supongo que no les sorprenderá saber que no hay muy buena relación entre la policía británica y las Islas Caimán: las posibilidades de obtener la información que necesitamos de ellos son nulas. Sin embargo, lo que sí hemos obtenido es la dirección IP desde donde responde la web. —Andrew vio las caras de perplejidad de Kelly y Nick y empezó de nuevo—. Básicamente, cuando busco un dominio, este envía una señal a ese sitio web. Si el sitio web no existe, no recibimos una respuesta, pero si lo hace, como en este caso, la respuesta nos dice no solo dónde se guarda la información sobre el dominio, sino qué dispositivo se ha utilizado para conectarse a esa red en particular. Así que, por ejemplo —continuó, señalando el teléfono de Nick, que estaba encima de la mesa, frente a ellos—, si usted se conectara, pongamos por caso, a la banca por internet ahora mismo, ese sitio web registraría la dirección IP de su teléfono, lo que nos permitiría seguir su rastro y localizarlo.

—Entendido —dijo Nick—. Así que, ¿desde dónde está accediendo el administrador ahora mismo?

Andrew entrelazó los dedos e hizo crujir los nudillos, primero los de una mano y luego los de la otra.

—Por desgracia, no es tan simple. —Abrió su libreta y mostró a Nick y a Kelly un número: 5.43.159.255—. Esta es la dirección IP, que es como un código postal para ordenadores. Es una IP estática, pero está alojada en un servidor ruso y lamentablemente los rusos…

—A ver si lo adivino: los rusos no cooperan con la policía británica. ¡Por el amor de Dios!

Andrew levantó las dos manos.

—No matéis al mensajero…

—¿Hay alguna forma de seguir el rastro del sitio web? —dijo Kelly.

—¿Sinceramente? No. Al menos, no dentro del plazo de tiempo que necesitáis, dado el nivel de amenaza. Es una web prácticamente ilocalizable.

—¿Significa eso que estamos buscando a alguien particularmente hábil? —preguntó Kelly—. ¿Alguien con experiencia en tecnologías de la información, tal vez?

—No necesariamente. Todo esto está disponible en línea para cualquier persona que quiera encontrarlo. Incluso el inspector podría hacerlo.

Kelly disimuló una sonrisa. Nick pasó por alto el comentario.

—Entonces ¿qué sugieres?

—Yo haría caso del viejo dicho: «Sigue al dinero».

—¿Qué quieres decir? —preguntó Kelly.

—¿No has visto *Todos los hombres del presidente*? —se extrañó Andrew—. Pues no sabes lo que te pierdes. El delincuente recibe los pagos de las personas que se registran en su web de contactos, ¿verdad? Ese es el rastro del dinero que necesitamos seguir. Cada transacción se puede rastrear desde la tarjeta de crédito o débito del cliente a la cuenta de PayPal asociada con la web y, en última instancia, a la cuenta bancaria del delincuente. Cuando sepáis cómo se retira el dinero de esa cuenta, y quién lo hace, entonces tendréis algo.

Kelly sintió un rayo de optimismo.

—¿Qué datos necesitas?

—Usted utilizó su propia tarjeta de crédito para abrir la cuenta, ¿verdad? —Nick asintió con la cabeza—. Pues necesitaré la fecha de la transacción, la cantidad y la tarjeta de crédito que utilizó para pagar. Deme esos datos y le daré a nuestro hombre.

22

Estamos parados en medio de una circulación casi detenida, en Norwood Road, durante media hora, avanzando, palmo a palmo, con el coche de Graham. Es un conductor impaciente; el coche circula a trompicones hasta colarse en cualquier hueco existente, y Graham se inclina sobre el claxon si el coche de delante se atreve a esperar más de una décima de segundo a pasar un semáforo en verde. Es el segundo día seguido en que Graham me lleva a casa en coche, y nos hemos quedado sin tema de conversación, hemos agotado todos los habituales: si el antiguo videoclub aceptará el precio inicial de venta de su local o que nunca llegará a haber suficientes despachos independientes para satisfacer la demanda... Así que viajamos en silencio.

Cada poco tiempo voy pidiendo perdón una vez más por haber obligado a Graham a desviarse tanto de su ruta, pero él le quita hierro a mi preocupación.

—No puedo permitir que estés paseándote por Londres cuando hay un pervertido persiguiéndote —dice.

De pronto se me ocurre que no he llegado a dar los detalles sobre la naturaleza de los ataques sufridos por otras mujeres en Londres, y luego caigo en la cuenta de que es normal suponer que sea un hombre que las acosa.

Sé que podría pedir a Matt que me recogiera, y que él insistiría en llevarme al trabajo y a casa en coche mientras yo lo necesitara. No se lo pido porque a Simon le disgustaría, y a Matt le alegraría demasiado.

El hecho de que Matt todavía me quiera es la verdad silenciada que gira en torno a todos nosotros. Entre Matt y yo, cuando nos vemos para hablar de los chicos, y él me sostiene la mirada durante una fracción de segundo más de lo necesario. Entre Simon y yo, cuando menciono el nombre de Matt, y percibo el intenso destello de celos en la mirada de Simon.

Simon no puede llevarme en coche. Lo vendió hace un par de semanas. En ese momento pensé que estaba loco. Tal vez no lo usara mucho durante la semana, pero nuestros fines de semana estaban plagados de compras en el supermercado y viajes a Ikea, o de salidas para visitar a amigos y familiares.

—Podemos ir en tren —me respondió cuando le dije que añoraríamos tener coche. Jamás se me pasó por la cabeza que no pudiera permitírselo.

Ojalá tuviera carnet de conducir. Nunca me había parecido necesario, viviendo en Londres, pero ahora me gustaría poder ir en mi propio coche al trabajo. Desde que descubrí lo de los anuncios he permanecido en estado de alerta máxima. Tengo los nervios de punta, a la espera del momento en que tenga que salir corriendo. O luchar. Miro hacia todas partes, vigilo a todo el mundo.

Aquí me siento segura, en el coche de Graham me siento segura, donde sé que nadie me sigue, y puedo recostarme sobre la tersa tapicería de cuero y cerrar los ojos sin preocuparme por que estén vigilándome.

El tráfico empieza a moverse con fluidez nuevamente en cuanto dejamos el río atrás. La calefacción está encendida y me siento relajada y disfrutando de un ambiente cálido por primera vez desde hace días. Graham pone la radio y escucho, en la emisora de FM Capital, a Greg Burns entrevistando a Art Garfunkel. Los acordes de «Mrs. Robinson» suenan mientras el presentador hace los últimos comentarios, y pienso en lo curioso que es que todavía me acuerde de casi toda la letra, pero antes de poder empezar a repetirla mentalmente empiezo a quedarme dormida.

Voy despertándome y durmiendo mientras vamos en el coche. El ruido del tráfico cambia de forma constante y me despierta, pero vuelvo a sumirme en un sueño profundo poco después. Oigo el principio de una nueva canción en la radio. Cierro los ojos durante lo que me parece una fracción de segundo, luego me despierto justo al final de un tema totalmente distinto.

Mi subconsciente confunde los sonidos que acaban colándose en mis sueños: los autobuses, la música, los anuncios de la radio. El motor del coche se convierte en el rumor sordo de un vagón del metro. La voz del locutor se transforma en una advertencia: «Cuidado con el hueco entre el andén y la vía», el famoso aviso del metro londinense *mind the gap*. Estoy en el metro, con un montón de viajeros a mi alrededor; huelo a loción para después del afeitado y a sudor en el ambiente. La loción me resulta familiar e intento localizar de dónde viene, pero no lo consigo.

Incluida: viernes 13 de noviembre.
Blanca.
Treinta y muchos.

Ojos, por todas partes. Vigilándome. Siguiéndome. Conociendo cada paso de mi recorrido. El tren para e intento bajar, pero alguien me empuja desde atrás y me obliga a pegarme a la pared del vagón.

Nivel de dificultad: moderado.

Es Luke Friedland. Está presionándome con fuerza el pecho. «Yo te rescaté», está diciendo, y yo intento sacudir la cabeza, intento moverme. El olor a loción para después del afeitado es insoportable, me impregna las fosas nasales y me asfixio.

Tengo los ojos cerrados.

«¿Por qué tengo los ojos cerrados?»

Los abro, pero el hombre que está presionándome no es Luke Friedland.

No estoy en un tren, no estoy rodeada de viajeros.

Estoy en el coche de Graham Hallow.

Es Graham con su cara pegada a la mía, sujetándome con los brazos y presionándome contra el asiento. A quien huelo es a Graham: su fragancia a canela con toques de madera combinada con su hedor corporal y el tufo a humedad de su chaqueta de tweed.

—¿Dónde estamos? ¡Apártate de mí!

La presión que siento en el pecho desaparece, pero sigo luchando por respirar. El pánico me obtura la garganta como si hubiera dos manos que estuvieran asfixiándome. La oscuridad rodea el coche y se cuela por las ventanillas, y yo manoteo en busca del manillar de la puerta.

La luz me hace parpadear.

—Estaba desabrochándote el cinturón —dice Graham. Parece enfadado; se ha puesto a la defensiva.

¿Porque lo he acusado?

¿O porque le he parado los pies?

—Te has quedado dormida.

Miro hacia abajo y veo que tengo el cinturón desabrochado, y la tira cuelga sobre mi brazo izquierdo. Me doy cuenta de que estamos aparcados en mi calle: veo la puerta de nuestra casa.

Me ruborizo.

—Lo… lo siento. —El sueño me ha dejado confusa—. Creía que… —Intento encontrar las palabras—… creía que eras… —No puedo decirlo, pero no hace falta. Graham gira la llave del contacto, el rugido del motor corta en seco nuestra conversación. Salgo del coche y me estremezco; la temperatura exterior es al menos nueve grados más baja que en el interior—. Gracias por traerme. Siento haber creído que…

Se marcha y me deja ahí plantada, en la acera.

Con encuentra.com no existen los nervios de las citas a ciegas, no hay que soportar la conversación forzada durante la cena. Yo diría que es un sistema más sincero que la mayoría de webs de contactos de la red, con sus fotos retocadas y sus perfiles llenos de mentiras. Niveles de sueldo, aficiones, comidas favoritas... Todo irrelevante. ¿Quién construye una relación basándose en el amor mutuo por las tapas? Una pareja puede resultar perfecta sobre el papel, pero, aun así, faltarle la chispa que necesita para encenderse.

Encuentrala.com se salta toda esa basura: la necesidad de fingir que a alguien le importa si te gusta la ópera o dar paseos por el parque. Supone que los hombres pueden tomarse su tiempo. Pueden seguirte durante unos días y darte conversación, comprobar si eres lo bastante interesante para invitarte a cenar, en lugar de perder el tiempo con alguna cateta sin nada en la cabeza. Supone que los hombres pueden acercarse mucho a ti y llegar a tener intimidad contigo. Oler tu perfume, tu aliento, tu piel. Sentir la chispa. Actuar dejándose guiar por ella.

¿Estás preguntándote quiénes son mis clientes? ¿Quién podría usar una web como esta? ¿Crees acaso que el mercado no puede ser tan amplio?

Te aseguro que sí lo es.

Mis clientes tienen vidas muy variopintas. Son hombres sin tiempo para construir una relación. Hombres con dinero suficiente para que les dé igual la cantidad. Hombres que no han encontrado a «esa mujer especial». Hombres que se excitan si saben que tienen el control. Cada uno tiene sus motivos para unirse a encuentrala.com. Mi trabajo no consiste en saber cuál es.

¿Quiénes son esos hombres?

Son tus conocidos. Son tu padre, tu hermano, tu mejor amigo, tu vecino, tu jefe. Son personas que ves a diario; las personas con las que viajas de ida y vuelta al trabajo.

Estás impresionada. Creías que los conocías mejor.

Pues te equivocas.

23

—¿Es este su coche? —Kelly dejó la fotografía de un Lexus negro sobre la mesa. Gordon Tillman asintió con la cabeza—. Para que conste en la declaración, el sospechoso ha asentido con la cabeza. —Kelly miró a Tillman, menos confiado ahora que ya no llevaba su ostentoso traje sino el chándal gris de los retenidos bajo custodia policial, pero todavía lo bastante arrogante para plantar cara y sostener la mirada a sus interrogadores. Según su fecha de nacimiento, tenía cuarenta y siete años, pero parecía diez años mayor, con las marcas en la piel que dejan las décadas de excesos. ¿Drogas? ¿O alcohol? Alcohol y mujeres. Noches exhibiendo hasta las tantas fajos de dinero para atraer a unas chicas que, de otro modo, no lo mirarían siquiera. Kelly trató de disimular la expresión de asco de su rostro—. ¿Lo conducía usted ayer por la mañana, a las nueve menos cuarto aproximadamente?

—Ya saben que sí.

Tillman estaba relajado, con los brazos cruzados sobre el pecho mientras respondía a las preguntas de Kelly. No había pedido un abogado, y Kelly todavía no sabía qué derroteros iba a seguir aquel interrogatorio. ¿Lo admitiría todo? Eso parecía a simple vista, y sin embargo… Había algo en los ojos de Tillman que sugería que no iba a ser tan fácil. De pronto le asaltó el recuerdo de otra sala de interrogatorios: un sospechoso distinto, el mismo delito… y Kelly apretó los puños con fuerza por debajo de la mesa. Aquello había sido una sola vez.

Aquel tipo la había llevado al límite, pero era más joven entonces, tenía menos experiencia. No volvería a suceder.

Sin embargo, el sudor le resbalaba por la espina dorsal, y tenía que hacer verdaderos esfuerzos por seguir centrada en el interrogatorio. Nunca había vuelto a oír aquellas palabras que le había susurrado al oído. Las palabras que la habían llevado al borde del precipicio y habían hecho que una niebla roja la envolviera con su furia hasta hacerle perder el control.

—¿Podría decirme qué fue lo que ocurrió entre las ocho y media y las diez de la mañana de ayer?

—Volvía de un congreso al que había asistido la tarde anterior. Hubo una cena después y me quedé a pasar la noche en Maidstone, así que estaba a punto de volver a Oxfordshire. Iba a trabajar desde casa el resto del día.

—¿Dónde trabaja?

Tillman la miró, desviando los ojos fugazmente, pero de forma deliberada, hasta sus pechos antes de responder. Más que verlo, Kelly percibió el movimiento de Nick cuando este se inclinó hacia delante en su silla. Deseó en silencio que no dijera nada; no quería darle a Tillman la satisfacción de saber que había notado siquiera hacia dónde había desviado su mirada.

—En la City. Soy administrador para la empresa de inversiones NCJ Investors.

Kelly no se había sorprendido cuando el inspector le había dicho que estaría presente en el interrogatorio. Ella le había rogado que la dejara interrogar a Tillman, recordándole lo mucho que había trabajado en el caso y la satisfacción que supondría para ella poder estar allí en la resolución. El inspector había tardado una eternidad en darle una respuesta.

—Está bien. Pero yo también estaré allí.

Kelly había asentido.

—Eres demasiado inexperta para dirigir el interrogatorio tú sola, y muchos de los compañeros se sentirían ofendidos, la verdad.

La otra razón estaba implícita en aquellas palabras: no confiaba en que Kelly no fuese a perder la cabeza. ¿Cómo podía culparlo? Ni siquiera ella confiaba en sí misma.

La habían suspendido de empleo y sueldo inmediatamente, con la amenaza de emprender un procedimiento judicial contra ella, además de la vista disciplinaria en asuntos internos.

—¿En qué cojones estabas pensando? —le había soltado Diggers cuando Kelly salió de la custodia policial, con la camisa desgarrada y un hematoma en el lado de la cara, donde el sospechoso le había devuelto el golpe. Temblaba vigorosamente, con la corriente de adrenalina abandonando su cuerpo con la misma rapidez con que se había apoderado de él.

—No estaba pensando en nada.

Pero no era verdad. Estaba pensando en Lexi. Era inevitable, lo había sabido en cuanto se hizo cargo del caso: una niña, violada por un extraño en el camino de vuelta a casa de la escuela.

—Yo me encargo —le había dicho a su sargento inmediatamente.

Había tratado a la víctima con la compasión que deseó que su hermana hubiese experimentado; sintió así que contribuía en algo a mejorar las cosas.

Al cabo de unos días detuvieron al culpable: una coincidencia de ADN había identificado a un agresor sexual reincidente, viejo conocido de la policía. El hombre renunció a un abogado: se sentó en la sala de interrogatorios con una sonrisa de suficiencia pegada en los labios y vestido con el mono de detenido. «Sin comentarios. Sin comentarios. Sin comentarios.» Luego bostezó, como si todo aquello lo aburriera soberanamente, y Kelly sintió que la ira le bullía en la sangre, como una tetera a punto de arrancar a hervir.

—Así que conducía usted de vuelta a casa... —prosiguió Nick cuando vio que Kelly no decía nada. Ella se obligó a concentrar su mente en Tillman.

—Pasaba por delante de una comisaría cuando me di cuenta de que seguramente aún tenía unos niveles de alcohol en sangre superiores a la tasa máxima, por la cena de la noche anterior. —La comisura de la boca de Tillman se curvó en una sonrisa, y Kelly se dio cuenta de que sabía muy bien que aquella admisión no podía dar pie a ningún procedimiento legal. Kelly habría apostado su pensión a que Gordon Tillman conducía bajo los efectos del alcohol de forma habitual: justo el tipo de gilipollas arrogante que fanfarroneaba diciendo que conducía mejor después de unas cuantas pintas de cerveza—. Pensé que sería más prudente parar a tomar un café, así que me detuve y pregunté a una mujer si había alguna cafetería por allí.

—¿Puede describir a esa mujer?

—Treinta y tantos, pelo rubio. Buena figura. —Tillman sonrió otra vez—. Me recomendó una cafetería relativamente cercana y le pregunté si quería venir conmigo.

—¿Le preguntó a una perfecta desconocida si quería ir a tomar un café con usted? —dijo Kelly, sin molestarse en disimular su incredulidad.

—Bueno, ya sabe lo que dicen —contestó Tillman, con la sonrisa burlona aún asomando a su rostro—: una desconocida solo es una amiga a la que no has conocido todavía. Empezó a echarme miraditas en cuanto me paré con el coche.

—¿Tiene por costumbre invitar a tomar café a mujeres a las que no conoce? —insistió Kelly.

Tillman se tomó su tiempo. Miró a Kelly de arriba abajo de nuevo y sacudió la cabeza levemente antes de responder.

—No te preocupes, nena, solo se lo pido a las guapas —dijo.

—Continúe con su versión de los hechos, por favor —lo interrumpió Nick.

Tillman advirtió el énfasis, pero siguió con su testimonio:

—Se subió al coche y nos fuimos hacia la cafetería, pero luego me hizo una oferta que no podía rechazar. —La sonrisa en la cara de Tillman hizo que a Kelly se le subiera la bilis a la garganta—. Me dijo que nunca había hecho nada así en su vida, pero que siempre había fantaseado con mantener relaciones sexuales con un extraño, y ¿qué fue lo que pensé? Bueno... —se echó a reír—, ¿qué habría pensado usted? Me advirtio que no me diría su nombre y que no quería saber el mío, y luego me guió hasta un polígono industrial a las afueras de Maidstone.

—¿Y qué pasó allí?

—¿Quieres oír todos los detalles? —Tillman inclinó el cuerpo hacia delante, lanzando a Kelly una mirada desafiante—. Hay un nombre para la gente como tú, ¿sabes?

Kelly no perdió la oportunidad de responderle con la misma moneda:

—Y también hay un nombre para la gente como tú.

Sintió un nudo en el estómago y se concentró en mantenerlo allí abajo.

Hubo una pausa y Tillman sonrió de nuevo.

—Me hizo una mamada y luego me la follé. Le ofrecí llevarla a su casa, pero me dijo que prefería quedarse allí. Debía de formar parte de su fantasía, supongo. —Sostuvo la mirada de Kelly, como si presintiera que se estaba librando una batalla en su interior, que toda aquella situación había roto el dique de contención que tanto le había costado erigir—. Le gustaba el sexo duro, aunque, claro, a muchas mujeres les gusta, ¿verdad? —Volvió a sonreír—. Por los gemidos que soltaba esta, disfrutó muchísimo.

«Disfrutó muchísimo.»

El sospechoso no había apartado la mirada de Kelly en todo el interrogatorio. También había un compañero presente, y el detenido no había hecho nada para provocarla, no había realizado ningún movimiento para intimidar a Kelly. Fue cuando apagaron la grabadora y lo estaba llevando ella sola de vuelta a su celda cuando él se inclinó a hablarle al oído. Kelly notó la calidez de su aliento en el cuello y percibió el agrio olor a tabaco y sudor corporal.

—Disfrutó muchísimo —susurró.

Había sido como una experiencia extracorporal, pensó Kelly después, una vez acabado todo, como si hubiese sido otra persona la que se había abalanzado sobre él con el puño en alto, la que le había golpeado en la nariz y le había arañado la cara. Otra persona la que había perdido el control. El compañero de Kelly había conseguido separarla de él y llevársela de allí, pero era demasiado tarde.

Kelly se preguntó cuándo habría escrito Lexi esa carta a la comisaría de Durham, si cabía la posibilidad de que ya entonces a Lexi le importase menos que a Kelly que el caso llegase a resolverse… si Kelly había estado a punto de perder su trabajo en vano.

—Así que eso es, ¿no? —dijo Kelly, ahuyentando la imagen de su mente—. ¿Esa es tu versión de los hechos?

—Eso fue lo que pasó. —Tillman volvió a cruzarse de brazos y se recostó contra la silla, haciendo crujir el plástico—. Pero a ver si lo adivino: le han entrado los remordimientos o su novio se ha enterado y ahora dice que la violé. ¿A que sí?

Kelly había aprendido mucho en los años anteriores. Había formas mejores de enfrentarse a un delincuente que montando en cólera. Se recostó hacia atrás en su silla, imitando a Tillman, levantando las palmas de las manos en el aire como si aceptara la derrota. Esperando la sonrisa petulante que sabía que estaba a punto de dedicarle.

Pero entonces:

—Háblame de la web encuentrala.com.

El cambio fue inmediato.

El pánico destelló en los ojos de Tillman y todo su cuerpo se puso en tensión.

—¿Qué?

—¿Cuánto hace que eres miembro?

—No sé de qué me hablas.

Ahora le tocaba a Kelly sonreír.

—¿Ah, no? Así que cuando registremos tu casa, cosa que haremos mientras estés aquí retenido, y analicemos tu ordenador, no encontraremos ningún registro de tus visitas a esa página web, ¿verdad?

En la frente de Tillman aparecieron las primeras gotas de sudor.

—¿No encontraremos los datos del trayecto que seguía la víctima para ir al trabajo? ¿Datos por los que pagaste? ¿Que te descargaste en tu ordenador?

Tillman se pasó la palma de la mano por la cara y luego frotó con ella la tela de sus pantalones de chándal, dejando un cerco oscuro de sudor en el muslo derecho.

—¿Qué categoría solicitaste como miembro? Platinum, ¿verdad? Un hombre como tú no se contenta con nada que no sea lo mejor.

—No quiero seguir con el interrogatorio —dijo Tillman—. He cambiado de opinión, ahora quiero un abogado.

A Kelly no le sorprendió que Gordon Tillman quisiera llamar a su propio abogado en lugar de que lo asistiera uno de oficio, y además le traía sin cuidado que Tillman tuviese que esperar tres horas para gozar de ese privilegio. Mientras tanto, la policía de Oxfordshire se incautó del portátil de Tillman, junto con los calzoncillos que llevaba en el momento de la presunta agresión, medio tirados en el cesto de la ropa sucia de su dormitorio. Los agentes de la Metropolitana fueron a la oficina de Tillman para requisar su ordenador del trabajo y el contenido de los cajones de su mesa, y Kelly se consoló pensando que, tanto si un juez consideraba a Tillman culpable como si no, su carrera estaba acabada.

—¿Cuánto tardaréis en analizar el portátil? —preguntó Nick a Andrew.

Él y Kelly estaban de vuelta en la brigada de homicidios, mientras Tillman se reunía con su abogado.

—De tres a cinco días si es urgente. Veinticuatro horas si consigues el presupuesto.

—Lo conseguiré. Quiero su historial de búsqueda de los últimos seis meses, documentando cada visita a la web. Quiero saber cuáles son los perfiles que ha visto, qué se ha descargado y si ha buscado sus ubicaciones en Google Earth. Y peina el disco duro en busca de porno: seguro que tiene algunas fotos o vídeos, y si alguno de ellos roza siquiera la ilegalidad, lo encerraremos por eso también. Hijo de puta arrogante…

—Entonces ¿Tillman no te ha caído bien? —dijo Kelly cuando Andrew se fue hacia su cubículo—. Pero si es encantador… —Hizo una mueca—. ¿Cuánto crees que sabe?

—Es difícil decirlo. Lo bastante para callarse como un muerto cuando ha visto que sabíamos lo de la web, eso desde luego, pero no estoy seguro de si sabe quién hay detrás de la página. Si su abogado es sensato, le aconsejará que no diga nada, así que será cuestión de recurrir a las pruebas. ¿Tenemos el informe pericial del médico?

—Hablé con el equipo de delitos sexuales de Kent antes de empezar el interrogatorio y nos han enviado por fax el informe completo. Hay claros indicios de penetración, pero por supuesto eso no lo discute nadie.

Le dio el fax a Nick, que examinó el contenido.

—¿No hay heridas defensivas ni signos evidentes de violencia?

—Eso no quiere decir nada.

Lexi no tenía heridas de ninguna clase. Le dijo a Kelly que se había quedado paralizada, y de eso precisamente era de lo que más se echaba la culpa a sí misma: de no haber luchado ni intentado defenderse.

—No, pero eso nos hace mucho más difícil demostrar la falta de consentimiento. Es fundamental demostrar que hay un vínculo entre Gordon Tillman y el perfil de la víctima en la web. Si lo logramos, su historia de que la encontró por azar en la calle se deshace instantáneamente.

—¿Y si no lo logramos? —preguntó Kelly.

—Lo conseguiremos. ¿Dónde está Lucinda?

—En una reunión del operativo.

—Quiero que señale cuáles podrían ser las víctimas más destacadas del sitio web: no tenemos sus nombres, pero tenemos sus fotos y sabemos exactamente dónde estarán en el trayecto entre sus casas y el trabajo. Quiero que sean identificadas, que las citen para venir a comisaría y que les avisen del peligro que corren.

—Considéralo hecho.

Nick se calló un momento.

—Ha sido un interrogatorio difícil. Hiciste un buen trabajo. Estoy impresionado.

—Gracias.

—Vamos a interrogarlo otra vez. No creo que tardemos mucho esta vez.

El inspector acertó con su predicción: siguiendo los consejos de su abogado, un hombre delgado y de aspecto ansioso con gafas de montura metálica, Gordon Tillman no respondió a ninguna de las preguntas que le hicieron.

—Confío en que pondrán a mi cliente en libertad bajo fianza —dijo el abogado cuando se llevaron a Tillman a su celda.

—Me temo que no es eso lo que tenemos en mente —repuso Kelly—. Se trata de un delito grave y tenemos que llevar a cabo una investigación muy extensa. Recomiendo a su cliente que intente ponerse cómodo, porque va para largo.

Los comentarios positivos de Nick le habían dado confianza y Kelly se había sentido más cómoda que nunca en su propia piel en la segunda parte del interrogatorio. Volvía a ser la misma detective de hacía tanto tiempo, antes de que lo fastidiara todo.

Podían retener a Tillman durante veinticuatro horas, pero Nick se había puesto en contacto con el superintendente de servicio para solicitar una extensión. Teniendo en cuenta el plazo de tiempo indicado señalado por Andrew, seguramente ni siquiera bastaría con las doce horas adicionales que podía autorizar el superintendente; necesitarían la orden de un juez para mantener a Tillman entre rejas por más tiempo.

Kelly examinó la documentación del caso mientras esperaba para informar al sargento encargado de la custodia. La declaración de la víctima daba escalofríos: el Lexus negro se había aproximado a ella y el conductor le había pedido las indicaciones para llegar a un lugar, abriendo la puerta del pasajero porque «la ventanilla no funcionaba».

«Me pareció raro —decía la mujer en su declaración—, teniendo en cuenta el aspecto tan nuevo del coche, pero no sospeché nada.»

Kathryn se había inclinado hacia el interior del coche para darle las indicaciones —el conductor dijo que estaba buscando la M20— y describía a un hombre que parecía agradable y que no resultaba amenazador.

«Se disculpó por molestarme —proseguía Kathryn— y me agradeció que hubiese sido tan amable de ayudarlo.»

Kathryn estaba repitiéndole las indicaciones por segunda vez («dijo que tenía muy mala memoria») cuando se hicieron patentes las verdaderas intenciones de Gordon Tillman.

«De pronto estiró el cuerpo y me sujetó. Agarró un buen trozo del echarpe gris que llevaba, cogiéndolo por detrás de mi hombro derecho, y tiró de mí hasta meterme en el coche. Todo sucedió tan rápido que ni siquiera pude gritar. Arrancó el motor, con mis pies todavía fuera del coche, y me empujó la cara contra su regazo. Notaba el volante detrás de mi cabeza, y, mientras, él usaba la mano que tenía libre para empujarme la cabeza contra su entrepierna.»

En un momento dado, el coche se había detenido el tiempo suficiente para que Tillman alargara el brazo para cerrar la puerta del pasajero, pero seguía manteniendo la cabeza de la mujer presionada contra la ingle, sin cambiar el coche de marcha ni una sola vez.

«Yo intentaba volver la cabeza, pero él no me dejaba —le había dicho Kathryn al detective de Kent en su declaración—.

Tenía la cara presionada contra su pene y sentí que cada vez se le ponía más y más duro. Fue entonces cuando supe que iba a violarme.»

Una nota del agente presente en la declaración informó a Kelly de que la víctima tenía dos hijos, el más pequeño de solo dieciocho meses. Trabajaba a tiempo completo como consultora de colocación y llevaba casada once años.

«Manifiesto mi apoyo absoluto al procedimiento policial y estoy dispuesta a asistir a juicio, si es necesario.»

Pues claro que sí. ¿Por qué no iba a hacerlo?

¿Por qué no Lexi?

—Necesito un poco de aire fresco —dijo Kelly a Nick, que apenas levantó la vista de su escritorio.

Kelly salió de la brigada corriendo por las escaleras y se dirigió al recinto cerrado en la parte de atrás de la comisaría. Se dio cuenta de que tenía los puños cerrados con fuerza y se obligó a sí misma a desplegarlos y respirar profundamente.

Lexi respondió al teléfono justo cuando Kelly pensaba que le iba a saltar el buzón de voz.

—¿Por qué le dijiste a la policía de Durham que no irías a juicio?

Kelly oyó un resoplido al otro lado de la línea.

—Espera un momento.

De fondo se oía una conversación amortiguada, unas voces en las que Kelly reconoció al marido de Lexi y a uno de los niños. «Fergus», pensó. Oyó el ruido de una puerta al cerrarse. Cuando Lexi volvió a hablar, estaba tranquila pero habló con voz firme.

—¿Cómo sabes eso?

—¿Por qué les dijiste que no apoyarías un procedimiento judicial, Lexi?

—Porque no pensaba hacerlo.

—No lo entiendo. ¿Cómo puedes dar la espalda a lo más tremendo que te ha pasado en la vida?

—¡Pues porque no es lo más tremendo que me ha pasado en

la vida, por eso! Mi marido es lo más tremendo que me ha pasado en la vida. Fergus y Alfie son lo más tremendamente bueno. Tú, mamá, papá… Todo eso es mucho más importante que lo que me pasó en Durham hace una vida entera.

—¿Y qué hay de las demás? ¿Cómo te sentirías si violase a otra mujer porque nadie lo ha declarado culpable de tu violación?

Lexi suspiró.

—Me siento culpable por eso, es cierto. Pero es una cuestión de supervivencia, Kelly. De lo contrario, me habría derrumbado, y entonces ¿qué habría pasado? ¿De qué les serviría eso a los niños?

—No entiendo por qué tienes que verlo de esa manera, o blanco o negro. Puede que pasen años antes de que lo detengan, si es que lo detienen alguna vez, y a lo mejor piensas de forma completamente diferente entonces.

—Pero ¿es que no te das cuenta de que eso es exactamente lo que lo hacía tan difícil? —Kelly oyó cómo se le quebraba la voz a su hermana y sintió un nudo en la garganta—. Nunca sabía cuándo podía suceder. Podía pasar en cualquier momento: no sabía si de repente recibiría una llamada diciéndome que habían detenido a alguien, o que alguien les había dado una nueva información. ¿Y si era el día antes de una entrevista de trabajo? ¿Y si era el cumpleaños de uno de los niños? Soy feliz, Kelly. Tengo una buena vida, con una familia a la que adoro, y lo que pasó en Durham fue hace un millón de años. No quiero que se lo lleve todo por delante de nuevo.

Kelly no dijo nada.

—Tienes que ser capaz de entender eso. Tienes que entender por qué lo hice…

—No. No lo entiendo, para nada. Y no entiendo por qué no me dijiste que eso era lo que habías hecho.

—¡Por eso, Kelly! Porque nunca me has dejado pasar página y seguir adelante con mi vida, aunque yo quisiera. Eres agente de policía, te pasas la vida desenterrando el pasado, buscando respuestas, pero es que a veces no hay respuestas. A veces pasan cosas malas, sin más, pasan cosas terribles y tienes que sobrellevarlas de la mejor manera que puedas.

—La negación no es la mejor manera de...

—Tú vives tu vida, Kelly. Déjame a mí vivir la mía.

La comunicación se cortó, y Kelly se quedó en el patio helado, semioculta entre las sombras.

24

—¿Estás nerviosa, cielo?

—Un poco.

Es la una del sábado y estamos en la cocina, recogiendo los platos de la comida. He preparado sopa. Quería que Katie tomara algo caliente antes de irse al ensayo, pero ha cogido un panecillo y casi no ha toca el plato.

—Yo también estoy nerviosa —digo.

Sonrío e intento demostrar solidaridad, pero la expresión de Katie se oscurece.

—¿No crees que pueda hacerlo?

—Oh, cielo, no era eso lo que quería decir. —Me maldigo por haber vuelto a meter la pata—. Estoy nerviosa por ti, estoy emocionada. Siento mariposas en el estómago, ya sabes. —Le doy un abrazo, pero suena el timbre de la puerta y ella se aparta.

—Ese debe de ser Isaac.

La sigo hasta el recibidor, al tiempo que voy secándome las manos con un paño de cocina. Primero tienen un ensayo técnico, luego llegaremos nosotros para el ensayo de vestuario. Tengo muchas ganas de que me guste. Por el bien de Katie. Me fuerzo a sonreír mientras Katie se desenreda de entre los brazos de Isaac y él me saluda.

—Gracias por venir a recogerla.

Lo digo de corazón. Isaac Gunn no es quien yo habría escogido para que saliera con mi hija —es demasiado adulador, demasiado mayor para ella—, pero no puedo negar que está cuidándola. No ha vuelto a casa desde el ensayo sola en el metro ni una sola vez, y siempre la trae a casa en coche cuando salen a cenar a un restaurante.

La agente Swift prometió llamarme en cuanto localizaran a Luke Friedland, y, como esa llamada no se ha producido, empiezo a estar de los nervios. He entrado dos veces en la web hoy y he consultado el perfil de otras mujeres de la lista. He descargado el horario de las que tenían la etiqueta de «Disponibles los fines de semana», y me he preguntado si estarían siguiéndolas ahora mismo.

Justin baja por la escalera. Saluda a Isaac con un gesto de cabeza.

—¿Todo bien, colega? Mamá, me voy. A lo mejor salgo un rato después del trabajo esta noche.

—No, no saldrás. Vamos a ir a ver la obra de Katie.

—Yo no voy. —Se vuelve hacia Katie e Isaac—. No os ofendáis, tíos, pero ese rollo no me va.

Katie ríe.

—No pasa nada.

—Sí que pasa —digo con firmeza—. Vamos a ir como una familia a ver actuar a Katie en su primera obra de teatro como actriz profesional. Fin de la discusión.

—Escucha, no hay necesidad de discutir —interviene Isaac—. Si Justin no quiere ir, a nosotros nos parece bien, ¿verdad, Kate? —Desliza una mano por la cintura de mi hija mientras habla; ella levanta la vista y asiente en silencio.

«¿Kate?»

Estoy a unos centímetros de mi hija, aunque me da la sensación de que nos separa un abismo. Hace un par de semanas éramos ella y yo contra el mundo. Ahora son Katie e Isaac. «Kate» e Isaac.

—Solo es un ensayo de vestuario —dice.

—Pues con mayor razón tenemos que estar ahí para darte ánimos, así estarás lista para la noche de estreno.

Incluso Justin sabe cuándo nadie me moverá de mis trece.

—Está bien.

Isaac tose.

—Sería mejor que nos...

—Nos vemos allí, mamá. ¿Sabéis cómo llegar al teatro?

—Sí, sí. ¡Mucha mierda!

La sonrisa que estoy forzando está haciendo que me duelan las mejillas. Me quedo ante la puerta abierta y los miro mientras se alejan; me despido con la mano cuando Katie se vuelve. Cierro la puerta y el recibidor se enfría por el aire que entra desde la calle.

—A ella le da igual si voy o no, ya lo sabes, ¿verdad?

—A mí no me da igual.

Justin se apoya sobre la barandilla. Me mira con gravedad.

—¿De veras? ¿O solo quieres que Katie piense que te tomas su interpretación en serio?

Me ruborizo.

—Es que sí me lo tomo en serio.

Justin apoya un pie en el último escalón, aburrido de la conversación.

—Y los demás tenemos que estar sentados aguantando un peñazo de Shakespeare solo para que tú puedas demostrarlo. Felicidades, mamá.

He hablado con Matt para que venga a recogernos a los tres. Llama a la puerta pero, cuando abro, él está en la puerta de al lado, tocando el timbre de la casa de Melissa.

—Esperaré en el taxi —dice.

Mientras yo estoy metiendo prisa a Justin y Simon, y poniéndome el abrigo, Melissa y Neil ya están en el taxi. Neil va sentado delante, y Melissa, en el asiento trasero. Me coloco junto a ella, y dejo sitio para Justin. Simon se sienta en el asiento desplegable situado junto a Matt.

—Bueno, qué bonito, ¿no? —dice Melissa—. No sé cuánto tiempo hace que no voy al teatro.

—Maravilloso.

Me vuelvo hacia ella con sonrisa de agradecimiento. Simon

está mirando por la ventanilla. Muevo el pie para tocar el suyo, pero él ignora mi gesto, y aparta las piernas de mi cuerpo.

No quería que Matt viniera a recogernos.

—Podemos ir en metro —dijo cuando le conté que Matt se había ofrecido a llevarnos.

—No seas absurdo. Ha sido muy amable por su parte. Tienes que superarlo, Simon.

—¿Cómo te lo tomarías si la situación fuera al revés? ¿Si mi ex fuera la que nos llevara en coche…?

—Me importaría tres pepinos.

—Entonces id vosotros en el taxi. Nos veremos allí.

—¿Para que todo el mundo sepa el ridículo que estás haciendo? ¿Y que sepan que hemos discutido?

Si hay algo que odia Simon es que la gente hable de él.

Matt me habla desde el asiento del conductor.

—A la calle Rupert, ¿verdad?

—Eso es. Por lo visto está junto a un pub.

Simon se remueve en su asiento, y la pantalla de su móvil le ilumina la cara.

—Waterloo Bridge, pasado Somerset House y a la izquierda por Drury Lane —dice.

Matt ríe.

—¿En domingo? Ni lo sueñes, colega. Por Vauxhall Bridge, Millbank todo el rato hasta Whitehall, y ya veremos cómo llegamos hasta el lugar cuando estemos en Charing Cross.

—Según el navegador GPS, llegaremos diez minutos antes por Waterloo.

—No necesito navegador GPS, colega. Lo tengo todo aquí dentro. —Se da un golpecito en la sien.

A Simon se le tensan los hombros. Cuando Matt estaba estudiando para el examen de taxista de Londres recorría la ciudad en bici, y se aprendía el nombre de todos los callejones, de todas las calles de sentido único. No existe navegador GPS en el mercado que pueda guiarte de forma más fiable por la capital que mi exmarido.

Sin embargo, hoy, ese no es el tema. Miro de reojo a Simon, quien tiene la vista fija en la ventanilla. La única señal de su irritación son sus dedos, que no paran de tamborilear sobre el muslo.

—Yo también creo que por Waterloo iríamos más rápido, Matt —digo.

Él me mira por el espejo retrovisor y yo le sostengo la mirada, y le pido en silencio que haga esto por mí. Sé que, aunque mataría por ganar en una discusión con Simon, jamás haría nada que me molestara.

—Entonces iremos por Waterloo. ¿Luego has dicho que vayamos por Drury Lane?

Simon vuelve a mirar el móvil.

—Eso es. Grita si necesitas que vaya indicándote.

El rostro de Simon no expresa triunfo, ni alivio, pero deja de tamborilear con los dedos, y veo que se relaja en el asiento.

Matt vuelve a mirarme y yo muevo discretamente los labios para decirle: «Gracias». Él sacude la cabeza, y yo no sé si lo hace para quitar importancia a mi agradecimiento o porque le parece increíble que yo lo haya considerado necesario. Simon se vuelve para ponerse de cara al asiento trasero y noto algo contra el pie. Cuando miro hacia abajo, veo el zapato de Simon tocando el mío.

Nadie dice nada cuando, pasados quince minutos, estamos casi parados por el tráfico de Waterloo. Intento pensar en algo que decir, pero Melissa se me adelanta.

—¿Te ha dado la policía alguna respuesta?

—No hay ninguna novedad. —Hablo con tranquilidad, con la intención de quitarle hierro, pero Simon se inclina hacia delante.

—¿Alguna respuesta? ¿Te refieres a las fotos del *Gazette*?

Me quedo mirando a Melissa, quien se encoge de hombros con incomodidad.

—Creía que ya se lo habías contado.

La parte interior de las ventanillas está empañada. Me pongo la manga sobre la mano y la uso para limpiar el cristal. En la calle, el tráfico es lentísimo, y los coches proyectan haces de luz rojos y blancos a través de la cortina de lluvia.

—¿Contarme el qué?

Matt se echa hacia delante. Me mira por el espejo retrovisor. Incluso Neil se ha vuelto y está esperando a que yo hable.

—Oh, por el amor de Dios. No es nada.

—Sí que lo es, Zoe —dice Melissa.

Suspiro.

—Está bien, sí que es algo. Los anuncios del *Gazette* son de una web llamada encuentrala.com. Es una especie de página de contactos, para buscar pareja.

—¿Y tú estás inscrita? —pregunta Matt, entre risas horrorizadas.

Sigo hablando, tanto para que se enteren todos como por mí misma. Cada vez que hablo de lo que está ocurriendo, me siento más fuerte. El secretismo es lo peligroso. Si todo el mundo supiera que están vigilándolo, nadie sufriría ningún daño, ¿no?

—La web vende los detalles de los horarios de los recorridos en trasporte público de mujeres que van de camino al trabajo; qué línea de metro cogen, en qué vagón se sientan, ese tipo de cosas. La policía ha relacionado la web con al menos dos asesinatos, y con otra serie de ataques a otras mujeres. —No les cuento lo de Luke Friedman; no quiero que Simon se preocupe más de lo que ya está.

—¿Por qué no me lo has contado?

—¡Por el amor de Dios, Zoe!

—¿Mamá, estás bien?

—¿La policía ya sabe quién está detrás de esa web?

Me pongo las manos por delante de la cara, para evitar las preguntas.

—Estoy bien. No, no lo saben. —Miro a Simon—. No te lo había contado porque creía que ya tenías bastantes problemas.

—No comento lo del despido, no delante de todos, pero él asiente para expresarme que lo entiende.

—Deberías habérmelo contado —dice en voz baja.

—¿Qué está haciendo la policía? —vuelve a preguntar Melissa.

—Por lo visto es casi imposible seguir la pista a la web. Es por algo de un proxy o no sé qué...

—Un servidor proxy —dice Neil—. Tiene sentido. Se conecta a través del servidor de otra persona para evitar que lo localicen. Me sorprendería que la policía consiguiera averiguar algo. Lo siento, seguramente no es la respuesta que esperabas escuchar.

No lo es, pero sí es la respuesta a la que empiezo a acostumbrarme. Miro por la ventanilla mientras cruzamos Waterloo Bridge, y dejo que los demás hablen de la web como si yo no estuviera allí. Se hacen preguntas que yo ya he formulado a la policía, dan vueltas en círculo por líneas de pensamiento que ya me he planteado. Mis miedos quedan expuestos y son analizados, escrutados como entretenimiento, como si fuera un capítulo del culebrón *EastEnders*.

—¿Cómo creéis que conseguirán los detalles sobre los horarios de esas mujeres?

—Las siguen, supongo.

—Pero no pueden seguir a todo el mundo, ¿verdad?

—¿Podemos cambiar de tema ya? —pregunto, y todo el mundo se queda callado.

Simon me mira un instante para asegurarse de que estoy bien y yo le hago un gesto de asentimiento con la cabeza. Justin está mirando hacia delante, pero tiene los puños apretados sobre las rodillas, y me maldigo por haber comentado el tema de la web tan a la ligera. Debería haberme sentado con los chicos en privado para explicarles qué estaba ocurriendo, darles la oportunidad de decirme cómo se sentían. Alargo una mano hacia Justin, pero él se pone en tensión y me da la espalda. Tendré que encontrar un momento de calma para hablar con él más tarde, después de la obra de teatro. En el exterior, hay personas caminando en parejas y solas, sujetando el paraguas o subiéndose las capuchas para proteger su peinado del viento. No hay nadie mirándolas, nadie está vigilándolas para ver si alguien las observa, así que yo lo hago por ellas.

«¿Cuántas de esas personas están siendo seguidas?»

«¿Cómo podrías saberlo?»

El teatro de la calle Rupert no parece un teatro de verdad desde fuera. El pub que se encuentra junto a él es ruidoso y está lleno de gente joven, y el teatro no tiene ventanas que den a la calle. La fachada de ladrillos está pintada de negro y hay un único cartel en la puerta que indica las fechas de representación de *Noche de Reyes*.

—¡Katherine Walker! —grita Melissa, y señala el nombre escrito con letra diminuta en la parte de abajo del cartel.

—Nuestra Katie, una auténtica actriz. —Matt sonríe de oreja a oreja.

Durante un segundo creo que está a punto de rodearme con un brazo y me aparto hacia un lado. En lugar de eso me da un extraño puñetazo en el hombro, como si se hubiera encontrado con un colega taxista.

—Lo ha conseguido, ¿verdad? —digo.

Porque, aunque no le paguen, aunque el teatro de la calle Rupert en realidad sea un antiguo almacén con un escenario hecho con una tarima y filas de sillas de plástico, Katie está realizando su sueño. La envidio. No por su juventud, ni por su belleza —que son los motivos habituales por los que la gente cree que una madre envidia a su hija—, sino por su pasión. Intento pensar en qué podría haber hecho yo, qué gran pasión podría haber intentado hacer realidad.

—¿Tenía yo alguna pasión a la misma edad de Katie? —pregunto a Matt en voz muy baja para que los demás no me oigan.

—¿Qué?

Estamos bajando la escalera, pero necesito saberlo. Siento que mi identidad se me escapa entre los dedos, que ha quedado reducida a un horario de trenes publicado en internet para que alguien lo compre. Tiro del brazo de Matt y lo obligo a quedar rezagado con respecto a los demás, y ambos nos quedamos en el hueco oscuro de la escalera mientras yo intento explicarme.

—Algo parecido a la pasión por la interpretación de Katie. Se la ve tan viva cuando habla de ello, tan apasionada... ¿Yo sentía lo mismo por algo?

Se encoge de hombros, pues no está seguro de qué quiero decir, de por qué de pronto me importa tanto.

—Te gustaba ir al cine. Vimos muchísimas películas cuando estabas embarazada de Jus.

—No me refiero a eso... eso ni siquiera es un hobby. —Estoy convencida de que simplemente lo he olvidado, de que, en alguna parte, enterrado en el fondo de mi ser, hay una pasión que me define—. ¿Te acuerdas de que a ti te encantaba el motocross? Te pasabas los fines de semana en la pista o reparando motos. Te gustaba muchísimo. ¿No tenía yo una pasión así, algo que me gustara más que cualquier otra cosa?

Matt se acerca más a mí; el olor a cigarrillo y a caramelo de menta extra fuerte me embriaga por su familiaridad.

—Yo —dice en voz baja—. Te gustaba yo.

—¿Venís ya? —Melissa sube la escalera y se detiene con una mano en la barandilla. Nos mira con curiosidad.

—Lo siento —responde Matt—. Estábamos recordando viejos tiempos. No te sorprenderá saber que a nuestra Katie siempre le ha gustado la luz de las candilejas.

Ambos bajan la escalera; Matt va recordando que Katie, a los cinco años, subió al escenario durante nuestras vacaciones en Haven, para cantar «Somewhere over the Rainbow». Yo los sigo, y permito que mis pulsaciones vayan recuperando su ritmo normal.

Una vez abajo, Isaac nos lleva, con exagerada amabilidad, a nuestros asientos. Estamos rodeados por adolescentes de diecisiete años, que sujetan manoseadas copias de la obra, con notas escritas en posit sobresaliendo de entre sus páginas.

—Siempre enviamos nuestras invitaciones a los centros escolares locales cuando necesitamos público para un ensayo de vestuario —dice Isaac cuando me ve mirando a mi alrededor—. Ayuda a los actores a tener público real, y *Noche de Reyes* siempre está incluido en el plan de estudios de algún centro.

—¿Por qué has tardado tanto? —pregunta Simon, cuando me acomodo en el sitio que se encuentra junto a él.

—Estaba buscando el baño.

Simon señala la puerta ubicada a un lado de la sala, con un cartel que dice claramente ASEO.

—Iré luego. Están a punto de empezar. —Soy consciente de la presencia de Matt sentado a mi lado, irradiando un calor que siento incluso sin tocarlo. Me inclino en dirección a Simon y lo tomo de la mano—. ¿Qué pasa si no lo entiendo? —susurro—. No estudié a Shakespeare en la escuela. Todo eso que estabas hablando con Katie… no tengo ni idea de nada.

Él me da un apretón en la mano.

—Tú disfruta y ya está. Katie no va a hacerte ningún examen. Ella solo quiere que pienses que lo hace de maravilla.

Eso es fácil. Sé que lo hará de maravilla. Estoy a punto de decirlo en voz alta a Simon, cuando las luces se apagan y alguien hace callar al público. Se abre el telón.

—Si la música es el alimento del amor, que siga sonando.

Hay un solo hombre sobre el escenario. Había imaginado fruncidos cuellos de la época isabelina y abigarrados puños de camisolas, pero el chico viste vaqueros ajustados negros y una camiseta gris, y lleva unas Converse rojas y blancas. Dejo que sus palabras me envuelvan como si fueran música. No entiendo todas las frases, pero disfruto de su sonido. Cuando Katie entra en escena, va acompañada por dos marineros, y casi se me escapa un grito de emoción. Tiene un aspecto sensacional; lleva el pelo peinado con una compleja trenza que le cuelga sobre un hombro, y una ajustada camiseta plateada. Su falda está hecha jirones, a consecuencia del naufragio que se nos ha narrado hace un momento con destellos de luces y los efectos sonoros de un choque.

—¿Y qué haré yo en Iliria si mi hermano está en el Eliseo? Con suerte no se habrá ahogado. ¿Qué pensáis, marineros?

Debo recordarme a mí misma que es Katie quien está ahí arriba. No se equivoca ni una sola vez; su presencia llena el auditorio incluso cuando no habla. Quiero mirarla a ella y solo a ella, pero me dejo cautivar por la historia; por los demás actores, que se lanzan las frases como si fueran puñetazos. El ganador tiene la última palabra. Me sorprendo a mí misma riendo y luego conmovida hasta la lágrima.

—Construiría ante ti una cabaña de sauce.

Su voz recorre al público en silencio y yo contengo la respiración. Había visto a Katie en las obras de teatro del colegio, practicando para audiciones, cantando en los concursos de talentos de los campamentos de verano. Pero esto es diferente. Su interpretación es sobrecogedora.

—Ah, no tendrías reposo entre los elementos, entre el aire y la tierra, hasta que te apiadaras de mí.

Apretujo la mano a Simon y miro a mi izquierda, donde Matt está sonriendo, a punto de estallar de alegría. Me pregunto si está viendo lo que yo veo. «Es prácticamente una adulta», suelo decir cuando hablo de Katie, pero ahora me doy cuenta de que no es así. Ya es una mujer adulta. No importa si toma las decisiones correctas o no, sus decisiones son cosa suya.

Aplaudimos como locos cuando Isaac sube a escena para decirnos «Aquí haremos el descanso», reímos justo cuando toca y permanecemos en silencio comprensivo cuando el técnico de iluminación comete un error de coordinación y deja a Olivia y a Sebastian a oscuras. Cuando por fin se cierra el telón, me muero por levantarme de un salto y salir al encuentro de Katie. Me pregunto si Isaac nos llevará entre bastidores, pero Katie sale corriendo por el escenario y salta hasta la platea para unirse a nosotros. Nos amontonamos a su alrededor, e incluso Justin le dice que «Ha estado bien».

—Has estado asombrosa… —Me doy cuenta de que tengo lágrimas en los ojos, y parpadeo para que no se note. Estoy llo-

rando y riendo al mismo tiempo. La sujeto por ambas manos—.
¡Has estado asombrosa! —repito.

Ella me abraza y me llega el olor del grasiento maquillaje y los polvos para la cara.

—¿Nada de cursos de secretariado? —pregunta.

Me toma el pelo, pero yo le suelto las manos y tomo su cara entre mis palmas. Tiene los ojos brillantes y jamás ha estado más hermosa. Le quito un manchurrón de maquillaje con el pulgar.

—No, si no es a lo que quieres dedicarte.

Percibo la sorpresa en su cara, pero ahora no es el momento de hablar sobre ello. Me echo a un lado para que los demás tengan la oportunidad de decirle lo maravillosa que ha estado, y disfruto de la lluvia de halagos que recibe. Con el rabillo del ojo veo cómo la mira Isaac. Él me ve mirándolo y se acerca.

—¿Verdad que ha estado maravillosa? —digo.

Isaac asiente con parsimonia, y, como si ella pudiera captar que él está mirándola, Katie levanta la vista y sonríe.

—Ha sido la estrella de la obra —asevera él.

25

El centro de control del circuito cerrado de televisión del metro de Londres aún olía a moqueta recién estrenada y pintura fresca. Había veinte monitores en la pared frente a la hilera de escritorios tras la que tres operadores iban cambiando hábilmente de imágenes entre las cámaras mediante *joysticks* y teclados de ordenador. En una esquina, una puerta daba a la sala de edición, donde se podían capturar, mejorar y distribuir las imágenes a los agentes que las requiriesen para una investigación. Kelly entró y se dirigió a la mesa de Craig, en el fondo, siguiendo con la mirada un objetivo en la estación de Kings'Cross, de cuyo seguimiento se encargaba en ese momento otro de los operadores.

—Ahora pasa por delante de Boots... ha tirado algo a la papelera debajo del reloj. Sudadera con capucha verde, pantalón de chándal negro Adidas, zapatillas de deporte blancas.

Un agente de uniforme corrió a través de la pantalla, a punto de dar alcance a la figura fugitiva, que ahora estaba a la altura de la tienda de complementos Claire's Accessories. A su alrededor había gente cargada con maletas, maletines y bolsas de la compra. Miraban las gigantescas pantallas que tenían sobre la cabeza, esperando información sobre el andén, el horario de los trenes o posibles retrasos; todos ellos ajenos a la ingente cantidad de delitos que ocurrían a su alrededor todos los días.

—Hola, Kelly, ¿cómo te tratan en la Metropolitana?

A Kelly le caía bien Craig. Tenía unos veintipocos años y estaba desesperado por ingresar en el cuerpo de policía. Absorbía todo lo que decían los agentes, y tenía más instinto que la mitad de los patrulleros con los que Kelly había trabajado, pero el examen de aptitud estaba suponiendo todo un reto para él.

—Es genial, me encanta. ¿Cómo van esos entrenamientos?

Craig parecía orgulloso. Se dio unas palmaditas en su no demasiado lisa barriga.

—He perdido casi dos kilos esta semana. Poco a poco lo conseguiré.

—Me alegro por ti. ¿Puedes ayudarme a encontrar a alguien?

Localizar a Luke Friedland en las cámaras de vigilancia fue fácil: la puntualidad de Zoe Walker en su recorrido diario era absoluta. El andén de Whitechapel estaba demasiado abarrotado de gente para que Kelly pudiera ver con claridad a la mujer, pero cuando el tren abandonó la estación, llevándose consigo a la multitud, la cámara de videovigilancia mostró la imagen de Zoe frente a un hombre alto.

Era Luke Friedland.

Suponiendo que ese fuera su verdadero nombre.

Si no hubiese sido por la información previa de la que disponía, Kelly los habría tomado por una pareja cualquiera. Parecían cómodos en compañía del otro, y Friedland incluso tocó a Zoe ligeramente en el brazo al despedirse.

—Vuelve a pasar esa secuencia, por favor —le pidió a Craig.

Un repentino aumento en el número de gente, como la crecida de una ola, indicaba algún tipo de alboroto cuando el tren se acercó, pero cesó rápidamente cuando la muchedumbre de usuarios subió al vagón. La cámara estaba demasiado lejos para ver exactamente qué era lo que había hecho tropezar a Zoe.

El teléfono de Kelly vibró sobre el escritorio. Al bajar la vista, vio un mensaje de texto de Lexi y puso el teléfono del revés para poder ignorarlo. Que Lexi dejara otro mensaje en el buzón de voz; Kelly no quería hablar con ella.

«No lo entiendes», decía el último SMS de Lexi.

No, Kelly no lo entendía. ¿Qué sentido tenía el trabajo que hacían sus colegas y ella? ¿Qué utilidad tenía la fiscalía, el sistema judicial, los servicios penitenciarios? ¿Para qué luchar por la justicia si las víctimas, las personas como Lexi, no se molestaban en apoyar los procedimientos?

Dio a Craig la segunda fecha y hora. Martes 24 de noviembre, hacia las 18.30 horas: el segundo encuentro de Zoe con Friedland, cuando este la había acompañado desde el tren en Crystal Palace hasta la salida y luego le había pedido que fuera a tomar algo con él. ¿Había descargado los perfiles de otras mujeres del sitio web? ¿Habría intentado abordarlas de la misma manera? Andrew Robinson parecía confiar en que su equipo de Delitos Informáticos identificaría al hombre que había detrás de la web, pero ¿cuánto tiempo tardaría? Entretanto, Kelly estaba enfocando el caso como si investigara una red de narcotráfico: de abajo arriba. Gordon Tillman se había negado a responder a sus preguntas, pero tal vez Luke Friedland sería más hablador.

—¿Es él?

Craig hizo una pausa y Kelly asintió.

Caminaban hacia la salida; Kelly reconoció el impermeable rojo de Zoe y el abrigo más formal que había visto llevar a Friedland en las imágenes anteriores. Tal como Zoe había dicho en su declaración, cuando se acercaron al torniquete de salida, Friedland esperó, dejando que Zoe pasara primero.

Kelly sonrió al ver a Friedland pasar su tarjeta Oyster por la máquina.

—Ya te tengo —murmuró, anotando la hora exacta que aparecía en la pantalla. Cogió el teléfono y marcó un número de memoria—. Hola, Brian, ¿qué tal? ¿Cómo te va?

—Aquí lo mismo que siempre, ya sabes cómo funciona esto —contestó Brian con alegría—. ¿Qué tal tú? ¿Cómo te va por ahí?

—Me encanta.

—¿En qué puedo ayudarte?

—Martes 24 de noviembre, Crystal Palace, segundo torniquete de la izquierda, 18.37. Por si sirve de ayuda, en el sistema debería aparecer una tal Zoe Walker pasando inmediatamente antes.

—Dame un momento.

Kelly oyó el sonido del teclado de Brian. Canturreaba en voz baja, y Kelly reconoció el mismo estribillo sin sentido que había estado tarareando desde que lo conocía. Brian había cumplido sus treinta años de servicio en el cuerpo, había intentado jubilarse anticipadamente y, al día siguiente, había vuelto para trabajar de nuevo en el metro de Londres.

«En casa me aburriría», le había dicho a Kelly cuando esta le preguntó por qué no estaba disfrutando de su jubilación. Después de treinta años trabajando en Londres no había nada que Brian no supiera acerca de la ciudad; cuando se jubilara de verdad, iba a ser difícil encontrar un buen sustituto.

—¿Tienes idea de a quién estás buscando, Kelly?

—A un hombre, desde luego —dijo—, posiblemente a un tal Luke Friedland.

Hubo una nueva pausa y luego Brian rió entre dientes; era un sonido gutural, un carraspeo ronco alimentado por el café y los paquetes de Benson & Hedges.

—No es demasiado imaginativo el amigo. Su tarjeta Oyster está registrada a nombre de Luke Harris. ¿Y quieres adivinar dónde vive?

—¿En la calle Friedland?

—¡Has acertado a la primera!

Lo estaban esperando cuando regresó del trabajo. Se bajó del coche e hizo una pausa antes de introducir el código de la puerta de entrada a su casa.

—¿Podríamos hablar un momento con usted? —dijo Kelly, enseñándole su tarjeta y observando atentamente a Harris. ¿Eran imaginaciones suyas o vio un destello de pánico en sus ojos?

—¿Qué ocurre?

—¿Podemos entrar?

—No me va muy bien; tengo mucho trabajo por hacer esta noche. Tal vez podrían dejarme un número…

—¿Prefiere que nos lo llevemos a comisaría? —dijo Nick, adelantándose para situarse al lado de Kelly.

Harris alternó la mirad entre los dos.

—Será mejor que entren.

Luke Harris vivía en un ático, el piso más alto de las seis plantas que albergaban apartamentos más modestos. Salieron del ascensor a un amplio espacio abierto, encontrando a la izquierda las superficies blancas y relucientes de una cocina que se utilizaba rara vez.

—Muy bien —dijo Nick, cruzando el salón y mirando a la ciudad. A la derecha, la torre de BT se alzaba por encima de los edificios vecinos, y Kelly vio el Shard y el Heron a lo lejos. Dos sofás gigantescos ocupaban el centro de la sala, uno frente al otro, separados por una enorme mesa de centro de cristal, con la superficie abarrotada de lustrosos libros de viajes—. Ha leído todos esos libros, ¿verdad?

Harris actuaba con nerviosismo, tirándose de la corbata y mirando primero a Kelly y luego a Nick.

—¿De qué trata todo esto?

—¿El nombre de Zoe Walker le suena de algo?

—Me temo que no.

—La invitó a tomar algo la semana pasada, en la estación de Crystal Palace.

—¡Ah! Sí, por supuesto… Zoe. Me dijo que no.

Kelly detectó un dejo de indignación que no encajaba con el despreocupado gesto de Harris al encogerse de hombros.

—¿No es habitual que una mujer se resista a sus encantos? —dijo Kelly, con un tono cargado de sarcasmo.

Harris tuvo el detalle de sonrojarse discretamente.

—No, no es eso. Es solo que creía que nos habíamos caído bastante bien, en el poco tiempo que pasamos juntos. Y aunque era atractiva, debía de pasar de los cuarenta, así que... —Su voz se apagó bajo la mirada fulminante de Kelly.

—¿Y pensó que podría estar un poco más agradecida?

Harris no dijo nada.

—¿Cómo conoció a Zoe Walker?

Nick se alejó de los inmensos ventanales y se dirigió al centro de la habitación. Harris no la había invitado a sentarse y había permanecido de pie, así que Kelly había hecho lo mismo. El inspector, en cambio, no tuvo esos reparos, sino que se sentó pesadamente en uno de los sofás, con el cojín sobresaliendo por debajo a cada lado. Kelly lo imitó. A regañadientes, como si hasta ese momento hubiese esperado que no se quedarían allí mucho tiempo, Harris se sentó frente a ellos.

—Nos pusimos a hablar en el metro el lunes. Luego nos encontramos de nuevo por casualidad y parecía que habíamos congeniado. —Volvió a encogerse de hombros, pero era un gesto más forzado esta vez—. No es un crimen invitar a tomar algo a alguien, ¿verdad?

—¿Se conocieron en el metro? —dijo Kelly.

—Sí.

—¿Coincidieron por pura casualidad?

Harris hizo una pausa.

—Sí. Oigan, todo esto es absurdo. Tengo trabajo que hacer, así que si no les importa...

Hizo amago de ponerse de pie.

—¿No compró usted los datos sobre el trayecto que realiza habitualmente Zoe en un sitio web llamado «encuentrala.com»?

Kelly mantuvo un tono despreocupado, disfrutando de la expresión en la cara de Harris, que alternaba entre el miedo y la perplejidad. Se sentó y Kelly esperó a que hablara.

La pausa parecía eterna.

—¿Me van a detener?

—¿Deberíamos?

Kelly dejó que el silencio respondiera por ella. ¿Había cometido un delito? No era un crimen invitar a Zoe Walker a tomar una copa, pero si la había estado siguiendo…

Gordon Tillman había sido acusado de violación, había permanecido bajo arresto y se había presentado ante el juez el sábado por la mañana. Por consejo de su abogado, Tillman no había respondido a ninguna de las preguntas que le hicieron, a pesar de la sugerencia de Kelly de que estaba empeorando la situación.

—¿Quién está detrás del sitio web, Gordon? —había preguntado Kelly de nuevo—. La sentencia será mucho más favorable si nos ayudas.

Tillman había mirado a su abogado, quien se apresuró a responder en su nombre.

—Es una promesa audaz, agente Swift, pero no tiene usted autoridad para prometer algo así. He aconsejado a mi cliente que no responda a ninguna pregunta.

El letrado había hecho un intento de solicitar la libertad bajo fianza en el tribunal, basándose en la ausencia de antecedentes de Tillman, su posición en la comunidad y el impacto que su ausencia tendría en su carrera, pero la rapidez con que el magistrado rechazó la petición sugería que ya había tomado la decisión de antemano.

No habían logrado obtener ninguna información de Tillman, pero quizá Luke Harris se mostrase más comunicativo: no había nada serio en juego, ninguna acusación de violación, ni amenazas de detención o de encerrarlo en una celda. Tenían que manejar aquello con delicadeza.

—La web —insistió Kelly.

Luke apoyó los codos en las rodillas y la cabeza sobre los dedos extendidos.

—Me abrí una cuenta hace unas semanas —murmuró, dirigiéndose a la gruesa alfombra bajo la mesa de centro—. Alguien del trabajo me habló de la web. El de Zoe fue el primer perfil que me descargué.

«No me lo creo», pensó Kelly, pero decidió no presionarlo. Por el momento.

—¿Por qué no nos lo dijo cuando le preguntamos la primera vez?

Harris levantó la vista.

—Supuestamente es todo muy secreto. Se aconseja a los miembros que sean discretos.

—¿Quién? —dijo Nick—. ¿Quién dirige el sitio web, Luke?

—No lo sé. —Levantó la vista—. ¡Lo juro! Eso es como preguntarme quién dirige Wikipedia o Google Earth. Solo es una web que uso... no tengo ni idea de quién la dirige.

—¿Cómo conoció su existencia?

—Ya se lo he dicho, por alguien del trabajo.

—¿Quién?

—No lo recuerdo.

Luke se ponía cada vez más nervioso con cada pregunta que le hacía Nick.

—Inténtelo.

Se frotó la frente.

—Unos cuantos estábamos charlado en el bar después del trabajo. La conversación era un poco bestia. Algunos de los chicos habían estado en un club de estriptís el fin de semana... se hicieron un montón de bromas sobre eso. Ya saben lo que pasa cuando un grupo de hombres se junta... —Aquello iba dirigido a Nick, que permaneció impasible—. Alguien mencionó el sitio web. Dijeron que se necesitaba una contraseña para abrir una cuenta, oculta en el número de teléfono de un anuncio en la sección de clasificados de *The London Gazette*. Una especie de código secreto, solo para iniciados. No pensaba mirar pero sentí curiosidad y... —Se calló, alternando la mirada entre Nick y Kelly—. No hacía nada malo.

—Creo que debería dejarnos a nosotros decidir eso —dijo Nick—. Así que se descargó la información sobre Zoe Walker y la siguió.

—¡No la seguí! No soy un acosador. Solo me las ingenié

para tropezarme con ella, nada más. Miren, todo esto —hizo un amplio gesto con un brazo abarcando la totalidad del ático— es estupendo, pero trabajo duro por ello. Paso siete días a la semana en la oficina, cada noche mantengo conferencias telefónicas con Estados Unidos... Eso no me deja mucho tiempo para conocer a mujeres. Esa web me ofrecía un poco de ventaja, eso es todo.

«Más bien varios kilómetros de ventaja», pensó Kelly, captando la mirada de Nick.

—Dígame qué pasó en el andén de Whitechapel, la primera vez que habló con Zoe Walker.

El rostro de Harris reflejó la misma expresión de ansiedad que antes, moviendo los ojos hacia la izquierda.

—¿Qué quiere decir?

—Tenemos una declaración de Zoe —dijo Kelly, arriesgándose a hablar—. Nos lo ha contado todo.

Harris cerró los ojos un instante. Cuando los abrió, evitó mirarla a la cara y dirigió la vista, en cambio, hacia una guía ilustrada de Italia que tenía delante, en la mesa de centro.

—Había intentado hablar con ella esa mañana. La vi en el tren, justo donde su perfil decía que estaría. Quise hablar con ella, pero no me hizo caso. Decidí que si hacía algo para ayudarla conseguiría romper el hielo: pensé que podría cederle mi asiento o llevarle la bolsa de la compra o algo así. Pero no surgió ninguna oportunidad de hacer nada de eso. Entonces, me vi detrás de ella en Whitechapel, y ella estaba muy cerca del borde del andén y...

Dejó de hablar, con los ojos fijos aún en el libro que tenía delante.

—Continúe.

—La empujé.

Kelly dio un respingo involuntario. A su lado, sintió que Nick se erguía de repente. Se acabó obrar con delicadeza...

—La cogí enseguida, al instante. Nunca estuvo en peligro. A las mujeres les gusta ser rescatadas, ¿no?

Kelly reprimió su respuesta instintiva. Miró a Nick, que asintió con la cabeza. Kelly se puso de pie.

—Luke Harris, queda usted detenido por el intento de asesinato de Zoe Walker. Tiene derecho a permanecer en silencio. Cualquier cosa que diga podrá ser utilizada en su contra ante un tribunal.

26

La agente Swift me llama por teléfono el lunes por la tarde.

—Hemos detenido al hombre con el que habló en White-chapel.

—¿A Luke Friedland?

—Su verdadero nombre es Luke Harris. —Hace una pausa lo bastante larga para que yo me pregunte por qué me mintió. La respuesta me llega cuando la agente vuelve a tomar aire—. Ha reconocido que fue él quien la empujó. Lo hemos detenido por homicidio en grado de tentativa.

Me alegro de estar sentada, porque siento que se me va la cabeza. Alargo la mano para coger el mando del televisor y quito el volumen. Justin se vuelve hacia mí, dispuesto a protestar pero no dice nada al ver mi expresión. Mira a Simon y luego hace un gesto de asentimiento hacia mí.

—¿Homicidio en grado de tentativa? —consigo decir.

Justin abre los ojos de par en par. Simon alarga una mano y me toca por la única parte a la que llega desde donde está: el pie, colocado entre ambos en el sofá. En la tele, un niño de nueve años con el fémur roto es trasladado a toda prisa por un pasillo en el *reality* hospitalario *24 Hours in A&E*.

—No creo que prospere —dice la agente Swift—. Para condenarlo tendríamos que probar el intento de asesinato. —Se me corta la respiración, y ella se apresura a añadir—: Y él afirma que eso no fue lo que hizo.

—¿Y usted le ha creído? —Asesinato en grado de tentativa. Asesinato. La expresión me retumba en la cabeza. Si hubiera aceptado su invitación a tomar una copa, ¿me habría matado?

—Sí, le creo, Zoe. No es la primera vez que ha usado esa técnica para conocer a una mujer. Bueno... él... creía que usted se mostraría más receptiva cuando la invitara a salir... si... si creía que acaba de salvarle la vida.

No encuentro las palabras para expresar la repulsa que me produce que alguien pueda pensar algo así. Coloco los pies bajo el cuerpo y aparto la mano que Simon me había puesto en el tobillo. Ahora mismo no quiero que me toquen. Nadie.

—¿Qué pasará con él?

La agente Swift suspira.

—Detesto decirlo, pero, seguramente nada. Pasaremos el informe a la fiscalía de homicidios para que le eche un vistazo, y lo soltarán bajo fianza con la condición de no contactar con usted, pero yo intuyo que negará los cargos. —Hace una pausa—. No debería contarle esto, pero lo trajimos a la comisaría para darle un susto. Para ver si podíamos sacarle algo de información que nos ayudara a identificar al cabecilla de todo esto.

—¿Y consiguieron algo?

Sé lo que me responderá antes de que lo haga.

—No. Lo siento.

Cuando cuelga el teléfono, sigo con el móvil pegado a la oreja, retrasando el momento en que tenga que explicar a mi compañero y a mi hijo que hay un hombre detenido en North London acusado de haberme empujado a las vías.

Al hacerlo, Justin es el que reacciona primero, porque Simon parece estupefacto, incapaz de procesar lo que estoy contándole.

—¿Creía que saldrías con él si te empujaba?

—«Síndrome del caballero de blanca armadura», lo ha llamado la agente Swift —mascullo. Me siento aturdida, como si le hubiera ocurrido a otra persona.

—¿Se meten con los chavales por beber en la calle, pero no

condenan a alguien que ha reconocido intentar matar a una persona? Cerdos.

—Justin, por favor. Tienen las manos atadas.

—Pues así deberían estar de verdad, joder. Atados a una tubería en el fondo del río Támesis.

Sale del salón y oigo sus pisadas enérgicas subiendo la escalera.

Simon todavía parece desorientado.

—Pero tú no saldrías con él, ¿verdad?

—¡No! —Lo tomo de la mano—. Está como una cabra.

—¿Y si intenta volver a hacerlo?

—No lo hará. La policía no se lo permitirá —digo con más seguridad de la que tengo en que sea cierto. Porque ¿cómo van a impedirlo?

Y, aunque detengan a Luke Friedland —«Harris», me recuerdo—, ¿cuántos hombres más habrán descargado mi horario de trenes? ¿Cuántos podrían estar esperándome en un andén del metro?

—Mañana te acompañaré al trabajo.

—Tienes que estar en Olympia a las nueve y media.

Simon tiene una entrevista con una revista corporativa. Su sobrecualificación resulta ridícula para lo que he visto que es un puesto de periodista principiante, pero, en cualquier caso, es un trabajo.

—Lo anularé.

—¡No puedes anularlo! Estaré bien. Te llamaré desde Whitechapel antes de coger el metro, y volveré a llamarte en cuanto salga a la calle. Por favor, no anules la entrevista.

No parece convencido, y, aunque detesto tener que hacerlo, le aprieto las tuercas un poco.

—Necesitas ese trabajo. Necesitamos el dinero.

A la mañana siguiente, vamos caminando juntos a la estación. Tiro una moneda en la funda de la guitarra de Megan y luego tomo a Simon de la mano con cariño. Él ha insistido en acompañarme hasta el metro antes de coger su tren a Clapham, y veo que está fijándose en la gente que nos rodea en el andén.

—¿Qué estás buscando?

—A ellos —me dice con expresión de disgusto—. Hombres.

Hay hombres vestidos con traje oscuro a nuestro alrededor, como piezas de dominó mal colocadas. Ninguno de ellos está mirándome, y me pregunto si será porque Simon está aquí. Como había imaginado, en cuanto Simon se va y me quedo sola sentada en el metro, me fijo en uno de los hombres de traje oscuro sentado frente a mí. Está mirándome. Lo miro de frente y él desvía la mirada, pero, transcurridos unos segundos, ya vuelve a mirarme.

—¿Puedo ayudarle en algo? —pregunto en voz alta.

La mujer sentada a mi lado se remueve en el asiento y se recoge la falda para dejar de tocarme. El hombre se pone rojo como un tomate y se mira los pies. Dos chicas del fondo del vagón se miran riendo con nerviosismo. Me he convertido en una de esas mujeres locas del metro; de esas que hacen que la gente se desvíe para no cruzarse con ellas. El hombre no vuelve a mirarme y se baja en la siguiente parada.

En el trabajo me cuesta cada vez más concentrarme. Empiezo a actualizar la web de Hallow & Reed, pero me doy cuenta de que he incluido en la lista tres veces la misma propiedad. A las cinco Graham sale de su despacho. Se acomoda en la silla del otro lado de mi mesa, donde se sientan los clientes cuando esperan a que les dé detalles sobre las propiedades que les interesan. Sin decir nada, me pasa una hoja impresa con los datos de unos despachos que he redactado esta mañana.

> Estos despachos de alto standing cuentan con sala de reuniones, conexión a internet de alta velocidad y una recepción totalmente equipada.

Me quedo mirándolo, pero no veo ningún problema.

—¿A novecientas libras al mes?

—Mierda, me he comido un cero. Lo siento. —Empiezo a conectarme a la web para corregir mi error, pero Graham me detiene.

—No es el único error que has cometido hoy, Zoe. Y ayer lo hiciste igual de mal.

—Ha sido un mes difícil, y yo...

—En cuanto a la otra noche, en el coche... creo que no hace falta que te diga que tu reacción me pareció totalmente ilógica, por no decir lo insultante que fue.

Me ruborizo.

—Lo malinterpreté, eso es todo. Me desperté de golpe y todo estaba oscuro y...

—Será mejor que no le demos más vueltas. —Graham parece casi tan avergonzado como yo—. Verás, lo siento, pero no puedo tenerte aquí si no te concentras en el trabajo.

Lo miro con desesperación. No puede despedirme. Ahora no. No cuando Simon está sin trabajo.

Graham no me mira a los ojos.

—Creo que deberías tomarte unas vacaciones.

—Estoy bien, de verdad, es que...

—Lo consideraré estrés —dice.

Me pregunto si lo habré oído mal.

—¿No vas a despedirme?

Graham se levanta.

—¿Debería hacerlo?

—No, solo es que... Gracias. Te lo agradezco de corazón.

Se ruboriza ligeramente, pero no da ninguna señal más de sentirse conmovido por mi gratitud. Es una cara de Graham Hallow que no había visto nunca, y me parece que a él le sorprende tanto como a mí. Lo confirmo minutos después, cuando los negocios reemplazan la empatía y sale con una pila de recibos y facturas de su despacho, que va metiendo en una bolsa de plástico.

—Puedes hacer esto desde casa. Hay que facturar el IVA por separado. Llámame si encuentras algo que no encaje.

Vuelvo a darle las gracias y recojo mis cosas, me pongo el

abrigo y me cuelgo el bolso cruzado sobre el pecho antes de ir caminando hacia la estación. Me siento algo más tranquila porque sé que hay una cosa menos de la que debo preocuparme.

Estoy doblando a la izquierda desde la calle Walbrook hacia Cannon cuando percibo cierta sensación.

Un escalofrío me recorre la espalda; tengo la impresión de que están vigilándome.

Me vuelvo, pero la acera está repleta de personas a mi alrededor. Nadie destaca en especial. Espero en el cruce y resisto la tentación de mirar a mis espaldas, aunque me quema la nuca imaginando unos ojos clavados en mí. Cruzamos la calle como un rebaño de ovejas, todos muy juntos, y cuando llegamos al otro lado no puedo más que mirar con detenimiento al grupo en busca de un lobo.

Nadie está fijándose en mí.

Me lo he imaginado sin duda, lo mismo que me ha pasado esta mañana con el hombre del metro. Igual que me pasó cuando imaginé que el chico de las zapatillas de deporte estaba siguiéndome, cuando la verdad era que seguramente ni siquiera me había visto. La web está sacándome de mis casillas.

Necesito centrarme un poco.

Subo con paso ligero el tramo de escaleras, mi mano toca con ligereza la barandilla metálica; así voy a la misma velocidad que lo trajeados. A mi alrededor, hay gente que finaliza sus llamadas.

«Acabo de entrar en la estación.»

«Perderé la cobertura en cualquier momento.»

«Te llamaré cuando me queden diez minutos para llegar.»

Saco el móvil y envío un mensaje a Simon: «Voy de camino a casa. Estoy bien». Ya me encuentro en el segundo tramo de la escalera y estoy adentrándome en las entrañas de la estación. Una vez llegas aquí, cambia el sonido de las pisadas, pues retumban sobre superficies de cemento. Mis sentidos están a flor de piel; oigo cada una de las pisadas de las personas que caminan por detrás de mí. Un par de tacones, que se oyen incluso más altos cuando me adelantan. La pisada tenue de unas bailarinas. El sonido metálico del acero sobre el cemento: un par de anticuados protectores metálicos de la marca Blakey clavados en las suelas de un calzado masculino. Debe de ser un tipo mayor que yo, pienso, y me distraigo imaginando qué aspecto tendrá. Llevará traje hecho a medida; calzado fabricado a mano. Pelo cano. Gemelos caros. No está siguiéndome, solo se dirige a casa, a reencontrarse con su mujer y su perro y la casita de campo que ambos tienen en los Cotswolds.

El escalofrío que siento en la nuca es persistente. Saco el bono del metro, pero, al llegar al torniquete, me echo a un lado, y me pego a la pared donde está el plano del metro. Tras pasar el torniquete, los viajeros entran a un pasillo por el que caminan sin parar, como si no pudieran soportar el estar quietos. Cada cierto tiempo el flujo se ve interrumpido por alguien que desconoce las normas, que no lleva el tíquet en la mano y rebusca en los bolsillos o lo saca, como puede, del bolso. Se oyen sonoras quejas de los viajeros que esperan hasta que la persona en cuestión encuentra el billete y la fila de personas puede continuar avanzando. Nadie se fija en mí. «Son todo imaginaciones tuyas», me digo y me lo repito con la esperanza de que mi cuerpo se crea lo que está diciéndole mi cabeza.

—Perdón, ¿podría…?

Me muevo para dejar que una mujer con un niño pequeño mire el plano del metro que tengo detrás. Tengo que llegar a casa. Pongo la tarjeta Oyster sobre el lector del código de barras y paso por el torno; avanzo como una autómata hacia el andén de la línea de District. Empiezo a dirigirme hacia el fondo del andén, hacia el lugar donde se abrirán las puertas del vagón, luego pienso en el consejo de la agente Swift: «Cambia de asiento. No hagas lo mismo de siempre». Me vuelvo de golpe sobre los tacones y regreso por el camino que venía. Al hacerlo, veo con el rabillo del ojo algo que se mueve a toda prisa. No es algo, es alguien. ¿Alguien que está escondiéndose? ¿Alguien que no quiere ser visto? Miro con detenimiento los rostros de las personas que me rodean. No reconozco a nadie, pero algo que he visto sí que me suena. ¿Podría ser Luke Friedland? «Luke Harris», me recuerdo. Al que han puesto en libertad bajo fianza, pero que está incumpliendo la orden de alejamiento.

Se me acelera la respiración y exhalo con los labios dibujando un círculo para ralentizarla. Aunque fuera Luke Harris, ¿qué podría hacerme en un andén lleno de gente? No obstante, me alejo del borde del andén cuando el tren se acerca.

Hay un asiento libre en el vagón número cinco, pero rechazo una invitación para ocuparlo. Me desplazo, como puedo, hasta el fondo, donde tengo una panorámica general del vagón. Hay bastantes asientos desocupados aquí y allí, pero aproximadamente unas doce personas viajan de pie, como yo. Hay un hombre justo del otro lado. Lleva abrigo largo y sombrero, pero algo me bloquea la visión y no lo veo bien. Me sobreviene la misma sensación de antes, la sensación de que aquí hay algo familiar, aunque eso me pone los vellos de punta. Saco las llaves de casa del bolso. El llavero es una zeta de madera que Justin me hizo en el colegio. Lo agarro con fuerza en el puño y lo muevo hasta que la llave queda asomándose entre los dedos. Entonces meto la mano en el bolsillo con el puño de acero de fabricación casera.

En Whitechapel no espero ni un segundo. Me sitúo junto a la puerta del vagón cuando el tren todavía está frenando, y aprieto el botón de apertura, con impaciencia, mucho antes de que se ilumine. Salgo corriendo como si perdiera la conexión, apartando a personas a las que les trae sin cuidado mi presencia mientras no las retrase. Oigo los pasos acelerados de alguien que corre, pero son solo míos, rebotando contra el suelo al mismo ritmo que mi respiración.

Llego al andén justo al mismo tiempo que mi tren, y subo de un salto sin perder un segundo. Empiezo a respirar de forma más relajada. En este vagón viajan pocas personas, y no hay nada en ellas que me incomode. Hay dos chicas cargadas con bolsas de las compras; un hombre que transporta un televisor en una vieja bolsa de Ikea; una joven de unos veinte años va escuchando su iPhone con auriculares. Cuando llegamos a Crystal Palace suelto la llave que llevo en el bolsillo y noto que la presión del pecho empieza a relajarse.

Reaparece en cuanto vuelvo a pisar el andén, y esta vez no son imaginaciones mías. Alguien está vigilándome. Siguiéndome. Cuando camino hacia la salida, sé —de verdad— que alguien ha bajado del vagón contiguo al mío y que ahora está siguiéndome. No me vuelvo. No puedo. Localizo la llave en el bolsillo y la retuerzo entre los dedos. Camino más deprisa, y a continuación dejo de fingir tranquilidad y salgo corriendo como si me fuera la vida en ello. Porque, ahora mismo, eso es lo que creo. Me cuesta respirar, cada bocanada de aire que tomo me provoca un dolor agudo en el pecho. Oigo pasos tras de mí; son de alguien que también corre. Calzado de cuero sobre el cemento. Pisan con fuerza y rapidez.

Paso corriendo entre una pareja que está a punto de despedirse, y dejo una estela de gritos airados a mi paso. Ya veo la salida: el cielo del ocaso enmarcado por el umbral de la puerta de salida del metro. Corro más deprisa y me pregunto por qué nadie grita —nadie hace nada— y me doy cuenta de que ni siquiera perciben que exista un problema.

Delante de mí veo a Megan. Me mira y se le congela la sonrisa en el rostro. Sigo corriendo con la cabeza gacha y moviendo los brazos a los lados. Ella deja de tocar. Me dice algo, pero yo no la oigo. No me detengo. Me limito a seguir corriendo, y, mientras lo hago, abro de golpe el bolso, meto la mano y rebusco entre el contenido la alarma que me ha dado la policía. Me maldigo a mí misma por no llevarla en el bolsillo, ni prendida a la ropa, como me sugirió Kelly Swift. La encuentro y presiono las hendiduras de ambos lados. Si ha funcionado, la alarma ya se habrá comunicado con mi teléfono, que ya estará marcando el número de emergencias.

Oigo gritos a mi paso. Un golpe y un grito, y un alboroto

que me obliga a volverme, aunque sigo en posición de salir corriendo por si tengo que hacerlo. Me siento más segura ahora
que sé, y espero, que los agentes de policía están pendientes, que
el GPS del dispositivo posibilita que un coche patrulla ya viene
de camino.

Lo que veo me hace frenar en seco.

Megan está de pie junto a un hombre con abrigo largo y
sombrero. La funda de su guitarra, que por lo general se encuentra a su lado, junto a la barandilla, está ahora debajo del hombre,
y todas las monedas se hallan desparramadas sobre el asfalto.

—¡Me has puesto la zancadilla! —grita el hombre, y yo empiezo a caminar de regreso a la estación.

—¿Estás bien? —me pregunta Megan, pero yo no puedo dejar de mirar al hombre del suelo, quien ya se ha incorporado y se
sacude las rodillas.

—Pero… —digo—. ¿Qué narices estás haciendo aquí?

Por lo visto existe cierta demanda de mujeres maduras. Tienen tantas visitas en la página como las jovencitas. Se descargan sus perfiles con la misma frecuencia. Como en cualquier negocio, aquí es importante estar al tanto de las tendencias para garantizar que ofrezco el producto adecuado a mis clientes.

No he tardado en obsesionarme con las estadísticas: consulto las cifras en la pantalla para saber cuántas personas han visitado la web, cuántas han hecho clic en un enlace, cuántas se han animado a descargar un perfil. Valoro la popularidad de cada mujer en la web, y no me ando con miramientos a la hora de eliminar a las que no despiertan ningún interés. Al fin y al cabo, cada una supone un coste. Hace falta tiempo para mantener actualizados sus perfiles, garantizar que sus descripciones son precisas, que su ruta no ha variado. Ya lo dice el refrán: «El tiempo es oro», y mis chicas deben ganarse su lugar en internet.

La mayoría se lo gana. Hay gustos para todo, y este es un mercado de alta demanda. No encontrarán esta oferta en particular en ningún otro sitio, lo que significa que no pueden andarse con muchos miramientos.

Eso te conviene, ¿no crees? Así nunca te sentirás rechazada. No importa si eres joven o vieja, gorda o flaca, rubia o morena... siempre habrá alguien que te quiera.

¿Quién sabe? Ahora mismo podría haber alguien descargándose tu perfil.

27

—Bueno, está bien, escuchad todos. Esta es una reunión informativa para la Operación FURNISS y hoy es martes 1 de diciembre.

Aquello era como el día de la Marmota, pensó Kelly. Cada mañana y cada noche, el mismo grupo de personas se reunía en la misma habitación. Muchos miembros del equipo parecían cansados, pero a Nick nunca le flaqueaban las fuerzas. Habían pasado exactamente dos semanas desde el hallazgo del cadáver de Tania Beckett, y, en ese tiempo, él había sido el primero en llegar a la oficina cada mañana y el último en salir por la noche. Dos semanas en las que la Operación FURNISS había asumido la investigación de tres asesinatos, seis agresiones sexuales y más de una docena de denuncias por acoso, intentos de agresión e incidentes sospechosos, todos relacionados con encuentrala.com.

—A todos los que trabajasteis en la violación de Maidstone: buen trabajo. Tillman es un desgraciado y vuestros esfuerzos lo han sacado de las calles. —Nick buscó a Kelly con la mirada—. ¿Qué novedades tenemos con respecto a su ordenador?

—La unidad de Delitos Informáticos dice que no hizo ningún intento por cubrir sus huellas —explicó Kelly, consultando las notas que había tomado en su conversación anterior con Andrew Robinson—. Se descargó la información sobre la víctima y se envió los datos a sí mismo por correo electrónico, presumiblemente para poder tenerlos en su móvil, que es donde los encontramos.

—¿Compró algún otro perfil?

—No. Pero ha examinado un buen número de ellos. Los archivos en el caché indican que ha visto los perfiles de unas quince mujeres, pero no compró ninguno de ellos hasta Kathryn Whitworth.

—¿Demasiado caros?

—No creo que eso sea un problema para él. Se inscribió en la web en septiembre como miembro de categoría Silver, pagando con... atención a esto: una tarjeta de crédito de la empresa.

—Todo un detalle.

—Encontramos un mensaje de bienvenida en sus archivos eliminados, exactamente igual al que recibimos cuando creamos una cuenta anónima, pero con una contraseña diferente. Parece que los ajustes de seguridad para el sitio web se cambian periódicamente. Como Harris nos dijo, el número de teléfono en los anuncios es el código para la última contraseña.

—La que tú, muy sagazmente, supiste descifrar —señaló Nick.

—Tillman es perezoso —dijo Kelly, pensando en voz alta—. Va en coche al trabajo; tendría que tomarse muchas molestias para encontrarse con la mayoría de las mujeres que aparecen en la web. Creo que más bien estaba al acecho; tal vez incluso se excitaba sexualmente con la web. Cuando vio que el perfil de Kathryn Whitworth estaba relacionado con la zona de Maidstone y él sabía que tenía que ir allí a un congreso, se decidió a actuar.

—Introducid su número de matrícula en un programa de reconocimiento automático. Veamos si su coche ha estado cerca de Maidstone en los días previos a la violación.

Kelly anotó aquello en su cuaderno y lo subrayó mientras Nick seguía informando al resto de la sala.

—Durante el análisis del ordenador de Tillman, Delitos Informáticos encontró una sección encriptada de su disco duro que contiene ciento sesenta y siete imágenes obscenas, la gran mayoría de las cuales se incluye dentro de la Sección 63 de la Ley de posesión de imágenes pornográficas de carácter grave. Tillman no va a ir a ninguna parte en mucho tiempo.

Kelly había querido llamar a Kathryn Whitworth para decirle que habían acusado a Tillman de violación y que también lo acusarían por poseer contenido pornográfico ilegal. Lucinda se lo había impedido.

—Déjaselo al equipo de investigación de delitos sexuales de Kent; son ellos los que se relacionan con ella.

—Pero no saben nada del caso —protestó Kelly—. Así podré responder a sus preguntas. Tranquilizarla.

Lucinda se había mantenido firme.

—Kelly, deja de intentar hacer el trabajo de todo el mundo. El equipo de Kent informará a la víctima. Tú tienes trabajo que hacer aquí.

Aunque los detectives de la brigada de homicidios solían hacer bromas a expensas del personal civil, la habilidad y la experiencia de Lucinda significaban que era unánimemente respetada por los agentes que trabajaban con ella. Kelly no era ninguna excepción. Tenía que confiar en que quien informara a Kathryn lo haría con compasión y comprensión; tenía un largo proceso judicial por delante y no iba a ser nada fácil.

Nick seguía informando a los demás.

—Puede que ya sepáis que ayer Kelly y yo detuvimos a Luke Harris, otro usuario del sitio web. Al principio Harris afirmó que Zoe Walker era el único perfil que se había descargado, pero cambió su declaración estando detenido.

Consternado por su detención por intento de homicidio, Luke Harris lo había confesado todo: había entregado las contraseñas de todas sus cuentas y admitió haberse descargado los perfiles de otras cuatro mujeres en encuentrala.com. En cada caso había empleado el truco del «caballero de brillante armadura» para romper el hielo, empujando a cada mujer para apartarla de la seguridad de una multitud, y apareciendo luego como su salvador. La técnica le había procurado un éxito limitado: un café de agradecimiento y una cita para cenar con una mujer no habían dado más de sí.

—Harris sostiene que no ha hecho nada malo —dijo Nick al

equipo—. Afirma que nunca tuvo intención de hacerle daño a ninguna de las mujeres a las que siguió, y que su objetivo era simplemente empezar una relación.

—¿Qué tiene de malo usar «uniforme punto com», como el resto de nosotros? —exclamó alguien.

Nick esperó a que las risas se sofocaran.

—Al parecer, las webs de contactos al uso «apestaban a desesperación» —dijo Nick, repitiendo las palabras que Harris había utilizado—. Lucas Harris prefiere lo que él llama «la emoción de la persecución». Sospecho que esa opción le parecerá un poco menos emocionante de ahora en adelante.

En ese momento sonó el móvil de Kelly, que miró la pantalla esperando ver el nombre de Lexi, pero era Cathy Tanning.

—Una testigo —le dijo a Nick, levantando el teléfono en el aire a modo de explicación—. Perdón.

Respondió a la llamada, saliendo de la sala de reuniones para dirigirse a su propio escritorio.

—Hola, Cathy, ¿está usted bien?

—Estoy bien, gracias. La llamo para decirle que ya no vivo en Epping.

—¿Se ha mudado? Eso parece repentino.

—La verdad es que no tanto. Llevo años fantaseando con la idea de irme de Londres. Entonces apareció esta oportunidad y es en Romford, así que tampoco está tan lejos. No me sentía tranquila ni relajada en el piso, ni siquiera después de cambiar las cerraduras.

—¿Cuándo se muda?

—Ya me he ido. Se suponía que tenía que dar un aviso de un mes, pero el propietario quiere hacer reformas y anunciar el piso en el mercado, así que ha dejado que me vaya antes. Todo ha ido muy bien.

—Me alegro.

—La verdad es que esa no es la única razón por la que llamo —dijo Cathy. Dudó antes de seguir—. Quiero retirar la denuncia.

—¿Alguien la ha estado causando problemas? ¿El artículo en *Metro* la ha perjudicado de algún modo? Porque si la han amenazado...

—No, no es nada de eso. Solo quiero dejar todo esto atrás. —Suspiró—. Me sabe mal... Sé que ha estado intentando por todos los medios descubrir quién se llevó mis llaves, y se portó muy bien cuando le dije que creía que alguien había estado en la casa.

—Estamos a punto de encontrar a la persona que hay detrás del sitio web —la interrumpió Kelly—. Cuando acusemos a los responsables, necesitaremos su testimonio.

—Pero tienen a otros testigos, ¿no? ¿Otros crímenes? Esas pobres chicas que fueron asesinadas, esos son los delitos que importan, no los míos.

—Todos son importantes, Cathy. No los investigaríamos si no lo creyéramos.

—Gracias. Y si yo pensara que mi testimonio puede cambiarlo todo, lo ofrecería, lo prometo. Pero no es así, ¿verdad que no?

Kelly no respondió.

—Tengo una amiga que prestó declaración en un caso el año pasado —dijo Cathy—. La familia del agresor la acosó durante meses. No necesito esa clase de angustia en mi vida. Tengo la oportunidad de empezar de cero, en una casa nueva de la que nadie más tiene las llaves. Fue muy desagradable lo que me pasó, pero no sufrí ningún daño... solo quiero olvidarlo.

—¿Puedo avisarla al menos cuando detengamos a alguien? Por si cambia de opinión...

Se produjo una larga pausa.

—Supongo que sí. Pero no voy a cambiar de opinión, Kelly. Sé que poner a alguien entre rejas es importante, pero cómo me siento yo también debería contar algo, ¿no cree?

Sí, las víctimas siempre eran lo más importante, pensó Kelly, molesta por la insinuación de que no lo eran. Pensaba que Cathy era una de los testigos más fiables en aquel caso, y se sentía decepcionada al ver que estaba equivocada. Abrió la boca para advertir a Cathy de que su negativa a testificar podría tener como consecuencia que la declarasen una testigo hostil, que la acusasen de desacato al tribunal por no cooperar.

Se calló. ¿Acaso la búsqueda de la justicia justificaba tratar a una víctima como si estuviera sentada en el banquillo? De pronto, inesperadamente, pensó en Lexi. Respiró hondo antes de hablar.

—Cómo se sienten las víctimas es lo único que importa. Gracias por avisarme, Cathy.

Kelly colgó el teléfono, se apoyó en la pared y cerró los ojos. No volvió a la sala de reuniones hasta estar segura de que tenía sus emociones bajo control. Había terminado la sesión informativa y la oficina de la brigada de homicidios era otra vez un hervidero de actividad. Se dirigió a donde Andrew Robinson estaba sentado, junto a Nick, y desplazó una silla de un escritorio cercano para poder sentarse con ellos.

—¿Siguiendo aún el rastro del dinero? —preguntó Kelly, recordando la frase que el agente de Delitos Informáticos había usado en su última reunión.

—Ya lo creo que sí. He rastreado los pagos con tarjeta de crédito del inspector, de Gordon Tillman y de Luke Harris, todos los cuales han ido a parar a una cuenta de PayPal... como esta. —Andrew sacó una hoja en blanco de la impresora y escribió tres nombres: Rampello, Tillman, Harris—. El dinero va desde estas tres fuentes... —Dibujó flechas saliendo de cada uno de los nombres—. Hasta aquí... —Andrew hizo un recuadro alrededor de la palabra «PayPal»—. Luego continúa por aquí... —Una flecha y otro recuadro, esta vez alrededor de las palabras «cuenta bancaria».

—Y esa cuenta pertenece a nuestro criminal, ¿verdad? —dijo Nick.

—Exacto.

—¿Podemos conseguir los datos?

—Ya los tengo. —Andrew captó la expresión esperanzada

de Kelly—. Es una cuenta de estudiante a nombre de Mai Suo Li. Tengo copias de los documentos de identidad utilizados para abrirla y todos son legales. El control de pasaportes confirma que Mai Suo Li abandonó el Reino Unido y se fue a China el diez de julio de este año y no ha regresado.

—¿Puede estar administrando la web desde China?

—Es posible, pero ya les aviso que no llegaremos a ninguna parte con las autoridades chinas.

A Kelly le dolía la cabeza.

—Mientras tanto, puedo decirles que el delincuente utiliza un dispositivo Samsung para transferir fondos de PayPal a la cuenta bancaria. No sé si es un móvil, una tableta o un portátil, pero estoy seguro de que es un aparato portátil.

—¿Cómo lo sabes? —dijo Kelly.

—Cada vez que encendemos el móvil, el teléfono emite señales mientras busca una red wifi o Bluetooth. Si se tratase de un ordenador personal doméstico, lo lógico sería que fuese una ubicación fija, pero los resultados sugieren que se intenta evitar la detección. —Andrew dio un pedazo de papel a Nick, quien movió su silla unos centímetros para que Kelly pudiera verlo también—. Si la conexión wifi estuviera encendida todo el tiempo, habría varios centenares más de ubicaciones, pero, como pueden ver, son pocas y hay bastante distancia entre ellas. Eso sugiere que el dispositivo solo se enciende para fines específicos, casi con toda seguridad para transferir dinero de PayPal a la cuenta. Apuesto a que es un teléfono clandestino, no su móvil habitual.

En la hoja de papel aparecía una lista de ubicaciones. La primera estaba subrayada: Espress Oh!

—¿Qué es eso?

—Una cafetería cerca de Leicester Square y el lugar preferido de nuestro hombre para operar con su teléfono clandestino. En el último mes, utilizó la red wifi de la cafetería en tres ocasiones para transferir dinero de PayPal a su cuenta bancaria. Encontrarán las fechas y horas debajo.

—Buen trabajo —lo felicitó Nick.

—Me temo que ahora se trata de poner en práctica los viejos métodos anticuados de la policía.

Andrew parecía satisfecho consigo mismo, y con razón. Kelly y el inspector pisaban ahora terreno firme: una cafetería en un lugar concurrido como Leicester Square tendría cámaras de videovigilancia, tal vez incluso miembros serviciales entre el personal capaces de recordar a un cliente en particular en un día en particular. Si lograban conseguir alguna foto decente de las imágenes de las cámaras de vigilancia, tal vez obtendrían cobertura nacional para un caso tan serio como aquel.

—¡Señor! —Lo llamaban desde el otro lado de la sala—. Una unidad va de camino a Crystal Palace: ha habido una activación en la alarma de Zoe Walker.

Nick ya estaba cogiendo su chaqueta. Miró a Kelly.

—Vámonos.

28

—¡Me has puesto la zancadilla! —dice Isaac mirando a Megan. Apoya una mano en la calzada para darse impulso y ponerse de pie. El grupito de personas que se ha reunido con excitación para ver qué pasa empieza a disgregarse.

—Sí —dice ella. Se agacha y comienza a recoger las monedas desparramadas por el suelo. Yo la ayudo, aunque solo sea para dejar de mirar a Isaac, que parece ligeramente ofendido y en parte divertido por lo que ha pasado—. Estabas siguiéndola —añade Megan encogiéndose de hombros, gesto que sugiere que no tenía más remedio que ponerle la zancadilla.

—Intentaba alcanzarla —señala Isaac—. Hay cierta diferencia. —Se levanta.

—Megan, este es el... —Dejo la frase inacabada porque no sé cómo llamar a Isaac—. Nos conocemos —concluyo.

—Vale.

Megan no parece avergonzada. Tal vez, en su mundo, el hecho de que Isaac y yo nos conozcamos no significa nada. Aun así podría haber estado persiguiéndome.

«Aun así podría haber estado persiguiéndome.»

Descarto la idea por ser una ridiculez antes de seguir dándole vueltas.

Por supuesto que no estaba persiguiéndome. Me vuelvo hacia él.

—¿Qué haces tú aquí?

—Que yo sepa —comenta—, esto es un país libre. —Sonríe mientras lo dice, aunque percibo cierto tonillo de irritación. Supongo que se me ve en la cara, porque decide ponerse serio—. Voy de camino para ver a Katie.

—¿Por qué corrías? —Me envalentono por la presencia de Megan, quien se ha apartado pero está observando mi interrogatorio con interés, con la guitarra sujeta con despreocupación sobre un costado.

—Porque tú corrías —responde. Es una repuesta tan lógica que ya no estoy segura de cómo me siento. Oigo el aullido de las sirenas policiales a lo lejos—. Sabía que estabas inquieta por lo de los anuncios en el *Gazette*, y luego Katie me contó lo de la web. Al verte correr, pensé que te habías asustado por algo.

—¡Sí, por ti!

El corazón todavía me palpita, y oigo un zumbido por culpa del subidón de adrenalina. Las sirenas se oyen cada vez más cerca. Isaac levanta las manos en el aire con gesto de impotencia, y eso me irrita todavía más. ¿Quién es este hombre? Las sirenas son ahora ensordecedoras. Miro en dirección a Anerley Road y veo un coche de policía que se dirige hacia nosotros con las luces encendidas. El vehículo se detiene diez metros por delante de ambos. Alguien apaga la sirena en pleno aullido.

Me pregunto si Isaac saldrá huyendo, y me descubro pensando que espero que lo haga. Quiero que todo esto se acabe, que se acaben los anuncios, la web, el miedo. Pero se mete las manos en los bolsillos y se queda mirándome, sacudiendo la cabeza como si yo hubiera hecho algo profundamente incomprensible. Camina hacia los agentes.

—Esta señora se ha asustado un poco —explica, y yo me siento tan furiosa que no puedo hablar.

¿Cómo se atreve a fingir que lo tiene todo controlado? ¿A quitar importancia a lo que acaba de ocurrir diciendo que ha sido un pequeño susto?

—¿Su nombre, señor?

El policía saca una libreta, mientras su colega, una mujer, se dirige hacia mí.

—Él estaba siguiéndome —le digo a ella, y el simple hecho de decirlo hace que sienta que es cierto. Empiezo a contarle lo de los anuncios, pero ella ya lo sabe—. Ha empezado a seguirme en Cannon Street, y, cuando hemos llegado a Crystal Palace, se ha puesto a correr para alcanzarme.

¿Ya corría antes? ¿Eso importa? La mujer policía toma notas, pero no parece interesada en los detalles.

Un vehículo para detrás del coche patrulla y reconozco al detective inspector Rampello al volante. La agente Swift lo acompaña, y siento un alivio repentino, pues sé que no tendré que convencerla sobre lo que acaba de ocurrir. El detective Rampello habla con la mujer policía, quien guarda su libreta y se reúne con su compañera.

—¿Está bien? —pregunta Kelly.

—Estoy bien. Salvo por el hecho de que Isaac casi me mata del susto.

—¿Lo conoce?

—Se llama Isaac Gunn, es el novio de mi hija. Ella actúa en una obra de teatro que ahora está en cartel y él es el director. Debe de haberse descargado mi recorrido de la web. —Capto un intercambio de miradas entre ellos, y sé exactamente qué van a decir.

—La web ofrece a los usuarios los medios para seguir a desconocidas —dice la agente Swift—. ¿Por qué iba a usarlo alguien que la conoce?

El detective inspector Rampello se mira el reloj.

—No es ni siquiera mediodía. Su horario dice que sale del trabajo a las cinco y media.

—Mi jefe me ha enviado a casa. Eso no es un delito, ¿verdad?

Se muestra más paciente de lo que merezco por mi forma de hablar.

—Desde luego que no. Pero si Isaac Gunn se hubiera descargado su horario y estuviese usándolo para seguirla, hoy no la habría localizado, ¿verdad? No se ha ajustado al guión.

Permanezco en silencio. Pienso en los pasos que oí en la calle Cannon; el abrigo que vi de soslayo en la línea de District. ¿Sería Isaac? ¿U otra persona? ¿No me habré imaginado que estaba siendo perseguida?

—Al menos deberían interrogarlo. Averiguar por qué estaba siguiéndome, por qué no intentó llamar mi atención en cuanto me vio.

—Mire —dice el detective inspector Rampello con amabilidad—. Someteremos a Gunn a un interrogatorio voluntario. Averiguaremos si existe alguna relación con la web.

—¿Y me informarán después?

—En cuanto podamos.

En la calle de enfrente veo a Isaac subiendo al coche patrulla.

—¿Podemos llevarla a casa? —pregunta la agente Swift.

—Iré caminando, gracias.

Megan reaparece a mi lado en cuanto el detective Rampello y la agente Swift se suben al coche, y hasta ese instante no me doy cuenta de que se ha esfumado tan pronto ha aparecido la policía.

—Entonces ¿ya estás bien?

—Estoy bien. Gracias por cuidar de mí hoy.

—Gracias por cuidar de mí todos los días —responde sonriendo.

Lanzo una moneda en la funda de la guitarra cuando ella empieza a tocar los acordes de una canción de Bob Marley.

La noche es muy fría y ventosa. En el parte meteorológico llevan días anunciando nieve y creo que por fin caerá hoy. Unas nubes blancas y cargadas penden sobre mí, y el asfalto brilla por las primeras heladas. Rehago el viaje a casa desde el trabajo mentalmente, intentando localizar el momento exacto en el que supe que alguien estaba siguiéndome, el momento exacto en el que empecé a correr. El acto de recordar me sirve para no pensar en lo que de verdad me preocupa: ¿qué narices voy a decir a Katie? ¿Que su novio estaba acosándome? A medida que me acerco a casa, más dudas tengo.

Cuando abro la puerta oigo la radio encendida en la cocina; Simon canturrea siguiendo las letras de, al menos, aquellas partes que conoce. Hacía mucho que no lo oía cantar.

La puerta de casa se cierra de golpe. El canturreo cesa.

—¡Estoy aquí! —aclara Simon aunque no sea necesario. Cuando entro en la cocina veo que ha puesto la mesa—. Se me ha ocurrido que igual te apetecía comer caliente —dice. Hay una sartén cuyo contenido borbotea en el fuego: risotto de gambas con espárragos y limón. Tiene un olor delicioso.

—¿Cómo sabías que llegaría pronto?

—Te he llamado al trabajo y tu jefe me ha dicho que te había enviado a casa.

Pienso en lo mucho que me gustaría vivir con alguien que no se dedicara a seguir todos mis movimientos, aunque de pronto me siento desagradecida. La policía, Graham, Simon, todos ellos intentan mantenerme a salvo.

—Creía que iba a despedirme.

—Que lo intente. Acabaremos con él en un juicio por despido injustificado antes de que puedas decir «se alquila». —Se ríe de su propio chiste.

—Estás muy animado. ¿Puedo suponer que es porque la entrevista ha ido bien?

—Tenía una llamada incluso antes de haber llegado a la estación del metro. Me han invitado a que vuelva mañana para una segunda entrevista.

—¡Eso es genial! ¿A ti te han gustado? ¿El trabajo tiene buena pinta?

Me siento y Simon coloca dos cuencos humeantes de risotto sobre la mesa. Siento el hambre típica posterior a un subidón de adrenalina, pero el primer bocado me provoca acidez en el estómago. Tengo que hablar con Katie. Estará esperando, preguntándose dónde se habrá metido Isaac. A lo mejor está preocupada.

—Todos los trabajadores son niños de pecho —está diciendo Simon—, la tirada es solo de ocho mil ejemplares, y podría hacer el trabajo con los ojos cerrados. —Abro la boca con intención de preguntar sobre Katie, pero él malinterpreta mi gesto y me corta en seco—. Pero, como dijiste ayer, un trabajo es un trabajo, y el horario será mejor que en el *Telegraph*. Nada de trabajar los fines de semana y nada de cubrir turnos de noche en la redacción. Me daría la posibilidad de trabajar en mi libro.

—Son unas noticias maravillosas. Sabía que te saldría algo. —Comemos en silencio durante un rato—. ¿Dónde está Katie? —digo, como si se me acabara de ocurrir.

—En su habitación, creo. —Me mira—. ¿Pasa algo? —Y en ese momento decido que no voy a contárselo.

Dejaré que se centre en la entrevista de mañana sin preocuparse de tener que quedarse en casa para cuidarme, sin preocuparse por que Katie tenga una relación con un posible acosador. Ignoro la voz que oigo en mi cabeza, la voz que dice que no quiero contárselo porque no estoy segura siquiera de tener razón.

Oigo pisadas en la escalera y el sonido inconfundible de los zapatos de Katie dirigiéndose hacia la cocina. Entra mirando el móvil.

—Hola, mamá. Has llegado pronto a casa.

Miro alternativamente a Simon y a ella; soy como un conejo a punto de ser arrollado por un coche, preguntándose en qué dirección salir corriendo.

Katie enciende el hervidor de agua eléctrico y mira el teléfono con el ceño fruncido.

—¿Va todo bien, cielo?

Simon me mira con curiosidad, pero no dice nada. Si ha percibido el tono de ansiedad en mi voz sé que deducirá qué ha ocurrido. El motivo de «estrés» por el que Graham me ha eximido del trabajo.

—Se suponía que Isaac tenía que venir, pero me ha enviado un mensaje para decirme que le ha surgido algo —dice Katie.

Parece sorprendida más que molesta, y sé que es porque no está acostumbrada a que le den plantón. Me odio a mí misma por ser la causante.

Supongo que la policía le habrá quitado el móvil enseguida. Imagino la conversación en el coche patrulla o en la comisaría.

—Tengo que enviar un mensaje a mi novia.

—Un solo mensaje. Luego entrégueme el teléfono.

A lo mejor no ha sido así. A lo mejor han hecho buenas migas: Isaac habrá embelesado a la mujer policía y se habrá puesto en plan colegueo con el hombre.

—De verdad que tengo que contarle a mi novia lo que ha ocurrido… estará preocupada. Ya han visto a su madre, no es una persona estable…

—¿Te ha contado qué ocurría? —pregunto a Katie.

—No. Será algo relacionado con la obra. Siempre está trabajando, supongo que tiene que ser así si eres autónomo. Aunque espero que todo vaya bien, ¡el telón se levantará dentro de siete horas!

Se lleva un recipiente de fideos chinos precocinados arriba y yo dejo el tenedor apoyado contra el borde del cuenco. Es la noche de estreno. ¿Cómo he podido olvidarlo? ¿Y si Isaac sigue con la policía?

—¿No tienes hambre? —pregunta Simon.

—Lo siento.

Me he metido en un lío del que no sé cómo salir, y durante el resto del día vago por la casa, ofreciendo a Katie tazas de té que ella no quiere, preparándome para el momento en que me diga que sabe que he hecho que se lleven a Isaac en un coche patrulla.

«Interrogatorio voluntario», me recuerdo. No lo han detenido.

Pero sé que esa diferencia supondrá bien poco para Isaac. O para Katie. A las cinco, Matt pasa a recogerla para llevarla al teatro.

—Está preparando sus cosas —le digo. Matt está en un escalón de la entrada, y noto cómo entra el frío de la calle por la puerta abierta—. Te invitaría a pasar, pero está… ya sabes, sería algo violento.

—Esperaré en el taxi.

Katie baja corriendo la escalera y poniéndose el abrigo. Me besa.

—Mucha mierda, cielo. ¿No se dice así?

—Gracias, mamá.

En cuanto Matt se aleja con el coche, me suena el móvil. El número de la agente Swift aparece de pronto en la pantalla. Me voy al piso de arriba con el teléfono y empujo a Justin al pasar junto a él con un apresurado «Lo siento». Subo al despacho de Simon y cierro la puerta al entrar.

Kelly Swift no pierde el tiempo con formalidades.

—Lo hemos dejado marchar.

—¿Qué ha dicho?

—Lo mismo que le contó a usted. Que la vio en el metro y pensó que parecía nerviosa. Dijo que no paraba de mirar en todas direcciones, que parecía muy inquieta.

—¿Ha reconocido que estaba siguiéndome?

—Ha dicho que iba a ver a su hija, y que por eso caminaba en la misma dirección. Cuando usted echó a correr, él se preocupó y corrió para alcanzarla.

—¿Y por qué no se acercó a hablar conmigo? —exijo saber—. Cuando me vio en el metro. Podría haberse acercado a mí en ese momento.

La agente Swift titubea.

—Al parecer cree que a usted no le cae bien. —Hay una nota escrita en un posit pegado a la pantalla del ordenador de Simon, y presiono las esquinas del papel con el pulgar—. Tenemos su móvil y su portátil, Zoe; no tuvo ningún problema en permitirnos acceder a su contenido, y, a primera vista, no hay nada que lo relacione con encuentrala.com. La unidad de Delitos Informáticos llevará a cabo una investigación más profunda durante unas horas, y por supuesto nos pondremos en contacto con usted si averiguamos algo. —Hace una nueva pausa, y cuando habla su voz es más cálida—. Zoe, no creo que tenga nada que ver con la web.

—Oh, Dios, ¿qué he hecho? —Cierro los ojos, como si eso ayudara a no ver el lío que he organizado—. Mi hija jamás me perdonará por esto.

—Isaac se ha mostrado muy comprensivo ante el malentendido —dice la agente Swift—. Sabe que ha estado sometida a muchísimo estrés. Tengo la impresión de que prefiere que esto se quede entre usted y él.

—¿No va a contárselo a Katie? ¿Por qué?

La agente exhala, y me parece detectar cierto tono de exasperación en su voz.

—A lo mejor es uno de los buenos, Zoe.

Al día siguiente, la casa está en silencio cuando me levanto. La luminosidad es demasiada en nuestra habitación y cuando descorro las cortinas veo que ha llegado la prometida nieve. Las calles ya están limpias —la gravilla y los coches han acabado con la nieve caída—, pero el asfalto y los jardines, los tejados y los coches aparcados están cubiertos de varios centímetros de blanda y blanca nieve. Copos recién caídos pasan por la ventana hasta cubrir las huellas del camino hasta la casa.

Beso a Simon en los labios.

—¡Está nevando! —susurro, como una niña que quiere salir a jugar. Sonríe sin abrir los ojos y tira de mí para que regrese a la cama.

Cuando vuelvo a levantarme ha dejado de nevar. Justin tiene otro turno largo en la cafetería, y Katie todavía duerme después de su noche de estreno. Me ha dejado una nota apoyada contra el calentador de agua.

¡Tuvimos lleno total en el teatro! ¡Isaac ha dicho que ha sido el mejor público de todos! besos

No se lo ha contado. Dejo escapar un suspiro relajado.

Tengo que hablar con él. Disculparme. Pero hoy no.

—¿A qué hora es tu entrevista? —pregunto a Simon.

—No es hasta las dos, pero he pensado que podría ir durante la mañana, conseguir ejemplares antiguos y darles un repaso para familiarizarme con el tono de los artículos mientras como. No te importa, ¿verdad? ¿Estarás bien aquí?

—Estaré bien. Katie está en casa. Creo que aprovecharé para ordenar un poco.

La casa está hecha un desastre. La mesa del comedor en la que nos sentamos hace solo dos semanas ha vuelto a su estado habitual de abarrotamiento. Anoche pasé a ordenador los recibos y facturas que me entregó Graham, pero no puedo empezar con sus libros de contabilidad sin haber despejado la mesa.

Simon se despide de mí con un beso y yo le deseo suerte. Lo oigo silbar cuando abre la puerta y sonrío para mis adentros.

Katie emerge de su habitación a eso de las once. A pesar de las ojeras que tiene, y la línea de rímel que no se ha limpiado del todo, está radiante.

—Fue maravilloso, mamá. —Se toma el té que le sirvo y me sigue hasta el comedor, donde saca una silla y se sienta, y apoya las rodillas contra el pecho. Lleva puestas unas enormes botas con forro de peluche—. No tuvieron que apuntarme ni una sola vez, ¡y alguien del público se levantó para aplaudirme! Creo que fue un conocido de Isaac, pero aun así es genial.

—Entonces imagino que ganaréis algo de dinero, ¿no?

—Sí. Tenemos que pagar el alquiler del teatro, y los gastos de taquilla, y todo lo demás primero.

No digo nada. Me pregunto si Isaac ya se habrá cobrado su parte. Katie me mira de pronto.

—¿Por qué no estás en el trabajo?

—Estoy de baja por enfermedad.

—Mamá, ¿por qué no me lo habías dicho? No deberías estar haciendo eso. Déjame a mí.

Se levanta de un salto y me quita de las manos un montón de carpetas, mira a su alrededor y al final vuelve a dejarlas en la mesa donde estaban. Un recibo sale volando y cae al suelo.

—No estoy enferma. Graham me ha dado unos días de permiso. Solo mientras la policía resuelve esa tontería de la web.

Me sienta bien decir que es una tontería. Me empodera, como

diría Melissa. Me agacho para recoger el recibo, que ha llegado flotando debajo de la mesa.

«Coca-Cola Diet, 2,95 £»

No sé si es de una de las pilas de facturas, o si es otro de los recibos que arrugamos y tiramos sobre la mesa.

El recibo es de un lugar llamado Espress Oh! A mí me parece un nombre horrible para una cafetería. Es demasiado forzado. Los juegos de palabras facilones me ponen de los nervios, como la cadena de peluquerías Curl Up and Dye, o ese restaurante de ensaladas en East London llamado Lettuce Eat.* Doy la vuelta al recibo y veo los números «0364» escritos con una letra que no reconozco. ¿Será una clave PIN?

Pongo el recibo a un lado.

—Déjalo así, cielo —digo a Katie, quien todavía está cambiando papeles de sitio con entusiasmo, aunque resulte de poca ayuda—. Será más fácil que lo haga yo. Así no se mezclan las cosas.

Dejo que hable sobre la noche de estreno, sobre la crítica de la revista *Time Out*, donde les han concedido cuatro estrellas, y el subidón que sintió cuando volvieron a escena para recibir una segunda ovación, mientras yo ordeno y selecciono y reordeno los documentos sobre la mesa del comedor. El proceso me tranquiliza, como si por el simple hecho de ordenar la casa pudiera recuperar el control sobre toda mi vida.

Jamás he pedido a Graham tiempo libre, y le agradezco el haberme obligado a hacerlo. Al menos ahora puedo quedarme en casa mientras la policía hace lo que tenga que hacer para resolver mi caso. Para mí se acabó lo de ser detective. Que se arriesguen ellos. Yo me quedo aquí, donde estoy segura.

* Curl Up and Dye: nombre real de una cadena de peluquerías londinenses («Hacerse la permanente y Teñir») cuya pronunciación en inglés corresponde a la expresión *Curl up and die* («Tierra trágame»). Lettuce Eat: nombre real de un restaurante de la capital inglesa cuya pronunciación en inglés suena igual que la frase *Let us eat* («Vamos a comer»). (*N. de las T.*)

29

El exterior de Espress Oh! tenía un aspecto tan poco sugerente que hacía que el cartel de la entrada anunciando que servían «el mejor café de Londres» pareciese un chiste. La puerta se quedó ligeramente atascada hasta que cedió al fin, impulsando a Kelly hacia el interior con tanta fuerza que por poco se cae.

—Tienen cámaras de videovigilancia —informó a Nick con gesto triunfal, señalando la pegatina de la pared que decía: «¡SONRÍA! ¡LE ESTAMOS GRABANDO CON LA CÁMARA!».

En el interior, la cafetería era mucho más grande de lo que parecía de buenas a primeras: los carteles informaban a los clientes de que arriba había más asientos, y una escalera de caracol conducía a la planta de abajo, donde Kelly suponía que estaban los baños, a juzgar por el flujo constante de personas que subían y bajaban por allí. El nivel de ruido era muy alto, y las conversaciones competían con el silbido de la monumental máquina de café plateada que había detrás del mostrador.

—Nos gustaría hablar con el gerente, por favor.

—Pues... ¿le deseo suerte? —La chica del mostrador era australiana, por lo que su acento convertía la entonación de todas sus frases en una pregunta—. Si necesita formular una queja, ¿tenemos una hoja de reclamaciones?

—¿Quién es el encargado? —dijo Kelly, enseñándole su identificación de tal forma que también se veía la placa.

La chica no pareció inmutarse. Miró lenta y deliberadamente alrededor, abarcando toda la cafetería. Había otros dos camareros, uno limpiando mesas y el otro apilando tazas de café en un lavavajillas industrial, a una velocidad y con un ensañamiento que a Kelly le sorprendía que no se rompieran.

—¿Creo que soy yo? Me llamo Dana. —Se secó las manos en el delantal—. Jase, ¿te encargas tú de la caja un momento? Podemos ir arriba.

El primer piso de Espress Oh! estaba repleto de sofás de cuero de aspecto mullido y cómodo, pero en realidad eran demasiado duros y demasiado brillantes para querer sentarse en ellos mucho tiempo. Dana miró a Nick y a Kelly con gesto expectante.

—¿Qué podemos hacer por ustedes?

—¿Tienen wifi aquí? —preguntó Nick.

—Por supuesto. ¿Quiere la contraseña?

—En este momento, no, gracias. ¿Es gratis para los clientes? Dana asintió.

—Se supone que debemos cambiar la contraseña de vez en cuando, pero ha sido la misma durante todo el tiempo que hace que trabajo aquí, y a los clientes habituales les gusta que así sea. Para ellos es un rollo tener que preguntar cada dos por tres cuál es la contraseña, y hace el trabajo más engorroso para el personal, ¿saben?

—Necesitamos localizar a alguien que se ha conectado a su red varias veces desde aquí —dijo Kelly—. Lo buscamos en relación con un delito muy grave.

Dana abrió los ojos como platos.

—¿Deberíamos preocuparnos?

—No creo que corran ningún peligro, pero es vital encontrarlo o encontrarlos lo antes posible. Me he fijado en que tienen una cámara de videovigilancia. ¿Podríamos echar un vistazo a las imágenes?

—Desde luego. Está en el despacho de Dirección, por aquí.

La siguieron a una puerta al fondo de la habitación, donde pulsó unos números en el teclado instalado en el marco. Les hizo pasar a un cuarto un poco más grande que un armario de la

limpieza donde había una mesa con un ordenador, una impresora cubierta de polvo y una bandeja llena de facturas y albaranes
de entrega. En un estante encima del ordenador había una pantalla en blanco y negro que mostraba imágenes parpadeantes del
circuito cerrado de televisión. Kelly reconoció el mostrador que
habían visto arriba y la resplandeciente máquina de café.

—¿Cuántas cámaras tienen en total? —preguntó Kelly—.
¿Podemos echar un vistazo a los otros ángulos?

—Pero es que solo tenemos esa, ¿saben? —dijo Dana.

Mientras observaban las imágenes, Kelly vio a Jase, el chico
al que Dana había dejado a cargo de la caja, depositando un café
con leche humeante en una bandeja de color negro. De refilón,
se veía apenas un lado de la cara del cliente, antes de que se volviera para marcharse.

—¿La única cámara que hay solo enfoca a la caja? —quiso
especificar Kelly.

Dana parecía avergonzada.

—La dueña piensa que todos metemos la mano en la caja.
Pasa lo mismo en toda la cadena. El año pasado tuvimos un problema con unos gamberros y movimos la cámara para enfocar a
la puerta principal. La jefa se puso como una furia. Ahora lo dejamos estar. Mejor no remover la mierda, ¿verdad?

Nick y Kelly intercambiaron una mirada sombría.

—Voy a tener que confiscar todo el material que tengan del
último mes —anunció Kelly. Se volvió hacia el inspector—. ¿Vigilancia?

El hombre asintió.

—Estamos investigando un delito muy grave —explicó
Nick a Dana—, y es posible que necesitemos colocar cámaras
adicionales durante unas semanas. Si eso ocurre, es de vital importancia que sus clientes no lo sepan, lo que significa —añadió,
mirando a Dana con gesto muy serio—, que cuantos menos empleados lo sepan, mejor.

Dana parecía aterrorizada.

—No se lo diré a nadie.

—Gracias... Nos ha sido de gran ayuda —dijo Kelly, aunque se le había caído el alma a los pies: cada vez que pensaba que estaban a punto de descubrir al responsable de la página web, sus esperanzas se desmoronaban.

Podían examinar las imágenes de la cámara de videovigilancia en el momento en que el delincuente estaba utilizando la conexión de wifi para transferir el dinero de sus clientes, pero, si el noventa por ciento de la pantalla de la cámara solo abarcaba al personal y a la caja, sus posibilidades de conseguir una identificación positiva eran muy escasas.

Cuando salieron de la cafetería, a Kelly le sonó el móvil.

—Es un mensaje de Zoe Walker —dijo, mirando la pantalla—. Va a quedarse a trabajar desde su casa los próximos días, solo quería que supiera que no estará localizable en el número de la oficina.

Nick le lanzó una mirada de advertencia.

—Si te lo pregunta, no ha habido avances significativos en la investigación, ¿de acuerdo?

Kelly respiró hondo y trató de responder con calma.

—Le dije a Zoe cómo acceder a la web porque pensé que tenía derecho a saber que habían subido a la página su propio trayecto al trabajo.

Nick se fue andando hacia el coche, soltándole su frase de despedida por encima del hombro.

—Piensas demasiado, agente Swift.

Una vez de vuelta en la calle Balfour, Kelly llevó el disco con las imágenes de la cámara de videovigilancia de Espress Oh! al agente a cargo de las pruebas. Tony Broadstairs tenía más de veinticinco años de experiencia en el Departamento de Investigación y en la Brigada de Homicidios, y le gustaba dar consejos a Kelly, aunque ella no los quería ni los necesitaba. Ese día se empeñó en subrayar la importancia de la cadena de custodia de pruebas.

—Así que tienes que firmar para que conste que me estás

dando esta prueba a mí —dijo, dibujando con el bolígrafo un círculo en el aire, encima de la sección correspondiente de la etiqueta de pruebas—, y yo firmaré aquí para que conste que la he recibido de ti.

—Ya lo pillo —asintió Kelly, que llevaba los últimos nueve años requisando pruebas y firmando aquella clase de papeles—. Gracias.

—Porque si falta alguna de esas firmas, ya puedes despedirte de presentar el caso en el tribunal. Puedes tener al hombre más culpable sobre la faz de la Tierra, pero, si la defensa se entera de que ha habido un fallo en el procedimiento, el caso se derrumbará más rápido que un suflé sacado del horno antes de tiempo.

—Kelly.

Cuando se dio media vuelta, la agente vio al inspector jefe Digby dirigiéndose hacia ellos, todavía con el abrigo puesto.

—No sabía que estaba usted aquí, señor —dijo Tony—. Creía que seguía aprovechando todos esos días que tiene acumulados. ¿Hoy no le apetecía jugar al golf, entonces?

—Te aseguro, Tony, que no estoy aquí por gusto. —Miró a Kelly, sin sonreír—. A mi despacho, ahora mismo. —Llamó también al inspector—. Nick, tú también.

El alivio que sintió Kelly por no tener que seguir escuchando la charla de Tony sobre la manipulación de pruebas se disipó rápidamente al ver la expresión del rostro del inspector jefe. Corrió tras él, atravesando el espacio abierto de la brigada, hasta llegar a su despacho, donde le ordenó que se sentara. Kelly hizo lo que le decía mientras una intensa sensación de temor se iba apoderando de ella. Trató de pensar qué otra razón podía haber para que el inspector jefe la hubiese hecho ir tan bruscamente a su despacho —y para que hubiese asomado por allí en su día de descanso, de hecho—, pero solo se le ocurría un único motivo.

Durham.

Esta vez sí la había cagado de verdad.

—Me la jugué por ti, Kelly. —Diggers se había quedado de

pie, y ahora se paseaba de un lado a otro de la pequeña habitación, por lo que Kelly no sabía si mirarlo directamente o quedarse con la mirada fija delante, como un acusado en el banquillo—. Accedí a asignarte a esta investigación porque tenía fe en ti y porque me convenciste de que podía confiar en ti. ¡Me puse de tu parte, Kelly, joder!

Kelly sintió un nudo de miedo y vergüenza atenazándole el estómago. ¿Cómo podía haber sido tan estúpida? La última vez, había conservado su trabajo de milagro; el sospechoso al que había pegado había decidido no presentar cargos contra ella tras la visita de Diggers, cuando lo convenció de que no le convenía llamar demasiado la atención. Incluso la vista disciplinaria había ido a su favor, gracias otra vez a Diggers y a una discreta charla con el superintendente. «Circunstancias atenuantes relacionadas con un asunto familiar», decía el informe, pero tenía perfectamente claro —porque así se lo habían hecho saber— que no iba a poder jugar aquella carta dos veces.

—Anoche recibí una llamada telefónica. —El inspector jefe se sentó finalmente, inclinando el cuerpo hacia delante por encima del amplio escritorio de roble oscuro—. Era un sargento de la comisaría de Durham, alertado por el hecho de que habíamos estado indagando sobre casos de violación ocurridos en el pasado. Se preguntaba si podían servirnos de ayuda en algo más.

Kelly no podía mirarlo a los ojos. Percibió la mirada de Nick a su izquierda.

—Por supuesto, su llamada fue toda una sorpresa para mí. Puede que esté a punto de jubilarme, Kelly, pero me gusta pensar que todavía sé en qué casos está trabajando mi departamento. Y ninguno de ellos —pasó a hablar más despacio, haciendo una pausa entre cada palabra para dar más énfasis— está relacionado con la Universidad de Durham. ¿Te importaría explicarme qué cojones has estado haciendo?

Poco a poco, Kelly alzó la vista. La rabia feroz que se había apoderado de Diggers parecía haberse consumido, y tenía un aspecto bastante menos aterrador que cuando había empezado a hablar. Aun así, a Kelly le temblaba la voz, y tragó saliva con fuerza en un intento de recuperar la serenidad.

—Quería averiguar si había habido alguna novedad en el caso de mi hermana.

Diggers negó con la cabeza.

—Estoy seguro de que no hace falta que te diga que lo que has hecho supone una falta disciplinaria grave. Al margen de las consecuencias penales por infringir de ese modo la Ley de Protección de Datos, abusar de tu posición como oficial de policía para tu beneficio personal es una infracción que conlleva el cese inmediato.

—Lo sé, señor.

—Entonces ¿por qué narices…? —Diggers abrió las manos y su cara reflejó la viva imagen de la incomprensión. Cuando habló de nuevo, lo hizo con menos dureza—. ¿Y ha habido alguna novedad en el caso de tu hermana?

—Algo así. Solo que no de la clase que yo esperaba, señor. —Kelly volvió a tragar saliva, deseando que desapareciese el nudo de su garganta—. Mi hermana… Ha expresado su voluntad de no ir a juicio. Ha dejado instrucciones explícitas de que no quiere que la informen de ningún avance o novedad en el caso y no tiene ningún deseo de saber si el delincuente resulta detenido algún día.

—¿Y deduzco que eso era nuevo para ti?

Kelly asintió.

Se produjo una larga pausa antes de que Diggers hablara de nuevo.

—Creo que ya sé la respuesta a esta pregunta, pero tengo que hacértela igualmente: ¿hay alguna razón profesional para que pidieras información a otro cuerpo policial?

—Yo se lo pedí —dijo Nick.

Kelly se volvió a mirarlo, tratando de ocultar su sorpresa.

—¿Tú le pediste a Kelly que se pusiese en contacto con Durham para solicitar información sobre una violación previa relacionada con su hermana?

—Sí.

Diggers miró fijamente a Nick. Kelly creyó percibir un brillo divertido en sus ojos, pero tenía la boca cerrada con firmeza, y decidió que eran imaginaciones suyas.

—¿Te importaría explicarme por qué?

—La Operación FURNISS ha resultado tener un alcance más amplio de lo previsto, señor. La violación de Maidstone indicó que los delitos no se restringen al interior de la M25, y, aunque los anuncios solo empezaron a publicarse en septiembre, aún no está clara la dimensión real de la totalidad de los crímenes. Hemos tenido bastantes problemas para encontrar alguna pista sobre el inductor principal y se me ocurrió que sería una buena idea ampliar la investigación a otras violaciones con un historial de acoso. Pensé que cabía la posibilidad de que se repitiera el mismo patrón en otras ciudades.

—¿Hace más de una década?

—Sí, señor.

Diggers se quitó las gafas. Miró a Nick con aire reflexivo y luego a Kelly.

—¿Por qué no me lo has dicho desde el principio?

—Pues… no estoy segura, señor.

—¿Y deduzco que no has encontrado ningún nexo entre la Operación FURNISS y Durham?

La pregunta iba dirigida a Kelly, pero fue Nick quien respondió.

—Ha quedado descartado —dijo, sin rastro de la vacilación de Kelly.

—Eso pensaba yo. —Diggers miró primero a Kelly y luego a Nick, para después volver a centrarla en la joven. Esta contuvo la respiración—. ¿Puedo sugerir que demos por concluida la investigación de otros crímenes similares en el pasado?

—Sí, señor.

—Volved al trabajo, los dos.

Estaban en la puerta cuando Diggers llamó a Kelly.

—Una cosa más…

—¿Señor?

—Delincuentes, policías, testigos, víctimas... Hay un elemento en común entre todos ellos, Kelly, y es que no hay dos personas iguales. Cada víctima se enfrenta de un modo distinto a lo que le ha ocurrido: algunas se obsesionan con la venganza, otras quieren justicia, otras solo quieren que termine y otras... —La miró directamente a los ojos—. Otras solo quieren pasar página y seguir adelante.

Kelly pensó en Lexi, y en el deseo de Cathy de empezar de cero en una casa de la que nadie más que ella tenía las llaves.

—Sí, señor.

—No te obsesiones con las víctimas que desean un resultado diferente al que queremos nosotros. Eso no significa que estén equivocadas. Concentra esa obsesión tuya, ese inmenso talento que tienes, en el caso en su conjunto. En algún lugar hay un criminal en serie, responsable de las violaciones, de los asesinatos y de seguir a decenas de mujeres. Encuéntralo.

A muchos los pillan por ser descuidados.

No vas a encontrar mi nombre en el rastro digital que lleva hasta encuentrala.com. Siempre he utilizado los nombres de otras personas, nombres que tomé prestados de sus carteras y de los bolsillos de sus abrigos.

James Stanford, que no tenía ni idea de la existencia de un apartado de correos a su nombre en Old Gloucester Road, ni de una tarjeta de crédito con la que estaba pagando la publicación de anuncios en The London Gazette. *Mai Suo Li, el estudiante chino dispuesto a facilitar gustosamente su cuenta bancaria británica a cambio del suficiente dinero en efectivo para su vuelo de vuelta a casa.*

Los nombres de otras personas. Nunca el mío.

El recibo, en cambio... Eso sí fue un descuido.

El código de una puerta, garabateado sin pensar en un trozo cualquiera de papel, sin pensar en ningún momento que podía significar el final de todo. Cuando ahora lo pienso —cuando pienso en el descuido— siento una inmensa rabia. Qué estupidez... Sin ese recibo, todo era perfecto. Imposible de rastrear.

Pero esto aún no ha terminado. Cuando uno se ve acorralado, solo se puede hacer una cosa.

Morir luchando.

30

A la hora de comer la mesa del comedor vuelve a estar despejada y la casa ha recuperado cierto aspecto ordenado. Me siento a la mesa y empiezo a trabajar con la contabilidad de Graham, y el proceso metódico de copiar importes de carreras de taxi y comidas me resulta curiosamente relajante. Me suena el teléfono y veo que me ha entrado un mensaje de la agente Swift, en respuesta al mensaje que le envié ayer.

> Siento no haberme puesto en contacto antes. Te pongo al día rápidamente: más tarde intentaré llamarte. Creemos que el delincuente ha administrado la web desde una cafetería llamada Espress Oh!, ubicada en las proximidades de Leicester Square. Continúan las investigaciones al respecto. Luke Harris sigue en libertad bajo fianza. Te informaré de lo que diga su agente de la condicional. Me parece una buena idea lo del teletrabajo. Cuídate.

Leo el mensaje dos veces. Luego cojo la carpeta de facturas varias de la mesa y vuelvo a sacar el recibo del Espress Oh! Miro el número garabateado en la parte trasera y luego busco la fecha. La tinta de la parte inferior está corrida y no logro leerla bien. ¿Cuánto tiempo llevará ahí? No hace frío en la casa, pero me estremezco y el recibo se agita en mi mano.

Entro en la cocina.

—¿Katie?

—¿Mmm...?

Está untándose mantequilla en el pan sobre la encimera sin usar un plato. Recoge las migas con la mano y las tira a la pica.

—Lo siento. —Me ha visto la cara—. Son solo unas migas, mamá.

Le paso el recibo.

—¿Alguna vez has estado en este sitio? —Me siento mareada, como si me hubiera levantado demasiado deprisa.

Noto cómo se me acelera el pulso y empiezo a contar mis pulsaciones para relajarme.

Katie arruga la nariz.

—Me parece que no. ¿Dónde está?

—Cerca de Leicester Square.

Cuando te enfrentas al peligro, tu cuerpo puede reaccionar de dos formas: combatir o huir. Pero el mío no está haciendo ni una cosa ni otra. Está paralizado, quiere salir corriendo; sin embargo, no logra moverse.

—Ah, ¡ya sé! Me parece que sí. No he estado allí, pero sí que he pasado por delante. ¿Por qué quieres saberlo?

No quiero atemorizar a Katie. Le cuento lo del e-mail de la agente Swift, pero con tranquilidad, como si no fuera algo muy importante. Cada vez oigo más alto el zumbido en los oídos. No es una coincidencia. Lo sé.

—Solo es un recibo. No tiene por qué ser de la persona que está detrás de la web. ¿Verdad?

Me mira pestañeando a la cara intentando saber qué pienso; intenta valorar lo preocupada que estoy.

«Sí.»

—No, claro que no.

—Podría haber estado en cualquier lugar: en el bolsillo de un abrigo, en una vieja bolsa de plástico, en cualquier sitio. —Ambas estamos fingiendo que se trata de algo inocuo. Como un calcetín desparejado. Un gato callejero. Cualquier cosa menos un recibo que, de algún modo, relaciona a un maníaco con nuestra casa—. Yo siempre dejo las facturas en las bolsas.

Deseo que ella tenga razón. Pienso en todas las veces que he cogido una de las docenas de bolsas que tenemos guardadas debajo de la pica, y que he encontrado recibos olvidados dentro de compras anteriores.

Deseo que ella tenga razón, pero sé que no la tiene, me lo indican mis vellos de punta. Que la única razón por la que ese recibo está en nuestra casa es porque alguien lo ha traído.

—Aunque menuda coincidencia, ¿no te parece?

Intento sonreír, pero hago un mohín y el gesto se transforma en algo muy distinto.

Miedo.

Oigo una voz en la cabeza, pero no pienso escucharla. Una espeluznante sensación de miedo me indica que tengo la respuesta delante.

—Debemos pensarlo de forma racional —está diciendo Katie—. ¿Quién ha estado en casa últimamente?

—Tú, yo, Justin y Simon —digo—, evidentemente. Y Melissa y Neil. La pila de documentos que dejé en la mesa anoche, los recibos y facturas, son de Graham Hallow.

—¿Podría ser de él?

—A lo mejor. —Pienso en el montón de ejemplares del *Gazette* en la mesa del despacho de Graham, y recuerdo su explicación perfectamente plausible para justificar su presencia—. Pero últimamente me ha prestado un gran apoyo, me ha concedido mucho tiempo libre en el trabajo. No me lo imagino haciendo algo así. —De pronto me asalta una idea. Tal vez la policía no haya encontrado ninguna prueba contra Isaac, pero eso no significa que no existan—. Recogimos la mesa antes de la comida dominical del mes pasado. Isaac estuvo en casa.

Katie se queda boquiabierta.

—¿Qué estás insinuando?

Me encojo de hombros con gesto de inocencia, aunque no me lo creo ni yo.

—No estoy insinuando nada. Sencillamente estoy enumerando a las personas que han estado en casa últimamente.

—Mamá, es imposible que creas que Isaac tiene algo que ver con este asunto. Ni siquiera lo había conocido cuando todo esto empezó. Dijiste que los anuncios habían sido publicados desde septiembre.

—Te sacó una foto, Katie. Sin que tú lo supieras. ¿No te pone los pelos de punta?

—¡Para enviársela a otro miembro de la compañía! No para usarla en una web. —Está gritándome. Se ha puesto a la defensiva y está enfadada.

—¿Cómo lo sabes? —le respondo también gritando.

Se produce un silencio entre ambas cuando nos quedamos mirándonos para valorar lo dicho.

—Podría ser cualquiera —insiste Katie con tozudez.

—Entonces deberíamos registrar la casa —digo.

Ella asiente en silencio.

—Primero la habitación de Justin.

—¿Justin? ¿No creerás que…? —Le veo la cara—. Vale.

Desde muy pequeño, a Justin le han encantado los ordenadores, más que los libros. Antes me preocupaba haberme equivocado en algo —haber dejado que viera demasiada televisión—, pero cuando nació Katie y acabó convirtiéndose en una devoradora de libros, me di cuenta de que simplemente eran dos niños distintos. Ni siquiera teníamos ordenador en casa cuando eran pequeños, pero tecnología de la información y de las comunicaciones era casi la única asignatura que Justin aprobaba en el colegio. Nos suplicó a Matt y a mí tener un ordenador propio y, como no podíamos permitírnoslo, fue ahorrando dinero de la paga y se lo compró por piezas, cada una de las cuales fue llegando en un sobre con el interior forrado con plástico de burbujas, donde quedaban almacenadas, debajo de su cama, junto a los Mecano y los Lego. Montó él solo ese primer ordenador, con unas instrucciones que imprimió en la biblioteca, y, con el paso del tiempo, le añadió más memoria, un disco duro con mayor capacidad y una tarjeta gráfica mejor. A los doce años, Justin sabía más de ordenadores y de internet que yo a los treinta.

Recuerdo haberle dicho que se sentara un día después del colegio, antes de que subiera corriendo a jugar al videojuego en red de turno. Pretendía darle una charla sobre los peligros de exponerse demasiado en la red, advertirle que los adolescentes con los que se suponía que estaban hablando podían no serlo en absoluto y que podía tratarse de pervertidos de cincuenta años babeando sobre sus teclados.

—Soy demasiado listo para los pedófilos —dijo entre risas—. No me pillarían jamás.

Supongo que quedé impresionada. Orgullosa de que mi hijo fuera tan espabilado, mucho mejor entendedor de la tecnología que yo.

Durante todos esos años de preocupación por que Justin pudiera convertirse en presa de un atacante virtual, jamás se me pasó por la cabeza que él mismo fuera uno de esos delincuentes. No puede serlo, pienso, a renglón seguido. Yo lo habría sabido.

La habitación de Justin huele a humo rancio y a calcetín sucio. Sobre la cama hay un montón de colada limpia que yo dejé ahí ayer, el montón perfectamente doblado ha caído hacia un lado, justo en el lugar de la cama sobre el que ha dormido Justin sin preocuparse de mover la ropa o retirarla de allí. Descorro las cortinas para que entre algo de luz, y veo que hay media docena de tazas y tres ceniceros usados. Hay un porro recién liado junto a un mechero.

—Mira en los cajones —digo a Katie, que se ha quedado en la puerta. Ella no se mueve—. ¡Ahora! No sabemos cuánto tiempo tenemos. —Me siento sobre la cama y abro el portátil de Justin.

—Mamá, esto está mal.

—¿Y tener una web donde se venden los horarios de trenes de mujeres para que unos hombres la violen o las maten no está mal?

—¡Él no haría eso!

—Yo tampoco lo creo. Pero debemos asegurarnos de ello. Registra la habitación.

—Ni siquiera sé qué estoy buscando —dice Katie, pero abre las puertas del armario y empieza a rebuscar en las estanterías.

—Más recibos del Espress Oh! —digo, intentando pensar en alguna prueba incriminatoria—. Fotos de mujeres, información sobre sus horarios de transporte...

La contraseña de Justin está protegida. Me quedo mirando la pantalla, y su nombre de usuario, Game8oy_94, me devuelve la mirada, junto a un avatar diminuto de la palma de la mano de Justin tapando el objetivo de la cámara.

—¿Dinero? —pregunta Katie.

—Desde luego. Cualquier cosa fuera de lo normal. ¿Cuál será la contraseña de Justin? —Lo intento con su fecha de nacimiento y aparece en la pantalla: ACCESO DENEGADO: DOS INTENTOS RESTANTES.

—Dinero —repite Katie, y me doy cuenta de que no es una pregunta. Levanto la vista. Está sujetando un sobre igual al que Justin me entregó con el dinero del alquiler. Está tan lleno de billetes de veinte y diez libras que la solapa no cierra—. ¿Crees que es el sueldo de la cafetería?

Katie no sabe nada del dinero que Melissa le paga en negro para burlar los impuestos, y, aunque dudo mucho que le importe, no pienso contárselo. Cuanta más gente lo sepa, mayor es la probabilidad de que se entere Hacienda, y ese es un problema que ni Melissa ni yo necesitamos.

—Supongo que sí —digo con tono distraído—. Vuelve a ponerlo en su sitio.

Pruebo una vez más con la contraseña de Justin, y esta vez combino nuestra dirección con el nombre de su primera mascota, un jerbo llamado Gerald que se escapó y vivió bajo los tablones del suelo del baño durante varios meses.

ACCESO DENEGADO: UN INTENTO RESTANTE.

No me atrevo a arriesgarme.

—¿Hay algo más en el armario?

—No que yo vea. —Katie va hacia la cajonera y saca todos los cajones, pasa una mano por debajo de cada uno, como si fuera una profesional, para comprobar si hay algo pegado con cinta adhesiva en la base. Toquetea la ropa, y yo cierro el portátil y lo dejo sobre la cama, en la que espero sea la misma posición en que lo he encontrado—. ¿Y en el portátil?

—No he podido acceder.

—Mamá... —Katie no me mira al hablar—. Sabes que esa factura podría ser de Simon...

Mi respuesta es inmediata.

—No es de Simon.

—Eso no lo sabes.

—Sí que lo sé. —Jamás he estado más segura de algo en toda mi vida—. Simon me quiere. Jamás me haría daño.

Katie cierra un cajón de golpe, y el ruido me sobresalta.

—Eres capaz de acusar a Isaac, pero ¿ni siquiera contemplas la idea de que Simon esté implicado?

—Hace nada que conoces a Isaac.

—Es lo más justo, mamá. Si estamos registrando las cosas de Justin, y acusando a Isaac, también debemos plantearnos que pueda ser Simon. Tenemos que registrar su habitación.

—¡No pienso registrar la habitación de Simon, Katie! ¿Cómo podría esperar que volviera a confiar en mí?

—Mira, mamá, no estoy diciendo que esté implicado, ni siquiera que el recibo del Espress Oh! sea suyo, pero es posible. —Sacudo la cabeza y ella levanta las manos—. ¡Mamá, es posible! Al menos plantéatelo.

—Esperaremos hasta que llegue a casa y entonces subimos todos juntos.

Katie se muestra inflexible.

—No, mamá. Ahora.

La escalera que lleva al ático es angosta, y la puerta del descansillo de la primera planta parece la portezuela de un aparador. Podría ser la puerta de un aseo o de una habitación pequeña. Antes de que Simon se mudara, yo usaba ese espacio como una vía de escape: no estaba bien amueblado, pero yo había puesto un montón de cojines y cerraba la puerta con llave y me tumbaba allí una media hora, robando tiempo para mí dentro de la vorágine de la maternidad en solitario. Entonces me encantaba la sensación de tener un escondite que transmitía ese lugar. Ahora me parece algo peligroso, cada peldaño que asciendo me aleja del espacio abierto del resto de la casa, me aleja de la seguridad.

—¿Y si Simon llega a casa? —pregunto.

Simon y yo no nos ocultamos nada, pero somos adultos. Siempre hemos estado de acuerdo en que es importante tener nuestro propio espacio, nuestra propia vida. No puedo imaginar qué diría si nos viera a Katie y a mí en este momento, rebuscando en su despacho.

—No estamos haciendo nada malo. Él no sabe que hemos encontrado la factura. Tenemos que estar tranquilas.

Siento muchas cosas, menos tranquilidad.

—Estamos bajando los adornos de Navidad —digo de pronto.

—¿Qué?

—Si llega de repente y nos pregunta qué estamos haciendo, le diremos que hemos subido a sacar los adornos de Navidad del desván.

—Vale. Está bien.

Katie no se muestra muy interesada en dar excusas, pero yo me siento mejor sabiendo que ya la tenemos lista.

La puerta del final de la escalera se cierra de golpe y emite un estruendo que me hace dar un respingo. Es la única que se cierra así, la única que cumple la normativa de cómo deben cerrarse las puertas en caso de incendio. Simon quería quitarla; decía que le gustaba tener la puerta abierta y oír todo el jaleo de la planta de abajo. Yo insistí en dejarla ahí, porque me preocupaban los incendios, porque me preocupaba cualquier amenaza contra mi familia.

Durante todo ese tiempo, ¿es posible que la auténtica amenaza siempre haya estado ahí, delante de nosotros?

¿Viviendo en nuestra casa?

Me entran ganas de vomitar y trago saliva para bajar la bilis, en un intento de reunir la fortaleza que está demostrando tener ahora mismo mi hija de diecinueve años. Katie se queda plantada en el centro de la habitación y echa una mirada lenta y con detenimiento. No hay nada en las paredes, que están tan inclinadas que no queda más que un pequeño espacio para estar de pie en el centro de la habitación. La única ventana del tejado deja entrar una cantidad irrisoria de rayos del sol invernal, y enciendo la luz.

—Ahí. —Katie señala el archivador, sobre el que está la tablet de Samsung de Simon.

Me la pasa. Actúa con gran decisión, casi con brusquedad. Ojalá supiera qué está pensando.

—Katie —digo—, ¿de verdad crees capaz a Simon de... —Dejo la frase inacabada.

—No lo sé, mamá. Mira el historial de búsqueda.

Enciendo el dispositivo, escribo la contraseña de Simon y luego abro el navegador.

—¿Cómo veo los sitios que ha visitado?

Katie mira por encima de mi hombro.

—Dale aquí. —Y señala con el dedo—. Debería salir una lista de los sitios que ha visitado, así como de sus criterios de búsqueda.

Lanzo un suspiro de alivio. No veo nada que lo inculpe. Webs de noticias y un par de agencias de viajes. Una escapadita de San Valentín. Me pregunto cómo puede Simon plantearse siquiera consultar el precio de una escapada debiendo el dinero que debe. Supongo que son de esas compras que nunca harás, y pienso en la de tardes que he pasado mirando en la página de Rightmove las casas que cuestan un millón de libras, casas con las que no puedo ni soñar.

Katie vuelve a mirar en el cajón del archivador. Saca una hoja de papel.

—Mamá —dice con parsimonia—, no nos ha contado la verdad.

Vuelvo a sentir náuseas.

—«Querido señor Thornton —lee—, en relación con su reciente reunión con Recursos Humanos le rogamos acepte esta carta como notificación formal de su despido.» —Se queda mirándome—. Con fecha 1 de agosto.

El alivio que siento es instantáneo.

—Ya sabía lo del despido. Siento no habértelo contado. Yo me enteré hace solo un par de semanas.

—¿Lo sabías? ¿Por eso empezó a trabajar desde casa? —Asiento en silencio—. ¿Y antes de eso? Desde agosto, quiero decir. Siempre lleva traje y sale todos los días...

Siento demasiada lealtad hacia Simon para reconocer en voz alta que ha estado fingiendo que iba al trabajo, que nos ha mentido a todos, pero no hace falta que diga nada: sé, por la expresión de Katie, que ella ya ha sacado sus conclusiones.

—No lo sabes con certeza, ¿verdad? —dice—. No sabes qué estaba haciendo, es decir, qué estaba haciendo en realidad. Solo sabes lo que te ha dicho. Es más, por lo que sabes, podría pasar el rato siguiendo a mujeres en el metro. Sacándoles fotos. Publicando los detalles de sus descripciones en internet.

—Confío en Simon. —Mis palabras suenan vacías, incluso para mí misma.

Katie empieza a registrar el archivador, y va tirando las carpetas al suelo. El primer cajón está lleno de documentación de Simon: contratos de trabajo, seguro de vida... No sé qué hay ahí. En el cajón central, guardo toda la documentación relacionada con la casa; el seguro de hogar y de contenido, el contrato de la hipoteca, el permiso para la reforma del loft en el que estamos ahora mismo. En otra carpeta están los certificados de nacimiento de los niños y mi convenio de divorcio, junto con todos nuestros pasaportes. En una tercera hay antiguos contratos de cuentas corrientes que he conservado solo porque no sé qué hacer con ellos.

—Registra su mesa —me dice con el mismo tono que yo he usado para ordenarle que registrara la habitación de Justin. Impaciente por el tiempo que pierde leyendo cada documento, saca todo el cajón del archivador y vuelca el contenido en el suelo, removiéndolos con una mano hasta que todo queda al descubierto—. Aquí hay algo, lo sé.

Mi hija es fuerte. Enérgica.

«En eso ha salido a ti», decía siempre Matt, cuando Katie se negaba a aceptar la cucharada de comida que yo tenía delante de ella, o insistía en ir caminando a las tiendas cuando apenas la sostenían sus piernecitas inestables.

El recuerdo me duele y me lo sacudo mentalmente de la cabeza. Yo soy la adulta. Yo soy la fuerte. Esto es culpa mía. Yo soy la que ha traído aquí a Simon, halagada por sus atenciones, por su generosidad.

Necesito respuestas, y las necesito ahora.

Abro el primer cajón de la mesa y saco el contenido, dejo las carpetas en el suelo y las sacudo por si hay algo entre ellas o entre la documentación sin importancia. Cruzo la mirada con Katie y ella asiente con la cabeza, haciendo un mohín, y así expresa su aprobación.

—Este cajón está cerrado. —Hago sonar el asa—. No sé dónde está la llave.

—¿Puedes forzarlo?

—Estoy intentándolo.

Apoyo una mano en la superficie de la mesa con fuerza y tiro del asa del cajón con la otra. No se mueve. Echo un vistazo a la caótica mesa para ver si adivino dónde tiene la llave Simon, miro en un bote para los bolis, pero solo veo un montón de clips y virutas de lápiz. Recuerdo de pronto lo que ha hecho Katie al registrar la cómoda de Justin y paso la mano por debajo del cajón para ver si la llave está ahí pegada, y miro por debajo de todos los cajones abiertos con la misma intención.

Nada.

—Habrá que forzar la cerradura —digo con más seguridad de la que siento, porque jamás he forzado una cerradura.

Cojo un par de tijeras afiladas del suelo, que han caído desde el cajón, y las meto en la cerradura. Sin ningún método en concreto, meneo las hojas con violencia, sacudiéndolas de un lado para otro y de arriba abajo, al tiempo que tiro del asa del cajón. Se oye un leve crujido y, para mi asombro, el cajón se abre. Tiro las tijeras al suelo.

Deseaba que el cajón estuviera vacío. Quería que solo hubiera un clip lleno de polvo y un lápiz roto. Quería demostrar a —a mí misma— que Simon no tiene nada que ver con la web.

No está vacío.

Hojas de papel, arrancadas de una libreta de espiral, están colocadas inocentemente a un lado del cajón. «Grace Southeard», dice en el primero sobre una serie de puntos suspensivos, a modo de listado:

36
¿Casada?
Puente de Londres.

Cojo el montón de papeles y leo la segunda hoja.

Alex Grant
52
Pelo canuso, melena. Delgada. Está guapa con vaqueros.

Me da la sensación de que voy a vomitar. Recuerdo lo tranquilo que estaba Simon esa noche que salimos a cenar y le conté lo preocupada que estaba por los anuncios.

«Solo se trata de un robo de identidad.»

—¿Qué has encontrado, mamá? —Katie se dirige hacia mí.

Doy la vuelta a las hojas, pero es demasiado tarde, porque ella ya las ha leído.

—Oh, Dios mío…

Hay algo más en el cajón. Es el diario Moleskine que regalé a Simon la primera Navidad que celebramos juntos. Lo cojo y noto la tersura de la piel en la punta de los dedos.

Las primeras páginas tienen cierto sentido. Frases inacabadas; palabras subrayadas; flechas trazadas entre dos nombres, ambos enmarcados por un recuadro. Hojeo el diario y se abre en un esquema. En el centro está la palabra ¿CÓMO? en el interior de una nube dibujada a mano. A su alrededor hay más palabras, cada una dentro de su propia nube.

Apuñalamiento
Violación
Asfixia

El diario se me cae de las manos y aterriza sobre el cajón abierto con un ruido sordo. Oigo el grito ahogado de Katie y me vuelvo para consolarla, pero antes de poder decir nada oigo un ruido que reconozco enseguida. Me quedo paralizada y miro a Katie, y sé por su cara que ella también lo ha reconocido.

Es el estruendo de la puerta que se ha cerrado de golpe a los pies de la escalera.

31

—Café.

—No, gracias.

Kelly no había comido nada en todo el día, pero no creía que su estómago pudiese tolerar nada tampoco. Diggers se había quedado por la oficina media hora más después de hablar con ella y con Nick, antes de desaparecer, para hacer lo que un inspector jefe a punto de jubilarse hacía con una acumulación de días de libre disposición. No había vuelto a hablar con Kelly, sino que, al marcharse, solo se detuvo un momento en la mesa de Nick para mantener una conversación en voz baja sobre ella; Kelly estaba segura.

—No era una sugerencia —dijo Nick—. Ponte el abrigo, vamos al otro lado de la calle.

Más que una cafetería, el Starbucks de Balfour Road era más bien un establecimiento de comida para llevar, pero disponía de dos taburetes altos en la ventana, que Kelly se encargó de reservar mientras Nick iba por las bebidas. Kelly pidió un chocolate caliente, con el ansia repentina del consuelo del azúcar. El vaso llegó recubierto de nata montada y espolvoreado con chocolate, con un aspecto vergonzosamente ridículo frente a la sobriedad del sencillo café con leche de Nick.

—Gracias —dijo Kelly cuando se hizo evidente que Nick no iba a mencionar el tema.

—Ya te tocará a ti la próxima vez —repuso él.

—Me refería al cable que me has echado con Diggers.

—Ya sé a qué te referías. —La miró fijamente, sin el menor asomo de sonrisa—. En el futuro, si la cagas, si haces alguna estupidez o si, por la razón que sea, crees que vas a necesitar que te saque las castañas del fuego otra vez, por el amor de Dios, dímelo. No esperes hasta estar sentados en el despacho del inspector jefe.

—Lo siento mucho, de verdad.

—Sí, de eso estoy seguro.

—Y te estoy muy agradecida. No esperaba que hicieras eso.

Nick tomó un sorbo de café y sonrió.

—Si te digo la verdad, yo tampoco lo esperaba, pero no podía quedarme ahí sentado de brazos cruzados y ver cómo una de las mejores detectives con las que he trabajado… —Kelly bajó la mirada hacia su chocolate caliente para ocultar su alborozo— hace que la echen del cuerpo por hacer algo tan monumentalmente estúpido como usar su posición para no sé qué iniciativa personal. ¿Qué es exactamente lo que estabas haciendo?

El placentero rubor que había sentido Kelly a consecuencia del cumplido de Nick desapareció.

—Creo que lo mínimo que me debes es una explicación.

Kelly se metió una cucharada de nata caliente en la boca y percibió cómo se disolvía lentamente en su lengua. Ensayó las palabras mentalmente antes de hablar.

—Mi hermana fue víctima de una violación en su primer año en la Universidad de Durham.

—Sí, eso ya lo había entendido. ¿Y nunca llegaron a atrapar al violador?

—No. Había habido algunos incidentes sospechosos antes de la violación: Lexi encontró notas dirigidas a ella en su casillero pidiéndole que se pusiera una ropa determinada, vestidos que tenía en su armario, y una vez alguien le dejó un jilguero muerto en la puerta.

—¿Y lo denunció?

Kelly asintió.

—Pero la policía no mostró ningún interés, ni siquiera cuando les dijo que alguien la había estado siguiendo; dijeron que dejarían constancia en el informe, nada más. Un jueves por la tarde-noche, mi hermana tenía clase a última hora y no había nadie que fuese en la misma dirección que ella, así que volvió a la residencia de estudiantes sola. Esa noche estaba hablando por teléfono conmigo. Me llamó porque estaba nerviosa, decía que oía pasos a su espalda otra vez, siguiéndola.

—¿Qué hiciste?

Kelly sintió que los ojos le ardían con la amenaza de las lágrimas. Tragó saliva.

—Le dije que eran imaginaciones suyas.

Podía oír la voz de Lexi incluso en ese momento, con la respiración jadeante mientras se dirigía a la residencia.

—Hay alguien andando detrás de mí, Kelly, te lo juro. Igual que la semana pasada.

—Lex, hay diecisiete mil universitarios en Durham; siempre habrá alguien andando detrás de ti.

—Esto es diferente. Está intentando que no le vea. —Lexi hablaba en susurros y Kelly tenía que hacer verdaderos esfuerzos para oír lo que decía—. Cuando me he dado la vuelta ahora mismo no había nadie, pero está ahí, lo sé.

—Te va a dar un ataque de nervios, Lexi. Llámame cuando llegues a tu habitación, ¿vale?

Esa noche Kelly se disponía a salir a cenar, recordó. Había puesto la música a tope mientras se arreglaba el pelo y rechazado otro vestido lanzándolo a la pila que había formado a los pies de la cama. No cayó en que Lexi no la había llamado hasta que le sonó el móvil, la llamada de un número que no había reconocido.

—¿Kelly Swift? Le habla la agente Barrow-Grint de la policía de Durham. Su hermana está en la comisaría conmigo.

—No fue culpa tuya —dijo Nick con tacto. Kelly negó con la cabeza.

—El violador no la habría atacado si yo hubiera seguido hablando con ella por teléfono.

—Eso no lo sabes.

—Si la hubiese atacado, yo lo habría oído, habría podido llamar a la policía inmediatamente. Pasaron dos horas hasta que encontraron a Lexi; le habían dado una paliza tan salvaje que la dejaron medio ciega. Y, para entonces, el violador ya había huido bien lejos.

Nick no la contradijo. Giró la taza de café en el plato hasta que tuvo el asa delante y la envolvió con sus manos.

—¿Lexi te echa la culpa a ti de lo sucedido?

—No lo sé. Seguro que sí.

—¿No se lo has preguntado?

—No quiere hablar del tema. Odia que yo lo haga. Creí que aquello la dejaría destrozada durante meses, para siempre incluso, pero fue como si hiciese cruz y raya con todo el asunto. Cuando conoció a su marido, se sentó con él y le dijo: «Tengo que decirte una cosa», y, acto seguido, le contó toda la historia y le hizo prometer que no volverían a hablar de ello nunca más.

—Es una mujer fuerte.

—¿Tú crees? A mí no me parece sano. Hacer como si no hubiera pasado nada no es la manera de enfrentarse a un hecho traumático.

—¿Quieres decir que no es la forma en que tú te enfrentarías a un hecho traumático? —dijo Nick.

Kelly lo miró con dureza.

—No se trata de mí.

Nick apuró su café y dejó la taza en el plato con delicadeza antes de mirar a Kelly a los ojos.

—Exactamente.

A Kelly le sonó el móvil cuando regresaron al trabajo. Se detuvo un momento en lo alto de la escalera para evitar el ruido de la sala de la brigada. Era Craig, del centro de videovigilancia.

—Kelly, ¿ha visto el comunicado interno de la Brigada Móvil de Transporte de hoy?

No, no lo había visto; ya era bastante difícil llevar al día el volumen ingente de correos electrónicos relacionados con aquel caso
sin necesidad de leer los boletines diarios de su propia brigada.

—La sala de control del centro de videovigilancia se ha visto
comprometida. Teniendo en cuenta lo que me dijiste el otro día
sobre tu trabajo en la Metropolitana, he pensado que debía avis-
tarte.

—¿Han entrado a robar?

—Peor. Alguien ha hackeado el sistema.

—Creía que eso era imposible.

—Nada es imposible, Kelly, deberías saberlo. Hacía varias
semanas que el sistema iba un poco lento, así que llamamos a un
ingeniero y cuando vino a echar un vistazo identificaron algunos programas de software maliciosos. Tenemos un cortafuegos
que hace que sea casi imposible que seamos víctimas de un hacker por internet, pero no impide que alguien introduzca física-
mente un virus en el sistema.

—¿Ha sido alguien de dentro entonces?

—El superintendente ha interrogado a todo el personal esta
mañana y una de las empleadas de la limpieza lo ha confesado
todo. Dijo que le pagaron para que trajera una llave de memoria
USB y la instalara en el equipo principal. Por supuesto, sostiene
que no tenía ni idea de lo que estaba haciendo.

—¿Quién le pagó?

—No sabe cómo se llama ni recuerda, muy convenientemente, qué aspecto tenía. Ella dice que la abordaron de camino
al trabajo un día y que le ofrecieron el sueldo de más de un mes
por unos pocos minutos de trabajo.

—¿Hasta dónde llega el alcance del hackeo?

—El *malware* instala un programa que se comunica con el
ordenador del hacker y hace una copia de todo el sistema. No
pueden controlar la dirección de la cámara, pero el hecho es que
todo lo que vemos desde la sala de control puede verlo el hacker.

—Oh, Dios mío…

—¿Encaja con lo tuyo?

—Desde luego, es muy posible.

A pesar de la buena relación que tenía con Craig, Kelly temía la reacción de Diggers si divulgaba más información de la necesaria. Lo último que necesitaba era otra bronca, aunque no tenía la menor duda de que los dos casos estaban relacionados.

—Nuestro delincuente ha estado utilizando las propias cámaras del metro de Londres para vigilar a las mujeres —anunció Kelly, entrando en la oficina e interrumpiendo la conversación entre Nick y Lucinda. Les puso al corriente de la llamada de Craig—. La unidad de Delitos Informáticos de la B.M.T. está allí ahora, pero, a pesar de haber identificado el programa malicioso, eliminarlo es un poco más peliagudo.

—¿Y no podrían apagar todo el sistema? —preguntó Lucinda.

—Podrían, pero entonces toda la ciudad estaría potencialmente en peligro, en lugar de…

—En lugar de un pequeño número de mujeres en situación de peligro real —terminó la frase Nick—. Estamos entre la espada y la pared. —Se puso de pie, con todo el cuerpo en tensión, y Kelly se dio cuenta de la energía que le proporcionaba la adrenalina de una investigación que avanzaba rápidamente—. Muy bien, necesitamos una declaración de tu contacto en el centro de videovigilancia y quiero a esa empleada de la limpieza encerrada por acceso no autorizado a sistemas informáticos con la intención de delinquir. —Miró a su alrededor buscando al agente encargado de redactar las órdenes, quien ya estaba introduciéndolo todo en el portátil que tenía delante—. Y que venga Andrew Robinson. Quiero saber en qué ordenador se están copiando esas imágenes del circuito de televisión y quiero saberlo ahora.

32

No hay tiempo de hacer otra cosa que no sea quedarse aquí de pie y esperar a que Simon suba.

Le cojo la mano a Katie, que desliza la suya entre la mía. Se la apretujo con fuerza y ella emula el gesto. Es algo que hacíamos cuando era pequeña, en el camino hacia el colegio. Yo se la apretaba una vez, y ella hacía lo mismo: me la apretujaba dos veces y yo la imitaba. Código Morse entre madre e hija.

—Tres significa «te quiero» —me dijo una vez.

Así lo hago ahora, aunque no sé si se acordará, mientras oigo las pisadas sobre los escalones de madera. Katie responde el mensaje enseguida y yo noto que los ojos me arden anegados en lágrimas.

Hay trece escalones desde el descansillo.

Cuento los pasos a medida que se acercan. Once, diez, nueve.

Me suda la mano mientras sujeto la de Katie; tengo el corazón tan desbocado que no logro distinguir la diferencia entre latidos. Ella me apretuja los dedos con tanta fuerza que me duele, pero me da igual; yo se los estoy apretujando con la misma fuerza.

Cinco, cuatro, tres...

—He usado mi llave, espero que no te importe.

—¡Melissa!

—Oh, Dios mío, casi nos matas del susto.

El alivio hace que Katie y yo empecemos a reír como locas.

Melissa se queda mirándonos, extrañada.

—¿Qué estáis tramando vosotras dos? Te he llamado al trabajo y tu jefe me ha dicho que estabas enferma. Solo he pasado para ver si estabas bien y me he preocupado porque no abrías.

—No te hemos oído. Estábamos… —Katie deja la frase inacabada y me mira porque no sabe si contarlo o no.

—Estábamos buscando pruebas —digo a Melissa. De pronto reacciono y me repantingo en la silla de la mesa de Simon—. Parece una locura, pero creemos que Simon ha sido el que colgó todos esos horarios de trenes de las mujeres en internet, quien colgó mi horario en internet.

—¿Simon? —Veo en el rostro de Melissa la incredulidad y la confusión que sé que todavía refleja el mío—. ¿Estás segura?

Le explico lo del recibo del Espress Oh! y lo del e-mail de la agente Kelly Swift.

—Simon se quedó sin trabajo en agosto, justo antes de que empezara lo de los anuncios. Me mintió sobre ello.

—¿Qué narices estáis haciendo aquí todavía? ¿Dónde está Simon ahora?

—Tenía una entrevista de trabajo en Olympia. No estoy segura de a qué hora, a primera hora de la tarde, creo que dijo.

Melissa se mira el reloj.

—Podría llegar en cualquier momento. Venid a mi casa, podemos llamar a la policía desde allí. ¿Quién podía imaginarlo? Es que… ¡Dios mío, Simon!

Noto que el pulso se me vuelve a acelerar, los latidos me retumban en las costillas y oigo el bombeo de la sangre en los oídos. De pronto estoy convencida de que no saldremos de esta, de que Simon llegará a casa mientras todavía estemos en el ático. ¿Qué hará en cuanto sepa que lo hemos descubierto? Pienso en Tania Beckett y en Laura Keen, las infelices bajas de su enfermizo imperio digital. ¿Qué más le dará que caigan dos más? Me levanto y sujeto a Katie por el brazo.

—Melissa tiene razón, tenemos que salir de aquí.

—¿Dónde está Justin?

El miedo me atenaza y quiero tener a toda mi familia reunida; necesito saber que mis dos hijos están a salvo. En cuanto Simon descubra que sabemos lo que ha hecho, no hay forma posible de adivinar su reacción.

—Tranquila, está en la cafetería —dice Melissa—. Ahora vengo de allí.

El alivio que siento es momentáneo.

—No puede quedarse allí, Simon podría localizarlo. Alguien tendrá que sustituirlo.

Melissa ha adoptado la actitud de mujer profesional. Me recuerda a los paramédicos en plena catástrofe: prestando ayuda práctica y palabras de consuelo.

—Lo llamaré y le diré que cierre el local.

—¿Estás segura? Él podría...

Melissa me toma la cara entre las manos. Pega la suya a la mía para que preste mucha atención a sus palabras.

—Tenemos que salir de aquí, Zoe, ¿lo entiendes? No sabemos cuánto tiempo nos queda.

Las tres bajamos ruidosamente la escalera enmoquetada y seguimos bajando hasta la entrada de la casa sin detenernos. En el recibidor, Katie y yo cogemos los abrigos de la barandilla, donde los habíamos dejado colgados. Miro a mi alrededor en busca del bolso, pero Melissa me interrumpe.

—No hay tiempo. Ya vendré yo a buscarlo en cuanto Katie y tú estéis a salvo en mi casa.

Salimos dando un portazo y corremos por el camino de entrada de la casa sin molestarnos en cerrar con llave, para poder entrar corriendo enseguida por la puerta del jardín de Melissa. Ella abre la puerta de su casa y nos lleva hasta la cocina.

—Deberíamos cerrarnos con llave —dice Katie.

Nos mira a Melissa y a mí; su rostro refleja auténtico miedo. Le tiembla el labio inferior.

—Simon no intentará entrar aquí, cariño, ni siquiera sabe que estamos dentro.

—En cuanto vea que no estamos en casa nos buscará aquí, seguro. ¡Cierra la puerta con llave, por favor! —Está al borde del llanto.

—Creo que tiene razón —dice Melissa.

Echa el doble cierre en la puerta principal y, a pesar de lo que he dicho a Katie, me siento más segura al oír el ruido de los cerrojos que clausuran la casa.

—¿Y la puerta trasera? —dice Katie.

Está temblando, y a mí me invade el odio. ¿Cómo se atreve Simon a hacerle esto a mi hija?

—Siempre está cerrada con llave. Neil está paranoico con el tema de los ladrones, ni siquiera quiere que guardemos una copia de la llave en ningún lugar visible desde el jardín. —Melissa rodea con un brazo a Katie—. Te lo prometo, cielo, ahora estás a salvo. Neil está trabajando fuera esta semana, así que os podéis quedar todo el tiempo que queráis. ¿Por qué no enciendes el hervidor de agua y yo llamo a la agente Swift y le cuento lo de la factura que has encontrado? ¿Tienes su número?

Me saco el móvil del bolsillo y lo desbloqueo, voy pasando los números hasta que encuentro el de Kelly Swift. Entrego a Melissa el teléfono. Ella se queda mirándolo.

—Tendré más cobertura arriba. Dame dos segundos. ¿Me prepararás un café, por favor? Las cápsulas están junto a la cafetera.

Apago la máquina de café: un electrodoméstico cromado último modelo que prepara espuma de leche y capuchinos y Dios sabe qué más hace. Katie cruza la cocina. Mira a través de las puertas de doble hoja que llevan al jardín y sacude el mango.

—¿Está cerrada con llave?

—Sí, está bien cerrada. Tengo miedo, mamá.

Intento hablar con tranquilidad, pero solo consigo afianzar la confusión que siento.

—Aquí no logrará encontrarnos, cielo. La agente Swift vendrá para hablar con nosotras y llamarán a otros agentes para que vengan a detener a Simon. No puede hacernos daño.

Me quedo delante de la máquina de café y apoyo las manos sobre la encimera; siento el frío y terso granito en las palmas. Ahora que ya estamos a salvo, fuera de nuestra casa, mi miedo está tornándose rabia, y estoy haciendo un esfuerzo para que Katie no lo note, puesto que ya está al borde de un ataque de histeria. Pienso en las mentiras que me ha contado Simon durante los meses en los que yo pensaba que seguía trabajando; en su insistencia, cuando llevé el *Gazette* a casa todas esas semanas atrás, de que la mujer de la foto no era yo. ¿Cómo puedo haber sido tan idiota?

Pienso en la deuda que Simon me ha dicho que tiene. La web debe de estar haciéndole ganar mucho más de lo que jamás ha ganado en el *Telegraph*. No me extraña que no haya buscado otro trabajo, ¿para qué molestarse? En cuanto al trabajo para el que lo han llamado hoy... Dudo que exista siquiera. Imagino a Simon sentado en una cafetería, no preparando la entrevista, sino mirando las fotos de mujeres en el móvil, copiando los detalles de sus horarios de transporte para subirlos a la web.

Katie está muy inquieta, va de aquí para allá, entre la ventana y la alargada y blanca mesa de Melissa, al tiempo que va cogiendo objetos de decoración puestos sobre las baldas de las paredes.

—Ten cuidado con eso —le digo—, seguramente cuesta una fortuna.

Me llegan desde el piso de arriba retales de la conversación de Melissa con la agente Swift. Oigo que le pregunta: «¿Están en peligro?», y toso haciendo mucho ruido para que Katie no tenga que soportar más de lo que ya está aguantando. Ha vuelto a colocar el jarrón en su sitio y ha cogido un pisapapeles de cristal; pasa el pulgar por su tersa superficie.

—Por favor, cielo, estás poniéndome nerviosa.

Lo deja en su sitio y se pasea por la cocina hasta llegar al otro lado, donde está el escritorio de Melissa.

La luz verde de la máquina de café parpadea para indicar que el agua está caliente. Presiono el botón de inicio y me quedo mirando cómo va cayendo el líquido negro en la taza que se encuenta a la espera. El aroma es intenso, casi abrumador. No acostumbro a tomar café, pero hoy creo que necesito uno. Saco una segunda cápsula.

—¿Quieres uno? —pregunto a Katie. Ella no responde. Me vuelvo hacia ella y veo que está mirando algo que se encuentra sobre la mesa—. Cielo, por favor, deja de toquetear las cosas de Melissa.

Me pregunto cuánto tardará la policía en llegar y si saldrán a buscar a Simon, o si esperarán a que él vuelva a casa.

—Mamá, tienes que ver esto.

—¿Qué es?

Oigo cómo cruje la madera por las pisadas de Melissa en el descansillo, y dejo su café sobre la isla de la cocina que tengo detrás. Remuevo un azucarillo en el mío, doy un sorbo y me quemo la lengua.

—¡Mamá! —exclama Katie con insistencia.

Cruzo la cocina hasta la mesa para ver qué es lo que la ha puesto tan nerviosa. Es un plano del metro de Londres; el que vi cuando había recogido los documentos de la contabilidad de Melissa. Katie lo ha desplegado, y ahora ocupa toda la superficie de la mesa. Los colores y las rutas familiares del metro han sido subrayados con una red de flechas, líneas y anotaciones garabateadas.

Me quedo mirándolo. Katie está llorando, pero yo no hago nada para consolarla. Estoy buscando un recorrido que me sé de memoria; el que hacía Tania Beckett para llegar al trabajo.

La línea de Northern hasta Highgate, luego el bus número 43 hasta Cranley Gardens.

La ruta ha sido subrayada con un marcador amarillo, y al final hay una nota manuscrita:

Ya no está activa.

Se oyen muchas cosas en las cafeterías.

Imagino que trabajar en una cafetería muy frecuentada es muy parecido a ser barman o peluquera. Somos testigos de los altibajos cotidianos, reflejados en el rostro de nuestros clientes, oímos los retales de conversaciones entre amigos. Nos beneficiamos de vuestras pagas extra —una comida pagada con billetes de veinte libras recién salidos del banco; una moneda de una libra dejada con descuido sobre la mesa— y sufrimos las consecuencias de un mes malo, cuando contáis el efectivo para pagar un café más pequeño de lo habitual, y fingís no haber visto el bote de las propinas de la barra.

Una cafetería es el lugar ideal para blanquear dinero cuando necesitáis mover grandes cantidades de efectivo. ¿A quién le importa la cantidad de clientes? Los clientes invisibles también pagan las facturas. El dinero entra sucio y sale blanqueado.

Con el tiempo, los clientes habituales se abren cada vez más. Conocemos vuestros secretos, vuestras ambiciones, y los detalles de vuestras cuentas. Los clientes relajados comparten confidencias; la barra de formica hace las veces de diván psiquiátrico. Vosotros habláis, nosotros escuchamos.

Es el entorno perfecto para captar a la mayoría de las chicas, y, solo a veces, a más clientes. Una tarjeta, metida como si nada en el bolsillo de la chaqueta de un hombre que encaja con el perfil. Un hombre que ya ha demostrado su temple con algún comentario obsceno sobre la chica de la caja registradora, y cuyos gemelos y traje a rayas lo señalan como alguien con dinero. Un hombre que, más adelante, verá la invitación que lleva en el bolsillo y sentirá el impulso de echar un vistazo.

«Un club para miembros exclusivos. Las mejores chicas.»

Con acceso a un servicio que no encontrará en ningún otro lugar de la ciudad.

Acceso a ti.

33

Melissa está en la puerta entre el recibidor y la cocina. Percibe la mirada horrorizada en el rostro de Katie, ve que tengo el plano del metro desplegado en la mano y, poco a poco, su sonrisa se esfuma. Me doy cuenta de que estoy esperando a que ella lo niegue, a que nos dé alguna explicación razonable para la prueba que estoy sujetando ante ella.

Ni siquiera lo intenta. Se limita a lanzar un profundo suspiro como si nuestros actos fueran en extremo aburridos.

—Es de muy mala educación cotillear entre los efectos personales ajenos —dice, y yo tengo que tragar saliva para no pronunciar la disculpa que se me ocurre de forma automática.

Cruza la cocina, sus tacones repiquetean sobre el suelo embaldosado, y me quita el plano del metro de la mano. Soy consciente de que estoy aguantando la respiración, pero, cuando por fin suelto el aire, no sale nada. Tengo el pecho oprimido, como si alguien estuviera apretándomelo. La observo mientras dobla el mapa, se queja cuando se equivoca con uno de los pliegues, pero no tiene prisa, ni tampoco está asustada lo más mínimo. Su frialdad me desconcierta y debo recordarme que la prueba es irrefutable. Melissa está detrás de la web, detrás de los anuncios de *The London Gazette*. Es Melissa quien ha estado persiguiendo a mujeres por Londres, vendiendo sus horarios de viaje a hombres para que ellos también las sigan.

—¿Por qué? —le pregunto.

Ella no responde.

—Será mejor que te sientes —me dice, en cambio, haciéndome un gesto hacia la alargada mesa blanca.

—No.

Melissa lanza un suspiro de exasperación.

—Zoe, no hagas esto más difícil de lo que va a ser. Siéntate.

—No puedes retenernos aquí.

Entonces se ríe. Es una risa socarrona carente de humor que indica que puede hacer lo que le venga en gana. Da el par de pasos que la separan de la encimera: una extensión de granito negro interrumpida solo por la máquina de café y el soporte para cuchillos que está junto al hornillo. Pone la mano sobre el soporte durante un instante, luego mueve el dedo índice y juega en silencio al pito-pito gorgorito, antes de sacar un cuchillo de mango negro y de unos quince centímetros de largo.

—¿No puedo? —dice.

Me dejo caer en la silla que tengo más cerca. Agarro a Katie por el brazo y, pasado un rato, ella hace lo mismo.

—No te saldrás con la tuya, Melissa —le advierto—. La policía llegará en cualquier momento.

—Lo dudo mucho. A juzgar por las novedades que has ido contándome estas semanas, la policía ha demostrado ser muy incompetente.

—Pero le has dicho a la agente Swift dónde estábamos. Ella... —Dejo de hablar incluso antes de ver la expresión lastimera de Melissa.

Qué tonta he sido. Por supuesto que Melissa no ha llamado de verdad a Kelly Swift. Darme cuenta de ello es como un puñetazo en la boca del estómago, y me doblo hacia delante en la silla con una sensación repentina de agotamiento. No va a venir la policía. La alarma que me dieron está en mi bolso, en casa. Nadie sabe que estamos aquí.

—Estás enferma —espeta Katie—, o loca. O ambas cosas.

Percibo algo más que rabia en su voz. Pienso en todo el tiempo que Katie ha pasado en esta cocina a lo largo de los años; preparando pasteles, haciendo los deberes, hablando con Melissa de una forma que a veces es imposible entre una madre y una hija, y sin importar la intimidad que haya entre ellas. Intento imaginar cómo debe sentirse y entonces me doy cuenta de que yo siento lo mismo. Me han mentido. Se han aprovechado de mí. Me han traicionado.

—Ni una cosa ni la otra. Vi una oportunidad de negocio y la aproveché.

Melissa camina hacia nosotras, sujetando el cuchillo como si nada, como si la hubiéramos interrumpido en plena preparación de la cena.

—¡Esto no es un negocio! —exclamo, tan escandaliza que me atropello al hablar.

—Desde luego que lo es, y muy exitoso. Tenía cincuenta clientes solo dos semanas después de haber abierto la web y aumentaban cada día.

Suena como si estuviera anunciando una oportunidad de franquiciado; como si estuviera presumiendo de haber ampliado su cadena de cafeterías.

Se sienta frente a nosotras.

—Son tan estúpidas esas viajeras que hacen transbordos. Las ves todos los días, ajenas al mundo que las rodea. Enchufadas a sus iPod, mirando el móvil, leyendo el periódico. Hacen el mismo recorrido todos los días, se sientan en el mismo sitio, se plantan en el mismo punto del andén.

—Solo van a trabajar —digo.

—Ves a las mismas todos los días. Una vez estaba observando a una mujer maquillándose en la línea de Central. La había visto ya un par de veces y siempre seguía la misma rutina. Esperaba hasta llegar a Holland Park, allí sacaba su neceser de maquillaje y empezaba pintarrajearse. Primero se ponía la base, luego la sombra de ojos, el rímel, el pintalabios. Cuando el tren reducía la marcha al llegar a Marble Arch, ya había guardado la bolsa de maquillaje. Estaba mirándola y de pronto me di cuenta de que había un hombre que también lo hacía, con una mirada que sugería algo más que la simple contemplación del rostro maquillado. Fue entonces cuando se me ocurrió la idea.

—¿Por qué yo? —Y cuando lo pregunto me parece increíble que no se me haya ocurrido hacerlo hasta ahora—. ¿Por qué me pusiste en la web?

—Necesitaba a unas cuantas mujeres mayores. —Se encoje de hombros—. Hay gustos para todo.

—Pero ¡yo soy tu amiga!

Incluso al decirlo me odio por lo patético que ha sonado, como si fuéramos dos colegialas discutiendo por ver quién juega con quién.

Melissa tensa los labios. Se levanta de golpe y camina con paso decidido hacia las puertas de doble hoja que dan al jardín. Pasan varios segundos antes de que vuelva a hablar.

—Nunca he conocido a nadie que se quejara más de su vida que tú. —Esperaba algo distinto. Alguna imprudencia cometida hace años, pero no esto—. Tuve a los niños demasiado joven… —me imita.

—Yo nunca he dicho eso. —Miro a Katie—. Jamás me he lamentado de haberos tenido. A ninguno de los dos.

—Dejaste al marido perfecto: solvente, divertido, con mano para los niños… y lo sustituiste por alguien igualmente perfecto.

—No tienes ni idea de cómo fue mi matrimonio con Matt. Ni cómo es mi relación con Simon, para el caso.

Al pensar en Simon, me invade el sentimiento de culpa. ¿Cómo pudo haber pensado que era el responsable de la web? Pienso en los nombres y en las notas garabateadas que encontré en el cajón del escritorio de Simon, y durante un segundo dudé, pero luego me di cuenta de lo que eran en realidad: apuntes para una novela. Había usado el diario Moleskine exactamente para lo que ha sido ideado: la planificación de su novela. El alivio me hace sonreír, y Melissa me mira con odio.

—Para ti es todo muy fácil, ¿verdad, Zoe? Sin embargo, nunca has dejado de quejarte.

—¿Fácil?

Me reiría de no ser por el cuchillo que tiene en la mano, donde se refleja la luz que entra por la claraboya y proyecta pequeños arco iris por toda la cocina.

—... y en cuanto te mudaste a la casa de al lado empezaste con tus quejas, siempre con el «pobre de mí». Madre soltera, luchando por pagar las facturas, lloriqueando.

—Fue una época difícil —digo en mi defensa dirigiéndome más a Katie que a Melissa.

Mi hija me coge de la mano y me da el apoyo silencioso que necesito.

—Pidieras lo que pidieses, yo te lo daba. Dinero, un trabajo, ayuda para cuidar de los niños... —Se vuelve de golpe; oigo los tacones sobre las baldosas y luego se inclina sobre mí, su melena cae sobre la mía y me susurra al oído—: ¿Y tú qué me has dado?

—Yo...

Se me queda la mente en blanco. Algo le habré dado, ¿no? Pero no encuentro nada. Melissa y Neil no tienen hijos, ni mascotas de las que cuidar, ni plantas que regar cuando se van de vacaciones. La amistad es algo más que eso, ¿verdad?

¿La balanza de la amistad tiene que estar tan equilibrada?

—Estás celosa —digo, y me parece un adjetivo demasiado insignificante para justificar algo tan grave, tan terrible.

Melissa me mira como si hubiera pisado algo asqueroso.

—¿Celosa? ¿De ti?

Pero la idea se consolida. Crece hasta convertirse en algo plausible.

—Crees que habrías sido mejor madre que yo.

—Habría sido más agradecida, eso sin duda —replica.

—Yo quiero a mis hijos.

No puedo creer que esté cuestionándolo siquiera.

—¡Si casi no los veías! Eran un estorbo, me los enviabas cada vez que estabas harta de ellos. ¿Quién enseñó a cocinar a Katie? ¿Quién alejó a Justin de los ladronzuelos de su escuela? ¡Habría acabado en la cárcel de no haber sido por mí!

—Dijiste que te encantaba estar con ellos.

—¡Porque me necesitaban! ¿Qué otra salida tenían? Una madre que estaba siempre trabajando, siempre quejándose, siempre llorando.

—Eso no es justo, Melissa.

—Es la verdad, te guste o no.

Junto a mí, Katie permanece en silencio. La miro y veo que está temblando, con el rostro blanco como el papel. Melissa se endereza. Se desplaza para sentarse en la silla giratoria junto a su mesa y enciende el ordenador.

—Deja que nos vayamos, Melissa.

Se ríe.

—¡Oh, venga ya, Zoe, no eres tan tonta! Ahora ya sabes lo de la web, ya sabes lo que he hecho. No puedo dejarte ir así como así.

—¡Déjanos aquí! —grito y de pronto me doy cuenta de que hay otra salida—. Te marchas ahora. Nos encierras con llave. No sabremos adónde irás y no contaremos nada de lo que nos has dicho a la policía. Puedes borrarlo todo del ordenador.

Soy consciente de que parezco histérica. Me levanto, aunque no estoy muy segura de lo que voy a hacer.

—Siéntate.

No noto las piernas, aunque avanzan hacia Melissa de forma automática.

—¡Siéntate!

—¡Mamá!

Ocurre tan deprisa que no tengo tiempo de reaccionar. Melissa se levanta de la silla y se abalanza sobre mí, nos tira a ambas al suelo, aterriza sobre mi cuerpo y yo no puedo moverme. Me agarra del pelo con el puño izquierdo, me obliga a levantar la barbilla y con la mano derecha sujeta el cuchillo justo encima de mi cuello.

—Estoy empezando a cansarme de esto, Zoe.

—¡Apártate de ella! —grita Katie, y tira de la chaqueta de Melissa y le da un buen puntapié en el estómago. Ella apenas se inmuta y siento el filo del cuchillo clavándoseme en la piel.

—Katie. —Hablo prácticamente con un susurro—. Para.

Duda un instante y luego retrocede. Está temblando tanto que oigo cómo le castañetean los dientes. Siento un escozor en el cuello.

—Mamá, ¡estás sangrando!

Noto que algo húmedo se desliza por un costado del cuello.

—¿Vas a hacer lo que te ordene?

Asiento con la cabeza y el leve movimiento provoca que otro hilillo de sangre mane del corte que tengo en el cogote.

—Excelente. —Melissa se levanta. Se sacude las rodillas, saca un pañuelo del bolsillo y limpia el filo del cuchillo con cuidado—. Ahora, siéntate.

Hago lo que me ordena. Melissa vuelve a su mesa. Teclea algo y veo el conocido fondo de la web de www.encuentrala. com. Melissa introduce un nombre de usuario y una contraseña, pero el sitio parece distinto, y me doy cuenta de que ha entrado como administradora. Minimiza la ventana y abre una nueva, al tiempo que teclea distintos comandos con rapidez. Veo un andén del metro. No hay mucha gente, debe de haber unas doce personas, y me fijo en una mujer con un carrito de la compra sentada en un banco. Al principio creo que estamos mirando una fotografía, pero entonces la mujer del carrito se levanta y empieza a caminar por el andén.

—¿Es la imagen de una cámara de seguridad?

—Sí. El mérito de las cámaras no es mío, solo la selección de las imágenes. Valoré la idea de instalar cámaras propias, pero habría supuesto limitarme a un par de líneas de metro. De esta forma, podemos ver toda la red. Esta es la línea de Jubilee. —Teclea de nuevo algo a toda prisa, y la imagen refleja un andén distinto; hay un montón de gente esperando un tren—. No capto la totalidad de la red, y me molesta mucho no poder acceder al movimiento de las cámaras; solo veo lo que ven los operadores del metro. Pero de este modo la operación es mucho más fácil, por no mencionar que resulta mucho más interesante así.

—¿Qué quieres decir? —pregunta Katie.

—Antes de tener acceso a la red no sabía qué ocurría a las mujeres. Tenía que quitarlas de la web en cuanto se vendían sus perfiles, y comprobar que no habían cambiado de empleo o variado su trayecto hasta el trabajo. Algunas veces había días en que me fijaba que una mujer llevaba un abrigo nuevo. Eso no era bueno para el negocio. Ahora, con la cámara de seguridad, puedo verlas siempre que quiero y estar al tanto de qué les ocurre.

Sigue tecleando antes de presionar la tecla ENTER con una floritura exagerada. Una sonrisa empieza a florecer en sus labios con parsimonia cuando se vuelve hacia nosotras.

—Bueno, ¿os apetece jugar a algo?

34

Kelly miró el teléfono que estaba sobre la mesa y se armó de valor para marcar el número. Lo había intentado varias veces, pero siempre cancelaba la llamada antes de que el timbre empezara a sonar, y una vez había colgado justo antes de que respondieran. Antes de pensárselo dos veces de nuevo, cogió el teléfono y marcó. Sujetó el receptor entre el hombro y la oreja y oyó el tono de llamada, deseando, por una parte, que le saltara el buzón de voz, y, por otra, poder acabar y zanjar aquello de una vez. Nick quería a todo el mundo en la sala de reuniones al cabo de diez minutos, y seguramente no iba a poder hacer una llamada personal hasta mucho después.

—¿Diga?

Al oír el sonido de la voz de Lexi, Kelly enmudeció de repente. A su alrededor, todos estaban preparándose para asistir a la reunión, recogiendo libretas e inclinándose sobre sus escritorios para leer los mensajes de correo electrónico de última hora. Kelly se planteó colgar.

—¿Diga? —Repitió de nuevo, molesta esta vez—. ¿Diga?

—Soy yo.

—Ah. ¿Por qué no decías nada?

—Es que había un problema con la línea, creo. ¿Cómo estás?

Un correo electrónico apareció en su bandeja de entrada y desplazó el ratón para abrirlo. Era del inspector: «¿Es el ruido de la tetera hirviendo lo que oigo?». A través de la puerta entreabierta de la sala de reuniones, Kelly vio a Nick con su Black-

Berry. El inspector levantó la vista y sonrió, haciendo el gesto de beber con la mano que le quedaba libre.

—Bien. ¿Y tú?

—Bien. —Asintió al tiempo que miraba al inspector. Levantó el dedo índice para indicarle que solo tardaría un minuto, pero él ya había apartado la mirada.

La conversación entrecortada continuó hasta Kelly no pudo soportarlo más.

—La verdad es que llamaba para decirte que espero que lo pases muy bien mañana.

Hubo una pausa.

—¿Mañana?

—¿No es mañana tu reunión de antiguos alumnos? ¿En Durham? —¿Su tono denotaba entusiasmo? Kelly esperaba que sí. Pese a lo mucho que odiaba la idea de que Lexi volviera a ese campus, pese a lo mucho que le costaría a ella hacer algo parecido, tenía que aceptar lo que Lexi había estado diciéndole durante años. No era su vida.

—Sí.

Un asomo de sospecha teñía la voz de Lexi. Kelly no podía culparla.

—Bueno, espero que te diviertas. Seguro que habrá gente que no ha cambiado nada. ¿Cómo se llamaba aquella chica con la que vivías en segundo, la que solo comía salchichas?

Hablaba demasiado rápido, atropellándose con cada palabra en su intento de mostrarse tan animada y comprensiva como sabía que debería haberse mostrado la primera vez que Lexi le habló de volver a Durham.

—Gemma, creo.

—Eso es. ¡Era más rara que un perro verde!

—Hermanita, ¿se puede saber qué pasa? ¿Para qué me has llamado en realidad?

—Para pedirte perdón. Por interferir en tu vida, por juzgar tus actos. —Respiró hondo—. Pero, sobre todo, por no haber seguido hablando por teléfono contigo aquella noche.

Lexi emitió un pequeño ruido, un grito ahogado que surgió desde el fondo de su garganta.

—No lo hagas, Kelly, por favor… No quiero…

Parecía tan alterada que Kelly estuvo a punto de callarse; no soportaba la idea de hacerle daño a Lexi, pero ya había esperado demasiado tiempo para decírselo.

—Solo escúchame y te prometo que nunca más volveré a hablar de ello. —Interpretó el silencio de Lexi como un sí—. Siento haberte colgado el teléfono. Estabas asustada y yo no te hice caso, y no hay día en que no me sienta culpable por ello.

El silencio al otro lado de la línea era tan apabullante que Kelly pensó que Lexi había colgado, pero al fin habló:

—No fue culpa tuya, Kelly.

—Pero si hubiese…

—No fue culpa tuya colgarme el teléfono y no fue culpa mía andar de noche por entre los árboles del campus yo sola. No te echo la culpa a ti ni se la echo a la policía.

—Deberían haberse tomado tus denuncias anteriores más en serio.

—Kelly, la única razón por la que me violaron esa noche es porque un hombre decidió que eso era lo que iba a hacer. No sé si lo había hecho antes alguna vez o si lo ha vuelto a hacer después, y esté bien o mal, la verdad es que me trae sin cuidado. Fue una noche, una hora, de mi vida, y he tenido millares de horas más llenas de luz, felicidad y alegría. —Justo en ese instante, Kelly oyó la risa de fondo de sus sobrinos, una risa incontrolable y contagiosa, que le levantó el ánimo—. No fue culpa de nadie más, Kelly.

—Está bien.

Kelly no podía decir nada más por miedo a echarse a llorar. En ese momento deseó haber llamado a Lexi desde el móvil en lugar de estar atada a su escritorio, donde todos podían verla. Cerró los ojos y se llevó la mano a la frente. En la casa de su hermana, Fergus y Alfie seguían jugando, y la risa alternaba ahora con gritos de indignación sobre quién era el dueño de un juguete u otro. Kelly se imaginó a Lexi de pie en la cocina, los niños todavía rebosantes de energía a pesar de haber pasado todo el día en la escuela y en la guardería, rodeada de piezas de Lego desparramadas por todas partes. Nada de cuanto había en la vida de Lexi estaba definido por su pasado: vivía en el presente. A Kelly le había llegado la hora de hacer lo mismo. Se serenó y ambas se pusieron a hablar a la vez:

—¿Qué crees que debería ponerme?

—¿Qué vas a ponerte?

Kelly sonrió, recordando las veces que cada una terminaba la frase de la otra cuando estaban en el colegio. Lexi solía decir que tenían superpoderes de gemelas, pero la realidad, sencillamente, es que pasaban muchísimo tiempo juntas. Las mejores amigas.

—Ahora tengo que colgar —dijo Kelly al ver a Nick repetir el gesto anterior imitando a alguien tomando café—. Tengo que ir a una reunión. Ya me dirás cómo te ha ido. Y si Gemma ahora ya come otras cosas que no sean salchichas.

Lexi rió.

—Gracias por llamar. Te quiero, lo sabes, ¿verdad?

—Yo también te quiero.

Kelly entró de espaldas en la sala de reuniones, empujando la puerta con el trasero y haciendo equilibrios para que no se le cayese la bandeja, que oscilaba y se tambaleaba ostensiblemente con cada paso que daba.

—Nos estamos quedando sin té, Lucinda, así que he hecho una de esas infusiones de las tuyas, ¿te parece bien? —No obtuvo ninguna reacción por parte de la analista; de hecho, nadie levantó la vista—. Ha pasado algo, ¿verdad? —dijo Kelly.

—Los de Delitos Informáticos acaban de recibir la notificación de un nuevo perfil —dijo Nick.

Movió su silla para hacerle espacio y Andrew Robinson señaló el portátil que tenía delante.

—Cuando cancelaron la cuenta de Nick creamos una cuenta nueva, siguiendo sus instrucciones —explicó Andrew—. Hace quince minutos he recibido esto.

El correo electrónico era breve: una línea de texto en la parte superior, junto a una fotografía en miniatura de una mujer rubia.

Nuevo perfil disponible para descarga: GRATIS solo hoy.

—¿Habían ofrecido algún otro perfil gratis? —preguntó Kelly.

—Solo a los miembros Platinum. Ninguno de los perfiles ha costado nunca menos de doscientas libras, y esta es la primera vez que nos informan de la publicación de un nuevo perfil. Hasta ahora, por lo que sabíamos, la única notificación se hacía a través de los anuncios del *Gazette*.

Kelly leyó el perfil.

Blanca.

18 años. Pelo rubio largo, ojos azules.

Pantalones vaqueros azules, botines grises, camiseta negra de cuello en pico con chaqueta de punto gris con cinturón ancho. Abrigo de plumón blanco hasta la rodilla, también con cinturón. Bolso negro con cadena dorada.

Talla 38-40.

15.30: entra en la estación de metro de Crystal Palace. Toma el tren de Canada Water, elige el primer vagón y se sienta cerca de la puerta. Hace transbordo en la línea de Jubilee, avanza por el andén para situarse junto al mapa del metro, donde se abrirán las puertas del vagón número seis. Se sienta y lee una revista. Hace transbordo en Waterloo, gira a la derecha y baja los escalones al andén número uno; línea de Northern en dirección norte. Camina por el andén y se para en el centro, cerca de una franja borrosa de la línea amarilla. El vagón central se abre justo delante. Se queda cerca de la puerta hasta Leicester Square. Sube por las escaleras mecánicas y luego sale por la salida tres a Charing Cross Road.

Disponibilidad: SOLAMENTE HOY.

Duración: 45 minutos.

Nivel de dificultad: extremadamente difícil.

—Se lo han enviado a todos los miembros —dijo Andrew, desplazando el cursor al espacio para las direcciones, donde detrás de la palabra PARA se leía exactamente eso.

Se hizo un silencio mientras todos los presentes reflexionaban sobre las consecuencias de que toda la lista de miembros de encuentrala.com —fuera cual fuese su número— hiciese clic en el perfil de esta mujer y se descargase su trayecto en tren. ¿Cuántos hombres estarían ya sentados delante de sus ordenadores o mirando sus móviles, leyendo exactamente lo que Kelly acababa de leer? Y ahora que sabían que aquella mujer estaría atravesando Londres, sin que ella supiese que alguien la estaba vigilando, ¿cuántos de ellos se atreverían a ir un paso más allá?

—¿Puedes ampliar esa foto? —preguntó Kelly.

Andrew hizo lo que le decía, llenando la pantalla con una versión ampliada de la imagen en miniatura que acababan de ver. La foto era un selfie de la adolescente haciendo una mueca para la cámara, con mechas de pelo rubio tapándole a medias los ojos. El filtro de luz suave sugería que la habían sacado de Instagram, o que había sido manipulada para alguna otra red social.

La foto era nueva para Kelly, pero la chica no. Una foto diferente que Kelly había visto como el original del cual se había recortado una imagen más pequeña. Kelly había leído cada palabra del archivo de la Operación FURNISS. Sabía que había visto a esa chica antes. El mismo pelo rubio, el mismo mohín enfurruñado.

Se volvió a mirar a Nick.

—Sé quién es esa chica. Es la hija de Zoe Walker.

35

—¿Qué clase de juego? —pregunto.

Melissa sonríe. Todavía está sentada a su mesa y hace girar la silla para mirarnos. Echa un vistazo a la pantalla de ordenador.

—Ya tienes más de cien visitas. —Se queda mirando a Katie—. Eres una chica popular.

Se me revuelve el estómago.

—¿No pensarás ponerla en esa web?

—Ya está en ella.

Melissa vuelve a clicar, y veo la foto de Katie en la pantalla, poniendo morritos con una confianza despreocupada que contrasta brutalmente con nuestra situación actual. Katie emite un grito y yo la rodeo con un brazo, y tiro con tanta fuerza de ella hacia mí que la silla se desliza por el suelo.

—Bueno, pues el juego consiste en lo siguiente… —Melissa usa el tono de una mujer de negocios; el que pone cuando habla por teléfono con los proveedores, o cuando quiere embaucar al director del banco para que le concedan otro préstamo más. Jamás la había oído usarla conmigo antes y eso me hiela la sangre—. He configurado el perfil de Katie para que su descarga sea gratuita durante un tiempo limitado, y he enviado el enlace a todos los miembros.

El ordenador emite un nuevo ruidito; aparece una ventana de notificación y luego otra y otra más.

Descargado.
Descargado.
Descargado.

—Como verás, no han tardado en volverse locos. Y me sorprende mucho, porque normalmente pagan quinientas libras por chicas mucho menos... —se toma unos segundos para escoger la palabra apropiada y al final encuentra la que consigue revolverme el estómago— tentadoras.

—Katie no va a ir a ningún sitio.

—Oh, venga ya. ¿Dónde está tu espíritu aventurero? No todos mis clientes tienen intenciones malignas, ¿sabes? En realidad algunos de ellos son bastante románticos.

—No irá.

—Entonces me temo que esto acabará muy mal para las dos.

—¿Qué quieres decir?

Ignora mi pregunta.

—Estas son las reglas. Katie hará su recorrido habitual y, si llega al restaurante sin... sin ninguna interrupción, digamos... ganáis y te dejo marchar. Pero si no... entonces perdéis las dos.

—Eso es una locura —dice Katie.

Melissa la mira con gesto de desprecio.

—Oh, venga ya, Katie, como si fueras a perder la oportunidad de ser el centro de atención.

—¿Qué quieres decir con eso?

—Esta es tu oportunidad de ser la protagonista de la obra. Todos sabemos que no eres feliz a menos que seas la estrella. Daba igual que Justin pidiera que le diesen una oportunidad, o alguna de tus amigas. Siempre tenías que ser tú, ¿verdad? De tal palo, tal astilla.

Me quedo de piedra por el odio con el que habla. Katie está llorando, tan impactada como yo.

—Bueno —dice Melissa—, este es el juego. ¿Listas para jugar? ¿O queréis pasar directamente a la parte en que ambas perdéis?

Prueba el filo del cuchillo sobre la uña del pulgar, y está tan afilado que surca con facilidad el esmalte rojo que Melissa siempre lleva.

—No vas a usar a mi hija como cebo para un puñado de tipos enfermos. Antes prefiero morir.

Melissa se encoge de hombros.

—Tú decides. —Se levanta y se dirige hacia mí con el cuchillo en ristre.

—¡No! —grita Katie. Se sujeta a mí con las mejillas empapadas en lágrimas—. Lo haré, lo haré; no dejaré que le hagas daño a mi madre.

—Katie, no pienso dejar que lo hagas. Te pasará algo malo.

—¡Y si no lo hago, nos pasará a las dos! ¿No lo entiendes? ¡Está loca!

Me quedo mirando a Melissa, pero ella parece totalmente serena ante la acusación de Katie. No veo ni rastro de malestar, ni de rabia, lo que hace que sus actos resulten más aterradores todavía. Me doy cuenta de que me habría clavado el cuchillo y que ni se hubiera estremecido siquiera. Me cuesta aceptar que la mujer que creía que era mi amiga, la mujer que creía conocer, es alguien del todo diferente. Alguien que me odia. Que está tan resentida conmigo por el hecho de que yo sea madre que está dispuesta a hacerme daño, a hacer daño a mi hija.

Katie me da un apretón en el hombro.

—Puedo hacerlo, mamá. El metro estará lleno, habrá gente por todas partes, nadie va a hacerme daño.

—Pero, Katie, ¡a las demás chicas sí les han hecho daño! ¡Han asesinado a mujeres! ¡Las han violado! No puedes ir.

Incluso mientras lo digo estoy pensando en la alternativa. Si Katie se queda, ¿qué le pasará? No me cabe duda de que Melissa va a matarme, pero no dejaré que mate también a Katie.

—Las otras no sabían que estaban siendo vigiladas. Yo sí. Juego con ventaja. Y conozco ese recorrido, mamá. Sabré si alguien me sigue.

—No, Katie.

—Puedo hacerlo. Quiero hacerlo.

Ya ha dejado de llorar y tiene una expresión de determinación tan familiar para mí que se me corta la respiración. Cree que está salvándome. Está convencida de que puede jugar a este juego —de que puede cruzar Londres sin que la atrapen— y que si gana Melissa me perdonará la vida.

Se equivoca —Melissa no me soltará—, pero, si Katie intenta salvarme, yo puedo salvarla a ella. Una vez fuera, tendrá una oportunidad de defenderse. Aquí dentro, ya estamos muertas.

—Vale —le digo. Y siento como si estuviera traicionándola.

Ella se levanta y mira a Melissa. Tiene la barbilla levantada en actitud desafiante, y, durante un segundo, me recuerda a su personaje de la obra, que oculta su identidad bajo la vestimenta de un muchacho y palabrería ocurrente.

Si Katie está asustada, no permite que se le note.

—¿Qué tengo que hacer?

—Solo tienes que ir a trabajar. No hay nada más sencillo. Te marcharás —mira la pantalla del ordenador— dentro de cinco minutos y seguirás tu ruta de siempre hasta el restaurante. Me darás tu teléfono, no te detendrás ni cambiarás de hábitos, y no harás ninguna estupidez como llamar pidiendo ayuda ni intentarás ponerte en contacto con la policía.

Katie entrega su móvil. Melissa se dirige hacia su mesa y teclea algo. En la pantalla del ordenador se ve una imagen en color de una cámara de seguridad que reconozco; es la salida de la estación de metro de Crystal Palace. Veo la hilera de taxis a la izquierda, y la pintada en la pared, que está allí desde que tengo memoria. Mientras miramos, una mujer entra a toda prisa en la estación, mirándose el reloj.

—Infringe las normas —prosigue Melissa—, y lo sabré. No hace falta ser un genio para imaginar qué le ocurrirá a tu madre.

Katie se muerde el labio.

—No tienes que hacerlo —digo en voz baja.

Ella se echa el pelo hacia atrás.

—Tranquila, mamá, no permitiré que me ocurra nada. Ni a ti tampoco.

Tiene una mirada de decisión espeluznante, aunque la conozco demasiado bien para creer que se siente tan segura como aparenta. Está interpretando un papel, pero esto no es una obra de teatro. No es un juego, aunque Melissa lo llame así. Ocurra lo que ocurra, alguien saldrá mal parado.

—Hora de salir —dice Melissa.

Abrazo a Katie con tanta fuerza que me sale un resoplido.

—Ten cuidado.

Debo de habérselo dicho mil veces desde que soy madre, y cada vez se trataba de una forma resumida de decir algo más.

«Ten cuidado», cuando Katie tenía diez meses y caminaba apoyándose en los muebles. «No rompas nada», quería decir en realidad. «Cuidado con el jarrón.»

«Ten cuidado», cuando aprendió a montar en bicicleta. «Cuidado con los coches», podría haber dicho.

«Ten cuidado», la primera vez que empezó a ir en serio con un novio. «No dejes que te hagan daño», quería decir. «No te quedes embarazada.»

«Ten cuidado», digo ahora. «No dejes que te atrapen. Mantén los ojos bien abiertos. Sé más rápida que ellos. Corre deprisa.»

—Tendré cuidado. Te quiero, mamá.

«Imagina que es un día normal», me digo mientras me brotan las lágrimas de los ojos. Debo imaginar que simplemente ha ido a trabajar, y que más tarde llegará a casa y pondremos *Mujeres desesperadas* en Netflix y comeremos pizza. Debo imaginar que esta no es la última vez que la veré. Ahora ya estoy llorando sin disimulo, y también lo hace Katie; su bravuconería temporal es demasiado frágil para sobrevivir a un arrebato emocional de tanta intensidad. Quiero decirle que cuide de Justin cuando yo falte, que se asegure de que Matt no le permite descarriarse, pero al hacerlo reconocería algo que no quiero que piense: que no estaré aquí cuando ella regrese. Si es que ella regresa.

—Yo también te quiero.

Memorizo hasta el último detalle de su ser: el olor de su pelo y el resto de brillo de labios en la hendidura justo encima de la boca. Memorizo con tanta intensidad su imagen que, ocurra lo que ocurra en la próxima hora, sé que lo último que veré cuando muera será su cara.

Mi niñita.

—Ya basta —dice Melissa.

Entonces abre la puerta de la cocina y Katie avanza por el angosto pasillo hacia la entrada de la casa. Pienso que esta es mi oportunidad. Me planteo salir corriendo por detrás de Katie cuando se abra la puerta, empujarla para salir ambas al exterior y huir corriendo; corriendo para ponernos a salvo. Pero, aunque Melissa tiene el cuchillo colgando junto al costado de su cuerpo, está sujetándolo con tanta fuerza que los nudillos se le han puesto blancos. Sería capaz de utilizarlo sin pensar.

«Cuchillos.»

Debería haberlo pensado enseguida. La base para los cuchillos, donde ahora falta un ocupante, todavía contiene un trinchante y tres cuchillos para cortar y pelar verduras, en tamaños decrecientes. Oigo el ruido de una llave en la cerradura y entonces, demasiado rápido, la puerta vuelve a cerrarse de golpe y a mí me asalta la imagen de Katie, caminando hacia la estación de metro. Caminando hacia el peligro. «Corre —le suplico en silencio—. Ve hacia el lado contrario. Busca una cabina telefónica. Cuéntaselo a la policía.»

Sé que no lo hará. Cree que Melissa me matará si no aparece en la cámara de seguridad dentro de exactamente ocho minutos.

Sé que me matará aunque Katie lo consiga.

Cuando Melissa regresa estoy a medio camino entre la mesa y el mostrador de la cocina. Está transportando algo que debe de haber recogido del vestíbulo. Un rollo de cinta aislante.

—¿Adónde vas? Acércate.

Hace un gesto con la punta del cuchillo, y no necesito nada más para convencerme. Melissa mueve mi silla para situarme frente al ordenador. Me siento.

—Pon las manos a la espalda.

Obedezco, y oigo el inconfundible ruido de la cinta al ser cortada en tiras. Melissa me ata una tira alrededor de las muñecas, luego mete la cinta entre los montantes de madera de la silla, para impedirme que mueva los brazos. Corta dos tiras más y me ata los tobillos a las patas de la silla.

Miro el reloj en la parte superior derecha de la pantalla.

Quedan seis minutos.

Me siento reconfortada al pensar que el trayecto de Katie hasta el trabajo es por rutas muy concurridas y que todavía es de día. No hay callejones oscuros en los que puedan atraparla, y, si se mantiene atenta, de lo que estoy segura, estará bien. Las mujeres que han acabado siendo víctimas —Tania Beckett, Laura Keen, Cathy Tanning— no sabían que estaban siguiéndolas. Katie sí lo sabe. Katie juega con ventaja.

—¿Lista para el espectáculo? —pregunta Melissa.

—No estoy mirando.

Pero al final no puedo evitarlo. De repente recuerdo esa vez cuando la llevé al hospital siendo un bebé, y obligándome a mirar mientras le introducían la cánula en su manita para rehidratarla después de una gastroenteritis grave. Tenía tantas ganas de librarla de todo... Pero ya que no podía hacerlo, debía soportar el dolor de contemplar su sufrimiento, sobrellevarlo con ella.

El arañazo del cogote ha empezado a formar una costra, y la piel en tensión por la cicatrización me pica. Estiro el cuello para intentar aliviar el picor, lo cual hace que caiga sangre fresca que me gotea en el regazo.

Cuatro minutos.

Miramos la pantalla en silencio. Hay muchas cosas que quiero saber, pero no quiero oír la voz de Melissa. Me permito la fantasía de imaginar que la policía se dirige a toda prisa hacia Anerley Road. En cualquier momento oiré el impacto de los agentes de policía derribando la puerta de la casa. La fantasía es tan real que me pongo en tensión para intentar oír las sirenas policiales. Sin embargo, no se oye nada.

Dos minutos.

Parece que ha pasado una eternidad hasta que veo a Katie aparecer en la imagen de la cámara de seguridad. No se detiene, sino que levanta la vista hacia la cámara a medida que se acerca, y nos mira directamente hasta que se detiene debajo de la cámara y ya no se la ve. «Te veo —digo moviendo los labios—. Estoy contigo.» No puedo evitar que me caigan las lágrimas.

—No podemos seguirla cuando pasa por el torno de los billetes, por desgracia. —El tono de Melissa es amable, casi de charla, como si estuviéramos trabajando juntas en algún proyecto. Me saca de quicio, más que si estuviera gritándome, o amenazándome—. Pero la recuperaremos en cuanto esté en el andén.

Mueve el ratón para desplazar el cursor por la pantalla, y logro ver lo que supongo deben de ser cámaras: «Aldgate Este; entrada; Angel, entrada; Angel, andén dirección sur; Angel, andén dirección norte; Bakerloo, torno de validación de billetes...». La lista se prolonga hasta el infinito.

—Muchos de los perfiles del principio no están en la zona correspondiente a las cámaras a las que tengo acceso —explica Melissa—, pero podremos seguir la mayoría del trayecto de Katie. Mira, ahí está.

Katie está en el andén con las manos metidas en los bolsillos. Está mirando a su alrededor y espero que esté buscando las cámaras, o pensando en qué pasajeros podrían constituir una amenaza. Veo que se le acerca un hombre con traje y abrigo. Katie retrocede un poco, y me clavo las uñas en las palmas hechas un puño hasta que el tipo pasa sin variar el paso. Me palpita el corazón.

—Es bastante buena actriz, ¿verdad?

Ignoro el comentario. El tren suburbano llega y Katie sube; las puertas están cerrándose y se la tragan demasiado deprisa. Quiero que Melissa conmute a la otra cámara, pero ella no se mueve. Se arranca una pelusa de algodón de la chaqueta y se queda mirándola con el gesto arrugado, antes de soltarla de entre sus dedos y dejar que caiga flotando al suelo. Mi fantasía se desarrolla un poco más: imagino a Simon regresando de su entrevista; encontrará la casa vacía —la puerta abierta— y, de alguna forma, sabrá que estoy en la casa de al lado. Vendrá a rescatarme. Las imágenes son cada vez más detalladas y absurdas, de forma directamente proporcional a cómo disminuye mi esperanza.

No va a venir nadie.

Moriré aquí, en la casa de Melissa. Me pregunto si se deshará de mi cuerpo o si lo dejará aquí mismo, descomponiéndose, para que Neil lo encuentre cuando vuelva de su viaje de trabajo.

—¿Adónde irás? —le pregunto. Ella se vuelve para mirarme—. En cuanto me hayas matado. ¿Adónde irás?

Va a decir algo, a negar que va a matarme, pero se reprime. Veo el destello de algo similar al respeto en su mirada, pero pronto desaparece. Se encoge de hombros.

—Costa Rica. Japón. Las Islas Filipinas. Todavía hay muchos países sin leyes de extradición.

Me pregunto cuánto tardarán en pillarla. Si Melissa ya estará en otro país para entonces.

—Te detendrán en el control de pasaportes —digo con más seguridad de la que siento.

Me mira con suficiencia.

—Solo si uso mi pasaporte.

—¿Cómo…? —Soy incapaz de encontrar las palabras. He caído en un universo paralelo, en el que las personas blanden cuchillos y usan pasaportes falsos y asesinan a sus amigas. De pronto caigo en la cuenta de algo. Melissa es inteligente, pero no tanto—. ¿Cómo has aprendido todo esto?

—¿Todo el qué? —Está despistada, toqueteando el teclado. Aburrida con la conversación.

—La red de cámaras de seguridad, un pasaporte falso… La agente Swift dijo que los anuncios fueron publicados por un hombre que tenía un apartado de correos a su nombre. No han logrado rastrear al creador de la web. Has tenido ayuda; debes de haberla tenido.

—Eso es bastante insultante, Zoe. Creo que me subestimas.

No me mira, y sé que está mintiendo. No podría haber hecho esto sola. ¿De verdad está Neil fuera por trabajo? ¿O está arriba? Escuchando. Esperando hasta que ella necesite refuerzos. Miro con nerviosismo hacia el techo. ¿Acabo de imaginarme el crujido de los tablones del suelo?

—Han pasado quince minutos —dice Melissa con brusquedad mirándose el reloj—. No puedo acceder al sistema del metro exterior, pero la siguiente cámara nos dejará verla en el transbordo de Canada Water.

Hace clic sobre el enlace a la siguiente cámara y veo otro andén; un grupo de colegiales siendo alejados del borde por tres profesores que llevan chaquetas fluorescentes. Llega un tren y miro la pantalla con detenimiento en busca de Katie, pero no la localizo. Se me acelera el pulso: ¿le habrá ocurrido algo en ese breve trayecto desde Crystal Palace a Canada Water? Pero entonces veo de reojo un abrigo acolchado de color blanco, y es ella, con las manos todavía metidas en los bolsillos, todavía volviendo la cabeza a un lado y a otro, mirando a todas las personas junto a las que pasa. Dejo salir el aire que he estado conteniendo.

Katie queda fuera de nuestra vista, y, a pesar de que Melissa ha conectado con otras dos cámaras, no volvemos a verla hasta que está esperando en el andén de Jubilee. Está de pie en el borde del andén y yo quiero decirle que se aleje, que alguien podría empujarla para que caiga delante del tren. Verla así, en la cámara de videovigilancia, es como ver una película en la que sabes que está a punto de pasar algo terrible al protagonista y le gritas que no sea tan tonto.

«No salgas, no ignores ese ruido que has oído... ¿Es que no has leído el guión? ¿No sabes qué pasará ahora?»

Me recuerdo a mí misma que Katie sí ha leído el guión. Sabe en qué consiste el peligro, lo único que no sabe con exactitud es de dónde procederá.

Hay un hombre detrás de Katie, y a su izquierda. Está mirándola. No le veo la cara —la cámara está demasiado lejos—, pero tiene la cabeza vuelta hacia ella y la mueve ligeramente mientras la mira de pies a cabeza. Se acerca un paso y yo me sujeto al borde de la silla, y me inclino más hacia delante en un vano intento de ver mejor. Hay otras personas en el andén; ¿por qué no están mirando hacia donde deberían? Así no podrán ver si ese hombre hace algo. Antes me sentía muy segura en el metro. Con tantas cámaras y tanta gente a mi alrededor... Pero nadie está mirando, en realidad no. Todo el mundo viaja en su pequeña burbuja personal, ignorante de lo que ocurra a los demás pasajeros.

Pronuncio el nombre de mi hija entre dientes y, como si me hubiera oído, se vuelve. Mira al hombre. Él se acerca y ella enseguida retrocede. No logro interpretar el lenguaje corporal de Katie. ¿Está asustada? Ella camina hacia el otro extremo del andén. Melissa se remueve en su asiento y la mira. Está observando la pantalla con intensidad, pero no está inclinada hacia delante, no está tensa en la silla como yo. Está recostada sobre el respaldo, con los codos apoyados en los reposabrazos y las yemas de los dedos tocándose entre sí. Una tímida sonrisa aflora en sus labios.

—Fascinante —dice—. Siempre me ha gustado la idea de que las mujeres no supieran que las seguían, pero es que esto añade un toque bastante interesante. El gato y el ratón en el metro. Podría funcionar muy bien como oferta especial para miembros de la web.

Su frivolidad me revuelve las tripas.

El hombre del andén no ha seguido a Katie hasta el otro extremo, pero, cuando llega el tren, y una oleada de turistas y viajeros habituales desembarca, lo veo moverse entre la multitud hacia ella. No se sitúa en el mismo lugar que mi hija, y me siento aliviada, cuando de pronto me doy cuenta de que ha escogido el mismo vagón que Katie.

—¿Puedes acceder a la cámara de ese tren? Quiero verlo. ¡Quiero ver qué ocurre en el tren!

—Es adictivo, ¿verdad? No, lo he intentado, pero es muy segura. Tenemos... —comprueba otra tabla desplegada en el ordenador—... siete minutos hasta que llegue a Waterloo. —Tamborilea los dedos sobre la mesa.

—El vagón va muy lleno. Nadie intentará hacerle nada en un vagón lleno —digo tanto para mí misma como para Melissa.

Si Katie gritara, ¿alguien haría algo? Siempre le he dicho que haga mucho ruido si ocurre algo.

—Sé muy escandalosa —le dije—. Si algún pervertido se frota contra ti, no se lo digas a él, díselo a todo el mundo. Grita: «¡Deje de sobarme ahora mismo!». Que todo el vagón se entere. Tal vez nadie haga nada, pero el tío lo dejará de inmediato, ya verás.

Solo hay cuatro minutos desde Waterloo a Leicester Square. Lo sé porque Melissa me lo ha dicho, y porque cada segundo que pasa me parece una hora. En cuanto perdemos de vista a Katie porque entra en un tren de la línea de Northern en Waterloo, Melissa conecta con una nueva imagen que aparece en pantalla; es la cámara enfocada hacia el pie de la escalera mecánica para subir hasta Leicester Square.

Nos quedamos mirando en silencio hasta que Katie aparece.

—Ahí está.

Melissa señala a Katie. Enseguida busco al hombre que se ha acercado a ella en el andén, y cuando lo localizo a unos metros detrás de ella siento una opresión en el pecho.

—Ese hombre... —digo, pero no concluyo la frase porque... ¿Qué más puedo decir?

—Es insistente, ¿verdad?

—¿Sabes quién es? ¿De dónde sale? ¿Cuántos años tiene? —No sé qué importancia pueden tener todas estas cosas.

—El perfil ha sido descargado casi doscientas veces —dice Melissa—. Podría ser cualquiera de ellos.

El hombre pasa por delante de una mujer con un carrito de bebé. Katie sube por la escalera mecánica.

«Sigue caminando», digo mentalmente, pero ella se queda quieta, y el hombre se sitúa a su izquierda y se va colando entre la gente para colocarse detrás de ella. Le pone una mano en el brazo y se acerca. Está diciéndole algo. Katie niega con la cabeza, llegan al final de la escalera y los perdemos de vista.

—¡La siguiente cámara! ¡Conecta con la siguiente cámara!

Melissa responde con parsimonia deliberada, disfrutando de mi ataque de pánico. Hay muchísima gente en Leicester Square, y cuando por fin conecta con otra imagen de las cámaras de seguridad no logro ver a Katie de inmediato. Pero entonces la localizo, caminando junto al hombre del tren. Se me desboca el corazón: algo va mal. Katie camina de forma extraña, inclinada hacia un lado. Va cabizbaja y, aunque no parece estar resistiéndose, todo lo relativo a su lenguaje corporal me indica que no puede escapar. Miro con más atención y me doy cuenta de que él la lleva sujeta por la parte superior del brazo izquierdo con la mano derecha. Con la otra mano está sujetándola por la muñeca: es esa presión en el brazo lo que hace que Katie camine inclinada. El hombre debe de llevar un arma. Debe de estar amenazándola. Si no, ¿por qué Katie no está gritando? ¿Corriendo? ¿Intentando zafarse?

Observo cómo Katie se dirige hacia el torno de validación de billetes con ese hombre, con el brazo cruzado de forma extraña sobre el pecho del tipo. Hay dos funcionarios del metro comprobando billetes, situados junto al mapa del metro, charlando, y deseo que se den cuenta de que algo no va bien, pero no les prestan atención. ¿Cómo puede estar ocurriendo esto a plena luz del día? ¿Por qué nadie ve lo que estoy viendo?

No puedo dejar de mirar la pantalla.

Estoy segura de que en cuanto Katie y el hombre lleguen al torno de validación de billetes tendrá que dejarla libre, ¿no? Esa será su oportunidad de huir. Conozco a Katie, estará planificándolo ahora, pensando en hacia dónde salir corriendo, en qué salida escoger. Siento una inyección de adrenalina. Lo conseguirá, escapará de él.

Sin embargo, no llegan a las puertas. En lugar de eso, el tipo la lleva a la izquierda del vestíbulo, donde hay un punto de información vacío y una puerta con el cartel de PROHIBIDO ENTRAR. El hombre mira hacia atrás para ver si alguien los ha visto.

Y se me hiela la sangre cuando lo veo abrir la puerta y meter a Katie en el interior.

Crees que he llegado demasiado lejos. Si ya te parecía mal que pusiera en riesgo las vidas de mujeres que no conozco, esto te parece demasiado. ¿Cómo podría poner en peligro la vida de alguien que se supone que me importa?

Debes entender algo.

Katie se lo merece.

Siempre ha sido igual. Exigiendo ser el centro de atención, gritando para ser oída, para hacerse notar, para ser querida.

Jamás piensa en cómo eso hace que se sientan los demás.

Siempre habla, nunca escucha.

Así que ahora tiene lo que desea.

El protagonismo en escena.

Su producción más importante hasta la fecha; su papel más difícil. La interpretación con la que culminarán todas sus interpretaciones.

Su última caída de telón.

—¿Qué números de teléfono tenemos para Zoe Walker? —preguntó Nick.

Lucinda comprobó sus archivos.

—El móvil, el del trabajo y el de casa.

—Llama a todos.

Kelly ya estaba marcando el número de teléfono móvil de Zoe, pero sacudió la cabeza con frustración cuando le saltó el buzón de voz.

—Zoe, por favor, ¿podría llamar a la Brigada de Homicidios en cuanto oiga este mensaje?

—¿Qué sabemos de la hija? —preguntó Nick.

—Se llama Katie —dijo Kelly, tratando desesperadamente de recordar cualquier cosa que Zoe Walker hubiese mencionado—. Quiere ser actriz, pero ahora mismo trabaja a media jornada en un restaurante cerca de Leicester Square, no sé cuál.

Kelly trató de recordar si Zoe había dicho algo más sobre sus hijos; tenía un hijo, Kelly sabía eso, y también tenía pareja, pero la verdad es que nunca habían hablado sobre otra cosa que no fuera el caso.

—Nick, Zoe Walker no está hoy en el trabajo —señaló Lucinda, colgando el teléfono—. Su jefe la envió a su casa ayer; dijo que no podía pensar en otra cosa más que en este, y cito textualmente, maldito caso. Le he pedido que le diga a Zoe que nos llame si habla con ella primero.

—Llámala a casa.

—No contesta.

—¿En el sistema no nos consta ningún otro número donde localizarla?

Nick había empezado a pasearse arriba y abajo, de la forma en que lo hacía cuando quería pensar más rápido.

—No para Zoe, y ninguno para Katie. Tenemos un viejo número de móvil para su hijo, Justin: lo amonestaron en 2006 por robar en una tienda y recibió una advertencia por posesión de clase C en 2008. Nada desde entonces, a pesar de que la policía de tráfico lo ha parado varias veces.

—¿Qué dicen los del servicio de inteligencia en cuanto a los teléfonos?

—No hay ningún móvil registrado a nombre de Katie Walker en su domicilio. O es de prepago o tiene una línea adicional en el contrato de la madre; ya les he pedido que lo miren.

—¿Desde dónde se envió el correo electrónico con el perfil de Katie Walker?

Nick disparó la pregunta a bocajarro a Andrew, quien no pareció inmutarse por la brusquedad del inspector.

—No ha sido desde Espress Oh!, si era eso lo que creía. La IP es diferente. Tendré que pedir una orden.

—¿Cuánto tiempo tardará? —Nick echó un vistazo a su reloj y no esperó una respuesta—. Tarde lo que tarde, será demasiado. La Brigada Móvil de Transporte va de camino a Leicester Square, pero no hay garantías de que lleguen hasta Katie a tiempo, y mientras tanto hay muchas posibilidades de que Zoe esté en peligro real.

—Sigue sin contestar en casa —dijo Lucinda, dejando el teléfono— y su móvil está apagado.

—Quiero un localizador en su móvil. Averigua cuándo lo usó por última vez y dónde. Kelly, en cuanto Lucinda consiga una localización, quiero a un equipo de agentes allí de inmediato.

—Enseguida.

Kelly se sentó junto a Lucinda, que ya estaba empezando a rastrear el teléfono. Nick se estaba paseando arriba y abajo de nuevo, dando órdenes sin tiempo para recuperar el aliento. Una idea empezó a cobrar forma en el cerebro de Kelly, era algo que había dicho alguien hacía un momento… Kelly trató de aprehenderla, pero se le escapó en medio del creciente caos en la sala de reuniones.

—¿Podemos conseguir el número de móvil de la hija de la factura de Zoe Walker? —estaba diciendo Nick.

—Puede ser —contestó Lucinda—, aunque es un proceso largo y no es una ciencia exacta; tendré que examinar los números marcados con mayor frecuencia y deducir cuáles pueden ser los números de la familia.

—Hazlo. Por favor —añadió en el último momento.

Era la primera vez que Kelly veía al inspector tan nervioso. Ya se había aflojado la corbata, pero en ese momento se la quitó y la arrojó encima de la mesa antes de desabrocharse el primer botón de la camisa y estirar el cuello primero hacia un lado y luego al otro.

—Andrew —insistió Nick—, no pierdas de vista el sitio web y dímelo enseguida si hay algún cambio. Haz todo lo que puedas para averiguar desde dónde se envió ese correo electrónico. Si no fue desde Espress Oh!, tal vez se envió desde otra cafetería Kelly, si así es, envía allí a los agentes para que examinen las imágenes de las cámaras de videovigilancia e identifiquen a los clientes presentes en el momento del envío del correo.

Espress Oh!

Ya lo tenía. La idea que había estado rondando la cabeza de Kelly tomó cuerpo al fin: la reunión con Zoe en la cafetería de Covent Garden. La amiga con la cadena de cafeterías, el nuevo establecimiento en Clerkenwell. La chica australiana de Espress Oh! y la propietaria ausente con la cadena de cafeterías.

—A los clientes no —dijo Kelly, con la repentina certeza de saber a quién buscaban: a la persona detrás de la página web, la persona que, en ese preciso instante, estaba enviando a Katie, una joven de diecinueve años, a un peligro seguro y que posiblemente estaba reteniendo a Zoe Walker como rehén.

Nick la miró con gesto expectante. Kelly sintió una descarga de adrenalina.

—Tenemos que hacer una comprobación en el registro mercantil —anunció—. No es un cliente el que ha estado usando la red wifi de Espress Oh! para administrar el sitio web; es la dueña.

37

—¡Katie! —grito con tanta fuerza que se me quiebra la voz, de pronto se me queda la boca seca.

Tiro de la cinta aislante, siento cómo el adhesivo me arranca los vellos de las muñecas. Descubro una fuerza en mí que no sabía que tuviera, y noto que la cinta empieza a soltarse un poco. Melissa sonríe.

—Yo gano. —Se vuelve en la silla para mirarme de frente, con los brazos cruzados y con la mirada clavada en mí—. Aunque estaba claro que iba a ganar de todos modos.

—Hija de puta. ¿Cómo has podido hacerlo?

—Yo no he hecho nada. Lo has hecho tú. Tú la has dejado caminar hacia el peligro; un peligro que sabías que estaba ahí fuera. ¿Cómo has podido hacer algo así a la sangre de tu sangre?

—Eres una…

Me callo. Melissa no me ha obligado. Tiene razón; yo he dejado que Katie se fuera. Es culpa mía.

No puedo mirarla. Siento un dolor en el pecho que me impide casi respirar. Katie. Mi Katie. ¿Quién era ese hombre? ¿Qué está haciéndole?

Intento hablar con tranquilidad, seguir siendo racional.

—Podrías haber tenido hijos. Podrías haber adoptado, haberte sometido a una FIV.

Miro la pantalla otra vez, pero la puerta de lo que supongo

que es un armario o una especie de cuartito de mantenimiento insiste en seguir cerrada. ¿Por qué nadie se ha dado cuenta? Hay gente por todas partes. Veo a una trabajadora del metro con su chaqueta fluorescente y deseo con todas mis fuerzas que abra la puerta, que oiga a Katie gritar, que haga algo —cualquier cosa— para detener lo que quiera que le esté ocurriendo ahora a mi pequeña.

—Neil se negó. —Melissa está mirando la pantalla, y no veo su mirada. No veo si hay alguna emoción reflejada en ella, o si está tan muerta como su voz—. Dijo que quería su propio hijo, no el de otro. —Se ríe con risa hueca—. Es irónico, teniendo en cuenta el tiempo que pasó cuidando de los tuyos.

En la pantalla la vida sigue como siempre: las personas se atropellan entre sí, buscan sus abonos de transporte, corren para coger el tren. Pero, para mí, el mundo se ha parado.

—Tú pierdes —dice, con el mismo tono distendido que usaría si estuviéramos jugando una partida de cartas—. Ha llegado la hora de pagar. —Levanta el cuchillo y pasa un dedo por el filo, como probándolo.

No debería haber dejado irse a Katie; daba igual lo que dijera. Creí que estaba dándole una oportunidad, pero la envié directa al peligro. Melissa habría intentado matarnos, pero ¿lo habría conseguido si hubiera tenido que enfrentarse a ambas?

Y ahora va a matarme de todos modos. Ya me siento muerta por dentro, y una parte de mí quiere que ella acabe con todo; para acelerar la oscuridad que me invadió en cuanto Katie se marchó, y que ahora amenaza con derrotarme.

«Hazlo, Melissa. Mátame.»

Veo de soslayo el lapicero en la mesa de Melissa —el que le hizo Katie en carpintería— y siento una oleada de rabia. Katie y Justin adoraban a Melissa. La consideraban como su madre adoptiva; alguien en quien confiar. ¿Cómo se ha atrevido a traicionarnos así?

Me sacudo mentalmente para obligarme a reaccionar. Si Katie muere, ¿quién seguirá ahí para Justin? Intento liberarme de nuevo de la atadura en las muñecas, retuerzo las manos de un lado para el otro y descubro un placer perverso en el dolor que me provoca. Es una distracción. Todavía tengo la mirada clavada en la pantalla como si pudiera conseguir que la puerta del cuartito de mantenimiento se abriera de golpe solo con el poder de la mente.

Quizá Katie no esté muerta. A lo mejor la han violado o le han dado una paliza. ¿Qué será de ella si yo ya no estoy, en un momento en que me necesitará como nunca? No puedo permitir que Melissa me mate.

De pronto siento el aire fresco sobre el pequeño fragmento de piel liberado.

Estoy despegando la cinta. Puedo soltarme.

Pienso a toda prisa, hundo la barbilla sobre el pecho e intento que Melissa crea que me he rendido. Se me ocurren mil cosas a la vez. Las puertas están cerradas con llave y las únicas ventanas de la cocina son claraboyas gigantescas, demasiado altas para llegar hasta ellas. Solo hay una forma de evitar que Melissa me mate y es matarla primero. La idea es tan ridícula que me mareo: ¿cómo he llegado a este punto? ¿Cómo me he convertido en el tipo de mujer dispuesta a matar a alguien?

Sin embargo, sí puedo matarla. Y lo haré. Tengo las piernas atadas con demasiada fuerza para llegar a soltarme, lo que significa que no podré moverme con rapidez. He conseguido despegar la cinta aislante de la muñeca lo suficiente para liberar una mano y tener la precaución de no mover la parte superior de los brazos. Estoy convencida de que mi plan —tal como lo he ideado hasta ahora— se me refleja en la cara, así que miro la pantalla, sin esperanzas de ver a Katie, aunque desesperada, de todas formas, por percibir alguna señal de movimiento en esa puerta cerrada.

—Qué raro —digo y me doy cuenta de que a lo mejor debería habérmelo pensado antes de hacer el comentario en voz alta.

Melissa mira la pantalla.

—¿El qué?

Ahora tengo ambas manos libres. Las mantengo entrelazadas y a la espalda.

—Esa señal —asiento hacia la esquina superior izquierda de la pantalla—, al final de la escalera mecánica. Hace un minuto no estaba ahí.

Es una de esas señales desplegables de plástico amarillo que advierte sobre las superficies mojadas. Se ha producido un derramamiento. Pero ¿cuándo? No mientras yo estaba mirando.

Melissa se encoge de hombros.

—Alguien ha puesto un cartel, ¿y qué?

—No lo han puesto ahí. Ha surgido de repente.

Sé que la señal no estaba cuando Katie ha aparecido por la escalera mecánica, porque habría quedado por delante de ella durante unos segundos. En cuanto al momento en que ha aparecido... Bueno, no puedo estar segura al cien por cien, pero no he despegado la vista de la imagen de la cámara de seguridad durante más de unos segundos desde que Katie entró en ese cuarto, y siempre que he visto alguna chaqueta del personal de la estación, me he concentrado en el que la llevaba, deseando con desesperación que entraran en la habitación donde se encuentra Katie.

Percibo un rastro de preocupación en la mirada de Melissa. Se inclina para acercarse más a la pantalla. Todavía tiene el cuchillo en la mano derecha. Ahora tengo ambas manos libres, y, poco a poco, voy moviendo una de ellas; primero la desplazo hacia un lado de la silla y luego, centímetro a centímetro, voy bajándola por las piernas. Mantengo la mirada fija en Melissa. En cuanto se mueve, me enderezo en el asiento y pongo las manos a la espalda, pero es demasiado tarde; percibe el movimiento con el rabillo del ojo.

Las gotas de sudor me afloran en la frente, se escurren hasta los ojos y estos me escuecen.

No sé por qué Melissa mira hacia la repisa de la cocina, pero entiendo enseguida que se ha dado cuenta de lo que he hecho. Mira de pronto hacia el soporte de los cuchillos. Está contando los que quedan, intentando saber cuál falta.

—No estás respetando las reglas del juego —dice.

—Ni tú tampoco.

Me inclino hacia el suelo y cierro el puño para sujetar el cuchillo; siento un intenso dolor cuando la cuchilla me corta en el tobillo al salir de mi bota.

«Ahora o nunca», pienso. Es la única oportunidad que voy a tener.

38

El coche patrulla iba a toda velocidad por la calle Marylebone, con las luces y la sirena encendidas, y a punto estuvo de chocar contra un autobús descubierto que se detuvo delante de ellos a la altura del museo de Madame Tussauds. Kelly oía a los agentes de la parte delantera del coche hablar del partido de ese día en Old Trafford, con el aullido de la sirena de fondo.

—Aún no entiendo cómo pudo fallar Rooney ese tiro. Si estuviera pagándole a alguien trescientos mil a la semana, al menos me aseguraría de que sabe chutar la pelota, joder.

—No sabe jugar bajo presión, ese es el problema.

El semáforo se puso en rojo en Euston Square. El conductor tocó el claxon y modificó el ruido de las sirenas a un tono más agudo, y los coches de delante empezaron a apartarse para dejarlos pasar. Giraron a la derecha en Bloomsbury y Kelly encendió su radio, esperando desesperadamente oír alguna novedad. Las noticias llegaron cuando se acercaban al West End. Kelly cerró los ojos y dejó caer la cabeza hacia atrás contra el asiento.

Todo había terminado. Para Katie Walker al menos.

Kelly se inclinó hacia delante entre los dos asientos.

—Ya pueden reducir la velocidad.

El conductor ya había oído la noticia y estaba apagando la sirena y aminorado la velocidad, puesto que ya no iban a conseguir nada presentándose allí: ya no había nadie a quien salvar.

Cuando llegaron a Leicester Square la dejaron delante de

la sala Hippodrome y Kelly corrió hacia la estación de metro, mostrando su tarjeta de identificación a una mujer de aspecto aburrido en las taquillas. Kelly había entrado por una entrada distinta de la que usaba habitualmente y miró a su alrededor para intentar orientarse.

Ahí.

La puerta del cuarto de mantenimiento estaba dañada por la parte inferior, donde la gente la había empujado con los pies para abrirla, y había un letrero con las esquinas arrugadas instando a los pasajeros a denunciar cualquier paquete o bulto sospechoso. Otro cartel indicaba que el acceso a aquel cuarto estaba restringido a los miembros del personal.

Kelly llamó dos veces a la puerta y luego entró. A pesar de que sabía lo que iba a encontrar en el interior, se le aceleró el corazón.

La sala de mantenimiento estaba oscura y carecía de ventanas, y tenía un escritorio y una silla metálica a un lado, así como una pila de carteles apilados contra la pared opuesta. En un rincón había un cubo amarillo con ruedas, lleno de agua grisácea y grasienta. Junto al cubo había una joven sentada en una caja de plástico, sujetando una taza de té. Incluso sin el mohín enfurruñado de la foto del sitio web, Kelly reconoció a Katie al instante. Su melena con reflejos le caía encima de los hombros del abrigo, y las franjas blancas y acolchadas de las hombreras la hacían parecer más voluminosa de lo que Kelly sabía que era en realidad.

Blanca.

18 años. Pelo rubio largo, ojos azules.

Pantalones vaqueros azules, botines grises, camiseta negra de cuello en pico con chaqueta de punto gris con cinturón ancho. Abrigo de plumón blanco hasta la rodilla, también con cinturón. Bolso negro con cadena dorada.

Talla 38-40.

Apoyado en una pared detrás de Katie había un hombre de espalda amplia y pelo oscuro. Dio un paso hacia delante y tendió la mano a Kelly.

—John Chandler, agente encubierto de la Brigada Móvil de Transporte.

—Kelly Swift. —Se puso en cuclillas—. Hola, Katie, soy Kelly, una de las agentes encargadas de este caso. ¿Estás bien?

—Creo que sí. Estoy preocupada por mi madre.

—La policía va de camino allí ahora. —Alargó la mano y apretó el brazo de Katie—. Lo has hecho muy bien.

Al mensaje de radio del agente Chandler confirmando que Katie estaba a salvo le había sucedido rápidamente la confirmación de lo que Kelly sospechaba: Zoe estaba siendo retenida por Melissa West, propietaria de varias cafeterías en Londres, incluida Espress Oh!

—Ha sido horrible. —Katie miró a John—. No sabía si creerle o no. Cuando me habló al oído, me dieron ganas de echar a correr. Pensé: «¿Y si no es ningún policía encubierto? ¿Y si es solo una tapadera?». Pero sabía que tenía que confiar en usted. Tenía miedo de que Melissa se diese cuenta de lo que estaba pasando e hiciese daño a mi madre.

—Lo hiciste fantásticamente bien —dijo John—. Una actuación digna de un Oscar.

Katie intentó sonreír, pero Kelly vio que seguía temblando.

—La verdad es que no tuve que fingir demasiado. A pesar de que me había dicho lo que iba a pasar, en el momento en que me metió aquí dentro pensé que todo era mentira. Creía que ya estaba. Que mi vida había terminado.

—Siento que tuviéramos que hacerte pasar por esto —dijo Kelly—. Sabíamos que el circuito de las cámaras de videovigilancia había sido hackeado, pero no sabíamos hasta qué punto; no sabíamos exactamente qué era lo que veían y qué no. Cuando vimos tu perfil en la página web supimos que teníamos que sacarte del metro y alejarte de cualquiera que quisiera hacerte daño, sin dejar que Melissa sospechase que la habíamos descubierto.

—¿Cuánto tiempo más tenemos que esperar aquí? Quiero ver a mi madre.

—Lo siento, necesitábamos confirmación por parte de la sala de control de que habían manipulado las imágenes del circuito cerrado de televisión.

Craig había reaccionado con rapidez a la preocupación de Kelly de que Melissa pudiese ver a Katie y al agente Chandler salir de la sala de mantenimiento, desbaratando así todo el plan. Craig había reemplazado la transmisión en directo con material grabado del día anterior, a la misma hora, cuando el movimiento en Leicester Square sería más o menos el mismo y minimizar así el riesgo de que Melissa advirtiese el cambiazo. Kelly esperaba que tuviese razón.

—Ahora está todo bajo control, podemos salir y no nos verá.

Al abrir la puerta, la radio de Kelly emitió un crujido:

«Necesitamos una ambulancia para Anerley Road —anunció una voz—. Es urgente.»

Katie abrió mucho los ojos.

—Diles que apaguen las sirenas y que esperen cuando lleguen a la dirección.

»Solo es una medida de precaución —añadió Kelly enseguida cuando los ojos de la joven se llenaron de lágrimas. Bajó el volumen de la radio hasta hacerlo prácticamente inaudible—. Tu madre está bien.

—¿Cómo lo sabe?

Kelly abrió la boca para decir algún que otro tópico tranquilizador, pero la cerró de nuevo. La verdad era que ni siquiera sabía si Zoe Walker todavía estaba viva.

39

Hay sangre por todas partes. Mana sin control del cuello de Melissa, cubre su mesa y está tiñéndole la camisa de color carmesí. Tiene los dedos de la mano derecha totalmente separados, y el cuchillo que sujetaba cae al suelo con un estruendo.

Empiezo a temblar. Miro hacia abajo y me doy cuenta de que yo también estoy cubierta de sangre. Sujeto firmemente mi propio cuchillo con el puño de la mano derecha, pero la inyección de adrenalina que sentí al acuchillarla ha desaparecido, y me ha dejado mareada y desorientada. Pienso que si se abalanza sobre mí en este momento no seré capaz de detenerla. No me queda nada. Me agacho y con la mano que me queda libre tiro de la cinta aislante que tengo en los tobillos, y pateo la silla a toda prisa para alejarme de Melissa.

No tendría por qué haberme preocupado. Tiene ambas manos sujetándose el cuello, en un vano intento de detener la hemorragia de sangre que se cuela entre sus dedos y cubre sus manos. Abre la boca pero no emite sonido alguno, más que un carraspeo, un ruido burbujeante que provoca que se le forme espumilla roja entre los labios. Se levanta, pero las piernas no le responden, y avanza tambaleante, como si estuviera borracha.

Me tapo la cara con las manos, y me doy cuenta, demasiado tarde, de que están empapadas de sangre que me mancha las mejillas. Me provoca una extraña borrosidad en la visión y me llena la nariz de un hedor metálico que me revuelve el estómago.

No hablo. ¿Qué podría decir?

¿Lo siento?

No lo siento. Estoy llena de odio.

Siento el odio suficiente para haber apuñalado a una mujer que creía mi amiga. Suficiente para estar viendo ahora cómo lucha por respirar y no importarme nada. Suficiente odio para quedarme aquí plantada mientras se le ponen los labios azules y sus pulsaciones aceleradas van decreciendo hasta alcanzar un ritmo pausado, casi imperceptible. El fluido que hace un instante salpicaba a varios centímetros de ella ahora refluye con delicadeza, sin urgencia ya. La piel se le ha puesto grisácea; su mirada es lo único que conserva un atisbo de vida en su crepúsculo agónico. Busco en ella el remordimiento, la rabia, pero no percibo nada. Ya está muerta.

Cuando cae, no lo hace de rodillas. No se tambalea ni se sujeta a la mesa que tiene delante como en las películas, ni alarga una mano para agarrarme y tirarme al suelo con ella. Cae como un árbol, impacta de espaldas contra el suelo y se da tal golpe en la cabeza que yo me preocupo, estúpidamente, por si se ha hecho daño.

Y entonces se queda quieta, con las manos abiertas a ambos lados del cuerpo y los ojos también abiertos como platos, sobresaliéndole ligeramente del rostro cetrino.

La he matado.

No ha sido hasta este momento cuando he sentido cierto remordimiento. No por el delito que he cometido, ni siquiera por lo que he visto: una mujer ahogándose en su propia sangre. Me arrepiento porque nunca tendrá que dar la cara por los delitos que ha perpetrado delante de un tribunal. Incluso al final ha ganado.

Caigo al suelo, y me siento tan consumida como si yo también hubiera perdido sangre. La llave de la puerta está en el bolsillo de Melissa, pero no quiero tocar su cuerpo. Aunque no veo ningún signo de vida en ella —no se le hincha el pecho y no emite sonido alguno del último aliento saliendo de sus pulmones—, no estoy del todo segura de que no se levante de pronto para sujetarme por las muñecas con sus manos ensangrentadas. Está tendida entre la mesa y yo. Sigo sentada a la espera de que el cuerpo deje de temblarme. Dentro de un instante necesitaré rodearla con cuidado, para marcar el número de la policía y confesar qué he hecho.

Katie. Debo contarles lo de Katie. Tienen que ir a Leicester Square, tengo que saber si sigue viva, ella tiene que saber que yo estoy bien, que no la he abandonado... Me levanto demasiado rápido y resbalo sobre la sangre que parece cubrir todo el suelo. Una franja de sangre divide la pantalla en la que todavía veo la imagen de la cámara de seguridad, la puerta del cuartito de mantenimiento sigue obstinadamente cerrada.

En cuanto recupero el equilibrio oigo el aullido lejano de las sirenas. Espero a que el sonido se extinga, pero las oigo cada vez más alto, más insistentes, hasta que el estruendo me retumba en los oídos y me lastima. Oigo gritos, luego un fuerte impacto que suena con eco por toda la casa.

—¡Policía! —oigo—. ¡Quédese donde está!

Que me quede donde estoy. No podría moverme aunque quisiera.

Se oye un estruendo atronador en el recibidor y un golpe ensordecedor cuando la puerta de la cocina se abre de sopetón e impacta contra la pared que queda detrás de ella.

—¡Manos arriba! —grita uno de ellos.

Estoy pensando en lo ridículo que resulta esperar que Melissa haga algo así, porque se ve claramente que no puede, cuando caigo en la cuenta de que se refieren a mí. Voy levantando las manos con parsimonia. Las tengo cubiertas de sangre, que ha empezado a descenderme por los brazos, y tengo la ropa manchada de color rojo oscuro.

Los agentes llevan monos de asalto de color oscuro y cascos con las visera bajada y la palabra POLICÍA escrita en el lateral. Al principio veo dos, seguidos a toda prisa por otra pareja que llega como respuesta a la clara orden del primero.

—¡Necesito refuerzos!

Los dos primeros se acercan a mí y se detienen a varios centímetros de distancia. La otra pareja se mueve rápidamente por la habitación al tiempo que van gritándose instrucciones entre ellos. En algún otro lugar de la casa oigo a más agentes de policía registrándola. El sonido de las pisadas aceleradas va acompañado del grito «¡Habitación despejada!», que desciende hasta la habitación en la que nos encontramos.

—¡Asistencia médica! —grita alguien.

Dos nuevos agentes entran de golpe y corren hacia el lugar donde Melissa está tendida en el suelo. Uno de ellos hace presión con las manos sobre la herida que tiene en el cuello. No entiendo por qué intentan salvarle la vida. ¿No lo saben? ¿No saben lo que ha hecho? De todas formas, es un esfuerzo en vano; la vida la ha abandonado hace tiempo.

—¿Zoe Walker? —pregunta uno de los agentes de policía que tengo delante, pero, como llevan el casco puesto, no sé cuál de ellos está hablando.

Miro a uno y a otro alternativamente. Se han colocado con una separación de más o menos dos metros entre ambos, y cuando los miro uno está en el ángulo de las diez, y el otro, a las dos. En todos los sentidos uno es la imagen reflejada del otro: un pie ligeramente adelantado, las manos por encima de la cintura y las palmas abiertas. No parecen amenazantes, sino listos para la acción. Detrás de ellos veo a los paramédicos arrodillados junto a Melissa. Le han puesto una mascarilla de plástico transparente en la cara y uno de ellos está haciéndole el boca a boca a un ritmo acompasado.

—Sí —digo al final.

—Tire el arma.

Lo han entendido todo al revés. Era Melissa la que tenía el cuchillo, fue Melissa quien me puso el filo en el cuello hasta desgarrarme la piel. Doy un paso adelante.

—¡Tire el arma! —repite el agente de policía en voz más alta esta vez.

Sigo su mirada y la tiene orientada hacia mi mano derecha, donde el filo plateado brilla a través de la capa de sangre. Mis dedos se separan solos, sin que yo lo ordene, como si acabaran de darse cuenta de lo que sujetaban, y el cuchillo cae al suelo tras escabullirse de ellos. Uno de los agentes lo aleja de mí dándole una patada, luego se levanta la visera del casco. Es casi tan joven como mis hijos.

Por fin logro articular palabra.

—Mi hija está en peligro. Tengo que ir a Leicester Square, ¿pueden llevarme?

Me castañetean los dientes y me muerdo la lengua. Más sangre; esta vez, la mía. El agente mira a su colega, que también se levanta la visera. Es mucho mayor; tiene una barba cana perfectamente recortada bajo unos ojos de mirada amable que se arrugan cuando me mira con más detenimiento.

—Katie está bien. Fue interceptada por uno de nuestros agentes.

Empieza a temblarme todo el cuerpo.

—Viene una ambulancia de camino, la llevarán al hospital y se ocuparán de usted, ¿vale? —Mira a su colega joven—. Está en *shock* —le explica.

Pero no estoy en *shock*, me siento aliviada. Miro por detrás de los agentes. Hay un paramédico arrodillado junto a Melissa, pero no está tocándola, está escribiendo algo.

—¿Está muerta?

No quiero salir de esta habitación sin tener esa certeza. El paramédico levanta la vista.

—Sí.

—Gracias a Dios.

40

—Vaya manera de celebrarlo... —comentó Lucinda, mirando el paquete de cacahuetes que Nick había abierto y depositado en el centro de la mesa.

—Siento que no esté a la altura de sus expectativas, Alteza —dijo Nick—. No estoy seguro de que en el Dog and Trumpet sirvan caviar y huevos de codorniz, pero puedo ver lo que tienen en las sugerencias para hoy, ¿le parece bien a Su Majestad?

—Ja, ja... No quería decir eso. Es que estoy un poco como desinflada, ¿sabes?

—Yo me siento igual —afirmó Kelly.

Habían sido unas horas tan frenéticas... Primero la carrera a toda velocidad en el coche patrulla para llegar hasta donde estaba Katie Walker, seguida inmediatamente de la carrera para llegar hasta donde estaba Zoe, con el ejército de coches patrulla dando un frenazo frente a la casa de Melissa. La ambulancia había esperado al final de la calle Ancrley, pues los técnicos de ambulancia no podían hacer su trabajo hasta que fuese seguro entrar en la casa. En las últimas horas, Kelly dudaba que su ritmo cardíaco hubiese bajado de las cien pulsaciones por minuto, pero ahora estaba desfalleciendo.

—Solo es un bajón de adrenalina, eso es todo —señaló Nick—. Mañana volveréis a experimentar un subidón, cuando empiece el trabajo duro de verdad.

Tenían una enorme cantidad de cosas por hacer. Con el acceso al ordenador de Melissa, la unidad de Delitos Informáticos había podido cerrar rápidamente encuentrala.com y obtener la lista completa de sus miembros. Localizarlos a todos y determinar qué clase de delitos habían cometido —si es que habían cometido alguno— iba a llevar algo más de tiempo.

La consulta al registro mercantil había revelado que Melissa West era la titular de cuatro cafeterías en Londres: Melissa, Melissa Too, Espress Oh! y un establecimiento que aún no tenía nombre en el corazón de Clerkenwell y que arrojaba pingües beneficios a pesar de que no tenía fregadero, nevera ni instalaciones de cocina de ninguna clase.

—Lavado de dinero —había explicado Nick—. Las cafeterías son instrumentos idóneos para lavar dinero porque muchos clientes pagan en efectivo. Sobre el papel puede facturar legítimamente unos pocos cientos de libras al día mientras deja que las empresas declaren pérdidas.

—¿Y crees que su marido lo sabía?

—Supongo que lo averiguaremos cuando lo interroguemos.

Neil West estaba supervisando la instalación de un sistema informático de varios millones de libras en un bufete de abogados en Manchester. Su agenda, convenientemente sincronizada con la de su esposa y fácil acceso desde su ordenador, les reveló que llegaría al aeropuerto de la ciudad de Londres al día siguiente, donde la policía estaría esperando para detenerlo. En su ordenador, arriba, en el despacho de su casa, estaban los expedientes relativos a cada empresa con la que Neil había trabajado, incluida una extensa lista de contactos. Las empresas que empleaban tanto a Gordon Tillman como a Lucas Harris habían contratado a Neil en el pasado, y era lógico suponer que se establecerían más paralelismos entre la lista de contactos de Neil y la lista de clientes de encuentrala.com hallada en el ordenador de Melissa.

—¿Crees que lo habrá dejado a él para que cargue con todo? —dijo Lucinda.

Zoe les había descrito los planes Melissa para salir del país, y la unidad de Delitos Informáticos había identificado vuelos a Río de Janeiro que había estado buscando en internet.

—Creo que sí —dijo Nick—. No creo que Melissa West se preocupara por nadie más que por sí misma.

Kelly pensó en lo que Katie le había dicho, sobre la amargura en la voz de Melissa cuando habló de cómo cuidaba a los hijos de Zoe, por no haber tenido hijos propios.

—Pues yo creo que sí. Creo que eso formaba parte del problema. La creación de la página web era estrictamente un tema de negocios, pero ¿involucrar a Zoe y a Katie? Esa parte era personal.

—No me gusta que se haya salido con la suya —dijo Lucinda, alcanzando los cacahuetes.

—Recibió una puñalada en la carótida y murió desangrada —le recordó Nick—. Yo no llamaría a eso salirse con la suya.

Kelly esbozó una media sonrisa.

—Ya sabes a lo que me refiero. Hizo pasar a Zoe y a Katie Walker un infierno, por no hablar de los cientos de mujeres que no tenían idea de que estaban en peligro. Me habría gustado haberla visto sentada en el banquillo de los acusados.

El teléfono de Kelly destelló y esta deslizó el dedo por la pantalla para desbloquearlo, pasando por encima de notificaciones que no tenía ninguna intención de responder.

—¿Qué es esto? ¿Una celebración o un entierro?

Diggers apareció en ese momento y Kelly se incorporó, como adoptando la posición de firmes. Era la primera vez que lo veía desde la reprimenda en su oficina y evitó mirarlo a la cara.

—¿Le consigo una silla, señor? —le propuso Lucinda.

—No, no me voy a quedar. Solo he pasado para invitaros a algo. Todos habéis hecho un gran trabajo; ya he hablado con el comisario jefe por teléfono felicitándonos por los buenos resultados. Bien hecho.

—Gracias, jefe —dijo Nick—. Justo les estaba comentando lo mismo.

—Y en cuanto a ti... —Diggers miró Kelly, que sintió cómo se ruborizaba—. Me han dicho que tenemos mucho que agradecerte.

—Todo el mundo ha trabajado muy duro en todo momento —dijo Kelly, levantando la cabeza de mala gana y sintiendo alivio al encontrar un brillo de genuina calidez en la cara de Diggers—. Simplemente estaba allí cuando la última pieza del puzle acabó de encajar, eso es todo.

—Tal vez, pero, desde luego, has hecho una valiosa contribución al equipo. Bueno, ¿y qué queréis tomar?

El inspector jefe fue a la barra y volvió con una bandeja de bebidas y otra bolsa de frutos secos. No se había pedido nada para él y Kelly se dio cuenta de que corría el riesgo de perder su oportunidad si no se lo preguntaba en ese momento.

—¿Señor? ¿Tengo que volver a la B.M.T.?

Cuando lo dijo se dio cuenta de lo mucho que temía que su respuesta fuese afirmativa, de cuánto le había gustado ser parte de un equipo nuevo, sin las habladurías y las sospechas que tanto la afectaban en su propia brigada.

—Tres meses, dijimos, ¿no es así?

—Sí, pero pensé que, una vez muerta Melissa y con el sitio web cerrado…

Kelly sabía que quedaba trabajo por hacer, que el asesino de Laura Keen seguía suelto, así como el asaltante de la casa de Cathy, pero en un rincón de su cerebro ella seguía pensando en la bronca de Diggers en su oficina. ¿Era esta la oportunidad que necesitaba para poner fin a su comisión de servicio?

—Tres meses —dijo enérgicamente Diggers—. Puedes dirigir el interrogatorio con Neil West y luego tendremos una conversación sobre tu carrera. Quizá sea el momento de empezar de nuevo en otra brigada, ¿eh?

Le guiñó un ojo y estrechó la mano de Nick antes de irse.

Una inmensa sensación de alivio hizo que las lágrimas asomaran a los ojos de Kelly. Pestañeó para librarse de ellas y cogió su móvil, deslizándose entre las aplicaciones en busca de distracción. Se desplazó por su página de Facebook, llena de fotos de árboles de Navidad decorados y pequeños muñecos de nieve hechos con el mísero puñado de nieve que había caído la noche anterior. Una actualización del estado de Lexi le llamó la atención.

«¡Unas cuantas arrugas más —había publicado—, pero aún la misma banda de Durham de siempre!»

Todos habían colgado una fotografía de sus días como estudiantes; Lexi había publicado una foto de las dos, la una al lado de la otra, lo que provocó un aluvión de comentarios jocosos de amigos y familiares de los etiquetados. En ambas fotos Lexi era la más sonriente de todos, y Kelly no pudo evitar sonreír ella también.

«Unas fotos geniales —escribió—. No habéis cambiado nada.»

41

Matt conduce despacio, dobla cada esquina con lentitud y se aproxima a los badenes como si me hubiera roto algún hueso. En el hospital se han empeñado en someterme a un examen exhaustivo, a pesar de mi insistencia en que —aparte del corte en el cuello, que no ha requerido puntos de sutura—, no tengo ninguna otra herida.

Me pusieron en una cama junto a Katie. Ella estaba bajo los efectos del *shock*, aunque, ilesa. La enfermera desistió en su intento de mantener la cortina corrida entre ambas y al final la descorrió para que nos viéramos. Solo llevábamos allí media hora cuando llegó Isaac; atravesó a toda prisa la puerta sin rastro de la seguridad que le caracteriza.

—¡Kate! ¡Dios mío!, ¿estás bien? He venido tan rápido como he podido. —Se sentó junto a su cama y la tomó de las manos, primero le miró la cara, luego el cuerpo, en busca de heridas—. ¿Estás herida?

—Estoy bien. Lo siento mucho por la función de esta noche.

—Por el amor de Dios, no te preocupes por eso. No puedo creer por lo que has pasado.

—Pero las entradas de todo el mundo…

—Les reembolsaré el importe. Olvídate de la obra, Kate. No es importante. Tú sí lo eres.

La besó en la frente, y por primera vez no parecía estar fingiendo. Me di cuenta de que Katie le gustaba de verdad, y a ella él.

Levantó la vista y nuestras miradas se cruzaron, entonces deseé que no hubieran descorrido la cortina. No logré interpretar su expresión, y no sé si la mía expresó todo lo que quiero.

—Tú también lo has pasado bastante mal —dijo.

—Sí.

—Me alegro de que ya todo haya terminado. —Hizo una pausa para dar énfasis a lo que dijo a continuación—. Espero que ahora puedas olvidarlo, que puedas relegar al pasado lo ocurrido.

Si Katie se preguntó por qué su novio hablaba tanto con su madre, no lo comentó. Isaac me sostuvo la mirada, como si quisiera asegurarse de que lo había entendido.

Asentí en silencio.

—Yo también lo espero. Gracias.

—Ya casi hemos llegado —dice Matt.

Simon, sentado junto a mí en el asiento trasero del taxi, me rodea con un brazo sobre el hombro, y yo apoyo la cabeza sobre su pecho.

En el hospital le conté que había creído que él era quien estaba detrás de la web. Tuve que hacerlo; el sentimiento de culpa estaba matándome.

—Lo siento mucho —le digo.

—No lo sientas. No puedo ni imaginar por lo que has pasado. Debías de sentir que no podías confiar en nadie.

—Ese diario…

Recuerdo las notas garabateadas que leí, el nombre de la mujer, la descripción de su vestimenta. Lo convencida que estaba de que eso era la prueba de un delito.

—Eran apuntes para mi novela —dice Simon—. Estaba creando personajes.

Me siento agradecida de que Simon haya sido tan comprensivo; no parece ofendido lo más mínimo por el hecho de que lo haya acusado de algo tan horroroso. Del otro lado de Simon, Katie está mirando por la ventanilla mientras nos acercamos a

Crystal Palace; Justin está justo delante de ella, en el asiento del copiloto, junto a Matt. Isaac ha ido al centro para hablar con los decepcionados asistentes al teatro y convencerlos de qué regresen para ver la función mañana por la noche, porque Katie se ha empeñado en que estará lista para subir a escena.

¿Cómo es posible que parezca que no ha ocurrido nada?

Junto al bordillo de la acera la nieve derretida y gris ensucia el pavimento y gotea desde las azoteas de los edificios. Hay un patético muñeco de nieve en el jardín amurallado de la escuela de primaria; la zanahoria se le ha caído hace ya tiempo. La gente empieza a salir de noche, mientras otros todavía están volviendo a casa del trabajo, mirando el móvil mientras caminan, ajenos al mundo que los rodea.

Pasamos con el coche por delante de la cafetería de Melissa, y no puedo evitar que se me escape un suspiro; es un leve gemido involuntario. Pienso en todas las veces que me he pasado por allí después del trabajo para tomar un té; en todas las veces que le había echado una mano con los preparativos para la hora de la comida. Se ve una luz en la cafetería, lo cual hace que se proyecten sombras oscuras al reflejarse sobre las mesas y sillas todavía apiladas.

—¿Deberías ir a cerrar del todo el local? —pregunto a Justin. Él se vuelve para mirarme.

—No quiero entrar ahí, mamá.

Lo entiendo. Yo tampoco quiero. El simple hecho de estar en Anerley Road me acelera el pulso, y siento una renovada oleada de odio contra Melissa por mancillar los recuerdos de un lugar en el que me encantaba vivir. Jamás me había planteado volver a mudarme, pero ahora pienso en si tendríamos que hacerlo. Un nuevo comienzo para Simon y para mí. Espacio para Justin y Katie, por supuesto, pero, sobre todo, un nuevo capítulo para todos nosotros.

Dejamos atrás la estación de metro. De pronto recuerdo la imagen de Katie, caminando hacia la entrada y levantando la vista hacia las cámaras; aterrorizada, aunque decidida a triunfar. Decidida a salvarme.

Me quedo mirándola, y me pregunto qué estará pensando, pero viéndola de perfil soy incapaz de averiguarlo. Es mucho más fuerte de lo que había imaginado.

—¿Qué ocurrirá ahora? —pregunta Matt.

Todo había terminado cuando lo llamé, y entró en el hospital donde encontró a su exmujer y a su hija con una vestimenta rarísima gracias a las prendas que Simon había cogido a toda prisa de nuestra casa. La policía requisó la ropa que llevábamos puesta en casa de Melissa. Nos lo pidieron con amabilidad y nos explicaron que debían realizar un examen meticuloso y que no debía preocuparme, que todo iría bien.

—Tengo que someterme a un interrogatorio de forma voluntaria la semana que viene —respondo—, luego la fiscalía del estado revisará el informe y tomará una decisión en unos pocos días.

—No te condenarán —me aseguró la agente Swift, y la mirada furtiva que echó por encima del hombro fue una señal de que estaba extralimitándose con esa afirmación—. Está muy claro que actuaste en defensa propia.

Dejó de hablar de golpe en cuanto el detective inspector Rampello apareció en la sala, pero él asintió para confirmar lo que ella acababa de decir.

—Es pura formalidad —dijo.

A medida que nos acercamos al final de Anerley Road veo un agente de policía con chaqueta fluorescente plantado en medio de la calle. Una hilera de conos bloquea el paso a uno de los callejones, en el que dos coches patrulla y una furgoneta blanca del equipo forense siguen aparcados, y el agente de policía está dejando pasar a los coches de uno en uno. Matt estaciona lo más cerca posible de la casa. Baja del vehículo y abre la puerta trasera, ayuda a Katie a salir y sigue rodeándola con el brazo mientras la acompaña hacia la casa. Justin los sigue, con la vista clavada en la cinta policial azul y blanca sacudida por la brisa y que rodea la casa de Melissa.

—Resulta difícil de creer, ¿verdad, cielo? —digo.

Rompo el abrazo con Simon y cojo de la mano a Justin. Él me mira; todavía intenta asimilar todo lo ocurrido hoy.

—Melissa… —empieza a decir, pero se queda sin palabras.

Sé cómo se siente; he estado luchando por encontrar las palabras desde que empezó todo esto.

—Ya lo sé, cielo.

Esperamos junto a la cancela, hasta que Simon nos ve ahí y abre la puerta con la llave. No miro hacia la casa de Melissa, pero, aun sin verla, puedo imaginar las siluetas de las personas vestidas de blanco en su hermosa cocina.

¿Seguirá Neil viviendo allí? Pienso que la sangre ya se habrá secado, su pátina brillante estará oscureciéndose; los bordes de las manchas estarán cuarteándose. Alguien tendrá que limpiarla, y los imagino frotando el suelo y fregándolo con lejía; las baldosas siempre proyectarán la sombra de una mujer que murió allí.

La puerta de mi casa se abre de golpe. Dentro de la casa la atmósfera es cálida y agradable. Me siento reconfortada ante la visión de la típica pila de abrigos en la barandilla de la escalera, y el desordenado montón de zapatos junto al felpudo de la entrada. Matt se pone a un lado y yo sigo a Katie y a Simon hasta el interior.

—Ahora os dejo solos —dice Matt.

Se vuelve para marcharse, pero Simon lo detiene.

—¿Quieres quedarte a tomar una copa? —pregunta—. Creo que a todos nos sentará bien.

Matt titubea, pero solo durante un segundo.

—Claro. Eso sería genial.

Espero en el recibidor, estoy quitándome el abrigo y añadiendo mis zapatos a la pila junto a la puerta. Justin, Katie y Matt pasan al salón, y oigo a Matt preguntar cuándo pondremos el árbol y si hay algo que quieran para Navidad este año. Simon sale de la cocina llevando una botella de vino y un montón de copas, los tallos sujetos precariamente entre los dedos de una sola mano.

—¿Vas a venir?

Me mira con impaciencia, sin estar muy seguro de si debe ayudarme o no. Le sonrío con amabilidad y le prometo que ahora iré.

La puerta sigue entreabierta y la abro un poco más, y me quedo ahí plantada mientras el aire frío me da en la cara. Me obligo a mirar a la casa de al lado, al jardín delantero de Melissa con la cinta policial que se agita.

No para recordarme qué ha ocurrido, sino para recordar que ha terminado.

Entonces cierro la puerta y voy a reunirme con mi familia.

Epílogo

Melissa jamás supo ver el potencial para la expansión. O no supo o no quiso verlo. No estaba claro. Fue lo único por lo que discutíamos. Era muy lista en muchos aspectos: tenía muchas ganas de trabajar conmigo y estaba dispuesta a creer en mí cuando nadie más lo hacía. Aunque en otros sentidos era bastante corta de miras.

Las cosas estaban bien tal como estaban, decía, estábamos ganando dinero. ¿Para qué arriesgarse? Pero yo sabía que podíamos hacer mucho más y me frustraba que no lo aceptara. Menuda empresaria estaba hecha.

Le gustaba considerarse mi mentora, pero la verdad era que ella me necesitaba más y no a la inversa. Jamás habría conseguido ocultar las pistas sin mi ayuda. Melissa no era nada sin mí.

El juego del gato y el ratón, perseguir a Katie por todo Londres; esa era mi idea.

Ninguno de los dos se dejaría atrapar, y la policía estaba cada vez más cerca. «Una última aventura —dije a Melissa—. Hazlo y podrás largarte a Río con el ochenta por ciento de todo lo que hemos ganado, y nadie te encontrará jamás.» Había sido una buena asociación, pero había llegado la hora de dar un paso más.

¡Oh, sí, el ochenta por ciento!

Ella era una mujer de negocios del puño cerrado. Aunque fui yo quien puso los anuncios, fui yo el que hackeó el sistema de cá-

maras de seguridad, el que se acercó a los clientes, con la pequeña ayuda de la agenda de clientes de Neil... ¿Y qué conseguí a cambio de todo eso? Un asqueroso veinte por ciento, joder.

«Hazlo así —le dije a Melissa—. Juega esta partida y luego te vas. Hazlo por mí. Hazlo porque te he ayudado, y ahora ha llegado la hora de que tú me ayudes.»

Y lo hizo.

Me encargué de subir el perfil de Katie y supe que había empezado el juego. Se me aceleró el pulso y me pregunté si Melissa estaría emocionada. Jamás habíamos hecho nada igual, pero yo tenía una buena sensación. Era genial.

En cuanto a Katie... Para mí fue como tomarme la revancha. Una revancha por su necesidad constante de atención, por ser la favorita. Por no meterse jamás en líos, por no hacer que la poli se presentara en casa por ella jamás ni hacer que la expulsaran del colegio.

También fue una revancha dedicada a ella.

A Zoe.

De tu querido hijo.

Mi revancha por dejar a mi padre, aunque él lo hubiera sacrificado todo por ella. Mi revancha por alejarme de mis amigos. Mi revancha por tirarse a un tío que acababa de conocer, antes incluso de divorciarse, y por traerlo a casa sin consultar mi opinión.

Creen que han ganado la partida ahora que Melissa está muerta.

Creen que todo ha terminado.

Se equivocan.

Esto es solo el principio.

No necesito a Melissa, no necesito los anuncios en el Gazette, no necesito la web.

Tengo la idea, tengo la tecnología y una lista de correo de los clientes interesados en el nuevo servicio que puedo ofrecerles.

Y, por supuesto, os tengo a vosotras.

Sois cientos de miles haciendo lo mismo todos los días.

Os veo, os estoy vigilando, pero vosotras no me veis. Hasta que yo quiera.